争先果

쟁선계 21 완결

2017년 1월 3일 초판 1쇄 인쇄
2017년 1월 6일 초판 1쇄 발행

지은이 이재일
발행인 이종주

기획 팀 이기헌 송윤성 왕소현
책임 편집 백승미

발행처 (주)로크미디어
출판등록 2003년 3월 24일
주소 서울시 용산구 원효로97길 46 5층
Tel (02)3273-5135 **Fax** (02)3273-5134
홈페이지 rokmedia.com **E-mail** rokmedia@empas.com

ⓒ 이재일, 2013

값 11,000원

ISBN 979-11-5960-852-0 (21권)
ISBN 978-89-257-3094-3 04810 (세트)

餘爭先 下
-숭산과 감숙-

쟁선계

21 완결

| 이재일 장편소설 |

로크미디어

차례

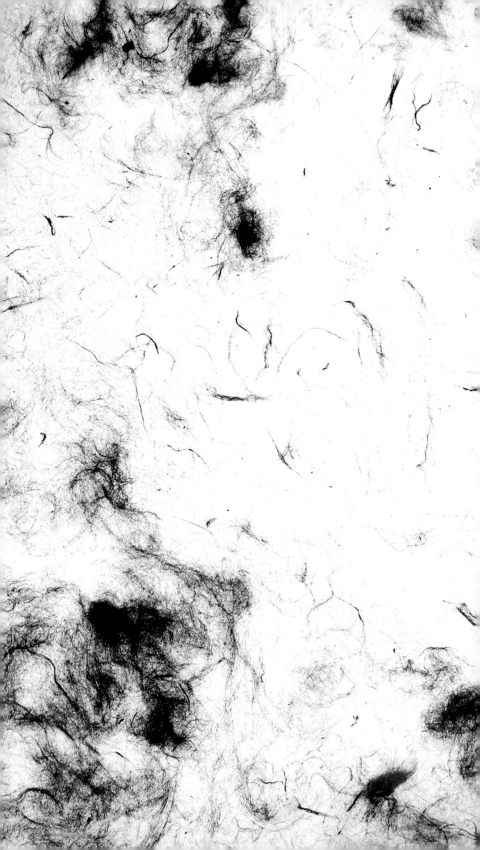

第三餘 그날 밤 법왕의 얼굴이 네 번 노래진 이유

(1)

남자는 눈을 떴다.

누운 채로 바라본 사창 밖은 아직 어둑했다. 박명薄明의 청회색 어스름이 채 가시지 않은 이른 시각이었고, 활력이 넘치는 한여름의 하루 중 가장 정적인 시각이었으며, 남자에게는 무인도에서와 별반 다를 바 없는 고독한 일과를 시작하는 시각이기도 했다. 남자는 팔 년하고도 두 달간 그런 일과를 이어 왔고, 그것이 바뀐 적은 매우 드물었다.

남자는 기운 자국이 너무 많아 본바탕이 어떤 천인지 구별하기 힘든 홑이불을 걷고 자리에서 일어나 앉았다. 그런 다음 작은 움직임에도 삐걱거리는 신음으로 답하는 부실한 나무 침대에서 내려와 창가를 향해 걸음을 옮겼다.

남자의 심신은 불편해 보였다. 눈빛은 잠에서 막 깨어난 사람임을 감안한다고 해도 지나치게 흐렸고, 행동거지는 긴병을 앓아 온 환자의 그것처럼 원기를 결여하고 있었다.

물론 남자는 젊지 않았다. 세상 어디서든 노인 소리를 들을 만큼 나이를 먹었다. 하지만 남자의 심신이 건강하지 못한 것은 나이 탓이 아니었다. 남자는 과거 신체에 크나큰 손상을 입었고, 그에 못지않은 타격을 심령에 받았다. 천하제일 명의의 신통한 의술은 남자의 망가진 신체를 정상인과 비슷하게 되돌려 주기에 부족함이 없었지만 심령에 받은 통렬한 타격만큼은, 사랑하는 사람들의 삶을 망쳐 놓은 것만으로도 모자라 인간으로서의 존엄성마저 짓밟은 데 대한 자책감과 죄의식만큼은 씻어 주지 못했다. 아니, 남자 쪽에서 치유를 거부했다. 무책임하고 파렴치하다고 여겼다. 남자는 자신으로 말미암은 업을, 그 고통스러운 짐을 죽는 날까지 짊어지고 가리라 결심했고, 지금껏 그렇게 살아오고 있었다.

독 오른 산모기가 방으로 들어오지 못하도록 밤새 닫아 놓았던 사창을 열자 축축한 습기를 머금은 숲 공기가 거미줄처럼 촘촘한 새벽안개에 실려 방 안으로 밀려들어 왔다.

미이웅.

창문 열리는 소리에 깨어난 부지런한 매미 한 마리가 어둑한 숲 그늘 어디선가 울기 시작했다.

미이웅.

이어 또 한 마리의 매미가 울고, 또 한 마리가 울고, 이름 모를 어떤 산새의 날갯짓 소리가 푸드덕 울리고, 그 바람에 깨어난 산닭의 울음소리가 어둑한 공기를 날카롭게 가로지르고, 다시 몇 마리의 매미들이 그 뒤를 따른다.

미웅미웅미웅. 미이이이이웅.

창가에 우두커니 서서 매미 울음소리에 귀를 기울이던 남자
가 어느 순간 흠칫 어깨를 떨었다. 검붉은 딱지가 작은 돌기들
처럼 오톨도톨 달라붙은 흉측한 입술이 살짝 일그러지며 갈라
진 목소리가 흘러나왔다.

"벌써 이십 년이구나."

이십 년 전 어제, 남자는 자신을 믿고 따르는 가족에게 끔찍
한 짓을 저질렀고, 그 결과로 남자의 가족은 크나큰 고통을 겪
어야만 했다. 남자는 그 죄를 씻을 수 있는 수단이 현실에서는
존재하지 않는다고 믿었다. 만일 불가에서 말하는 내세란 게 정
말로 있다면, 그들이 키우는 가축으로 태어나 그들의 한 끼 식
사나마 풍성히 만들어 줄 수 있기를 소망할 뿐. 그러므로 남자
가 인적 없는 이 궁벽한 산중에서 팔 년이 넘는 긴 세월을 외롭
게 보낸 것은 죄를 씻기 위함이 아닌, 스스로를 벌주기 위함이
라고 보는 게 옳았다.

목숨을 끊는 것은 어렵지 않았다. 죽음은 남자가 복역 중인
이 기약 없는 형벌에 비하면 지나치게 자비로운 감마저 있었다.
다만, 그러지 못하는 까닭은 가족에게 또 다른 상처를 남기지
않기 위함이었다. 같은 잘못을 두 번 반복하고 싶지 않기 때문
이었다.

남자는 지난달 이곳을 방문한 큰아들의 큰아들, 즉 장손자의
얼굴을 떠올렸다. 화상으로 망가지기 전 늠름하고 듬직했던 큰
아들의 얼굴을 그대로 빼닮은 녀석은 커다란 덩치―그 점만큼
은 제 둘째 숙부를 더 닮았는지도 모른다―에 어울리지 않는
수줍은 표정을 하고서 남자에게 말했다.

-같이 살지는 않지만, 그래도 할아버지께서 살아 계시다는 게 얼마나 좋은지 몰라요.

　그러면서, 내년에는 여동생이 일곱 살이 되는데 아빠 허락을 받아 함께 오겠노라고 했다. 엄마는 펄쩍 뛰시겠지만 자기가 지켜 주면 아무 문제 없을 거라나. 겨우 열세 살 먹은 녀석이 하는 말치곤 꽤나 당돌하다고나 할까. 그 점은 아비와 둘째 숙부 모두를 닮았다.

　남자가 부재한 시간에도 남자의 가족이 건강하고 활기찬 삶을 이어 오고 있다는 점에는 이견의 여지가 없었다. 큰아들은 남자의 기대대로 강호 천하에서 가장 명망 높은 대협으로 우뚝 섰고, 유약하고 섬세한 아이로만 기억하는 셋째 아들은 남자도 잘 아는 세가 가신의 딸과 가정을 꾸린 뒤 분가, 뜻밖에도 강남 총독 휘하의 무관이 되어 왜구 토벌에 큰 공을 세웠다고 하고, 강북에서 가장 강성한 문파로 시집간 막내딸―무심한 오라비들에게 효도란 뭔지 보여 주겠다는 듯 매년 남자의 생일마다, 공처가인지 애처가인지 애매한 남편을 앞세워 들이닥친다―은 문파 내에서 다섯 손가락 안에 드는 실력자로 자리 잡았다고 한다. 자손 또한 가을 들녘처럼 풍성하여 큰아들은 둘, 셋째 아들은 연년생으로 셋, 막내딸은 저 닮은 야무진 딸로만 넷을 두었다. 비극적인 과거를 각자의 방식으로 슬기롭게 극복한 그들에게는 행복을 누릴 자격이 충분히 있었고, 실제로도 행복해 보였다.

　하지만 남자가 가장 큰 상처를 입힌 둘째 아들은……

　남자는 자신도 모르게 미소를 머금고 있던 입술을 흉하게 일그러뜨리고, 고개를 절레절레 흔들고, 창가에 세운 몸을 천천히 돌린다. 오늘은 그녀의 이십 주기週忌. 더욱 삼가야 할 날이었다. 자신과는 다른 시간, 다른 공간에서 건강하고 활기차게 살아가는 가족을 떠올리며 잠시간 미소를 머금는 작은 즐거움마저도 남자에게는 과분했다.

낡은 의복이나마 정성을 다해 갖춘 남자가 마당으로 나왔을 때, 동쪽 봉우리 뒤로는 여름의 청량함을 담은 아침노을이 연보라색 층을 이루며 번져 나가고 있었다. 비끼는 햇살은 이슬 위에서 알알이 부서지고, 밤기운을 털어 낸 숲은 초록의 빛나는 생기를 빠르게 찾아가고 있었다. 그러나 남자에게는 그저 수형지에서 바라보는 일상의 한 단면에 불과할 뿐. 감흥을 받기에 남자의 마음은 너무 메말라 있었다.

남자는 조식 전에 늘 행하던 아침 분향을 올리기 위해 사당으로 발길을 옮겼다.

수십 년 전 남자의 조부가 지은 것이라 짐작되는 그 사당은 적심관積心觀이라고 이름 지어진 이 낡은 도관 내에서 가장 번듯하다고 할 수 있는 건물이었고—남자가 침소로 쓰는 건물보다도 훨씬 더— 남자는 그곳에다 세 개의 위패를 모셨다. 하나는 이십 년 전 죽은 아내의 것이고, 또 하나는 구 년 전에 죽은 며느리의 것이고, 마지막 하나는 그 며느리의 태중에서 나오지 못한 손자의 것이다. 그리고 그들 세 망자를 하나로 연결하는 고리는 남자의 둘째 아들, 남자로 하여금 만나고 싶다는 마음조차 감히 품지 못하게 만들 만큼 크나큰 고통을 겪은 불쌍한 둘째 아들이었다. 하루 세 번, 아침 점심 저녁으로 분향하는 것 외에도 수시로 그곳에 들러 독경을 하고 눈물을 흘리고 참회를 다지는 것은 불쌍한 둘째 아들을 위해 남자가 할 수 있는 유일한 속죄의 행위이기도 했다.

느리고 힘이 없긴 하지만 그래도 규칙적으로 이어지던 남자의 발길이 우뚝 멈춘 것은 사당이 바라보이는 건물 모퉁이를 막 돌아섰을 때였다.

사당 앞에는 한 사람이 서 있었다.

거의 빠진 머리카락은 술잔만 한 상투로 묶었고, 작고 구부정한 몸뚱이에는 물 빠진 감색 단삼을 걸쳤다. 구불구불 뒤틀린 지팡이의 끝에 들러붙은 검은 진흙과 무르팍까지 후줄근하게 젖은 양쪽 바짓단은 밤을 도와 숲을 지나온 흔적일 터였다.

남자보다 대여섯 살쯤 연상으로 보이는 그 왜소한 노인의 정체는 바로…….

왜소한 노인이 남자를 향해 포권례를 올렸다.

"오랜만이오, 가주."

남자는 저 노인을 안다. 조부를 섬기던 자, 그리고 조부의 모든 것을 물려받은 둘째 아들을 섬기던 자.

노인은 남자가 아는 그 어떤 종복보다 충성스러웠고, 여간해서는 주인의 곁을 떠나려 하지 않았다. 그런 노인이 이곳에 와 있다는 것은…….

남자가 노인에게 물었다.

"그 아이도 왔소?"

노인이 고개를 끄덕였다.

"그렇소. 지금 이 안에 계시오."

충분히 예상할 수 있는 대답임에도 남자는 뜻밖의 기습을 당한 사람처럼 당황하고 말았다. 머릿속이 하얘지며 생각이 잘 이어지지 않았다. 아니, 반대로 수많은 생각들이 난마처럼 엉키며 튀어나오고 있었다.

'그 아이가 왔다. 저 사당 안에 있다. 단순히 어미를 기리기 위

함일까? 아니면 나를 만나려 하는 것일까? 내가 그 아이를 만나
도 되는 것일까? 만나면 무슨 말을 해야 할까? 아니, 그것보다
도, 그동안 어디서 어떻게 지내 온 것일까? 큰애의 말로는 곤륜
산에서 내려온 뒤 세상에서 완전히 종적을 감췄다고 하던데.'
 혼란에 빠진 남자를 도운 것은 이어진 노인의 한마디였다.
 "곡주께서 이 안에 들어가신 것은 달이 지기 전이라오."
 달이 지기 전에 들어갔다면 반 시진 가까이 사당 안에 머무르
고 있다는 뜻이었다. 망자를 기리는 시간으로는 지나치게 길다
고 할 터였다.
 "그 말은……?"
 "가주님이 오시기를 기다리고 계신다는 뜻이오."
 남자는 노인의 어깨 너머로 시선을 들었다.
 '나를 기다린다고?'
 천하제일 명의의 도움으로 망가진 신체를 치료받기는 했지
만, 그것이 무공의 회복을 의미하지는 않았다. 남자는 한때 사
부로 모시던 서역 대종사와의 인연을 청산하는 대가로 스스로
진원을 손상시켰고, 그로 인해 받은 피해는 어떤 신통한 시술,
어떤 영험한 묘약으로도 복구할 수 없었다. 하물며 치료를 마친
뒤로도 자신을 돌보기보다는 자신을 혹사시키는 방향으로 삶을
강제해 온 남자였다. 지금의 남자는 한낱 평범한 늙은이에 지나
지 않았고, 그러므로 눈으로 보지 않고도 누군가의 기운을 느끼
는 식의 고차원적인 수법은 지금의 남자에게는 다른 세상의 얘
기가 아닐 수 없었다. 하지만 그런데도…….
 ……느껴졌다.
 들어오십시오.
 그 아이가 부르고 있었다.

남자는 최면에라도 걸린 사람처럼 사당을 향해 비척비척 걸음을 옮기기 시작했다. 노인이 사당 쪽을 흘깃 돌아본 다음 남자의 앞길을 비켜 주었다. 남자는 노인을 지나쳐, 세 개의 야트막한 돌계단을 올라, 사당으로 들어가는 문의 녹슨 문고리를 잡았다.

끼이익.

문이 열리고, 스무 평 남짓한 실내를 채운 낯익은 경물들이 남자를 맞이했다. 회칠 위에 곰팡이 자국이 빗물처럼 흘러내린 벽면, 낡고 오래되었지만 남자가 하루에도 몇 번씩 걸레질을 한 덕에 동경처럼 반들반들 윤이 나는 마룻바닥, 정면 벽 쪽에 세 자 높이로 마련된 오동나무 제단, 그 위에 일렬로 타고 있는 십여 개의 굵은 초들, 초들 뒤쪽에 두 자 간격으로 놓여 있는 어른 주먹만 한 크기의 무쇠 향로 세 개, 그리고 각각의 향로 건너편에서 망자들의 넋을 조금이라도 위로하고자 하는 남자의 간절한 바람을 담고 서 있는 위패 세 개.

실내에서 낯선 존재는 딱 하나뿐이었다. 문가에 선 남자를 향해 등을 돌린 채 제단 앞에 앉아 있는 거대한 사람. 보통 사람의 두 배가 넘는 넓은 등판을, 폭포처럼 가로지르고 내려온 머리카락이 옻칠이라도 한 것처럼 새까매 보인다.

문을 열긴 했지만 남자는 사당 안으로 선뜻 발을 들여 놓지 못했다.

그렇게 주저하며 얼마나 시간을 보냈을까.

제단 앞에 앉아 있던 거대한 사람이 자리에서 일어섰다. 그리 낮지 않은 사당 천장이 지금처럼 낮게 보인 적이 없을 정도로 큰 키였다. 칙칙한 색깔의 상하의에 손목과 발목에는 흙먼지에 전 투수와 각반을 둘렀다. 크기가 일반적인 것보다 훨씬 크다는 점만 제외하면 과거 태원에서 보았을 때와 마찬가지로 투박하고 수수한 차림새였다. 그런 거한이, 남자의 둘째 아들이, 남자를 향해 천천히 몸을 돌렸다.

"아원."

남자는 아들의 이름을 불렀다. 하지만 목이 잔뜩 잠긴 나머지 그 이름은 남자의 귀에도 제대로 들리지 않았다.

아들은 남자를 향해 한차례 고개를 숙여 보인 뒤 한 걸음 옆으로 비켜섰다.

아들의 행동에 담긴 의미를 이내 알아차린 남자는 제단 쪽으로 다가갔다. 제단 앞 마룻바닥에 놓인 향갑—아마도 아들이 가져왔을—에서 한 자밤의 향을 꺼내어 촛불의 불꽃에 대고 불을 붙인 다음 가장 오른쪽에 있는 위패를 향해 분향의 예를 올린다. 향을 모아 쥔 손이 가늘게 떨린다. 아들이 있건 없건, 이 자리에 혼자건 아니건, 오늘이 아내의 이십 주기라는 점에는 변함이 없었고, 남자는 이십 년 전 오늘 이 시각에 자신으로 말미암아 목숨을 끊은 아내를 위해 기도했다.

남자의 분향은 아내 한 사람에게 국한되지 않았다. 아내의 위패 왼쪽에는 아들의 부인이자 남자에게는 며느리가 되는 여인의 이름이 적힌 위패가 놓여 있었고, 그 왼쪽에는 태중에서 죽는 바람에 이름조차 얻지 못한 가련한 생명을 위한 위패가 놓여 있었다. 남자는 그 두 위패 앞에서도 일일이 분향을 했고, 그 과정이 모두 끝날 때까지 아들은 남자의 뒷전에 선 채 미동도 않고 기다려 주었다.

분향을 마친 남자가 아들을 향해 몸을 돌렸다. 아들의 얼굴은 태원에서 보았던 것과 그리 다르지 않았다. 곤륜산에서 아들을 마지막으로 본 큰아들은 아우가 삭정이처럼 말라붙었다고 걱정했었는데, 지금은 눈가가 우묵하고 볼이 약간 수척할 뿐 건강에는 별 이상이 없어 보였다. 아니, 오히려 그런 것들이 기이하게 작용하여 탈속한 선기仙氣마저 어린 것처럼 보였다.

"앉으시지요."

아들이 말했다.

남자가 마룻바닥에 앉자 아들이 절을 올렸다. 마치 한집에 사는 효자가 부모에게 아침 문안을 올리는 것처럼 담담한 태도였다.

절을 마친 아들이 자리에 앉자 남자가 말했다.

"왜 왔느냐고는 묻지 않으마. 오늘이 무슨 날인지 네가 모를 리 없을 테니까."

아들은 침묵으로써 시인했다.

"밖에서 들으니 너를 곡주라고 부르더구나. 혈랑곡은 곤륜산에서 해산한 것이 아니었더냐?"

남자의 질문에 아들이 희미한 웃음을 지었다.

"혈랑곡이 아닙니다."

"응?"

"부쟁곡不爭谷입니다. 혈랑곡과는 달리 실제로 존재하는 곳이지요. 기화요초가 만발한 낙원은 아니지만 한적하고 평화로운 곳입니다."

부쟁곡.

다툼이 없는 골짜기.

남자는 그 이름을 입속으로 작게 되뇐 뒤 다시 물었다.

"하면 지난 팔 년간 그곳에서 살았느냐?"

"그렇습니다."

대륙은 광막하고, 사람들에게 알려지지 않은 천외천의 비역

秘域은 곳곳에 숨어 있었다. 아들이 부쟁곡이라고 명명한 그 신비한 골짜기도 그런 곳들 중 하나이리라.

남자는 아들의 깊은 눈을 물끄러미 응시했다. 궁금한 것은 너무 많지만, 묻고 싶은 것도 정말 많지만, 온갖 곡절을 겪고 다시 만난 이 마당에 아무 일도 없었다는 양 아비의 자격을 내세워 꼬치꼬치 캐묻는 것은 염치없는 짓이란 생각이 들었다.

남자로서는 견디기 힘든 침묵의 시간이 한동안 이어지고, 그러다가 남자는 어렵사리 입을 열었다.

"언제 가려느냐?"

누군가 남자에게 죽기 전 마지막으로 하고 싶은 일이 무엇이냐고 묻는다면, 그리고 그 질문에 반드시 진실하게 대답해야 한다는 조건을 붙인다면, 남자는 잠시도 주저하지 않고 둘째 아들을 다시 한 번 만나는 일이라고 대답할 것이다. 그 아들과 마침내 다시 만났건만, 죄 많은 아비는 구슬프게도 이별부터 준비하고 있는 것이다.

그런 안타까운 부정을 아는지 모르는지, 아들이 담담하게 대답했다.

"바로 떠날 겁니다. 이달 안에 숭산에 가야 하니까요. 실은 그 일 때문에 곡에서 나온 겁니다."

야속한 마음이 들었지만 그 또한 염치없다는 생각이 들었다. 남자에게는 야속히 여길 자격조차 없었다. 어미의 이십 주기를 기리기 위해 찾아와 준 것만으로도 그저 감사할 뿐.

그때 아들이 말했다.

"형님이 어머니의 묏자리를 세가 부근에 잡아 드렸다는 것을 압니다. 당신의 고향이 멀리 바라보이는 언덕에 묻어 드렸다고 하더군요."

"그래, 그랬지."

남자도 물론 아는 사실이었다. 신분을 숨기고 활동하던 기간에도 남방에 갈 일이 생길 때마다 억지로라도 시간을 내어 그 언덕에 들르곤 했던 것이다. 하지만, 별생각 없이 고개를 주억거리던 남자는 바로 다음 순간, 벼락이라도 맞은 것처럼 몸을 떨고 말았다. 아들이 한 말에 숨어 있는 진의를 깨달았기 때문이다.

"얘, 얘야……."

묘가 다른 곳에 있는 이상 어미의 이십 주기를 기린다는 명분으로 굳이 이곳까지 올 필요는 없을 터였다. 이유가 있다면 오직 하나, 이곳에서 무덤 속처럼 어둡고 침잠한 하루하루를 살아가는 남자를 만나기 위함이었다.

아들은 아버지를 만나러 온 것이었다. 바로 이 말을 들려주기 위해서.

아들이 아버지에게 말했다.

"저는 저를 용서했습니다. 그러니까 아버지, 아버지께서도 이제는 자신을 용서하세요."

남자의 눈에 눈물이 맺혔다.

(2)

유월의 마지막 날.

하오의 시각으로 접어든 산하는 맹하에 걸맞은 폭염으로 들끓고 있었다. 하늘에서 쏟아지는 햇살은 달궈진 작살이 되어 대지를 난타했고, 지면에서 피어오른 열파는 찜통에서 새어 나온 증기처럼 공기를 일그러뜨렸다. 간혹 불어오는 바람마저 메마르고 후덥지근하여 청량함보다는 불쾌함을 느끼게 만드는 이때에, 생명을 가진 것들 대부분이 헐떡이고 땀 흘리고 괴로워하며 자연이 준 형벌을 인고하는 이때에, 하지만 가차 없는 무더위 속에서도 생기와 활력을 잃지 않는 유쾌한 무리가 있었으니 삶의 가장 푸르른 시절을 향유하는 청춘이 바로 그들이었다. 춘하추동 사계를 인생에 비유한다면 여름은 젊음에 해당하는 계절이었고, 그래서 청춘은 여름의 주인이었다. 그들은 햇살을 피하지 않고 열파를 호흡하며 찌는 듯한 무더위마저 오히려 반기는 듯했다.

첨벙!

요란한 물소리와 함께 물보라가 솟구치고, 포말이 일렁거리는 수면 위로 잠시 후 머리통 하나가 둥실 떠올랐다. 투명한 수막이 흘러내린 정수리는 터럭 한 올 찾아볼 수 없는 구릿빛 민머리였고, 눈썹 위 앞이마에 사마귀처럼 돋아난 두 개의 분홍빛 돌기는 정식으로 계를 받아 불제자가 되었음을 알리는 계인戒印이었다.

"소두小豆, 어서 들어와! 엄청 시원하다고!"

그 연못에는 본래 이름이 붙어 있지 않았다. 산에 익숙한 약초꾼들조차 잘 알지 못하는 그것을 오 년 전인 동자승 시절에 우연히 찾아내고, 세존도 민망해하실 극락연極樂淵이라는 엄청난 이름을 붙이고, 오늘처럼 무더운 날이면 존장들의 눈을 피해 몰래 찾아와 짧지만 즐거운 피서를 만끽하다가 돌아가곤 하는 사람은 방금 수면 위로 머리통을 내민 스물한 살의 청년승, 공회空懷였다.

"난 안 들어갈래. 아도阿稌, 너나 실컷 놀아."

물가 바위에 앉아 발목까지만 물에 담그고 있는 또 다른 청년

승은, 공회에게는 소두라는 별명으로 불렸지만 실제로는 공회와 같은 날 계를 받고 공묘空杳라는 법명을 얻은 정식 수계승이었다. 소매 없는 황색 상의에 물이 빠져 거의 회색으로 보이는 검은 바지 차림. 돌림자를 함께 쓰는 공회도 물론 같은 차림이었다, 훌훌 벗어 던지고 극락연에 맨몸뚱이를 던지기 전까지는.

"소심한 자식, 기껏 여기까지 와 놓고 감질나게 탁족만 찔끔거리다니."

공회는 투덜거리기는 해도 더 이상 권하지는 않았다. 공묘는 예전부터 남에게 알몸 보이는 것을 싫어했다. 이유는 동자승 시절부터 그에게 붙어 다니던 소두, 즉 '작은 콩'이라는 별명과 무관하지 않았다. 그가 동자승이 된 것은 찢어지게 가난한 주제에도 가축처럼 자식새끼들을 마구 내질러 놓은 무책임한 부모 탓이 크겠지만, 그게 아니라도 세상물정을 아는 나이가 된 뒤에는 어쩔 수 없이 출가를 택할 수밖에 없었을지도 모른다. 두 다리 사이에 작은 콩만 한 물건을 매단 채로 당당히 살아가기에는 저 아래 속세는 너무나도 황음한 색계色界일 테니까.

중악 숭산 가운데에도 산세 깊기로 유명한 소실산을 수원으로 삼는 극락연은 한여름에도 얼음물처럼 차가웠다. 그 안에 일각이 넘도록 몸을 담그고 있자니 더위가 가실 뿐만 아니라 뼛속까지 시려 올 정도였다. 위아래 이빨에서 덜그럭거리는 소리가 저절로 울릴 즈음, 공회는 자맥질을 멈추고 물가를 향해 걸어 나왔다. 제 알몸 보이는 것을 싫어하는 것만큼이나 남의 알몸 보는 것도 싫어하는 공묘가 얼른 고개를 돌리는 것이 보였다. 그런 공묘에게 과시하듯 자신의 길고 묵직한 놈을 내밀고 다가간 공회가 그 곁자리에 맨 엉덩이를 털썩 주저앉히고는 부르르 진저리를 쳤다.

"어, 좋다. 그런데 한참 헤엄을 쳤더니 배가 출출하네. 지객당에서 가져온 것 좀 내봐 봐."

공회의 요구에 공묘가 고개를 외로 꼰 채 뜨악한 목소리로 대답했다.

"우리끼리 시작한 걸 알면 흑웅黑熊은 몰라도 서충書蟲은 가만있지 않을걸."

"음, 아무래도 그렇겠지?"

공회는 눈썹을 역팔자로 찌푸리며 고개를 끄덕였다.

법명이 공현公玄인 검은 곰, 흑웅은 나이 스물에 다음 대 십팔나한의 후보자로 발탁되었을 만큼 발군의 자질을 가진 무골답지 않게 여간해서는 웃는 낯을 거두지 않는 온화한 성격의 소유자였다. 반면에 법명이 공절公切인 책벌레, 서충은 왜소하고 깡마른 데다 맡은 일마저 경전을 연구하는 장경각 학승이면서도 성격은 그야말로 미친개처럼 지랄맞았다. 정말로 싸움이 붙는다면 나한당의 무승인 공현에게는 물론이거니와 재무원에서 사찰의 살림을 관리하는 사판승 공회와 지객당에서 외부인을 접객하는 지객승 공묘에게조차도 적수가 못 될 공절이지만, 동갑내기인 다른 세 청년승들은 기이하게도 공절을 상대로 눈씨를 제대로 세우지 못했다. 햇수로 십 년도 더 되는 동자승 시절부터 그래 왔으니, 공절을 화나게 해서는 안 된다는 영혼의 경고가 그들의 뼛속 깊은 곳에 새겨져 있는지도 모른다.

"그래도 애들 오면 바로 시작할 수 있게 준비는 해 놓는 게 좋지 않을까?"

공회가 바위에서 엉덩이를 떼어 내며 물었다. 그런 공회를 슬쩍 돌아본 공묘가 죽은 쥐라도 본 것처럼 오만상을 찡그리며 말했다.

"준비하는 건 좋은데 제발 벌거벗고 하지는 말아 줘. 눈이 썩는 기분이니까."

"사내새끼가 지랄하고 자빠졌네."

대답은 그렇게 했지만 공회는 바위에 널린 승복부터 집어 들었다.

공회가 말한 준비란 일회용 화덕을 만드는 일이었다. 거지들 사이에 은밀히 전해져 오는 그 독특하고도 쓸모 많은 화덕의 제작법과 그것을 통해 얻을 수 있는 가장 간단하고도 훌륭한 요리의 조리법을 공회에게 가르쳐 준 사람은 과거 곤륜산에서 신무 전주를 상대로 천하제일장의 칭호를 획득한 거지 왕초와 나이를 먹을수록 소를 더 닮아 가는 그의 장제자였다.

공회가 천하의 거지들에게 천신처럼 숭상받는 그들 사제와 인연을 맺게 된 이야기를 하기 위해서는 지금으로부터 구 년 전, 공회가 아도라는 아명으로 불리며 사찰 내의 닭장 중 한 곳을 관리하던 시절로 거슬러 올라가야 했다.

'원수처럼 미운 닭 도둑들이었지, 처음에는.'

중독된 몸을 치료한다는 명분으로 절밥을 축내는 군식구 주제에 닭장 속 암탉들을 밤마다 서리해 가는 그들 사제의 만행으로 인해 호랑이처럼 무서운 일돈一頓 스님에게 시달린 것을 생각하면 정말이지……. 하지만 그해 초겨울 다시 찾아온 그들은 네 마리 건강한 암탉들로써 과거 자신들이 지은 죄를 뉘우쳤고, 닭장을 관리하는 동자승은 불제자다운 자비와 관용을 베풀어 그들을 용서하기로 했다. 이후로도 그들은 이삼 년에 한 번씩 소림사에 놀러 왔고, 악습이 도졌는지 몇 마리의 닭을 또다시 서리함으로써 동자승에서 청년승으로 성장 중이던 닭장 관리인을 곤란하게 만들었고, 다시 산 아래 시장에서 암탉을 사 가지고 옴으로써 자신들이 지은 죄를 참회했고, 또 용서를 받았고, 그렇게 공회의 청소년기에 깊은 인상을 남기며 기묘한 교분을 쌓아 왔던 것이다.

거지들과의 기묘한 교분은 공회의 청소년기에 깊은 인상을 남겼을 뿐만 아니라 그 이후의 삶에도 작지 않은 영향을 끼쳤다. 획일적이고 지루하기만 하던 일상이 다채로워지고 재미있어진 것은 물론 좋은 영향이겠지만, 그들의 유혹에 넘어가 비린 것을 먹지 말라는 계율까지 어기게 된 것은, 글쎄, 그것도 과연 좋은 영향이라고 할 수 있을까?

영향은 또 다른 영향을 불러왔다. 공회—당시에는 아도—에게는 친형제처럼 살갑게 지내는 동기—당시에는 소두와 흑웅과 서충—가 셋이나 있었는데, 그는 자신이 거지들에게서 받은 영향을 우정이라는 명목하에 그들에게 아낌없이 전파했던 것이다. 걸인계회乞人鷄會라는, 소림사 내에서도 당사자들 넷을 제외하면 아무도 존재를 알지 못하는 이 비밀스러운 모임은 그렇게 해서 탄생하게 되었다.

공현과 공절이 극락연에 당도한 것은 급조한 화덕에 꽂힌 대나무 연통에서 허연 연기가 무럭무럭 올라올 때였다.

"킁킁, 냄새 좋다."

게슴츠레한 눈으로 코를 벌름거리는 것은 곰처럼 건장한 공현이었고…….

"냄새가 나면 안 되지. 걸인계의 요체는 겉에 바른 진흙 껍데기가 얼마나 잘 밀봉되었느냐에 달렸으니까."

깐깐한 눈으로 꼬투리부터 잡는 것은 자벌레처럼 앙상한 공절이었다.

행여 누가 볼세라 벗은 상의를 파초선처럼 크게 부쳐 하늘로 올라가는 연기를 흩어뜨리던 공회가 손길을 멈추고 지각생들을 향해 짜증을 부렸다.

"심보 한번 고약하다. 다 늦게 나타나서 남이 공들여 장만한 밥상에 젓가락만 얹겠다는 속셈이냐?"

"좀 봐줘라. 어제부로 문수전에 금줄이 걸렸다는 건 너도 알잖아. 번이 끝나는 대로 오는 길이다."

변명을 늘어놓으면서도 뒤통수를 긁적거리며 면구스러워하는 것은 온화한 공현이었고…….

"와 준 것만으로도 고마워할 것이지. 우리 장경각이 재무원이나 지객당처럼 놈팡이 소굴인 줄 아냐."

뭐 뀐 놈이 성낸다고 외려 고개를 빳빳이 세우며 맞받아친 것은 지랄맞은 공절이었다.

한쪽은 나한당의 총아요, 한쪽은 장경각의 미친개였다. 그들을 상대로 길게 타박하는 것은 영리한 행동이 아니라고 여긴 공회는 화덕 옆에 펼쳐 놓은 대자리를 턱짓으로 가리켰다.

"거의 익었으니 얼른 앉아라. 너희들 기다리는 동안 배고파서 성불할 뻔했다."

오늘 걸인계의 재료가 된 두 마리 닭은 물론 소림사의 닭장에서 가져온 것이었다. 물육식勿肉食의 계율을 어겼다고 해서 물살생勿殺生의 계율까지 어긴 것은 아닌 공회가 이번 모임에 커다란 수탉을 두 마리씩이나 공급할 수 있었던 것은, 지난밤 닭장한 곳을 탈출한 젊은 수탉 한 마리가 이웃한 다른 닭장에 난입하여, 십여 마리의 암탉들을 거느리고 안락한 노후를 보내던 늙은 수탉과 맹투를 벌인 끝에 동귀어진同歸於盡한 사건이 벌어졌기 때문이다.

흔하지는 않지만 그래도 한 계절에 한두 번씩은 발생하는 이런 종류의 불상사에 대해 소림사의 양계를 관장하는 재무원이 취하는 조치는, 적어도 공식적으로는, 금수를 위한 왕생주往生呪를 독경해 준 뒤 사찰 밖의 으슥한 곳에다 매장해 주는 것이었다. 하지만 그 조치를 행하는 것은 실무자였고, 현재 닭장에 관한 모든 실무를 맡은 사람은 바로 공회였다. 그리고 공회로 말할 것 같으면, 죽은 닭을 흙 속에 매장하는 것보다는 배 속에 매장하는 것이 훨씬 더 이롭다는 사실을 동자승 시절 사귄 거지 사제로부터 배운 바 있었다.

걸인계회의 주된 요리는 진흙으로 감싸 화덕 안에서 구운 걸인계인 것이 당연하지만, 그것이 전부는 아니었다. 공묘는 지객당 스님들이 손님 접대용으로 장만한 떡과 과일을 가져왔고, 공절은 장경각 학승들이 철야 근무를 할 때 먹는다는 검은 깨가 송송 박힌 월병을 내놓았으며, 심지어 공현은…….

공현이 바랑에서 꺼낸 대나무 물통의 마개를 열자 달콤한 가운데도 코끝을 톡 쏘는 알싸한 향기가 주위로 퍼져 나갔다. 화덕에서 빼낸 큼직한 진흙 공 두 개를 판자에 얹어 대자리로 가져오던 공회가 콧등에 잔주름을 몇 번 잡다가 공현에게 물었다.

"그거…… 설마 곡차穀茶냐?"

곡차란 불가에서 술을 가리킬 때 쓰는 용어였다. 공현이 싱글벙글 웃으며 고개를 끄덕였다.

"설마가 아니라 진짜 곡차지."

"이런 나쁜 자식. 무간지옥에 떨어질 파계승 같으니라고. 하지만 무간지옥에 함께 떨어지더라도 칭찬해 주지 않을 수 없구나. 대체 어디서 난 거냐?"

"탑림塔林의 노사부님한테 얻었다."

"탑림의 노사부라면…… 그 소지掃地 영감 말이냐?"

공현의 얼굴에서 웃음기가 사라졌다.

"말조심해라. 그렇게 함부로 불릴 분이 아니니까."

공현이 저렇게 정색을 하고 말하는 것은 무척 드물었다. 이를 이상히 여긴 공회는 걸인계를 받친 판자를 내려놓고 자리에 앉아 공현에게 물었다.

"하는 일이라고는 빗자루질밖에 없는 외눈박이 영감이 뭐가 대단하다고?"

그것은 공회 혼자만의 생각이 아니었다. 절 내의 젊은 승려들 대부분은 탑림 뒤편의 숲속에 조그만 움막을 짓고 살며 드넓은 탑림을 청소하는 것으로 하루의 대부분을 보내는 그 영감을 그리 대단한 사람으로 여기지 않았다. 경내에 거주하는 것을 허락받은 걸 보면 본사에 소속된 승려 같기도 하지만, 삭발도 제대로 안 해 꺼칠꺼칠하게 자란 백발을 보면 꼭 그런 것 같지도 않았다. 그런 마당에 용모도 추악하고 한쪽 눈마저 없으니 젊은 승려들로부터 존경을 받을 만한 이유가 없는 것이다.

그러나 나한당의 총아는 젊은 승려들의 중론에 동의하지 않는 것 같았다.

"올봄에 해담海淡 사조님을 따라 탑림에 간 적이 있었어. 당신께서 연성 중이시던 금강부동공金剛不動功에 미심쩍은 점이 발견되어 가르침이 필요하시다나. 나한당의 공 자 배 중에서 공호空浩 사형과 나만 데려가신 까닭은 우리 정도의 자질이면 '그 어른'께 보여도 그리 부끄럽지 않을 것 같아서라고 하시더라."

저 말이 잘난 척하는 소리로 들리지 않는 것은 사실이 그러하기 때문이었다. 공현도 그렇거니와, 특히 공호 사형의 경우는 옥나한이라는 명호로 소림 공부의 위대함을 만천하에 알린 적 송 태사조 이후 가장 뛰어난 무골로 주목받는 기재였다.

고개를 주억거리던 공회는 문득 생각난 점이 있어 공현에게 다시 물었다.

"무공에 대해 가르침을 받으려면 적오 태사조님이나 적송 태사조님을 찾아가실 일이지, 탑림에는 왜 가셨대?"

해담 사조는 현 나한당주였다. 대대로 나한당주는 소림의 무공을 대표하는 자리였고, 자연히 같은 돌림자 내에서 무공 방면으로 가장 높은 성취를 이룬 사람에게 돌아갈 수밖에 없었다. 그러므로 소림 내에서 해담 사조에게 가르침을 내릴 만한 인물이라면, 전대 나한당주인 적오 태사조와 옥나한 적송 태사조 외에는 없을 거라고 여긴 것은 전혀 이상한 일이 아니었다.

"나도 처음에는 그분들께 가는 줄 알았지. 그런데 사조님께서는 당연하다는 듯이 탑림으로 발길을 옮기시더라. 왜냐하면 '그 어른'께서 그곳에 계셨거든."

공현의 대답은 공회의 머릿속을 더욱 혼란스럽게 만들었다. 아까도 그 어른, 지금도 그 어른, 그렇다면 그 어른이란 사람이 바로 소지 영감이란 말인가? 정체불명인 데다 외눈박이인?

소리 내어 묻지 않았는데도 공현은 공회의 마음을 짐작한다는 듯이 고개를 끄덕였다.

"맞아, 사조님께서는 바로 그 노사부님을 뵈러 탑림에 가신 거야."

"정말? 그렇다면 소지 영감, 아니, 그 노사부란 분이 적 자배의 태사조님들보다 더 고수였단 말이야?"

공현은 긍정도 부정도 하지 않았다.

"두 분이 만나는 것은 봤지만 가르침을 내리거나 받는 것은 보지 못했으니 뭐라 대답하기가 힘드네. 하지만 돌아오는 동안 살핀 사조님의 표정이 밝아진 것으로 미루어 탑림에 가신 목적은 달성하신 것 같았어. 그래서……."

"그래서?"

"그분이 어떤 분인지 궁금해지더라고. 그래서 시간이 날 때마다 탑림에 찾아갔지. 처음에는 공호 사형과 함께 갔는데, 사형이 싫증을 느끼고 포기한 뒤에는 나 혼자 가야 했어. 그런데그 노사부님, 정말 목석으로 만든 사람처럼 곁에서 누가 지켜보건 말건 신경도 안 쓰시더라. 그저 묵묵히 비질만 하시더라고. 그러다가 보름 전에야 처음으로 눈길을 주시더니 불쑥 입을 여신 거야."

"뭐라고 하셨는데?"

"첫마디는 '너무 단단한 나무로는 좋은 배를 만들 수 없겠지.'였어."

"잉? 그건 또 무슨 소리야?"

"난들 알겠니. 그래서 그냥 고개를 푹 숙이고 있었지. 그랬더니 뒤춤에서 이 곡차를 꺼내 내미시더라. 그러면서 '마셔라. 칠십 년을 단단하게 살아온 나무가 늘그막에 와서야 배운 물러지는 방법 중 하나다.' 하시더라고. 그날 이후 물음주勿飲酒의 계율을 어기는 것이 찜찜해서 마실까 말까 줄곧 망설이기만 했는데, 이 자리에서라면 왠지 마셔도 될 것 같아서 가져온 거야."

공회는 속으로 '절간에서 술을 마시는 것으로도 모자라 승려에게 권하기까지 하다니 마귀 같은 영감이 틀림없군.'이라고 생각했지만 입 밖으로 꺼내지는 않았다. 공현은 온화한 성격이지만 한번 마음에 품은 감정은 웬만해서는 버리지 않는 외골수이기도 했기 때문이다. 너무 단단하다는 게 그런 의미라면, 그 영감이 제대로 본 셈이라고 할까.

그때 월병을 깨작거리며 두 사람의 얘기를 듣고 있던 공절이 공현의 손에 들린 대나무 물통을 홱 낚아채더니 입으로 가져가 벌컥벌컥 들이켜는 것이었다. 잠시 후, "카아!" 소리와 함께 입가를 팔뚝으로 훔친 공절이 카랑카랑한 목소리로 소리쳤다.

"물음주는 얼어 죽을! 적오 태사조, 그 양반이 젊은 시절에 말술을 마다않던 술고래였다는 사실은 절 내에서 모르는 사람이 없을 만큼 유명한 얘기잖아. 야야, 객쩍은 소릴랑 집어치우고 얼른 걸인계나 까 봐라!"

"아, 알았어."

미친개 성격에 이 정도 참아 준 것도 대견하다고 생각하며, 공회는 서둘러 공현에게 눈짓을 보냈다. 나한당 총아의 재주는 과연 남다른 면이 있어서, 걸인계를 감싸고 있던 두껍고 뜨거운 진흙 공이 그 손길 아래에서 맥없이 뜯겨 나갔다.

한 사람당 반 마리씩의 걸인계를 앞둔 청년승들은 간만에 맛보는 거지들의 진미에 모든 것을 잊을 만큼 몰두했다. 돌아가면서 간간이 곁들인, 무엇으로 담갔는지 알 수 없는 소지 영감의 달곰쌉쌀한 곡차는 잘 익은 닭고기의 고소하고 기름진 풍미를 한층 더 부풀려 주었다.

걸인계회는 닭장에서 발생하는 불상사에 따라 비정기적으로 열리는 회식성 모임임에 분명하지만, 그렇다고 배만 채우면 모든 것이 끝나 버리는 단순한 모임은 아니었다. 걸인계회의 구성원인 네 청년승들은 무림의 태산북두로 칭송받는 소림사 내 각기 다른 조직에서 실무를 담당하는 인재들이었고, 그중 한 명이 쌓아 놓은 이야기는 나름의 가치를 가진 정보가 되어 다른 세 명으로 하여금 조직 내에서 임무를 수행하는 데 작지 않은 도움을 주었던 것이다. 아까 공현이 꺼낸 소지 영감 건만 해도 그랬다. 탑림에서 빗자루질이나 하면서 만년을 보내는 늙고 추레

한 외눈박이 영감에게 당금의 나한당주가 가르침을 구할 만한 무엇인가가 숨어 있다는 것은 신기하기도 하거니와 주목할 만한 가치가 있는 일이라고도 할 터였다.

지금부터는 그런 이야기들을 나눌 시간이었다.

뒤로 기울인 상체를 두 팔로 버틴 채 대자리 가운데 수북이 쌓인 닭 뼈들을 만족스러운 눈매로 바라보던 장경각의 미친개 공절이 어느 순간 동문이자 동기이자 친구인 세 청년승을 둘러보며 말문을 열었다.

"내가 오늘 너희에게 들려줄 이야기는 중원에 다시 모습을 드러낸 서역의 마승魔僧들에 관해서야."

지랄맞은 성질과 달리 선설인善說人(이야기꾼)이라고 불러도 될 만큼 입담 좋은 공절이 이야기를 꺼내는 방식은 주로 이런 식이었다. 키우는 개에 먹이라도 주듯 툭 던져 놓는 한마디가 듣는 사람의 마음을 확 잡아끄는 것이다.

수북이 쌓인 닭 뼈 무더기를 가운데 두고서 둥글게 둘러앉은 공묘와 공현이 삐딱하던 자세를 고쳐 앉는 모습을 본 공회는, 자신 또한 대자리에 왼쪽 팔꿈치로 괴고 있던 상체를 올려 세우고는 공절에게 물었다.

"서역의 마승들이라면, 활불을 자처하는 밀종의 라마승들을 말하는 거냐?"

공절은 가느다란 목 위에서 특유의 깔보는 듯한 표정을 짓고 있던 성마른 얼굴을 크게 끄덕거렸다.

"물론이지."

이 긍정에 이의를 제기하고 나선 사람은 지객당의 작은 콩, 공묘였다.

"아미타불, 구업이로다. 사는 곳이 동방과 서방으로 나뉠 뿐이지 같은 길을 걷는 불제자인 점은 매한가진데, 마승이라고 부르는 것은 너무 심하잖아?"

"아미타불 노하실라. 입가에 닭기름이나 닦고 찾아라."

공절의 핀잔에 공묘가 번들거리는 입가를 황급히 훔쳤다. 그런 공묘를 향해 가볍게 콧방귀를 뀐 공절이 다른 두 친구를 둘러보며 말을 이었다.

"팔부중을 필두로 한 그치들이 토번국 출신 귀비의 회임 기원 불사를 드린답시고 국경을 넘었던 것도 벌써 십 년이 다 돼 가잖아. 하지만 대내에 웅크리고 있던 비각의 늙은 이무기, 잠룡야와 결탁하여 암중에서 못된 짓을 벌이다가 하나둘씩 비참한 말로를 맞이하게 되었고, 마침내는 팔부중의 수뇌이자 아두랍찰의 주지인 데바 대법왕마저도 그해 원소절날 곤륜산 무망애에서 이 대 혈랑곡주의 타오르는 마검 아래 잿더미로 변하고 말았다는 사실은 너희들도 잘 알고 있겠지?"

그 일을 모르는 사람이 있을까?

이 차 곤륜지회가 벌어진 지도 어느덧 십 년 가까이 지났고, 그사이 오이라트에 의한 큰 전쟁도 한차례 겪었지만, 당시 원소야의 만월이 비치는 쟁선대 위에서 펼쳐진 신화적인 사건—몇 번의 쟁선과, 쟁선자들에 대한 강제와, 괴물에 대한 이야기와, 그 괴물의 소멸까지—은 지금까지도 속세의 선설인들이 가장 선호하는 얘깃거리로 회자되고 있었다.

공회는 생각했다.

'게다가 내가 가장 좋아하는 얘깃거리이기도 하고.'

하물며 이 차 곤륜지회의 참가자들 중 한 명인 거지 왕초와 망년지교—상대도 그렇게 생각해 줄지는 의문이지만—를 맺은 공회가 아니던가. 닭서리를 들킨 늙은 친구가 어린 닭장 관리인을 달랠 때 동원한 교활한 수단들 중에는 당시의 흥미진진한 이야기를 들려주는 일도 포함되어 있었던 것이다. 무슨 까닭인지는 몰라도 이 대 혈랑곡주가 등장하는 대목에 이르기만 하면 모호하게 얼버무리기 일쑤이긴 했어도.

그러는 사이에도 공절의 이야기는 계속되었다.

"환복천자가 토목보에서 천벌을 받아 비명횡사한 뒤로 대내의 권력을 휘어잡은 우겸 대인은 오랑캐, 특히 서쪽의 오랑캐라면 자다가도 진저리를 칠 만큼 완고한 위인이었어. 그리고 지금의 황제는 그런 우 대인 덕에 보좌에 오른 만큼 웬만해서는 우 대인의 정책에 토를 달지 않으려고 했고. 그러니 한창 잘나가던 시절에는 활불이니 국사國師니 온갖 떠받들림을 받던 서역의 라마승들이 가뭄에 논물 마르듯 중원에서 사라져 버린 것도 다 그 때문이라고 할 수 있지. 한데 꼬맹이 황태자가 요절한 이삼 년 전부터는 상황이 조금씩 바뀌었어."

"어떻게 바뀌었는데?"

공회가 물었다. 선설인이 하는 이야기 중간중간에 적당한 추임새를 넣어 주는 것은 청자의 의무이기도 했던 것이다.

그러자 공절이 뻐기듯이 말했다.

"토목보에서 오이라트 군대에 포로로 잡혔다가 송환돼서 자금성 남쪽 궁궐에서 유배 생활을 보내는 옛날 황제…… 아, 그 황제가 지금의 황제하고 형제 사이라는 건 알지? 바로 그 옛날 황제를 지지하는 세력이 고개를 들기 시작한 거야. 생각해 봐. 기회가 좋잖아? 지금의 황제는 후사가 없고, 그래서 대를 잇기 위해 좋든 싫든 옛날 황제의 아들을 또다시 황태자로 책봉해야 했어. 더군다나 신줏단지처럼 애지중지하던 아들을 잃은 황제는 실의에 빠진 나머지 이전의 총명함을 완전히 잃어버린 상태였고. 그런 마당이니 간교한 무리가 다시 고개를 드는 것도 무리는 아니지."

묵묵히 듣고 있던 공현이 고개를 삐딱하게 기울이며 물었다.

"이상하네. 우 대인이 바보도 아닌데, 그런 독사 같은 작자들을 여태껏 그대로 내버려 두었단 말이야?"

공절은 공현을 향해 마치 '바보는 너야.'라는 식의 신랄한 미소를 지었다.

"어이, 곰, '충신忠臣은 무섭고 간환奸宦은 살갑다.'라는 말이 무슨 뜻인지 몰라서 하는 소리야?"

공현이 잠시 생각하다가 되물었다.

"그럼 환관들이 또 등장했단 말이야? 환복천자로 인해 그 난리를 쳐 놓고도?"

"또라고? 물정 모르는 소리 하고 자빠졌네. 넓디넓은 자금성에서 쥐 새끼들을 모조리 박멸하는 건 가능해도 환관들을 전부 몰아내는 건 절대로 불가능할걸. 그 동네의 진짜 주인은 환관이라고. 황제는 원래부터 놈들의 대리인에 불과했는지도 모르지. 그러니 우 대인이 제아무리 무섭고 철저한 사람이라도 퇴궐한 뒤에 구중궁궐 안에서 은밀히 벌어지는 일들에 대해서는 간여할 방도가 없을 수밖에. 환복천자가 이 나라에서 황제를 능가하는 절대 권력을 잡은 최초의 환관인 것은 분명하지만, 최후의 환관은 아니라는 데 이 모가지를 걸 용의도 있지."

이 대목에서 말을 멈춘 공절은 좌측에 앉은 공묘에게 얄궂은 눈길을 보내며 말했다.

"소두, 보아하니 고자들의 세상이 다시 올 것 같은데, 너도 있으나 마나 한 물건 떼어 버리고 그치들과 합류하는 게 어때? 지객당에서 향화객들의 수발을 드는 것보다는 떡고물이 훨씬 많이 떨어질 테니 말이야."

"미친 새끼."

얼굴이 새빨개진 공묘가 욕을 하며 화를 냈지만 공절은 귀엽다는 듯이 그저 히죽거리기만 할 뿐이었다.

"불쌍한 애 놀리지 말고 북경 얘기나 계속해 봐."

공회의 재촉에 공절의 표정이 다시 진지해졌다.

"지금의 황제는 나이가 일광一光 사숙 정도밖에 안 되는데도 불구하고 많이 아프대. 원래부터 건강하지 못한 데다 황태자가 죽은 뒤로는 잠도 제대로 못 잤다나. 불면증이 너무 심해서 뜬 눈으로 밤을 새우는 게 한 달이면 스무 날도 넘는다더군. 그 러다 해가 중천에 뜬 뒤에는 까부라져서 겨우 눈을 붙이는데, 황제란 자리가 자고 싶다고 마음대로 잘 수 있는 자린가? 폐하, 통촉하시옵소서, 폐하, 망극하나이다, 이렇게 사방에서 찾아 대니 억지로 깨어서라도 볼일을 봐야겠지. 아무리 젊다고 해도 그런 생활을 일 년 넘게 해 왔으니 버틸 재주가 있나. 요즘에는 정신도 오락가락하는 게 죽을 날 받아 놓은 노인네 같다더라."

공회는 문득 궁금해졌다. 장경각에 틀어박혀 경전만 들이파고 사는 공절이 멀리 구중궁궐 안에서 벌어지는 일들에 관해서는 어떻게 저토록 잘 아는 걸까?

바라보는 눈빛에 그런 심정이 그대로 드러났는지 묻지도 않았는데 곧바로 대답이 나왔다.

"지난겨울 장경각의 일광 사숙이 해 자 배 사조님들 세 분을 모시고 한 달 넘게 사찰을 비운 일 기억하지? 알고 보니 경사京師(북경)에 다녀온 거였어. 우리 소림뿐 아니라 전국에서 이름난 사찰의 고승들이 한자리에 모였대. 기체 미령하신 황제 폐하의 쾌유를 기원하는 불사를 올리려고 말이야. 흥, 한마디로 헛짓거리를 한 거지. 그렇게 해서 무병장수할 수 있다면 고래의 황제들은 다 만수무강했겠다."

일광 사숙은 장경각의 학승으로서 원체가 둥글둥글한 호인인데다 일 자 배 중에서는 가장 막내라서 한 항렬 아래인 공 자 배들과 격의 없이 지내는 사이였다.

"에…… 이야기가 옆으로 좀 샌 감이 있는데, 나한테 서역의 마승들 얘기를 해 준 사람은 바로 일광 사숙이었어. 소두, 아까넌 서역의 라마승들을 마승이라고 부르는 게 너무한 거 아니냐고 했지? 하지만 그치들을 마승으로 부른 건 사실 내가 아니라 일광 사숙이야. 나는 그 말을 옮긴 것에 불과하다고."

"일광 사숙이?"

공절의 말에 공회는 조금 놀랄 수밖에 없었다. 일광 사숙이 과묵한 사람이라고는 할 수 없지만, 입을 함부로 놀림으로써 구업을 짓는 경박한 사람 또한 아니라는 점을 알기 때문이었다.

공절이 매부리 진 콧대 옆쪽을 검지 끝으로 긁으면서 말했다.

"북경에 갔더니 놀랍게도 서역의 라마승들도 기다리고 있더래. 환관들의 꼬임에 넘어간 황제가 우겸 대인의 반대를 무릅쓰고 그치들도 부른 거지. 중원식 불사가 끝난 다음 날 곧바로 밀종식 불사가 치러진 것도 바로 그 때문이었어. 그런데…… 음, 이건 일광 사숙이 직접 본 건 아니고 자금성에 들어갔다가 나온 해경海敬 사조님이 들은 얘기라는데, 그치들이 요술을 쓰더래."

"요술?"

"웃기지? 하지만 소매를 흔들어 붉은 안개를 피우고 입으로 휘파람을 불어서 사람을 잠재운 다음 원하는 꿈을 꾸도록 만드는 게 요술이 아니면 뭐가 요술이겠어? 그런데 황제를 두고서 진짜로 그렇게 하더래. 너희들도 알잖아, 해경 사조가 허풍이나 치고 다니는 양반이 아니라는 걸.”

“알다마다, 그럴 어른이 아니시지.”

공회를 포함한 세 사람이 약속이나 한 것처럼 고개를 끄덕였다.

소림의 전대 장문인이던 적공 태사조가 참회동懺悔洞에 스스로 들어간 일을 계기로 적 자 배의 고승들 대부분은 일선에서 물러나 장로가 되었다. 지금의 소림을 이끌어 가는 주류는 적 자 배 바로 아래 항렬인 해 자 배인데, 오직 하나 예외인 곳이 있으니 바로 공절이 소속된 장경각이었다. 장경각주이자 과거 소림 사대무보 중 하나로 꼽히던 적견寂見 태사조가 설마하니 공명심이나 일 욕심이 남달라서 그럴 리는 없을 테고, 유독 그 혼자만 일선에서 물러나지 않는 이유가 무엇인지에 대해 사찰 내에서도 많은 설들이 오갔지만 명확히 이거다 싶은 것은 아직 드러나지 않았다.

각설하고, 공절이 언급한 해경 사조는 바로 그 적견 태사조의 수제자로서 원래대로라면 지금 장경각주 자리에 앉아 있었어야 할 인물이었다. 장경각 학승으로 반 갑자를 보낸 사람답게 경전에 대한 이해가 깊은 데다 인품 또한 돌부처처럼 진중한 그가 허풍쟁이일 리는 없는 것이다.

“그 해경 사조 말씀이, 잠에서 깬 황제가 눈물을 줄줄 흘리면서도 활짝 웃으면서 ‘그 아이를 만났도다! 짐이 마침내 그 아이를 만났도다!’ 하고 외치더니, 중원의 고승들도 모두 모여 있는 자리에서 서역 마승들의 우두머리…… 음, 아마도 아두랍찰의 현 주지인가 그럴 거야. 어쨌거나 그 라마승에게 국사 칭호를 내려 주었다는 거야. 그리고…….”

이 대목에서 공절은 곤혹스럽다는 듯이 콧등에 잔주름을 촘촘히 잡았다.

"이게 무슨 말인지는 나도 잘 모르겠는데, 어쨌거나 해경 사조님이 하신 말씀을 그대로 옮길게. 황제 가라사대, '국사가 벼락을 찾을 수 있도록 짐의 제국 어디든 자유로이 다니며 관의 도움을 받을 수 있는 탐벽칙사探霹勅使의 직위를 하사하노라.'라고 했다더군."

공회는 눈을 끔벅거리다가 되물었다.

"벼락을 찾아? 하늘에서 떨어지는 그 벼락을?"

공절이 장경각의 미친개답지 않은 자신 없는 얼굴로 고개를 끄덕였다.

"응. 그 말로 미루어 과거 이 대 혈랑곡주에게 그토록 호되게 당한 그치들이 중원에 다시 얼굴을 비친 까닭은 바로 그 벼락이란 걸 찾기 위해서인 것 같아."

'벼락이 찾는다고 해서 찾을 수 있는 물건인가?' 하는 의문이 들었지만 공절에게 물어봤자 딱히 해답이 나올 것 같지는 않았다.

"하는 짓을 봐도 그렇고 하는 소리를 들어도 그렇고, 서충, 일광 사숙이나 네가 쓴 마승이란 표현이 그리 심한 것 같지는 않네. 어쨌거나 재미있는 얘기였어."

공회는 모임의 주최자로서 공절의 이야기에 대해 총평을 내렸다. 공절이 싱긋 웃더니 주위를 둘러보았다.

"자, 다음은 누구 차례야?"

오늘 모인 걸인계회에서 장경각의 미친개 다음으로 선설인의 부채를 들어 올릴 사람은 지객당의 작은 콩이었다. 공묘는 언제나처럼 엄살부터 부렸다.

"나는 얘깃거리라고 할 만한 게 별로 없는데 어쩌지? 너희들도 알다시피 유월 하순에는 향화객들의 발길이 뜸하잖아. 다들 개귀문開鬼門(음력 7월 1일)에 접어든 다음에 불공을 드리려고 하니까. 물론 내일부터는 눈코 뜰 새 없이 바빠지겠지만, 오늘까지는 한가해. 내가 아도랑 같이 이곳에 일찍부터 자리 잡을 수 있었던 것도 그 덕분이고."

"그러고 보면 비가 오나 눈이 오나 팔자 늘어진 건 재무원의 놈팡이들밖에 없는 모양이군."

공절이 눈을 흘기며 투덜거렸지만 공회는 못 들은 척 무시하고 공묘의 다음 말을 기다렸다. 천적을 만난 문어가 먹물을 뿌리고 달아나듯 언제나 엄살부터 치고 시작하는 공묘였지만, 그래도 맨입으로 이 모임에 참가한 적은 없었기 때문이다.

과연 공묘는 친구의 기대를 저버리지 않았다. 빤히 보이도록 뜸을 들이던 공묘가 마침내 이야기의 운을 뗐다.

"하지만 굳이 말하라면, 어제 새벽에 산문에 들어온 그 별난 손님 얘기를 하지 않을 수 없겠지."

새벽이라고 해서 절을 찾아오는 향화객이 없는 것은 아니다. 심지어는 그 시간대에 올리는 기도가 특별히 영험하다고 믿는 이들도 있었다. 그러므로 일찍 찾아왔다는 이유 하나만으로 지객승의 눈에 별나게 비치지는 않을 터였다.

"뭐가 그렇게 별난데?"

공회의 물음에 공묘는 공처럼 동글동글한 얼굴 가득 득의양양한 미소를 지었다.

"무엇보다도 그 손님을 맞으러 산문까지 내려온 분들의 면면이 별나다고 할 수 있지."

산문 앞에 지객승들을 세워 두는 가장 큰 이유는 손님맞이를 위해서인데, 손님 하나를 맞이하기 위해 굳이 다른 누군가가 산문까지 내려왔다면 확실히 범상한 일은 아니라고 볼 수 있었다.

"산문으로 내려온 사람들이 누군데 그래?"

공묘는 질문으로 대답을 대신했다.

"너희들 요즘 적송 태사조 뵌 적 있어?"

공회를 포함한 세 사람은 휘둥그레진 눈으로 서로의 얼굴을 돌아본 뒤 약속이나 한 듯 고개를 도리도리 흔들었다.

"적인 태사조는?"

공묘의 이어진 질문에 이미 휘둥그레진 세 쌍의 눈이 한층 더 휘둥그레졌다. 강호에서 옥나한이라 불리는 적송 태사조보다 얼굴 보기가 더욱 힘든 사람이 전대의 계율원주인 적인 태사조였기 때문이다. 왜냐하면…….

"그 어른이야 오래전에 노망나서 찰각암察覺庵에 틀어박혀 사시잖아."

공절이 찌푸린 얼굴로 꺼낸 말에 굵고 낮은 목소리로 정정을 가한 사람은 나한당의 공현이었다.

"그건 아니야. 적인 태사조님은 멀쩡하시니까."

"뭐?"

"모르고 있었구나. 찰각암으로 음식 시중을 드는 일덕一德 사숙 말씀이, 그 어른 신지가 온전해진 것이 벌써 여러 해 전 일이라고 하시더라."

이 말을 쉽게 받아들이지 못한 것은 매사에 의심이 많은 공절만이 아니었다. 공회가 공현에게 이의를 제기했다.

"어떻게 그럴 수가 있는 거지? 노망은 시간이 갈수록 심해지는 병이지, 절대로 낫는 병이 아니잖아."

공현은 돌로 뭉친 것처럼 단단하고 우람한 어깨를 으쓱거렸다.

"노망이 낫는 병인지 안 낫는 병인지는 잘 모르겠지만, 적인 태사조님의 신지가 온전해졌다는 일덕 사숙의 말씀은 맞는 것 같아. 오늘만 해도 내 두 눈으로 그분을 직접 뵈었으니까."

"직접 뵈었다고? 적인 태사조를?"

"응. 좀 마르시기는 했지만, 눈빛이 맑으시고 자세도 바르시더라. 어느 모로 봐도 노망을 앓는 노인네 같지는 않았어."

저 또한 범상치 않은 일이이었다. 찰각암에 십 년 가까이 칩거 중인 적인 태사조를 나한당의 무승인 공현이 만났다니 말이다. 그 점이 궁금하여 어디서 어떻게 뵈었냐고 물었더니…….

"잊었어? 문수전에 금줄이 걸렸다고 아까 말했잖아. 어제 정오부터 십팔나한의 사백, 사숙 들과 그 후임들까지 모두 동원돼서 금줄을 지키는 중이라고. 나만 해도 지난밤 자정부터 오늘 정오까지 여섯 시진 동안 번을 섰었지. 오늘 자정에 또 나가야 하는데 여기서 너희들과 노닥거리다가 사백, 사숙 들 앞에서 졸기라도 할까 봐 걱정이다."

잠시 생각하던 공회가 공현에게 다시 물었다.

"그러니까 네 말은, 적인 태사조께서 문수전에 걸린 금줄 안으로 들어가시는 걸 봤다는 뜻이야?"

"맞아."

공현이 고개를 끄덕였다.

성마른 얼굴을 여전히 찌푸리고 있던 공절이 약간 다른 점에 대해 지적하고 나섰다.

"그건 좀 이상한데, 흑웅. 문수전은 향화객들이 가장 많이 찾는 곳 중 하나잖아. 그렇게 금줄을 걸어 놓고 너처럼 못생긴 나한승들이 가로막고 있으면 여러모로 문제가 생기지 않겠어?"

그러자 공현이 손바닥으로 제 허벅지를 탁 내리치며 말했다.

"아! 내가 그 얘기를 빼먹었구나. 지금 쓰는 문수전 말고 옛날 문수전을 말한 거야. 너희들도 알 거야. 관음전 북쪽에 있는, 우리가 계를 받기 전부터 버려져 있던 낡은 불당 말이야. 나도 오늘에야 알게 되었는데, 거기가 옛날에는 문수전이었대. 음, 그리고 십팔나한의 수좌이신 일련—蓮 사백의 말씀을 들어보니 거기 금줄이 걸린 건 이번이 처음이 아니라더라. 해 자 배 사조님들이 십팔나한을 하실 때에는 몇 년씩이나 금줄이 걸린 적도 있었대."

공절이 얇은 입술을 심술궂게 비틀며 이죽거렸다.

"그렇다면 이번에도 몇 년씩이나 금줄이 걸릴 수도 있다는 얘기로군. 좋겠네, 일복 터져서."

공현은 커다란 몸뚱이로 부르르 진저리를 쳤다.

"말이 씨가 된다는데 농담이라도 그런 소리 마라. 여섯 시진 동안 수련을 하라면 하겠는데, 여섯 시진 동안 돌부처처럼 꼼짝 않고 서 있는 건 정말 못 할 짓이더라."

그때, 친구들에 의해 발언권을 어영부영 잃어버린 공묘가 작고 통통한 주먹으로 대자리를 내리찧으며 신경질을 부렸다.

"야! 내가 지금 말하고 있잖아! 내 얘기는 더 듣고 싶지 않다 이거야?"

공묘의 항의에 정신이 번쩍 든 공회는 삐치기 잘하는 친구를 재빨리 달랬다.

"아, 미안, 미안."

"집어치워! 나쁜 놈들 같으니라고."

"미안하다잖아. 죽은 쥐처럼 조용히 있을 테니 그 손님 얘기나 더 해 봐."

옆으로 꼬였던 공묘의 고개가 그제야 친구들을 향했다.

"또 한 번만 그랬다 봐라. 모임이고 나발이고 당장 때려치우고 돌아갈 테니까."

"자식, 성질 하고는. 알았다, 알았어."

선심 쓴다는 듯 토라진 표정을 풀고 헛기침을 한 공묘가 잠시 끊겼던 별난 손님에 관한 이야기를 다시 이어 나갔다.

"그 손님을 마중하러 산문까지 내려오신 분은 적송 태사조님하고 적인 태사조님만이 아니었어. 옛날에 지객당주셨던 적심 태사조님, 나한당주셨던 적오 태사조님…… 아, 그분은 진짜 여전하시더라. 신공이 절정에 이르셨는지 두 눈에서 싯누런 불똥이 이글이글거리는데, 나한당 본당 벽에 그려진 아라한이 현신하면 저런 모습이지 않을까 싶더라고. 그리고…… 방금 내가 누구까지 얘기했지? 적심 태조님이 내려오셨다는 얘기도 했던가?"

"했어."

"아, 했구나. 적심 태사조님에다가 적오 태사조님에다가…… 그리고 심지어는 공절, 너희 장경각의 각주이신 적견 태사조님께서도 함께 내려오셨더라고. 너희들도 생각해 봐. 이달 들어서는 좀 뜸해지긴 했지만, 그래도 사시사철 우리 소림에 찾아오는 향화객들이 얼마나 많아. 그런데 그중 한 사람을 맞이하려고 같은 절 식구들도 얼굴 뵙기 힘든 쟁쟁한 장로님들이 총동원되었으니, 그거야말로 정말 별난 일이잖아. 그렇지? 응?"

친구들의 동의를 구하는 공묘의 얼굴은 자신이 늘어놓은 얘기에 취한 듯 발그레하게 달아올라 있었다.

"확실히 별난 일이군."

공회는 고개를 끄덕였다. 당금 소림을 이끌어 나가는 해 자 배도 아닌, 그보다 위 배분인 적 자 배들이 떼거리로 몰려나왔다는데 동의하지 않을 수 없었던 것이다. 공묘를 여간해서는 인정해 주지 않는 공절마저도 그 점에 대해서만큼은 이견을 달지 않았다.

"그래서? 그 손님이 대체 누구기에 장로님들까지 나서서 법석을 떨었대?"

공회의 물음에 공묘의 발그레한 양 볼이 조금 창백해졌다.

"그건 나도 잘 몰라."

"몰라? 그래도 봤으니까 생김새는 알 거 아냐."

"새, 생김새? 으음, 노복을 하나 앞세웠다던데……."

팔짱을 끼고 앉아 있던 공절이 눈을 칼날처럼 얇게 접으며 공묘에게 힐문을 날렸다.

"……던데? 네가 직접 본 게 아니었어?"

"어, 그게…… 난 이번 달까지 밤 시간 담당이잖아. 인시寅時(오전 4시 전후)부터는 공형空亨 사형하고 공벽空壁 사형 담당이거든. 그 손님에 관한 얘기는 사형들에게서 들은 거야."

공절은 그럴 줄 알았다는 듯 턱을 치켜 올리고 공묘를 깔아보았다.

"그 자리에 있지도 않았던 놈이 적오 태사조 눈빛이 어떠니, 나한당 아라한이 어떠니, 주절주절 잘도 나불거렸구나. 너, 태사조님들이 마중 나가셨다는 것도 다 지어낸 소리지?"

공묘의 동그란 얼굴이 아까와는 다른 이유로 혹 달아올랐다.

"지어내긴 누가 지어냈다고! 공형 사형하고 공벽 사형이 진짜로 그렇게 말했다니까! 그리고 말을 옮긴 게 뭐가 어때서? 서충, 너도 일광 사숙이 한 말을 옮긴 것에 불과했잖아. 요술이니 벼락이니, 진짜로 믿기 힘든 건 내 얘기가 아니라 네 얘기라고!"

어지간히 무안함을 느꼈는지 지객당의 작은 콩이 감히 장경각의 미친개에게 대들었고, 이에 미친개 또한 '오냐, 잘 걸렸다.' 하는 눈으로 이빨을 드러낼 태세를 갖췄다. 걸인계회의 주최자로서 모임의 화기和氣를 유지할 책무가 있는 공회가 그런 두 사람 사이로 재빨리 끼어들었다.

"신족통神足通(육신통 중 하나로 어디에든 갈 수 있는 능력)을 깨우치지 못한 바에야 모든 곳에 다 존재할 수는 없지 않겠어? 직접 보고 듣는 데는 한계가 있고, 그러다 보면 어쩔 수 없이 다른 사람의 이목을 빌릴 수밖에 없겠지. 자, 자, 지금은 소두 차례니까 서충, 너는 가만히 좀 있어. 소두, 너도 흥분 좀 가라앉히고."

공현보다 강하지 못하고 공절보다 똑똑하지 못하며 공묘보다 야무지지 못하지만, 세 사람 모두로부터 은연중에 지도자 대접을 받아 온 사람이 바로 공회였다. 그가 중재에 나서자 일촉즉발로 위태롭던 분위기가 금세 누그러졌다. 특히 공묘의 경우, 미친개의 목줄을 겁도 없이 제 손으로 풀어 줄 뻔했다는 위기의식을 그제야 느낀 듯 핼쑥한 얼굴이 되어 있었다.

그런 공묘를 향해 공회가 달래는 투로 물었다.

"노복 한 사람 앞세운 거 말고, 그 손님에 대해 사형들한테서 더 들은 얘기는 없어?"

"있기는 있는데……."

공묘가 말꼬리를 늘이며 공절의 눈치를 살폈다. 얘기를 꺼냈다가 공절에게 또 꼬투리를 잡힐까 봐 염려하는 눈치였다.

"……지어내서 하는 얘기 아니니까 나보고 뭐라고 하면 안 된다?"

"알았다니까."

공묘는 공회의 다짐을 받은 뒤에야 이야기를 재개했다.

"내가 너희들에게 그 손님 생김새가 어떤지를 제대로 전해 줄 수 없는 까닭은, 사형들에게서 들은 말이 도무지 종잡을 수 없었기 때문이야. 그래서 그 손님을 별나다고 한 거고."

"종잡을 수 없다니, 그게 무슨 소리야?"

"먼저 공형 사형이 이러더라고. '정말 큰 손님이더군. 그렇게 큰 사람은 처음 봤다니까.' 그러자 공벽 사형이 '무슨 소리예요? 나하고 별 차이 없어 보이던데.' 하고 반박했지. 공형 사형은 고개를 갸웃거리다가 '그런가? 이상하네. 내 눈엔 굉장히 커 보였는데. 손 하나도 불편한 것처럼 보였고.' 하고 말했고, 공벽 사형은 '손이라고요? 포권을 할 때 보니까 양손 모두 멀쩡하던데 뭐가 불편해 보였다고 그러세요?' 이러는 거야. 그래서 내가 사형들에게 물었지. '동 트기 전이라 어두워서 잘못 보신 건 아닐까요?' 그랬더니만 사팔눈을 하고서 고개를 갸웃거리던 공벽 사형이 '그러고 보니 사형 말씀대로 그리 큰 사람은 아니었던 것 같네요. 음, 왼손의 모양새가 조금 이상했던 것 같기도 하고요.' 그러자 이번에는 공형 사형 쪽에서 '아니, 생각해 보니까 사제 말처럼 그리 큰 사람은 아니었을지도 몰라. 손도 내가 잘못 봤을지도 모르고.' 하면서 자기가 했던 말들을 앞다퉈서 뒤집지 뭐야. 대체 그게 다 무슨 소리들인지……."

공묘의 말을 듣고 있던 공회는 머릿속이 어지러워지는 것을 느꼈다. 사람을 보는 눈썰미를 갖추는 건 지객승에게 필수적인 소양이자 요건이다. 지객승의 임무가 손님의 외양을 파악하는 일부터 시작되기 때문이다. 한데 공형 사형과 공벽 사형 같은 고참 지객승들이 한 손님을 놓고 그처럼 뒤죽박죽 묘사를 했다니, 이 또한 범상치 않은 일이라 아니할 수 없었다.

그때 이마를 잔뜩 찌푸리고 공묘를 째려보고 있던 공절이 손을 들어 올리며 말했다.

"잠깐."

공묘가 겁먹은 듯 어깨를 움찔거렸다.

"왜 또 그러는데?"

"산문으로 그 손님을 마중 나온 장로님들 중에 적인 태사조님도 끼어 있었다고 했지?"

"응."

공절이 이번에는 공현을 돌아보며 물었다.

"너는 오늘 적인 태사조님이 문수전에 걸린 금줄 안으로 들어가는 걸 보았고?"

"그랬지."

공현은 영문을 모르겠다는 표정으로 고개를 끄덕였다.

공회가 눈을 빛내며 말했다.

"그렇다면 혹시 소두가 말한 그 별난 손님이 지금 문수전 안에 있는 건 아닐까?"

"뭐?"

"이 바보들아, 너희들도 머리가 있으면 가르쳐 주기만 바라지 말고 생각이란 걸 해 보라고."

공회에게는 물론 머리가 있었고, 그래서 생각이란 걸 해 보았다. 그러자 공현이 한 이야기와 공묘가 한 이야기 사이에 어떤 연결 고리가 존재한다는 사실을 알아차리게 되었다. 적인 태사조가 오랜 칩거를 깨고 어제 새벽 산문에 모습을 드러낸 것은 그 별난 손님을 맞이하기 위해서였다. 그렇다면 오늘 오전 적인 태사조가 금줄이 걸린 문수전에 들어간 것도 바로 그 손님을 만나기 위해서는 아니었을까?

공절이 정리하듯 말했다.

"적인 태사조만 들어간 것은 아니겠지. 어쩌면 지금 문수전 안에서는 덩치가 큰지 안 큰지, 손이 이상한지 안 이상한지 아리송한 그 손님과 적 자 배의 장로님들이 사람들의 눈을 피해 무슨 일을 벌이고 있을지도 몰라."

"무슨 일을 벌이는데?"

공회가 급히 물었지만 공절로부터 돌아온 것은 심드렁한 반문뿐이었다.

"내가 그것까지 어떻게 아냐?"

그러나 공절이 모르는 것은 그것만이 아니었다.

오늘 모임에 나온 이야기들 중 서로 연결된 것은 공현과 공묘의 이야기만이 아니었다. 조금 전 공절 본인이 꺼낸, 벼락을 찾아 중원에 들어온 서역의 마승에 관한 이야기 또한 다른 두 이야기들과 밀접한 관련이 있다는 사실을 공절은 미처 알지 못했던 것이다.

"음?"

공회가 맞은편에 있는 나한당 무승의 시커먼 눈썹이 꿈틀거리는 것을 발견한 것은 그쯤이었다.

"흑웅, 갑자기 왜 그러는 거……."

"쉿."

손을 들어 공회의 질문을 자른 공현은 잠시 표정을 굳히고 정신을 집중하는 시늉을 하다가 친구들에게 물었다.

"들려, 저 소리?"

'소리?'

공회는 덩달아 표정도 심각해져서 주위를 둘러보며 사방에서 울리는 소리에 귀를 기울여 보았다. 하지만 재무원의 사판승인 그는 공현과 달리 수련을 업으로 삼는 무승이 아니었다. 후텁지근한 무더위가 새삼스레 살갗을 짓눌러 오고 해 질 녘 여름 숲이 발하는 생기 왕성한 소음들이 단속적으로 들려왔지만, 딱히 수상한 소리라 할 만한 것은 포착되지 않았다. 공묘와 공절도 마찬가지인 듯 눈알만 이리저리 굴리고 있을 따름이었다.

잠시 후 세 사람을 대표하여 공절이 공현에게 물었다.

"무슨 소리가 들린다는 거야?"

일자로 꾹 다물린 공현의 굵은 입술이 벌어지며 바위처럼 무거운 한마디가 흘러나왔다.

"휘파람 소리."

(3)

휘파람 소리가 울려 퍼지고 있었다.

때로는 봄바람에 살랑거리는 연못의 잔물결처럼 부드럽고 은은하게, 때로는 겨울 폭풍에 몰아치는 난바다의 노도처럼 거칠고 광포하게 울려 퍼지는 그 휘파람 소리는 한 사람의 입을 통해 흘러나오는 것이 아니었다.

맹하의 열기가 채 스러지지 않은 황혼의 산중. 십여 개의 크고 작은 너럭바위들이 마치 녹색의 살갗에 난 하얀 부스럼처럼 소실산의 울창한 소나무 수림 한 구역을 점령하고 있는 그곳에서, 보이지 않는 원탁을 가운데 두기라도 한 양 둥글게 둘러앉아 휘파람을 부는 자들은 무려 스무 명에 가까운 승려들이었다.

승려들의 복식은 이곳 동방의 것과는 매우 달랐다. 붉은 공단으로 지은 높은 승모를 머리에 썼고, 말라붙은 피처럼 검붉은 빛깔의 가사를 벌거벗은 상체에 비스듬히 걸쳤으며, 목에 걸린 염주마저 붉은 칠을 해 놓았다. 그런 자들이 스무 명 가까이나 둘러앉아 있으니, 하얀 바위에 거대한 붉은 꽃이 피어난 것처럼 보이는 것도 전혀 이상하지 않은 일이었다. 하물며 그들의 주위로는 얇은 비단 휘장 같은 분홍빛 안개마저 일렁거리고 있지 않은가. 그렇게 피어난 붉은 꽃을 저 위에서 내려다보는 하늘 또한 짙어진 석양빛을 받아 점점 더 붉게 물들어 가고 있었다.

땅의 붉음과 하늘의 붉음, 그 사이로 속삭이듯 아련하게 혹은 포효하듯 웅대하게 울려 퍼지는 휘파람 소리…….

그것은 꿈을 자아내는 섬세하면서도 장려한 노랫소리이기도 했다.

그 꿈 안에서 패륵은 초원을 뛰노는 야생마처럼 젊어질 수 있었다. 천상에서 내려온 신인처럼 준미해질 수 있었다. 그러나 그를 가장 황홀하게 만든 요소는 무슨 일이라도 해낼 수 있을 것만 같은 절대적인 고양감이었다. 그 고양감이 그를 끝없이 위로 밀어 올리고, 그는 고양감의 드높은 물마루를 밟고 서서 발아래로 빠르게 아득해지는 모든 미천한 생명들을 오연하게 굽어보았다. 만물이 그를 향해 경배를 올린다. 존왕이시여, 자비를 베푸소서! 존왕이시여, 복락을 내려 주소서! 그중에는 덩치 큰 야만인—동방에서 활약하던 시절 시시때때로 그에게 대서며, 그를 깔보고 능멸하고 급기야는 주먹질까지 자행하던 방약무도한 야만인—도 끼어 있었다. 무슨 까닭인지는 모르지만 차가운 얼음 굴에서 몸부림치는 그자의 두 눈에서는 지난날의 과오를 뉘우치는 참회의 피눈물이 흘러내리고 있었다. 오호라! 본 법왕의 위대함을 이제야 깨달았구나! 패륵은 웃는다. 입을 크게 벌리고 홍소한다. 다시 돋아난 하얗고 튼튼한 이빨들이 찬란한 햇빛 아래 눈부시게 번득이고 있다…….

그러나 모든 꿈은 깨어지게 마련이었다.

—옴!

패륵의 꿈 안으로 밀종 여섯 자 진언의 첫마디가 보검처럼 날카롭게 떨어져 내렸다.

파아아아아아아아아—.

패륵을 떠받쳐 주던 세계가 무수히 많은 유리 조각들로 부서지고, 그는 그 조각들을 어떻게든 이어 붙이려고 두 팔을 휘젓다가, 그 일이 불가능함을 깨닫고 비통해하고 허망해하다가, 강렬한 현기증에 휩싸인 채 현실 세계 안의 '나'를 자각했다. 그 순간은 무척이나 고통스러웠지만, 다행히도 오래 지속되지는 않았다. 그렇게 되돌아온 현실 세계 안의 그는…….

……늙고, 추하고, 비루했다.

그래서 패륵은 눈물을 흘렸다. 투모룽곰의 대스승, 한족의 언어로는 '위대한 꿈'을 의미하는 마한 쏩나와 그를 보좌하는 '붉은 어머니', 라토 아마를 만난 이후 꿈에서 깨어날 때마다 늘 그래 왔듯이.

꿈을 자아내던 휘파람 소리는 이미 그쳐 있었다. 일대를 감싸던 분홍빛 안개도 씻은 듯이 걷힌 뒤였다. 스러지는 황혼을 비껴 받으며 너럭바위에 둥글게 둘러앉은 열여덟 명의 붉은 승려들, 라토 라마들은 흙으로 빚은 인형들처럼 미동조차 하지 않고 있었다. 같은 곡조의—정말로 같은 곡조일까? 투모룽곰에 거둬져 그 휘파람 소리를 들으며 꿈을 꾼 지 오 년이나 되었지만 패륵은 여전히 확신하지 못하고 있었다— 휘파람을 불던 그들의 입술은 굳게 다물려 있었고, 휘파람을 합주하는 동안 지그시 감겨 있던 그들의 눈은 모두 뜨인 채 잘 연마된 쇠붙이처럼 서늘한 광채를 뿜어내고 있었다.

그 모든 시선들이 향한 곳, 열여덟 명의 라토 라마들이 이룬 커다란 원의 중심에 해당하는 너럭바위 한가운데에는 어느새 두 사람이 현신해 있었다. 일남일녀.

남자는 늙었다. 나이를 짐작할 수 없을 만큼 늙었다. 부드러운 형겊으로 만들어진 것 같은 얼굴은 주름이 들어차지 않은 부위를 찾아볼 수 없을 만큼 쭈글쭈글하고, 그렇게 접힌 살들 모두가 아래로 축 늘어져 이목구비 전체가 녹아내리는 것처럼 보인다. 저 자리에 있는 자들 중 유일하게 붉은색 복식을 갖추지 않은 그는 청옥靑玉으로 장식된 보관에, 왜소한 신체에 비해 지나치게 길어 끝단이 돌바닥에 질질 끌리는 황금빛 가사를 걸치고 있다.

여자는 남자보다 훨씬 젊었다. 얼핏 삼십 대 중반으로 보이지만, 모든 감정을 결여한 무표정한 얼굴로 인해 실제보다 더 나이 들어 보인다는 점을 고려하면 이십 대 후반밖에 안 되었을지도 모른다. 미녀라 할 만큼 빼어난 외모를 가졌지만 특유의 무표정이 본바탕의 아름다움을 무의미한 것으로 만들었다. 소매가 치렁치렁 늘어진 화려한 나군은 불꽃을 피울 듯한 붉은색이고 머리장식을 포함한 장신구들, 심지어 신고 있는 신발까지도 온통 붉기만 하다.

투모룽곰파를 이끌어 가는 두 명의 지도자, 마한 쏩나와 라토 아마가 바로 저들이었다. 그리고 그들 중 진정한 지도자, 아니, 유일무이한 지도자라 할 수 있는 마한 쏩나는 아두랍찰의 당대 주지승이기도 했다.

비각주 이악과 함께 곤륜산으로 떠난 데바는 돌아오지 않았다. 곤륜산 무망애에서 이 대 혈랑곡주의 붉은 검 아래 동사同死했다는 소문은 들었지만, 이악과 데바의 초인적인 능력을 잘 아는 패륵은 헛소문에 불과하다고 여겼다. 이 대 혈랑곡주가 비천대전에서 보여 준 능력은 진실로 놀라운 것이지만, 그럼에도 단신으로 이악과 데바를 어찌해 볼 인간이란 이 세상에 존재할 리 없다는 패륵의 믿음은 무너지지 않았다. 그래서 소문을 나름의 방식으로 재해석했다. 실상은 당시 이 차 곤륜지회에 참가한 자들이 힘을 합쳐 이악과 데바를 죽였고—그들은 그럴 만한 명분과 그럴 수 있는 능력을 함께 가지고 있었다— 자신들이 저지른 수치스러운 사건을 감추기 위해 이 대 혈랑곡주를 신격화한 헛소문을 지어 퍼뜨린 것이라고 말이다.

그날 이후 이 대 혈랑곡주가 세상에서 자취를 감추었다는 사실은 그 해석에 신빙성을 더해 주었다. 힘을 가진 자는 어떤 식으로든 부각될 수밖에 없다는 것이 패륵이 아는 상식이었다. 그렇다면 이악과 데바를 단신으로 죽일 만큼 절대적인 힘을 가진 자가 십 년 가까운 세월 동안 이토록 흔적도 없이 자취를 감추었다는 것을 어떻게 설명할 수 있단 말인가.

각설하고, 오랜 기간 영육의 스승이 되어 주었던 데바를 잃은 아두랍찰은 처음에는 깊은 비탄에 잠겼고, 그다음에는 비탄에 잠겼던 스스로의 모습을 부정하기라도 하듯 극심한 권력투쟁에 돌입했다. 불법에 모든 것을 바친 승려이므로 권력욕으로부터 자유로울 것이라고 믿는 순진한 중생이 있다면, 패륵은 "바로 나를 보라!"라고 말해 줄 것이다. 절제에 익숙해진 삶이 자신에게 허락된 극소수의 욕망과 마주할 기회를 접하게 되면 세속의 방종한 삶보다 훨씬 더 과격해지고 악랄해지고 심지어는 폭력적으로까지 변할 수도 있다는 사실을, 패륵은 당시 아두랍찰의 권좌를 둘러싸고 펼쳐진 일련의 추악한 사건들을 통해 똑똑히 확인할 수 있었다. 데바 한 사람만이 아니라 팔부중의 거의 대부분이 유명을 달리한 상황이었으니, 무주공산에 굶주린 들개들이 몰려들듯 밀종의 온갖 종파들—패륵이 이름 한 번 들어 보지 못한 잡스러운 무리까지—이 그 권력투쟁에 뛰어든 것은 당연한 일일지도 몰랐다.

간교한 권모술수에, 지저분한 암계에, 실타래처럼 복잡하게 엉킨 합종연횡까지 벌어진 뒤, 마침내 아두랍찰의 새로운 주인이 탄생했다. 전대 주지인 데바의 유고가 전해진 지 삼 년을 훌쩍 넘긴 뒤의 일이었다. 아두랍찰보다 더욱 서쪽에 위치한 험준한 산악지대에서 신비한 일맥을 이어 오던 투모룽곰파가 유력 종파 세 곳을 휘하에 복속시킴으로써 아두랍찰의 새로운 종통으로 등극했을 때, 권력의 흐름에 누구보다 민감한 패륵이 기존에 소속했던 종파를 버리고 투모룽곰의 대스승 앞에 가장 먼저 오체투지를 올린 첫 번째 변절자이자 첫 번째 귀의자가 된 것은 전혀 이상한 일이 아닐 것이다. 물론 그런 그를 손가락질하는 자들이 없지는 않았지만, 그는 개의치 않았다. 동방에서 빈 몸으로 돌아온 그에게는 패배자의 낙인이 기다리고 있었다. 패배자와 변절자 중 어떤 것이 더 치욕적이냐고 묻는다면, 글쎄, 치욕 자체를 느끼지 못하는 그에게는 무의미한 질문이 아닐까? 그러니 패배자가 변절자가 되거나 혹은 그 반대이거나 패륵에게는 하등 문제 될 게 없는 것이다. 보다 중요한 문제는 현 시점에서 권력과의 거리가 가까운 쪽이 어디냐일 뿐.

패륵으로서는 천만다행히도, 투모룽곰의 대스승은 자신의 위대한 꿈에 동참해 준 첫 번째 귀의자를 우대해 주었다. 덕분에 패륵은 투모룽곰파의 휘하로 들어간 세 유력 종파의 수장들, 서장에서는 하나하나가 이미 전설적인 이름이 되어 버린 '앞날을 보는 자' 판풋과 '죽음의 단검' 쿠피 풀바와 '하얀 산의 은둔자'

요그와 더불어 사왕四王의 반열—비록 말석이기는 해도—에 오르는 크나큰 은혜를 입게 되었다.

기대한 것 이상의 행운에 패륵은 뛸 듯이 기뻤다. 패배의 혹독한 오명을 뒤집어쓴 팔부중이 이미 절맥된 밀종에서 사왕은 아두랍찰의 주지 다음으로 존귀한 자리, 제 종파의 수장들마저 굽어볼 수 있는 위치였기 때문이다.

게다가 아두랍찰의 새로운 주지는 패륵을 각별히 여기는 것 같았다. 마한 쑵나는 라토 아마와 동석한 자리로 그를 자주 불렀고, 그에게 동방에서 있었던 일들에 관해 이것저것을 물어보았다. 라토 아마가 동방 출신 여자라는 사실을 알아차린 것도 그런 자리를 통해서였다.

하지만 기대한 것 이상의 행운에는 대가가 따르는 법. 패륵은 인과율이 가르쳐 준 그 냉혹한 진리를 오 년이 지난 지금에야 알게 되었다.

"판풋 왕이 예언한 때가 왔도다."

목소리가 울렸다.

산들바람의 속삭임처럼 작지만 영혼의 밑바닥까지 또렷하게 전달되는 기이한 목소리였다. 그 목소리의 주인은 다름 아닌 마한 쑵나. 투모룽곰파에서 위대한 꿈의 목소리는 곧 우주의 목소리였고, 그것에 부여된 권위는 토를 달거나 의심을 제기할 수 없는 절대적인 것이었다.

"앞날을 보는 자, 판풋 왕은 낮이 가장 긴 날로부터 서른세 번째 태양이 저무는 날, 동방의 핏빛 늑대가 과거 천축으로부터 약탈해 간 성스러운 벼락이 실체를 갖추어 세상에 나타날 것이라고 예언하였도다. 한 마리의 낙타와 열 마리의 염소와 백 마리의 양으로도 모자라 판풋 왕 본인의 수명 중 일부를 제물로 바친 뒤에야 비로소 얻어 낸 그 예언은 우리 꿈의 스승들을 동 방으로 이끌었고, 우리는 일 년에 가까운 세월 동안 머나먼 길 을 돌고 돌아 마침내 성스러운 벼락이 현신하게 될 예언의 장소 에 이르렀도다. 그곳이 바로 여기, 천축의 승려 보리달마가 동 방에 처음으로 선법禪法을 전한 소실산이도다.”

이것이 패륵이 치러야 할, 그리고 지금 치르고 있는 대가 였다. 지난날 그의 동방행은 창대한 시작과 달리 비참하고 우울 하게 종결되었다. 앞니가 몽땅 부러진 흉측하고 가련한 몰골— 비각을 정리하는 과정에서 덩치 큰 야만인에게 한 방 제대로 당 한 흔적이다—로 국경을 넘어갈 당시, 그는 동쪽을 향해서는 두 번 다시 오줌도 싸지 않겠노라 다짐할 만큼 동방과 한족에 대해 넌더리를 내고 있었다. 하지만 마한 쏩나가 지나가듯 내뱉 은 한마디는 그의 굳은 다짐을 지극히 사소한 것으로 전락시켜 버렸다.

─도, 동방으로 몸소 행차하신다고요?
─그렇다네.
─하지만 동방에는 한 번도 가 보신 적이 없지 않습니까. 동 방은 멀고 그곳에 사는 족속은 하나같이 우매합니다. 그런 곳에 가셨다가 혹여 존체에 탈이라도 나실까 두렵습니다.
─그런 염려는 하지 않아도 좋을 걸세.
─예? 왜요?
─본 좌는 자네를 믿으니까, 패륵 왕.

마한 쏩나가 패륵을 흔쾌히 받아들이고 중용해 준 까닭은 그 가 마음에 들었다거나 그의 능력을 높이 평가해서가 아니었다.

투모룽곰의 대스승은 모종의 야심을 달성하기 위해 동방의 문물과 풍습과 지리에 정통한 길잡이가 필요했을 뿐이었다.

그리하여 패륵은 오늘 이 자리에 와 있는 것이다. 앞니를 잃어 가뜩이나 일그러진 그의 입술이 마한 쏩나의 말을 듣는 사이 점점 더 일그러지는 까닭도 거기 있었다.

그때 패륵의 어깨에 크고 단단한 손 하나가 척 얹혔다.

"흡!"

움찔하며 고개를 돌린 패륵은 자신도 모르게 헛바람을 들이켜고 말았다. 단단한 해골에 얇은 가죽을 팽팽하게 씌워 놓은 것 같은 얼굴을 가진 왜소한 승려 하나가 분노와 광기와 살심이 이글거리는 눈으로 그를 노려보고 있었기 때문이다.

"……왜?"

패륵의 질문은 첫머리를 제외하고는 목구멍 안으로 삼켜질 수밖에 없었다. 왜소한 승려가 왼손 인지를 들어 그의 입술 가운데를 지그시 눌러 왔기 때문이다. 마한 쏩나가 가르침을 베푸는 시간에는 어떤 잡담도 허락되지 않는다는 아두랍찰의 새로운 계율을 떠올린 것은 그쯤이었다.

패륵의 입술 가운데를 누르던 손가락이 좌우로 슬쩍슬쩍 움직이더니 양 입꼬리를 위쪽으로 아프도록 밀어 올렸다. 패륵은 그 행동의 의미를 금세 알아차리고는 입술을 당겨 올려 억지 미소를 지었다.

툭툭.

왜소한 승려는 잘했다는 듯이 패륵의 어깨에 얹은 손바닥을 들어 패륵의 볼을 가볍게 두드리더니, 붉은 승려들에게 둘러싸인 채 연설을 이어 가는 마한 쏩나에게로 시선을 돌렸다. 그자의 살벌한 얼굴로부터 황급히 고개를 돌린 패륵은, 겉으로는 애써 만들어 낸 미소가 허물어지지 않도록 노력하는 한편, 머릿속으로는 전혀 다른 생각을 떠올리고 있었다.

'이번 일이 끝나면 나는 반드시 버려질 거야.'

사왕 중에서 이번 동방행에 마한 쑵나를 배행한 것은 패륵만이 아니었다. 점성술인지 푸닥거리인지 모를 거창한 의식을 행한 뒤 진력이 고갈되어 버린 판풋 왕을 제외한 세 왕 모두가 따라나서야만 했던 것이다. 성스러운 벼락의 실체가 얼마나 대단한 것인지는 몰라도 아두랍찰의 새로운 주인이 그 일에 전력을 기울이고 있다는 점만큼은 명백했다.

방금 패륵에게 억지 미소를 강요한 왜소한 승려는 사왕 중에서 가장 잔인하고 포악한 인물로 알려진 '죽음의 단검' 쿠피 풀바였다. 히죽히죽 웃기를 잘하고 대작대기처럼 길쭉길쭉하면서도 기괴하게 늘어나거나 구부러지는 신체를 가진 '하얀 산의 은둔자' 요그도 결코 너그러운 성격이라고 할 수는 없겠지만, 일년 열두 달 분노와 광기와 살심에 사로잡혀 있는 것 같은 저 쿠피 풀바와 비교하면 무골호인이라고 불러도 좋을 터였다.

하지만 그런 요그마저도 동방에 들어온 뒤로는 패륵을 대하는 태도가 눈에 띄게 차가워지고 있었다. 마치 쓰임새가 다돼가는 물건을 대하는 느낌이랄까. 그리고 그런 느낌을 풍기는 것은 쿠피 풀바와 요그, 두 왕만이 아니었다. 직제상으로는 수하들이 분명한 열여덟 명의 라토 라마들 또한 지난 오 년간 억눌러 두었던 패륵에 대한 냉소 어린 경멸을 이번 동방행을 계기삼아 바야흐로, 그리고 시나브로 풀어놓으려는 것 같았다.

패륵이 얼마나 눈치 빠른 위인인데 자신을 둘러싸고 벌어지는 그 심각한 기미를 놓치겠는가!

'어떻게 올라온 자린데 이대로 버려질 수는 없지. 하지만 그

러려면…… 그러려면 어떻게 해야 하지?'

패륵은 겉으로는 억지 미소를 짓고 있는 입술 안쪽을 그나마 성한 송곳니로 잘근잘근 씹었다.

그러는 사이에도 투모룽곰의 대스승이자 아두랍찰의 주지인 마한 쑵나는 흘러내린 촛농 같은 입술을 쉴 새 없이 달싹거리면서 특유의 속삭이는 듯한 목소리로 성스러운 벼락의 기원起源에 관한 이야기를 늘어놓고 있었다.

"하늘과 땅의 기운이 지금과는 판이하던 혼돈의 시절에 벌어진 일이도다……."

밀종을 비롯한 서역의 거의 모든 종파에서 공통적—세부적인 부분까지 파고들면 다소의 차이는 보이지만—으로 전해 내려오는 그 이야기는 빛과 어둠, 신과 악마, 인간과 이물이 풀죽처럼 혼재된 아득한 옛날을 시간적인 무대로 삼는다. 천축과 가까운 설산에서 맥을 이어온 투모룽곰파에서는 그 이야기에 등장하는 신을 '인드라'라고 부르지만, 오랜 세월 밀종의 종통을 자처해 온 아두랍찰의 경전에서는 팔부중의 수장인 '데바'로 묘사하고 있었고, 동방의 영향을 보다 많이 받은 동쪽 지역의 종파들에서는 '제석천' 혹은 '부동명왕'으로 칭하기도 했다.

어차피 신화나 전설에 불과한 이야기인 만큼 각각의 이름들이 가진 정의와 의미를 따지는 것은 그리 현명한 일이 아니라고 패륵은 생각했다. 중요한 것은 그 이름들에 일관되게 부여된 가장 뜨거운 속성, 즉 벼락이었다.

하도 반복적으로 들은 탓에 지겹기는 하지만, 그래도 그 이야기를 요약해 보자면…….

……그날.

'브리트라(인도 신화에 등장하는 악룡)를 물리친 자', '천 개의 눈을 가진 자', '흰 코끼리 아이라바타를 타고 다니는 자' 등으로 불리는 벼락의 주신主神 인드라는 자신의 별궁이 있는 대지의 꼭대기, 사가르마타(에베레스트)에 우뚝 서서 발아래 펼쳐진 하계를 바라보고 있었다.

누구보다 강대한 신인 인드라가 가진 천 개의 눈은 만물을 조망할 뿐만 아니라 그것들이 발하는 모든 종류의 소리까지 들을 수 있었다. 그런 인드라의 눈에 들려온 것은 구슬픈 통곡 소리, 고통과 비탄과 무력감에 절망한 인간의 통곡 소리였다.

인드라는 호기심을 느꼈다. 그는 자비심은 그리 많지 않은 신이지만, 호기심만큼은 우주를 전율시키는 그의 투지와 전의에 버금갈 정도로 많았다. 무엇보다도 그는 정돈되지 않은 혼란으로부터 즐거움을 느꼈다. 평화라는 이름으로 치장된 권태는 그가 바라는 덕목이 아니었다.

인드라는 자신의 별궁에서 나와 만년설이 두껍게 덮인 빙벽 속에 잠들어 있던 아이라바타를 깨운 다음 그 등에 올라탔다.

아이라바타는 인드라의 발이자 그 자체로 벼락이기도 하였다. 인드라를 등에 태운 이 신성한 코끼리는 사가르마타의 꼭대기를 박차고 둥실 날아오른 뒤 상아처럼 새하얀 빛살로 화신하여 주인이 명하는 방향으로 날아갔다. 설산의 사면을 따라 눈사태가 일어났고, 그것들은 인드라의 체열에 녹아 곧바로 물의 폭포로 바뀌었다. 그 뒤처리를 도맡아야 할 사가르마타의 눈과 얼음의 신들은 결코 반가워하지 않겠지만, 오래전 그들을 굴복시키고 사역시킨 바 있는 인드라는 조금도 개의치 않았다.

벼락이 장공을 흐른다.

광막하고 풍요로운 천축의 대지가 남쪽 바다와 만나고, 창처럼 날카롭게 솟구친 절벽들의 행렬이 검푸른 파도를 흰 거품으로 부수는 암초들로 끝나는 곳. 아이라바타의 등에 앉아 하계를 굽어보던 인드라는 그 섬뜩하고 황량한 풍경의 한 귀퉁이에 모여 어린 새처럼 떨고 있는 한 무리의 인간들을 보았다. 그 인간들의 이마에는 그가 잘 아는 인장이 찍혀 있었다.

인드라는 천 개의 눈을 일제히 찌푸리며 침을 뱉었다. 그러고는 곧바로 아이라바타의 머리를 돌려 뇌신의 들끓는 체열을 식혀 줄 설산의 별궁으로 돌아가려고 마음먹었다. 왜냐하면 그 인장은 평화와 풍요의 신인 크리슈나를 상징하는 것이었고, 그 인장을 받는 인간들이 점점 늘어나는 바람에 숲이 태워져 논이 되고 황야가 갈려 밭이 된다는 사실을 알고 있기 때문이었다. 숲과 황야, 그 거칠고 원초적인 자연 속에서 약동하는 생명력을 무엇보다도 사랑하는 강대한 그가 약신弱神 크리슈나를 경멸하는 것은 당연했다. 크리슈나를 섬기는 무리는, 그들이 아무리 처절한 통곡 소리를 낸다 한들, 그의 관심을 끌 수 없었다.

하지만 그 무리 속에 숨어 있는 무엇인가가, 혹은 누구인가가 사가르마타로 돌아가려던 인드라의 발목을 붙잡았다. 신은 위대하고 인드라는 그중에서도 강대하다. 티끌처럼 미소한 인간이 인드라의 마음을 바꾸게 한다는 것은 결코 예사로운 일이 아니었다. 그 점이 가라앉으려는 호기심을 부채질했다.

인드라는 마음을 바꾸어 절벽에 모여 있는 인간들의 눈앞으로 임하였다. 흰 코끼리를 타고 하늘에서 내려온 뇌신을 본 인간들은 처음에는 놀라고 다음에는 두려워하다가, 나중에는 일제히 절벽에 엎드렸다.

인드라는 우레의 목소리로 인간들에게 물었다.

─기름지고 유약한 신을 섬기는 자들아, 너희들은 왜 울고 있

느냐?

인간들 중 고목처럼 늙고 삭정이처럼 마른 남자가 비척거리며 앞으로 나와 야성을 잃은 늑대처럼 볼품없는 몰골로 인드라에게 고했다.

—피처럼 붉은 달이 떠오른 날 밤, 악마들이 나타났나이다. 인간의 육신을 빌려 저희들 중에 갑자기 나타난 그것들이 저희 가족을 죽이고, 저희 친척을 죽이고, 저희 부족을 죽였나이다. 저희는 돌아갈 땅을 잃어버렸나이다. 저희를 받아 줄 고향은 그것들이 내뿜는 사악한 숨결로 오염되었나이다.

그러더니 남자는 눈물을 흘리며 인드라에게 간원했다.

—천 개의 눈을 가진 자여, 바라나니 저희를 위해 그것들과 싸워 주십시오. 그것들을 저희 땅에서 몰아내 주십시오.

인드라는 그 늙고 마른 남자의 이마에 자랑스레 찍힌 크리슈나의 인장을 똑똑히 보았다. 그러나 제신諸神들 중 가장 헤픈 은총을 자랑하는 크리슈나도 이때만큼은 그 남자 안에 자리 잡지 못한 것처럼 보였다.

인드라가 남자에게 다시 물었다.

—너희들은 왜 그것들과 직접 싸우지 않느냐?

남자가 대답했다.

—저희들은 싸울 수 없었나이다.

—왜 싸울 수 없었느냐?

—그것들은 크고 저희들은 작나이다. 그것들은 강하고 저희들은 약하나이다. 크리슈나께서는 호랑이가 토끼를 먹는 존재고 토끼가 호랑이에 먹히는 존재인 것처럼, 그것들은 인간을 먹는 존재고 인간은 그것들에게 먹히는 존재라고 가르치셨나이다. 그러니, 천 개의 눈을 가진 자여, 인간을 위해 일어나 용을 죽이신

자여, 가련한 저희들에게 제발 자비를 베풀어 주소서.

남자의 비루한 변명은 인드라를 가장 뜨거운 여름의 태양처럼 분노하게 만들었다.

—스스로를 지키기 위해 칼을 들지 않는 자들을 위해 누가 대신 칼을 들어 준다는 말이냐? 지푸라기로 만든 인형에게 베푼 자비가 무슨 값어치가 있단 말이냐?

분노로 솟구친 목소리와 달리, 인드라에게 달린 천 개의 눈은 실망과 멸시로 어둡게 가라앉았다. 주인의 뜻을 알아차린 흰 코끼리 아이라바타가 다시 빛으로 화신하고, 인드라는 지체 없이 그 자리를 떠나려 했다. 인간들이 다시 통곡하기 시작했지만 인드라는 돌처럼 무감하기만 했다.

바로 그때, 인간들 중에서 한 아이가 걸어 나왔다. 무리를 이끄는 남자의 허리밖에 되지 않을 만큼 작았지만, 아이는 그 자리에 모여 있는 인간들 중 유일하게 눈물을 흘리지 않고 있었다.

인드라가 발길을 멈추고 그 아이에게 물었다.

—너는 왜 눈물을 흘리지 않는 것이냐?

아이가 대답했다.

—그것들에게 부모와 세 명의 형제와 여섯 명의 누이를 잃었을 때, 제 안의 눈물은 피처럼 붉고 진흙처럼 끈끈하고 미지의 숲처럼 사나운 것으로 바뀌었습니다. 저는 그것들과 싸우겠습니다.

아이의 말을 들은 순간, 인드라는 인간들 가운데 자신의 발길을 돌리게 만들 만한 좋은 '도구'가 있었음을 재삼 확인할 수 있었다. 그러나 그는 기름지고 나약한 신에 의해 기름지고 나약하게 바뀐 인간의 마음이 얼마나 쉽게 변하는지도 알고 있었다.

그는 그런 인간을 믿지 않았다.

인드라가 아이에게 요구했다.

—네 안에 생겨난 붉고 끈끈하고 사나운 것은 죽음으로 이어질 것이다. 네가 고통과 죽음을 두려워하지 않는다는 것을 나에게 증명해 보아라.

아이는 말로써 증명하지 않았다. 아이는 어렸지만 말은 바람처럼 공허한 것임을 알고 있기 때문이었다.

아이는 아무 말도 하지 않고 몸을 돌리더니 절벽 가장자리를 향해 달려갔다. 그러고는 검푸른 바닷물 위로 험악한 암초들이 꼬챙이처럼 솟구쳐 있는 절벽 아래로 주저 없이 몸을 던졌다. 인드라는 그 아이의 비루한 동족들이 내지르는 비명을 즐거운 마음으로 들었다.

—보호하라.

인드라가 권능의 목소리로 말했다.

바람이 일어나 아이의 여린 육신이 암초에 부서지지 않도록 하였고, 빛의 그물이 던져져 바닷물 속으로 가라앉는 어린 전사를 건져 올렸다.

바닷물에 흠뻑 젖은 아이에게 인드라가 말했다.

—너는 너의 투지와 전의를 증명했다.

인드라는 자신의 가슴을 가른 다음 벼락의 심장에서 피어난 세 송이의 꽃을 꺾어 아이에게 내밀었다.

—이것을 삼켜라, 아이야.

신의 불은 인간을 태운다.

인드라로부터 받은 세 송이의 꽃을 삼킨 아이는 즉시 화염에 휩싸였다. 넘실거리는 그 불길의 끝머리는 아이라바타의 등에 올라앉은 인드라의 머리만큼이나 높이 솟구쳤다. 그러나 불타는 아이가 고개를 들고 크게 부르짖었을 때, 그 소리를 들은 자들은 알 수 있었다. 그것이 고통에 겨운 절규가 아닌, 환희로 가득한 찬가라는 것을. 그 소리의 반향이 절벽 밑동에서 철썩거리는 파도 소리에 먹히기도 전에 아이는 연기로 만든 기둥처럼 무너졌고, 바닥에 쌓인 죽음처럼 무색無色한 재 가루 속에서 인간의 육신을 벗고 벼락으로 되살아났다.

인드라가 전신의 모공으로 번갯불을 튀기는 어린 전사에게 명했다.

—이제 돌아가서 너의 원수를 멸하라.

전쟁이 시작되었다.

아이의 눈은 곧 인드라의 눈이었다.

아이가 인드라의 눈으로 바라보자 화염의 파도가 오염된 대지를 휩쓸었다.

아이의 손은 곧 인드라의 손이었다.

아이가 두 손을 치켜들자 벼락의 힘이 하늘과 땅 사이를 섬광의 그물로 가두었다.

악마들의 사악한 숨결에 쏘여 안식을 강탈당한 채 사역당하던 가련한 망자들이 그 화염의 파도 안에서 더럽혀진 영혼과 육신을 정화하고 카르마의 전당으로 돌아갈 수 있었다.

악마들은 소름 끼치는 규성叫聲을 발하며 벼락의 힘에 맞섰다. 검고 희고 짙고 옅고 길고 짧고 깊고 얕은 다종다양한 형태의 마력이 아이를 때렸다. 난무하는 벼락과 마력 속에서 아이는 고투했고, 분투했다. 악마들의 저항은 처절하리만큼 격렬했지만, 아이는 결국 인드라의 기대를 저버리지 않았다.

전쟁이 끝났다.

악마들은 벼락에 살려 소멸되거나 인간과 신의 눈이 미치지 않는 어둠 안으로 달아났고, 아이의 동족은 마침내 고향을 되찾을 수 있었다. 그러나 아이는 무사하지 못했다. 인드라로부터 받은 신성한 세례는 아이를 강대한 전사로 바꿔 놓았지만, 그렇다고 불멸성을 갖는 신 자체는 될 수 없었기 때문이다.

죽어 가는 아이 앞에 인드라가 다시 현신했다. 인드라는 아이의 전신에 난 상처에서 불꽃처럼 솟구치는 새하얀 피를 바라보았다. 그러나 아이는 고통 앞에서 비굴해지지 않았고, 죽음 앞에서 두려워하지 않았다. 인드라는 최초로 인간에게 애정을 느꼈다.

인드라가 죽어 가는 아이에게 물었다.

―자랑스러운 전사여, 소원을 말하라.

아이가 헐떡이며 대답했다.

―저는 악마들을 물리쳤습니다. 하지만 이 땅에 인간들이 살아가는 한 악마들은 언제고 다시 세상에 나와 저와 같은 아이들을 만들어 낼 것입니다. 그때 그 아이들에게도 제가 신께 받은 이 힘이 함께하기를 소원합니다."

인드라는 고개를 끄덕였다.

―이제부터 네 이름은 성스러운 벼락, 바즈라이자 나 인드라의 도구, 우파야로다.

인드라는 아이를 손바닥에 올려놓은 뒤 우레의 목소리로 선언했다.

―네 삶은 인간의 삶을 벗어날 것이며, 나 인드라의 바즈라―우파야로서 영생하리라.

아이, 바즈라―우파야는 미소를 지은 채 죽었다.

그러고는 인드라의 손바닥에서 작아지고 또 작아지고 또 작아지더니…….

……세 송이의 꽃이 되었다.

마한 쏩나가 주름살들에 짓눌린 눈을 어두워진 허공으로 올리며 웅변한다.

"그러나 그 꽃은 신의 심장에서 나올 때와는 달리 인간에게 주어진 것이며, 인간에 속한 것이도다. 그리고 그 인간은 천축인도 아닌, 동방인도 아닌, 인드라의 축복을 받아 사가르마타의 주인이 된 우리 꿈의 스승들을 가리키도다."

패륵은 다른 사람들이, 특히 어깨를 나란히 하고 앉은 채 고개를 주억거리고 있는 두 명의 왕, 왜소한 살인자 쿠피 풀바와 기다란 괴인 요그가 알아차리지 못하도록 극도로 주의를 기울이며 자신의 허벅지 살을 손가락으로 쥐어 지그시 비틀었다. 그렇게 하지 않고서는 아무리 참으려 해도 절로 흘러나오는 이 하품을 도저히 참을 수 없을 것 같았기 때문이었다.

'미치겠군.'

이것은 이번 동방행에 나선 이래 하루도 빼놓지 않고 반복해 들은 이야기였고, 때문에 패륵은 마한 쏩나가 다음에 늘어놓을 말들을―주인이 주인으로서의 권리를 행사하는 것은 지극히 정당하며 이를 가로막으려는 자들에게는 인드라의 신벌이 내릴 것이라는 다분히 주관적인 주장을 특유의 모호한 은유를 섞어 장황하게 풀어낸 그 말들을― 토씨 하나까지 틀리지 않게 읊을 자신이 있었다. 칭찬도 두 번이면 욕이라는데, 수백 회나 거듭 들은 이토록 긴 이야기라면 차라리 고문이라고 해야 옳지 않을까?

그런데 이번에는 달랐다.

"그러므로……."

붉은 승려들에게 둘러싸인 마한 쏩나는 패륵이 예상한 일련의 익숙한 말들을 이어 붙이는 대신 고개를 한 방향으로 돌려 이렇게 말했기 때문이다.

"그대는 오늘 밤 우리 꿈의 스승들이 바즈라-우파야를 찾는 일에 어떤 도움을 주시겠소?"

마한 쑵나의 눈길이 향한 곳, 황혼의 보랏빛 하늘이 회청색으로 짙어지며 한층 더 어두워진 숲 그늘에서 한 사람이 천천히 걸어 나왔다.

"탐벽칙사께서는 아무 걱정 마시길. 본 맹의 맹주께서는 이번에 본 맹과 귀 가람 사이에 체결된 남서동맹南西同盟을 어떤 보물보다 소중히 여기시니까요."

소나무 숲 그늘 아래에서 느닷없이 나타난 남자는 한족의 외모와 복식을 하고 있지만 그 사실이 오히려 이상하게 받아들여질 만큼 유창한 서장어를 구사하고 있었다.

"신성한 시간을 방해하고 싶지 않아 말씀이 끝나기를 조용히 기다리고 있었는데, 그러다 보니 본의 아니게 쥐처럼 엿듣는 죄를 범하게 되었습니다. 용서해 주시길."

남자가 마한 쑵나에게 깊이 읍했다.

패륵이 기억하기로, 저 정도로 서장어에 능한 한족은 악마적인 지성으로써 비각의 모든 사업을 주재해 나가던 이비영 문강이 유일했다. 한 갑자가 넘는 세월 동안 서장과 교류한 비각주 잠룡야조차 저처럼 유창한 서장어를 구사하지는 못했던 것이다.

'가만, 그러고 보니……?'

패륵은 눈을 가늘게 뜨고 남자를 바라보았다. 흰 빛이 간간이 섞인 머리카락, 편평한 미간을 가운데 두고 정확한 대칭을 이룬 길쭉한 눈썹, 가느다란 눈구멍 안에 안정적으로 자리 잡은 맑은 눈동자, 곧고 길게 뻗어 내린 콧날, 부드러우면서도 단호한 입술의 움직임, 그리고 일신에 걸친 수수한 유복儒服. 보면 볼수록 문강을 떠올리게 하는 자였다. 언젠가 두 사람이 함께 있는 모습을 본 듯한 기분마저 들 정도로.

남자에게는 동행이 한 사람 있었다. 칠야처럼 새까만 경장 차림을 하고서 남자의 뒷전에 미동조차 없이 시립해 있는 모습이 마치 남자에게 부속된 그림자 같았다. 이목구비와 그것들로 짓는 표정 또한 기묘하게 모호한 느낌을 주어, 오랜 시간 들여다봐도 기억에 쉬 새겨지지 않을 듯했다.

마한 쑵나가 남자에게 말했다.

"스스로를 비하할 필요는 없소. 우리 투모룽곰파의 가르침은 온 세상을 향해 활짝 열려 있소."

남자가 숙인 허리를 천천히 펴 올렸다.

"반드시 비하한 것만은 아닙니다. 실제로 쥐로 산 적도 있으니까요. 하지만 대스승께서 그리 말씀해 주시니 소생의 마음이 가벼워지는군요."

그러나 지금의 남자는 결코 쥐처럼 보이지 않았다. 당연했다. 패륵은 오늘 이 자리에 찾아오기로 한 인물이 남황맹에서 얼마나 높은 지위를 가지고 있는지 알고 있었다. 공식적인 서열은 오 위권 밖이지만 실질적으로는 맹 내외의 모든 정보를 관장하며 남황맹주를 제외한 그 누구의 지시도 받지 않는다는 실세 중의 실세.

투모룽곰의 대스승이 패륵을 대신해 그 점을 확인해 주었다.

"그대가 암군의 군주요?"

남자가 싱긋 웃었다. 입술 사이로 드러난 이빨이 어둑한 땅거미 속에서도 놀랄 만큼 희게 보였다.

"그렇습니다."

마한 쏩나가 고개를 끄덕였다. 헝겊 같은 살갗 전체를 뒤덮은 주름살이 그 움직임에 따라 둔중하게 출렁거렸다.

"그대와 그대의 주인에 대해 궁금한 점이 많지만, 긴 이야기를 나누기에는 시간이 부족한 것 같소. 그래서 다시 본론을 말하리다. 그대는 우리를 위해 어떤 도움을 줄 생각이오?"

그때 멀리서 종소리가 들렸다. 고아하고 깊은 울림을 담은 범종 소리였다.

종소리가 울린 방향을 일별한 남자, 남황맹의 암군주가 차분한 미소를 입가에 매단 채 마한 쏩나에게 말했다.

"소림이 탐벽칙사를 맞이할 준비가 된 것 같군요. 저것이 소생이 귀 가람에 제공하는 두 가지 도움 중 첫 번째 것입니다."

"소림이 본 좌를 맞이할 거라고 하셨소?"

"이 지역을 다스리는 현령…… 아, 현령이란 일종의 지방관을 가리키는 말이지요. 소생은 그 현령을 움직였습니다. 굳이 뇌물이나 압력을 쓸 필요도 없었습니다. 황제의 칙사가 소림에 볼일이 있다는 사실을 알려 주자 신발도 제대로 챙겨 신지 못하고 허둥지둥 나서더군요."

마한 쏩나가 긴 눈썹을 찌푸렸다.

"그런 졸렬한 자가 우리 일에 무슨 도움을 줄 수 있단 말이오?"

"졸렬하기 때문에 더욱 도움이 됩니다. 그 현령은 당금의 소림을 이끌어 가는 자들이 모두 나와서 황제의 칙사를 맞이하도록 만들지 않으면 장차 큰 문제가 생길지도 모른다고 우려할 것이 분명하니까요. 소림이 비록 강호에서는 태두요, 선종에서는 본산이라고 숭앙받기는 하지만, 황제의 땅에서 사찰을 운영하는 이상 관과의 관계를 고려하지 않을 수 없을 겁니다."

"흐음, 좋소. 그들이 본 좌를 맞이하도록 한 다음은?"

암군주가 마한 쏨나를 향해 두 손바닥을 가볍게 들어 보였다.

"대스승께서는 아무것도 하지 않으셔도 됩니다. 음, 아까의 그 드높은 가르침을 소림의 승려들에게 들려주시는 것도 괜찮겠군요. 그러는 사이 믿을 만한 몇 분이 소림에 잠입, 수뇌들이 자리를 비운 경내에서 바즈라-우파야를 찾아 가져 나오시면 되지 않겠습니까?"

마한 쏨나는 늘어진 턱 주름을 문지르며 잠시 생각하다가 입을 열었다.

"나쁘지 않은 계획 같구려. 하지만 그 계획을 달성하는 데에는 한 가지 문제가 있소."

암군주는 미소로써 마한 쏨나의 다음 말을 기다렸다.

"우리는 바즈라-우파야가 현신하는 장소를 정확히 알지 못하오. 앞날을 보는 자, 판풋 왕이 이번 동방행에 동참할 수 없었기 때문이오. 이 밤이 지나면 바즈라-우파야는 다시 우리가 볼 수 없는 형태로 돌아갈 텐데, 드넓은 소림의 경내 어디쯤에 그것이 있는 줄 알고 찾아 가져 나오라는 말이오?"

마한 쏨나의 말에는 조바심 비슷한 것이 배어 있었지만, 암군주의 미소를 지우기에는 역부족이었다.

"그것이 소생이 귀 가람에 제공하는 두 가지 도움 중 두 번째 것입니다."

암군주의 미소가 더욱 짙어졌다.

"소생이 바즈라-우파야가 현신하는 장소로 여러분을 안내해 드리겠습니다."

보신에 누구보다 능한 패륵이 암군주가 말한 '믿을 만한 몇 분'에 감연히 자원하여 어떤 위험이 기다리고 있는지 모르는 소림으로 잠입하겠노라 나선 것은, 누구라도 인정할 만큼 커다란 공을 세우지 못하면 투모룽곰파로부터 버려질지도 모른다는 위기의식 때문이었다. 그러한 위기의식은 마한 쏩나가 쿠피 풀바와 요그, 두 왕만을 지목하고 그들과 같은 반열인 패륵에게는 눈길조차 주지 않았을 때 한계점에 도달했다.

"저, 저도 가겠습니다!"

마한 쏩나는 패륵의 참여를 반대하지 않았다. 그 대신 탐탁지 않은 제자의 분발을 바라보는 스승처럼 진심이 담기지 않은 목소리로 이렇게 말했을 뿐이었다.

"자네까지 수고할 필요는 없을 것 같지만, 굳이 가겠다면야 말리지는 않겠네."

웬만해서는 마한 쏩나의 곁을 떠나지 않던 붉은 어머니, 라토 아마가 일행에 따라나선 것은 패륵이 생각하기에 몹시 기이한 일이었다. 분홍빛 연기를 통해 꿈을 자아내는 그녀의 신비한 능력은 모두가 인정하는 바지만, 용담호굴에 잠입하여 임무를 달성하는 데에는 보다 실전적인 능력이 필요할 것이기 때문이다. 비슷한 생각에서인지 마한 쏩나를 비롯한 몇 사람이 만류하고 나섰지만 그녀는 마음을 바꾸지 않았다.

"반드시 만나야 할 사람이 있습니다."

라토 아마는 평소의 몽혼한 눈과는 달리 새파랗게 빛나는 눈으로 말했다.

그리하여 오늘 밤 소림에 잠입할 일행이 결성되었다. 투모룽곰파에서는 세 명의 왕과 라토 아마가, 남황맹에서는 암군주와 그의 수행원이 그 일행을 구성하는 면면이었다.

수적으로 열세인 데다 일견하기에도 몹시 흉악한 세 명의 왕
—패륵은 자신이 흉악해 보인다는 점을 모르지 않았다—과 동
행하게 되었음에도, 암군주는 차분함을 잃지 않았다. 대단한 고
수가 아니고서야 저런 여유는 부리지 못할 거라는 패륵의 섣부
른 예단은, 일행이 투모룽곰의 본대로부터 떨어져 나오기 직전
암군주가 한 한마디로 간단히 무너지고 말았다.

　"재주가 변변치 못해 꼴사나운 모습을 보여 드리는 점, 부끄
럽게 생각합니다."

　그러더니 수행원의 등에 냉큼 업혔고, 그런 상태로 일행의
출발을 알렸던 것이다.

　선두에서 달려가며 일행을 안내하는 수행원은 실로 놀라운
경신술의 소유자였다. 그자의 등에 업힌 암군주는 그자가 울창
한 숲길을 헤쳐 나가는 데 아무런 지장도 주지 못하는 것이 분
명했다. 투모룽곰파에서 나온 네 사람은 성인 남자 하나를 업은
채 앞서가는 그자의 뒷모습을 놓치지 않기 위해 전력을 다해야
했고, 본신의 무공이 가장 뒤처지는 라토 아마가 내는 거친 숨
소리는 달리는 내내 패륵의 뒤통수를 두드렸다.

　숲을 관통하고, 계곡을 건너고, 바위 언덕을 타넘고…….

　그렇게 소실산 산중을 달린 일행이 거대한 동물의 등뼈처럼
보이는 길고 야트막한 돌담 앞에 당도한 것은 동쪽에 삐죽삐죽
솟은 산봉우리 사이로 유월의 마지막 달이 칼날처럼 얇은 얼굴
을 내비칠 무렵이었다.

　이때에 이르러서는 제법 숨이 차오른 패륵이 마른 입술을 사
납게 비틀며 암군주에게 따졌다.

　"아까 들린 종소리로 미루어 이토록 먼 것 같지는 않은데, 왜
우리를 이리로 안내한 거요?"

남의 등에 업혀 온 덕에 숨이 차오를 이유가 전혀 없는 암군주는 태연히 대답했다.

"지금부터 우리가 할 일은 사람들의 이목을 가급적 피해야 하는 은밀한 것입니다. 알려지지 않은 길을 택하다 보니 부득이 멀리 우회할 수밖에 없었던 점을 양해해 주시기 바랍니다."

남의 등에 업혀 오지 않았지만 패륵과는 달리 전혀 숨 찬 기색을 보이지 않는 쿠피 풀바가 암군주를 향해 입을 열었다.

"질러오고 돌아오고는 중요하지 않다. 내가 궁금한 것은 네가 우리를 따라온 이유다."

암군주는 고개를 살짝 옆으로 기울였다.

"이유라고요?"

"안내인은 네 부하 하나로 충분하다. 너는 대스승과 함께 정문으로 올라가 소림의 승려들에게 대접을 받을 수 있었다. 그 편한 길을 외면하고 부하 등에 업혀 가면서까지 굳이 우리를 따라온 이유가 무엇이냐?"

나직한 목소리임에도 쿠피 풀바 특유의 분노와 광기와 살심이 음절마다 배어 나오는 듯했다. 그러나 암군주는 당황한 기색을 조금도 드러내지 않았다.

"본격적으로 일을 시작하기에 앞서 잠시 휴식을 취하는 것도 나쁘지는 않겠지요. 내려 주게나."

수행원이 등에 업은 암군주를 바닥에 내려놓았다. 상관이 외인들에게 핍박받는 상황에 처했다는 점을 모를 리 없을 텐데도, 그의 얼굴에는 예의 모호한 무표정만이 떠올라 있을 따름이었다.

암군주가 쿠피 풀바에게 말했다.

"쿠피 풀바 왕께서는 소생에게 다른 불순한 의도가 숨어 있다고 의심하시는 모양이군요."

"그렇다."

기다렸다는 듯이 날아온 직설적인 시인에, 암군주는 쿠피 풀바와 어깨를 나란히 하고 서 있는 패륵과 요그를 돌아보았다.

"두 분께서도 그렇게 생각하십니까?"

두 사람 모두 대답하지 않았다. 패륵은 쿠피 풀바의 일에 간섭하는 모양새로 보이는 것이 두려웠기 때문이고, 설산에서 온 요그는 원래 말이라는 것 자체를 하지 않는 위인이었기 때문이다.

"순수한 호의가 의심받는 것은 유쾌하지 못한 일이군요."

암군주가 우울한 목소리로 말했다.

"순수한 호의?"

허리를 구부리고 숨을 고르던 라토 아마가 냉소를 치더니 암군주를 향해 다가가며 힐문을 던졌다.

"그렇다면 당신은 바즈라-우파야에 대해 아무런 사심이 없다는 뜻인가요?"

라토 아마가 한 말은 이제까지 일행 사이에서 통용되던 서장어가 아닌 한어였고, 그래서 투모룽곰의 세 왕 중 그 말을 알아들은 사람은 패륵이 유일했다.

암군주는 라토 아마가 한어를 사용했다는 사실을 대수롭지 않게 여기는 것 같았다. 그는 자신을 노려보는 라토 아마에게 미소를 지었다. 이어 그의 입에서 흘러나온 것은 라토 아마가 사용한 것과 같은 한어였다.

"투모룽곰의 붉은 어머니가 한족이라는 사실은 이미 알고 있었습니다. 소생은 그 밖에도 많은 것들을 알고 있지요."

라토 아마의 미간에 잔주름이 잡혔다.

"그 밖에도……?"

암군주가 어깨를 가볍게 으쓱거렸다.

"예를 들면, 붉은 어머니가 오늘 밤 반드시 만나고자 하는 사람이 누구인가 하는 것 따위지요."

라토 아마의 눈이 가늘어지고, 위험해졌다. 패륵은 그녀의 오른손이 뒤춤으로 슬며시 돌아가는 것을 놓치지 않았다.

그때 암군주가 말했다.

"금선침琴線針은 일회용으로 알고 있습니다만."

뒤춤으로 돌아가던 라토 아마의 손길이 우뚝 굳었다.

암군주가 말을 이었다.

"소생에게 사용하면 정작 사용해야 할 사람에게는 빈 통밖에 보여 주지 못할 겁니다."

라토 아마가 한 걸음 물러나며 질린 목소리로 더듬거렸다.

"어, 어떻게 금선침을 알아보는 거지?"

암군주가 빙긋 웃었다.

"말씀드렸잖습니까. 소생은 많은 것들을 알고 있다고요. 그리고 한 가지 더 알려 드리자면, 독중선의 비방으로 제작된 기물들은 소생에게 어떤 효과도 보지 못할 겁니다. 이 점은 보장해도 좋습니다."

"당신…… 그, 그런……."

라토 아마는 마음속에서 일어나는 숱한 의혹들을 말로써 풀어놓으려는 듯 입술을 어지럽게 달싹거렸다. 하지만 그 입술에서 결국 튀어나온 것은 참으로 무의미하게 들리는 짧은 질문이 전부였다.

"당신은 누구지?"

암군주는 오늘 아두랍찰의 인사들 앞에 모습을 보인 뒤 처음으로 눈을 찌푸렸다.

"같은 말을 반복하는 것은 무척이나 피곤한 일입니다. 하지만 이번만큼은 인내심을 발휘해 대답해 드리도록 하겠습니다. 소생은 남황맹에서 암군이라는 작은 조직을 맡고 있는 사람이며, 지금은 귀 가람과 여러분들께 도움을 제공하고 있습니다. 다음부터 뭔가를 질문하실 때에는 소생이 이미 알려 드린 사항은 제외해 주시기 바랍니다."

라토 아마의 창백한 얼굴이 복잡한 감정으로 몇 차례 바뀌었다. 그런 그녀를 물끄러미 바라보던 암군주가 굳은 표정을 펴고 픽 웃더니 사람들을 둘러보며 입을 열었다. 이번에는 서장어였다.

"방금 라토 아마께서는 소생에게 바즈라-우파야에 대해 아무런 사심이 없느냐고 물으셨습니다. 세 분의 왕께서도 아마 그 점을 가장 궁금히 여기시리라 생각되는군요. 하여 이 기회에 분명히 말씀드리겠습니다. 소생이 대스승과 함께 정문으로 올라가지 않고 여러분을 따라온 것은, 맞습니다, 그럴 만한 이유가 있기 때문입니다. 하지만 걱정하지는 마십시오. 소생은 귀 가람에서 간절히 찾는 바즈라-우파야라는 물건, 혹은 존재에 대해 아무런 사심도 없으니까요. 소생이 관심을 두는 대상은 오직……."

그때 패륵은 암군주의 맑은 눈동자에 순간적으로 떠오른 빛을, 과거 문강의 그것을 연상케 하는 심유한 빛을 보았다.

암군주가 말을 맺었다.

"……바즈라-우파야의 현 주인입니다."

소림사가 자랑하는 탑림은 패륵이 기대했던 것보다 볼품없었다. 편편한 부지에 크고 작은 돌탑들이 별다른 규칙 없이 띄엄띄엄 자리하고 있고, 부지 뒤편에서 흘러내리듯이 팔을 뻗친 숲이 이빨 틈새에 낀 음식 찌꺼기처럼 그 사이사이를 잠식하고 있다. 유서가 깊은 만큼 다양한 양식의 탑을 접할 수 있다는 면은 장점으로 작용하겠지만, 이미 충분히 짙어진 어둠이 그러한 장점을 반감시킨다. 심미적인, 혹은 종교적인 감흥을 얻기에는 풍경 자체가 지나치게 을씨년스러운 것이다.

심지어 지금의 탑림에는 그런 을씨년스러움을 부채질하는 청각적인 요소마저 가미되어 있었다.

삭— 삭—.

소리가 울리는 방향으로 고개를 돌린 패륵은 곧바로 눈살을 찌푸렸다. 높이가 세 길쯤 되는 돌탑을 천천히 돌아 나오며 두 손에 쥔 싸리비로 바닥을 쓸고 있는 노인 하나를 발견했기 때문이다.

노인의 겉모습은 괴이했다. 일신에 칙칙한 회흑색 승복을 걸친 것을 보면 승려 같기도 했고, 머리에 손가락 한두 마디 길이의 꺼칠꺼칠한 백발이 자란 것을 보면 승려가 아닌 것 같기도 했다. 그리고…….

'애꾸?'

노인의 얼굴을 확인한 패륵은 다시 한 번 눈살을 찌푸렸다. 그믐의 어스레한 달빛 아래 드러난 노인의 얼굴 한쪽은 검은 안대로 가려져 있었던 것이다.

손에는 싸리비를 들고 있다. 목에는 걸레 비슷한 것을 걸고 있다. 모두가 청소를 하는 데 쓰는 물품인데, 상식적으로 청소란 환할 때나 하는 것 아닌가? 그러므로 어둠이 짙어진 이 시각에 소림의 탑림을 홀로 청소하고 있는 저 독안 노인은 괴이해 보일 수밖에 없었다.

하지만, 겉모습과 하는 짓이 괴이하건 괴이하지 않건, 재수가 억세게 없는 노인인 것만은 분명했다. 왜냐하면 패륵의 일행 중에는 눈에 조금이라도 거슬리면 일단 죽여 놓고 생각하는 무지막지한 도살자가 끼어 있기 때문이었다.

그 무지막지한 도살자가 막 움직이려 할 때, 앞서 있던 암군주가 한 손을 슬쩍 들어 올려 제지하는 신호를 보냈다. 독안 노인을 향하던 쿠피 풀바의 살벌한 눈길이 암군주에게 꽂혔다.

"본 좌에게 명령하는 거냐?"

쿠피 풀바가 낮게 으르렁거렸다.

"그럴 리가요. 불필요한 수고를 덜어 드리고자 하는 마음에서 감히 나선 겁니다. 저자가 하는 행동을 잘 보시지요."

암군주가 달래듯이 말했다.

이에 새삼스러운 눈으로 독안 노인을 바라본 패륵은 암군주가 왜 쿠피 풀바를 만류했는지 알게 되었다. 독안 노인은 패륵의 일행에게는 눈길 한 번 주지 않은 채 느리지만 규칙적인 동작으로 비질을 이어 가고 있었다. 일행과의 거리가 제법 떨어져 있기는 하지만, 동방 무공의 뿌리라는 소림 공부를 익힌 자라면 외인이 여섯이나 자신의 영역 안에 들어와 온 사실을 알아차리지 못할 리 없을 터였다.

"무공을 모르는 무지렁이 일꾼인가?"

패륵의 혼잣말에 가까운 질문에 암군주가 차분한 목소리로 대답했다.

"분명한 사실은, 저자는 우리에게 아무런 관심도 없는 것처럼 보인다는 점입니다. 안 그렇습니까?"

암군주는 쿠피 풀바를 돌아보며 말을 이었다.

"임무를 본격적으로 시작하기도 전에 저런 자를 죽여 타초경

사打草驚蛇의 우를 범하는 것은 현명하지 못한 일이겠지요.”

“그의 말이 옳아요. 벌써부터 피를 볼 필요는 없어요.”

라토 아마가 암군주를 거들고 나섰다. 투모룽곰파에서 그녀가 차지하는 위치는 마한 쏩나에 버금갔다. 그녀를 얻음으로써 ‘꿈의 수련법’을 완성하게 된 마한 쏩나가 그녀를 총애하는 것은 당연한 일이었다. 쿠피 풀바는 그녀의 말이 있은 뒤에야 잔뜩 긴장시켜 두었던 근육을 풀었다.

잠깐 사이에 자신이 저승 문턱을 넘나들었다는 사실을 알기나 하는 것일까? 그들이 그러거나 말거나 독안 노인은 돌탑 주위를 천천히 돌며 바닥을 쓸 따름이었다. 비질에 임하는 그의 자세는 성실해 보일 뿐만 아니라 신성해 보이기까지 했다. 지금 행하는 노동이 자신에게 부여된 천명이라도 된다는 듯이.

‘아예 귀머거리일지도 모르지.’

패륵은 독안 노인에게 주었던 시선을 거두었다.

잠시 멈췄던 이동이 재개되었다.

탑림에서 벗어나자 완만한 내리막길이 시작되었다. 길 양쪽으로는 아름드리나무들이 빽빽이 늘어서 있었지만, 소림의 경내로 잠입하기 전에 지나온 숲과는 달리 사람의 손길이 닿은 흔적을 엿볼 수 있었다.

‘이거…… 은근히 떨리는군.’

걸음을 내디딜수록 소림의 중심부로 다가가고 있다는 생각이 강해졌다. 긴장감과 위기감이 점증되었고, 그에 따라 패륵의 눈길은 사방을 향해 쉴 새 없이 돌아갔다. 그러나 일행의 전진에 지장을 줄 만한 요소는 무엇 하나 포착되지 않았다. 들리는 소리라고는, 밤을 맞이한 여름 숲이 발하는 자연적인 소음들을 제외하면, 일행의 발소리가 유일했다.

"너무 조용하군요."

침묵을 깬 사람은 일행 중 홍일점인 라토 아마였다.

"금줄 안쪽이라서 그럴 겁니다."

암군주의 태연한 대꾸에 이번에는 패륵이 물었다.

"금줄이라니?"

"피객승避客繩이라고도 합니다. 어느 구역에 그 줄이 걸리면 허가받은 사람 외에는 출입할 수 없다고 하더군요. 우리는 반대 방향으로부터 접근하고 있으니 별 상관 없지만 말입니다."

패륵이 눈을 끔뻑이다가 다시 물었다.

"그 금줄이 어디에 걸렸다는 거요?"

"과거에 문수전이었던 불당입니다. 여러분들이 찾으시는 바즈라-우파야가 있는 장소이기도 하지요. 정확히 어제 정오부터 그리로 들어가는 진입로에 금줄이 걸렸고, 십팔나한이 삼교대로 지키는 중입니다."

무엇을 묻든 암군주의 대답에는 막힘이 없었다. 패륵은 내심 혀를 내둘렀다.

'이자가 모르는 게 대체 뭘까?'

소림사의 내부 지리에 밝은 것은 그렇다고 치자. 지도든 뭐든 자료를 통해 얻을 수 있는 종류의 지식이니까. 하지만 그런 자료로는 도저히 알 수 없는 은밀한 사정—그것도 벌어진 지 이틀도 채 안 되는—까지 훤히 꿰뚫고 있다는 것은 진정 놀라운 일이 아닐 수 없었다.

'가만! 지금은 그게 중요한 게 아니지.'

암군주에 대한 경탄에 가까운 감정에서 벗어난 패륵은 방금 그가 한 말속에 골치 아픈 이름이 끼어 있었다는 사실을 뒤늦게 떠올렸다.

"방금 십팔나한이라고 했소?"

암군주는 걸음을 멈추지 않고 대답했다.

"그렇습니다."

패륵은 동방 강호의 제반에 해박한 위인이었고, 그래서 소림사 십팔나한이라는 이름에 어떤 의미가 담겨 있는지 잘 알고 있었다.

"그들이 지킨다면 한판 소란은 피할 수 없겠구려."

패륵이 인상을 쓰며 투덜거렸다. 쿠피 풀바와 요그는 소란이 벌어지는 것을 결코 사양하는 위인들이 아니지만 그는 달랐다. 그의 바람은 별다른 위기 없이 목적한 바즈라-우파야를 가지고 나가는 것이었다.

앞서 가던 암군주가 패륵을 슬쩍 돌아보았다.

"과연 그럴까요?"

저건 또 무슨 뜻일까?

패륵은 미간을 좁혔지만 암군주는 묘한 미소만 지을 뿐 더 이상 설명해 주지 않았다.

일행이 걸음을 멈춘 것은 그러고도 반 각쯤 더 이동한 뒤였다.

암군주가 길 우측을 바라보며 말했다.

"다 왔습니다."

암군주를 좇아 눈길을 돌린 패륵은 덩굴식물들에 잡아먹히듯이 뒤덮인 야트막한 돌담 하나를 발견할 수 있었다. 담마루에 얹힌 기와들 중 온전한 놈을 찾기 힘든 것으로 미루어 오랜 기간 동안 관리되지 않았음을 알 수 있었다.

"저 안이 문수전?"

패륵의 질문에 암군주가 고개를 끄덕였다.

"제 기억이 정확하다면, 그렇습니다."

"그렇다면 이제부터는 더욱 조심해야겠구려."

십팔나한도 골칫거리거니와, 무엇보다도 저 안에는 이 대 혈랑곡주가 있었다. 패특은 사나운 눈보라가 세상을 삼킨 그날 이 대 혈랑곡주가 비천대전에서 보여 준 신위를 똑똑히 기억하고 있었다.

하지만 암군주는 패특의 견해에 동의하지 않는 것 같았다.

"그러실 필요까지는 없을 겁니다."

패특은 성긴 눈썹을 추켜올리며 암군주에게 항의했다.

"저 안에 누가 있는지 모르고 하는 소리요?"

"제가 모를 리 있겠습니까. 지금 문수전 안에는 바즈라-우파야의 현 주인과 적 자 배의 장로들이 있고, 여섯 명의 십팔나한이 그 주위를 지키고 있지요."

'저, 적 자 배들까지 저 안에 있다고?'

패특의 안색이 더욱 안 좋아졌다. 적 자 배라면 전대의 소림을 이끌어 가던 주역들이었다. 게다가 그들 중 하나인 옥나한 적송은 과거 장성의 관로 위에서 백사흑마파白獅黑馬派의 업왕業王을 굴복시킴으로써 그 명성을 서역에까지 떨친 절정의 고수가 아니던가.

"그런데도 조심할 필요가 없다는 거요?"

패특은 다시 한 번 항의했지만 암군주의 표정에는 아무런 변화도 없었다.

"적 자 배 장로들은 현재 움직일 수 있는 상태가 아닙니다. 그들은 어제 정오부터 스물네 시진, 즉 이틀에 걸쳐 하나의 진법을 통해 영적인 연결을 이뤄야 합니다. 그동안에는 외부에서 벌어지는 일에 일절 개입할 수 없지요. 그리고 바즈라-우파야의 현 주인은, 음, 지금까지도 여전히 주인이라고는 확언할 수 없지만, 그자가 지금 어떤 상태인지는 정확히 알지 못합니다. 적 자 배 장로들이 만든 진법에 깊숙이 관여해야 한다는 점으로 미루어 그자 또한 움직일 수 없는 상태일 것이라 예상하기는 하지만, 그자는 모든 예상을 간단히 무너뜨리는 비상식적인 존재이기 때문입니다. 만일 그자가 외부의 일에 개입할 수 없는 상태라면, 우리는 굳이 조심할 필요가 없겠지요. 하지만 그자가 외부의 일에 개입할 수 있는 상태라면, 우리가 아무리 조심한들 소용없을 겁니다."

청산유수로 이어지는 암군주의 설명에 다시 한 번 경탄하면서도, 패륵은 뒤통수가 따끔거리는 것을 느꼈다. 등 뒤에서 폭발적으로 비등한 누군가의 기세가 그렇게 만든 것이다. 암군주의 말로 인해 자존심에 상처를 입은 쿠피 풀바가 지금 어떤 눈빛을 하고 있을지는 굳이 고개를 돌려 확인하지 않아도 알 수 있었다.

'그런데도 참고 있다니, 쿠피 풀바를 아는 사람들에게 이 얘기를 한다면 과연 몇이나 믿어 줄까?'

짐작건대 쿠피 풀바가 즉각적으로 발작하지 않는 까닭은 이곳까지 오는 동안 암군주라는 인물이 보여 준 놀라운 능력을 인정하기 때문일 것이다. 무공은 다소 떨어질망정—그조차도 진짜인지는 알 수 없지만— 심계만큼은 과거 문강에 비견될 만큼 뛰어난 인물이라는 점을 이제 패륵은 인정하지 않을 수 없었다.

그때 라토 아마가 암군주를 향해 말했다.

"당신은 마치 그자를 숭배하는 것처럼 보이는군요."

뜻밖에도 암군주는 그녀의 말을 부정하지 않았다.

"어쩌면 그럴지도 모릅니다. 예상의 범주에 속하지 않는 존재는 소생에게 있어서 신이나 마찬가지니까요."

"하지만 당신은 그자를 죽이려고 왔잖아요. 아닌가요?"

암군주는 짧은 웃음을 터뜨렸다.

"하하! 신을 죽이는 일이 가능하다고 보십니까? 어떻게요? 방법을 아신다면 제발 소생에게도 가르쳐 주시기 바랍니다."

라토 아마는 아랫입술을 잘근잘근 씹다가 말했다.

"당신은 곧 그 일을 보게 될 거예요."

암군주는 그 안에 담긴 것이 조소인지 연민인지 구별하기 힘든 눈으로 그녀의 얼굴을 잠시 바라보다가 천천히 말했다.

"어차피 듣지 않으실 테니 만류하지는 않겠습니다. 다만 이 말씀만은 꼭 드리고 싶군요. 비틀린 삶의 책임을 다른 사람에게 돌리는 것은 그 삶을 회복하는 데 아무런 도움이 되지 않을 겁니다."

암군주를 향한 라토 아마의 눈빛에 독기가 서렸다. 하지만 그 독기는 오래 지나지 않아 수그러들었다. 그녀는 고개를 돌리더니 조금 처연한 목소리로 말했다.

"당신은 몰라요, 그자로 인해 내가 어떤 고통을 겪었는지."

암군주는 고개를 끄덕였다.

"예, 소생은 모릅니다. 하지만 안다고 해도 같은 말씀을 드렸을 겁니다."

패륵은 두 사람 사이에 오가는 대화를 제대로 이해할 수 없었다. 그는 현실적인 사람이었고, 그들의 대화가 상황에 맞지 않게 한가하다고 여겼다. 그래서 그는 상황에 맞는 현실적인 질문을 던졌다.

"적 자 배들과 이 대 혈랑곡주를 제외한다고 해도 십팔나한 여섯이 남아 있지 않소이까. 그들과 부딪치면 소림 전체가 알아차릴 텐데, 그 점에 대한 방책은 세워 두었소?"

암군주의 눈길이 패륵에게 돌아왔다.

"물론입니다."

패륵은 다급히 물었다.

"어떤 방책이오?"

"잠시 후면 아시게 될 겁니다. 소생을 따라오시지요."

암군주는 허언을 하지 않았다.

돌담을 넘은 뒤 우거진 잡목과 웃자란 수풀을 헤치며 안쪽으로 들어간 일행을 기다린 것은, 폐가라고 불러도 좋을 만큼 낡고 퇴락한 불당의 앞마당에 가지런히 누워 있는 여섯 명의 승려들이었던 것이다.

승려들의 얼굴은 평화로워 보였다. 누워 있는 자세 또한 편안하고 자연스러워 누군가에게 당해 쓰러진 기미는 전혀 찾을 수 없었다. 마치 친구 여섯이 한방에서 사이좋게 숙면에 빠져 있는 듯한 모습이었다. 하지만 저들이 정말로 십팔나한 중 여섯이라면, 자신들에게 맡겨진 임무를 방기한 채 저처럼 잠에 취해 있을 리 없지 않겠는가.

"이, 이게 대체……?"

그 자리에 우뚝 굳은 채 입술만 달싹거리는 패륵과 달리 라토아마는 행동으로써 의혹을 풀기 위해 나섰다. 그녀는 여섯 명의 승려들에게로 다가가 그들의 상태를 살피기 시작했다. 손목의 맥을 짚어 내기를 파악하고, 입술 위에 코를 대고 냄새를 맡는다. 이윽고 그녀의 입에서 탄식 같은 한마디가 흘러나왔다.

"몽중인夢中人."

암군주가 고개를 끄덕였다.

"그렇습니다. 그들은 꿈의 골짜기에 들어갔지요."

승려들로부터 몸을 일으킨 라토 아마가 암군주에게 다가왔다.

"사부님이 돌아가신 뒤로 몽독夢毒에 대해 아는 사람은 세상에서 오직 나 한 사람뿐이라고 믿어 왔어요. 당신이 금선침을 알아보았을 때도 그 믿음은 흔들리지 않았죠. 하지만 이제는 그 믿음이 잘못된 것임을 인정하지 않을 수 없군요."

잠시 말을 끊은 라토 아마가 암군주의 얼굴을 똑바로 바라보며 물었다.

"저들에게 몽독을 쓴 사람이 당신인가요?"

암군주는 선선히 대답해 주었다.

"소생이 직접 쓴 것은 아닙니다만, 소생이 만든 몽독을 누군가 소생의 지시에 따라 쓴 것인 만큼, 소생이 썼다고 해도 무방할 겁니다."

'누군가 그의 지시에 따라 독을 썼다고?'

패륵은 눈을 끔벅거렸다. 저 말이 의미하는 것은 바로…….

그때 음산하게 울린 쿠피 풀바의 한마디가 패륵의 심정을 정확히 대변했다.

"소림에 간세를 심어 두었군."

패륵은 깜짝 놀랐다.

소림사나 무당파처럼 종교를 기반으로 삼는 문파는 일반적인 강호 문파들과 달리 외부인을 영입하는 경우가 매우 드물었다. 제자가 되기 위해서는 어릴 적부터 그곳에서 수행을 쌓아야 하고, 일단 제자가 된 뒤에도 엄격하고 촘촘한 사승 관계 안에서 해당 종교의 규범을 철저히 지켜야 한다. 그런 문파에 간세를 심는 일이 쉬울 리 없는 것이다.

그 쉽지 않은 일을 행한 암군주는 서운하다는 투로 말했다.

"간세라는 표현은 듣기에 약간 거북하군요. 특별한 경우가 아니면 죽는 날까지 소림의 제자로서 맡은바 소임을 다할 테니까요."

"흐흐, 그 특별한 경우란 너희 남황맹과 엮이지 않는 경우를 가리킬 테고."

쿠피 풀바는 신랄하게 냉소했지만 암군주가 줄곧 견지해 온 여유를 무너트리지는 못했다. 패륵이 보기에 그것을 무너트릴 상황은 아예 존재하지 않을 것 같았다.

"소생이 제법 큰 노력과 시간을 들여 행한 '식목 사업'은 쿠피 풀바 왕께서 말씀하신 것처럼 직접적이고 단순하지만은 않습니다. 하지만 그 점에 대해 설명해 드릴 시간은 없을 것 같군요. 왜냐하면……."

암군주는 눈길을 돌렸다.

"예상의 범주에 속하지 않는 존재가 우리를 만나러 나오신 것 같으니까요."

암군주의 눈길을 좇아 고개를 돌린 패륵은 얼굴이 노래질 만큼 소스라치게 놀라고 말았다.

"헉!"

일행이 서 있는 앞마당에서 문수전으로 올라가는 돌계단 위, 낡고 퇴락한 불당을 등지고 서 있는 거대한 남자를 발견했기 때문이다.

패륵은 보이지 않는 차가운 손이 심장을 움켜쥐는 듯한 섬뜩한 기분에 사로잡혔다. 그 혼자만이 아니었다. 패륵은 조금 앞에 있는 라토 아마의 목덜미 근육이 딴딴하게 굳는 것을 보았고, 곁에 있는 쿠피 풀바와 요그의 기세가 사막의 모래바람처럼 솟구치는 것을 느꼈다. 그러나 암군주만은 예외였다. 그는 태연했고, 그의 입가에는 특유의 여유로운 미소가 여전히 맺혀 있었다.

암군주가 거대한 남자에게 말했다.

"오랜만입니다, 석대원."

어떤 종류의 기억은 고래처럼 강렬하게 망각의 물살을 가르고 부상한다. 패륵은 암군주의 유유한 인사말을 들은 뒤에야 비로소 이 대 혈랑곡주의 본명이 석대원이라는 사실을 떠올릴 수 있었다. 그러고 나니 스스로가 한심해졌다. 그토록 강렬한 인상을 남긴 자의 이름을 어떻게 잊고 살 수 있었을까? 바로 석대원, 석대원이었다!

돌계단 위에 선 거대한 남자, 석대원이 암군주에게 말했다.

"우리가 만난 적이 있소?"

암군주가 대답했다.

"우리가 만났다고 하기는 힘들겠군요. 나는 당신을 보았지만 당신은 나를 보지 못했을 테니까요. 그때 당신은 태원으로 가는 길이었습니다. 음, 내 기억으로는 서북찬관이라는 이름의 객점이었습니다. 당신은 사씨 성을 가진 여자와 그 객점에 묵었고, 그날 밤 같은 성을 가진 남자에게 공격을 받았습니다. 그러나 두 사람 모두 다음 날 아침을 맞이할 수는 없었지요. 이제 기억나십니까?"

석대원은 아무 대답도 없이 암군주를 바라보기만 했다. 어둠 속에 서 있는 그의 얼굴은 광물로 만들어진 듯 어떠한 표정도 떠올라 있지 않았다. 질릴 만큼 무감한 눈빛 위로 그믐의 잔월이 진저리치고 있었다.

"별 의미 없는 인연이니 길게 얘기하지는 않겠습니다. 내가 오늘 당신을 만나려는 이유는 따로 있으니까요. 하지만……."

암군주는 자신의 뒷전에서 제각기 다른 태도와 반응을 보이고 있는 서역의 인사들을 슬쩍 돌아본 뒤 어깨를 으쓱거렸다.

"당신을 독점하려면 차례를 기다려야 할 것 같군요. 먼 곳에서 오신 분들이 당신에게 용무가 있는 것 같으니 말입니다. 그럼 잠시 후에 뵙겠습니다."

그 용무란 것에 순번이 있다면, 라토 아마는 누구에게도 밀리고 싶은 마음이 없는 것이 분명했다. 그녀는 느닷없이, 그리고 한마디 말도 없이, 암군주가 한 발짝 비켜서면서 만들어진 빈 공간을 가르고 석대원을 향해 돌진했다. 붉은 옷자락과 긴 머리카락을 펄럭이며 거인에게 달려드는 그녀의 모습은 원한에 사로잡힌 귀신처럼 맹목적으로 보였다.

석대원은 표정이 없을 뿐만 아니라 움직임도 없었다. 붉은 질풍처럼 돌계단을 뛰어올라 목전에 다다른 라토 아마에게서 금빛 광채가 뿜어져 나올 때에도 마찬가지였다. 아마도 금선침이라는 물건으로부터 비롯되었으리라 여겨지는 그 금빛 광채는 석대원의 왼쪽 가슴을 직격했다. 움직이지 않는 커다란 과녁에 누군가 전심전력으로 쏘아 낸 일격이 적중한 것은 패륵이 생각하기에 지극히 당연한 결과였다.

하지만 그다음은…….

그다음에 벌어진 일은…….

'어?'

패륵의 주름진 눈까풀이 날벌레의 날개처럼 파닥거리고, 그 아래 우묵하게 자리한 회청색 눈동자가 의혹으로 뒤룩거렸다. 고도로 집중하고 있던 시야 안에서 무슨 일인가 벌어진 것을 분명히 목격했는데도, 그의 머리로는 그 일을 해석하는 것이 불가능했기 때문이다.

눈 한 번 깜빡이는 시간을 일순一瞬이라고 하는데, 극히 짧은 그 시간 안에 벌어질 수 있는 일이란 제한적일 수밖에 없었다. 하지만 석대원의 왼쪽 가슴에 라토 아마의 금빛 광채가 직격한 직후에 패륵이 목격한 일순들은 전혀 그렇지 않았다. 그것들은 실로 다채로웠고, 심지어는 경이롭기까지 했다.

깜빡.

그토록 강렬하던 금빛 광채가 씻은 듯이 사라지고…….

깜빡.

허공을 나아가던 라토 아마가 그림 속 경물처럼 정지하고…….

깜빡.

라토 아마의 주위를 하얀 빛의 끈들이 그물처럼 휘감고…….

깜빡.

빛의 끈들이 사라진 공간 안에 석대원과 라토 아마가 마주 서 있다…….

모든 일순들마다 하나의 장면이 펼쳐졌지만, 그중 어느 것도 동일하지 않았고, 심지어는 연속적이지도 않은 것 같았다. 시각의 일부를 박탈당한 듯한 이러한 현상 앞에서 패륵은 멀미에 가까운 현기증을 느꼈고, 그것으로부터 벗어나기 위해 머리를 세차게 흔들어야만 했다.

석대원이 라토 아마에게 말했다.

"내 혈랑검기가 당신의 삶을 커다란 고통에 빠트렸구려."

무너진 초점을 가까스로 되찾은 패륵은 라토 아마의 뒷모습이 부르르 떨리는 것을 보았다.

석대원의 말이 이어졌다.

"그러나 그 일에 대해 내가 책임져야 할 부분은 그리 많지 않을 것이오. 당신들은 내 가족을 해치고 내 고향 집을 파괴하기 위해 가던 중이었고, 나는 최선을 다해 당신들을 막을 수밖에 없었소. 당신들은 다수였고 나는 혼자나 다름없었소. 그때의 나는 최선을 다할 수밖에 없었소.”

라토 아마가 입고 있던 붉은 나군의 가슴 자락을 양쪽으로 활짝 젖혔다.

“혈랑검기라고 했나요? 그날 당신의 그 일 검으로 인해 나는 여자를 잃어버렸어요. 보다시피 내 젖가슴은 이 꼴이 되었고, 내 자궁은 씨앗을 받아들일 수 없는 죽은 밭이 되었어요. 열아홉 살 젊디젊은 여자가 남은 긴 생을 여자도 남자도 아닌 괴물로 살아가야 한다는 것이 무엇을 의미하는지 당신이 감히 안다고 말하는 건가요?”

패륵이 선 위치에서는 보이지 않았지만 라토 아마와 마주한 석대원에게는 분명 여자의 벗은 가슴팍이 낱낱이 보였을 것이다. 하지만 그녀를 향한 석대원의 두 눈은 조금도 흔들리지 않았다.

“괴물로 사는 것이 무엇을 의미하는지는 나도 알고 있소.”

라토 아마가 날카롭게 외쳤다.

“거짓말!”

석대원이 왼손을 천천히 들어 올렸다. 그 손이 반대편의 오른손과 달리 삭정이처럼 말라비틀어져 있다는 사실을 패륵이 자각한 것은 그때였다.

석대원이 말했다.

“거짓말이 아니오.”

그 말이 끝난 순간 빛의 끈들이 다시 한 번 라토 아마의 주위로 피어올랐다. 아까와는 달리 눈 깜박하는 사이에 정신없이 바

꿰어 버리는 단속적인 현상이 아니었다. 패륵은 하얀 빛무리에 휩싸인 라토 아마가 잿물 속으로 번지는 붉은 염료처럼 천천히 뭉그러지는 광경을 보았다. 거기에 더하여, 실제인지 환청인지 구별되지 않는 어떤 음악적인 울림을 들었다.

빛과 울림이 지배하는 공간 안에서 라토 아마가 작게 신음했다.

"아."

잠시 후 그녀는 다시 신음했다.

"아."

장단을 가늠하기 힘든 시간이 흐른 뒤, 석대원이 왼손을 내렸다. 라토 아마의 주위로 일렁이던 빛의 끈들이 반딧불처럼 명멸하며 부서지다가 어둠 저편으로 사라졌다. 음악적인 울림 또한 작아지고 가늘어지다가 이내 꺼져 버렸다.

가슴 자락을 열어젖힌 채 석상처럼 굳어 있던 라토 아마로부터 가늘게 떨리는 목소리가 흘러나온 것은 그로부터 약간의 시간이 흐른 뒤였다.

"당신은…… 신인가요?"

석대원은 고개를 저었다.

"괴물이 되지 않으려고 애쓰는 인간일 뿐이오."

"그렇다면 당신도 꿈의 수행법을 아는 건가요?"

석대원은 다시 한 번 고개를 저었다.

"모르오."

"하지만 방금 내가 본 것은…… 꿈의 수행법이 아니라면 어떻게 이런 것을…… 당신을 내게 보여 줄 수 있는 거죠?"

석대원이 대답했다.

"누구나 자신을 타인에게 보여 줄 수 있소. 단지 내게는 말이 아닌 다른 방식을 통해 그렇게 할 능력이 있을 뿐이오."

라토 아마가 다시 물었다.

"보여 주는 것만이 아니라 볼 수도 있나요? 그래서 내 삶을, 내가 그날 이후 겪은 고통을 단번에 알아차린 건가요?"

석대원은 고개를 끄덕였다.

"내게는 어려운 일이 아니오."

라토 아마가 열어젖히고 있던 가슴 자락을 여미며 탄식하듯이 말했다.

"당신은 부정하지만, 당신은 거의 신이 되어 버린 것 같군요."

"신이라면 자신의 능력을 두려워하지 않을 거요. 나는 지금 이 순간에도 내가 행하는 일에 대해 두려움을 느끼고 있소."

이 말은 라토 아마에게 한 것이라기보다는 석대원 본인에게 한 것처럼 들렸다. 하지만 패륵의 신경을 건드린 것은 말투가 아니라 말속의 한 부분이었다.

'지금 이 순간이라고?'

덜컥 겁을 먹은 패륵은 석대원이 또 다른 이적異蹟을 행하고 있는 것은 아닌지 황급히 살펴보았다. 하지만 라토 아마와 마주 서서 이야기를 나누고 있을 뿐, 지금의 석대원은 어떠한 일도 하지 않았다. 혹시나 해서 다시 한 번 살펴보았지만 결과는 마찬가지였다. 석대원이 지금 아무 일도 하지 않는다는 점은 장담할 수도 있었다. 그렇다면 방금 한 말은 무슨 뜻일까?

패륵의 의구심은 알 바 아니라는 듯, 라토 아마가 다시 말했다.

"조금 전까지만 해도 나는 내가 겪은 고통의 원인이 당신이라는 점을 단 한 번도 의심해 본 적이 없었어요. 그래서 '앞날을 보는 자' 판풋 왕으로부터 이번 여행에서 바즈라-우파야를 가진 자를 만날 것이라는 예언을 들었을 때, 나는 당신에게 내가 겪은 고통의 대가를 반드시 치르도록 하겠노라고 결심했었죠. 하지만 이제는 알겠어요, 당신과 나 사이에는 처음부터 청산할 것이 존재하지 않았다는 사실을. 당신은 당신의 삶을 걸었고 나는 내 삶을 걸었어요. 다만 우리의 삶은 이미 비틀려 있었고, 비틀린 삶끼리 충돌하면 어느 쪽이든 파열할 수밖에 없겠죠."

이 대목에서 그녀는 흠칫 어깨를 떨더니 돌계단 아래에 서 있는 암군주를 돌아보았다.

"놀랍군요. 당신의 말이 옳았어요. 비틀린 삶의 책임을 다른 사람에게 돌리는 것은 그 삶을 회복하는 데 아무런 도움도 되지 않아요."

지금은 구경꾼이라고 주장하듯, 모호한 얼굴을 가진 수행원과 함께 멀찍이 물러나 있던 암군주가 라토 아마의 말을 듣고서 빙긋 웃었다.

"기쁜 일입니다. 조언이 이처럼 빠르게 받아들여지는 경우는 드무니까요."

그때, 패륵의 옆에서 양어깨를 풀무처럼 들썩거리며 투기를 억누르던 쿠피 풀바가 돌계단 위를 향해 노성을 터뜨렸다.

"라토 아마, 대스승의 명을 어기고 지금 무엇을 하는 거냐! 쓸데없는 잡담으로 시간 낭비를 할 거면 당장 비켜라!"

라토 아마가 투모룽곰파에서 마한 쑴나에 버금가는 지위를 누리는 것과 쿠피 풀바가 그녀를 존중하는 것은 전혀 별개였다. 쿠피 풀바는 누군가를 진심으로 존중하는 위인이 아니었다. 쿠피 풀바가 마한 쑴나에게 머리를 숙이는 것조차도 단지 계약에 의한 행동일 뿐 그 이상의 의미는 없음을 패륵은 오래전부터 알고 있었다. 그런 쿠피 풀바의 눈에 비친 지금의 라토 아마는 알아듣지도 못하는 동방의 언어로 적과 시시덕거리는 정신 나간 계집에 지나지 않을 터였다.

살짝 찡그린 눈으로 쿠피 풀바를 일별한 라토 아마가 다시 석대원을 돌아보았다.

"내 개인적인 용무는 끝났지만 우리 투모룽곰파의 용무는 아직 남아 있군요. 당신은 지금 바즈라-우파야를 가지고 있나요?"

'맞아, 바즈라-우파야!'

패륵은 퍼뜩 정신을 차리고 귀를 기울였다. 아마 한어를 아는 사람이라면 모두 그러지 않았을까? 바즈라-우파야는 이 자리에 있는 모든 사람들의 공통된 관심사일 테니 말이다.

석대원은 고개를 천천히 저었다.

"바즈라-우파야는 이제 내 것이 아니오."

"그럼 소림에 넘긴 건가요?"

"그렇소."

패륵의 입장에서 몹시 신기한 점은, 지금 석대원이 하는 말들이 하나부터 열까지 모조리 진실처럼 들린다는 것이었다. 패륵은 거짓이 가진 기능과 쓸모를 잘 알고 있었고, 그것들을 활용하여 이익을 얻은 적도 제법 많았다. 그러나 저 석대원에게는 거짓의 모든 기능과 쓸모가 먼지처럼 무가치할 것만 같았다. 거짓이 불필요한 자. 패륵의 눈에 비친 석대원은 바로 그런 자였다.

라토 아마의 생각도 패륵과 별반 다르지 않은 듯했다. 석대원을 향해 고개를 작게 끄덕인 그녀는 몸을 돌려 투모룽곰파의 세 왕들에게 말했다. 석대원과 대화할 때와는 달리 이번에 그녀가 사용한 말은 서장어였다.

"지금 그에게는 바즈라-우파야가 없어요."

쿠피 풀바가 즉시 대꾸했다.

"저자에게 없다면 저 건물 안 어딘가에 있겠지."

"아마 그렇겠죠. 하지만 그는 세 분이 저 건물 안으로 들어가는 것을 그냥 두고 보지 않을 거예요."

'암, 당연히 그러겠지.'

패륵은 고개를 주억거렸다. 석대원의 의도는 명확해 보였다. 나타난 순간부터 지금까지 문수전으로 향하는 돌계단 위에 버티고 서 있다는 자체가 그의 의도를 알려 주는 단적인 증표일 터였다.

"저자가 당신에게 부린 수법은 보았다. 이제껏 본 적이 없는 요사하고 괴이한 수법이라는 점은 인정한다. 그러나 본 좌에게는 통하지 않을 것이다."

음산하게 중얼거린 쿠피 풀바가 오른손을 들어 올렸다. 위로 향한 그의 장심이 멍이 든 것처럼 보랏빛으로 변하더니 조금씩 볼록해지기 시작했다.

"헙!"

쿠피 풀바와 어깨를 나란히 하고 있던 패륵은 자신도 모르게 헛바람을 들이켰다. 모공을 비집고 흘러들어 오는, 마치 죽은 자에게서 풍겨 나오는 듯한 불쾌하기 짝이 없는 기운이 그의 두 다리를 저절로 게걸음 치게 만들었다.

"본 좌는 저자가 본 좌의 단검을 피할 수 있으리라고는 믿지 않는다."

쿠피 풀바가 말했다.

패륵은 쿠피 풀바의 장심으로부터 천천히 떠오르는 칼날을 두려움 어린 눈으로 바라보았다. 핏물로 뭉친 듯 검붉은 빛깔을 하고 있는 그 칼날은 주인을 빼닮은 것처럼 보였다. 주인의 눈동자 속에서 들끓는 분노와 광기와 살심이 액체보다는 고체에 가까운 그 표면 위에서 금속의 광택처럼 물결치고 있었던 것이다.

투모룽곰파에 귀의하기 전까지 쿠피 풀바가 이끌던 '풀바파'는 강신술降神術과 초혼술招魂術을 통해 초자연적인 이능異能을 추구하는, 그래서 밀종 내에서도 이단 취급을 받아 온 사이한 종파였다. 그럼에도 밀종의 제 종파들이 그들을 함부로 배척하지 못한 것은 그들의 이능이 그들에 대한 경원과 혐오를 억누를 만큼 위험했기 때문이었다. 지금 쿠피 풀바의 장심 위에서 천천히 맴돌고 있는 검붉은 칼날, '죽음의 단검'도 그런 이능 중 하나였다. 저 정도 크기와 농도를 가진 단검을 벼리기 위해 얼마나 많은 혼령들이 윤회의 수레바퀴에서 강제로 분리되어 더러운 원귀로 전락했을지는 짐작하기도 힘들었다.

라토 아마는 쿠피 풀바의 자부심이 담긴 단검을 잠시 바라보다가 요그에게로 눈길을 돌렸다.

"당신은 어쩔 건가요?"

요그는 말이라는 것을 하는 법이 없었다. 듣기로 벙어리는 아니라는데, 패륵은 그가 말하는 것을 단 한 번도 본 적이 없었다. 이번에도 마찬가지였다. 요그는 말 대신 행동으로 라토 아마의 질문에 대답했다.

우두둑. 우두둑.

가뜩이나 기다란 요그의 두 팔이 오 할 가까이 더 늘어났다. 요그는 합죽한 입을 길쭉이 잡아당겨 으스스한 미소를 짓더니 발목까지 늘어난 두 팔을 위아래로 가볍게 털었다. 한 번 털자 두 손에 성에가 끼었고, 두 번 털자 팔꿈치 위에 얼음 가루가 맺혔다. 그리고 마지막으로 세 번째 털었을 때, 요그는 빙정으로 이루어진 두 자루 채찍을 가진 '하얀 산의 수호자'가 되었다.

계절은 한여름이건만, 요그가 딛고 선 지면 주위로 박빙이 바스러지는 소리와 함께 바늘 같은 서릿발이 돋아 오르고 있었다. 사왕 중에서도 마한 쏩나의 특별한 심복이라고 할 수 있는 그는 유가술瑜伽術의 대가인 동시에 한빙공寒氷功의 고수이기도 했다. 패륵은 그가 신체의 일부로 만든 빙정 채찍을 휘둘러 크고 건장한 서역산 소 두 마리를 단숨에 얼음 덩어리로 만드는 광경을 목격한 적이 있었다.

라토 아마는 어쩔 수 없다는 표정으로 한숨을 쉰 뒤 패륵을 돌아보았다.

"패륵 왕, 당신은?"

패륵은, 그로서는 그리 드문 일이라고 할 수 없겠지만, 본심과 거리가 먼 태도를 취할 수밖에 없었다. 생각 같아서는 당장이라도 달아나고 싶었지만 그 생각을 행동으로 옮기기에는 곁에 있는 두 왕이 너무도 무서웠다. 석대원이 주는 압박감이 막연하고 심리적인 것이라면, 두 왕이 주는 공포는 뚜렷하고 육체적인 것이었다. 그는 표정과 목소리에 자신의 본심이 드러나지 않도록 주의를 기울이며 라토 아마의 질문에 대답했다.

"대스승께서는 바즈라-우파야를 가져오라고 말씀하셨소. 우리는 대스승의 말씀에 따라야 하오. 저자가 비록 강하다고는 하나 본 파의 사왕 중 세 명을 동시에 감당할 수는 없을 것이오."

그러나 패륵은 자신이 한 말에 대해 확신할 수 없었고, 어떠한 상황이 벌어진다고 해도 석대원에게 단신으로 덤비는 만용만큼은 결단코 부리지 않겠노라 내심 다짐하고 있었다.

라토 아마가 고개를 저었다.

"강하다는 말로는 그를 설명하기에 충분하지 않아요."

패륵이 눈을 찌푸렸다.

"그 말 말고 또 무엇이 필요하단 말이오?"

라토 아마가 말했다.

"그는 조금 전 내게 자신의 일부를 보여 주었죠. 그것에는 지금 그가 어디에 있는지도 포함되어 있었어요."

패륵은 눈을 끔뻑였다.

'어디에 있다니?'

바로 저기 있지 않은가! 라토 아마 본인의 뒤편에!

"말해도 믿지 않을 테니 설명할 방법이 없군요. 하기야 나조차도 꿈이라고 착각할 만큼 믿기 힘든 일이었으니까. 당신들은 당신들이 하려는 것을 하세요. 나는 말리지 않겠어요."

이 말을 끝으로, 라토 아마는 패륵을 포함한 세 왕들을 더 이상 상대하려 들지 않았다. 그녀는 석대원을 돌아보았다. 이번에 그녀의 입에서 흘러나온 것은 동방의 언어였다.

"구차한 부탁을 할 필요가 없어서 다행이군요. 모든 업에서 벗어나기를 바라는 당신이 저 정도의 인물들에게 해를 입힐 것 같지는 않으니까요."

석대원은 아무 말도 하지 않았다. 그의 눈빛은 여전히 무감했고, 그의 표정은 여전히 광물 같았다.

"나는 이제 대스승에게 돌아가겠어요. 당신이 어떤 존재인지 저들에게 알려 주는 것은 실패했지만, 타인의 꿈을 뚫어 보는 그분이라면 내 말을 믿어 주겠죠."

라토 아마는 잠시 생각하다가 덧붙였다.

"판풋 왕의 마지막 예언은 '고난과 손해와 인내가 따르겠지만 결국 본 파는 바즈라-우파야를 얻을 수 있을 것'이라는 거였죠.

그 예언의 의미에 대해 대스승과 이야기를 나눠 봐야 할 것 같아요."

석대원은 그제야 입을 열었다.

"그가 있는 곳을 찾아갈 수 있겠소?"

"등봉현登封縣의 현령과 함께 소림으로 온다고 했으니 아마 지금은 저 앞쪽 어딘가에 있을 거예요."

라토 아마의 표정이 약간 처연해졌다.

"그분과 나는 투모룡곰의 수행법을 통해 꿈으로 연결되어 있어요. 우리에게 있어서 꿈이란 생명과도 다름없죠. 그분이 어디에 있든 나는 그분을 찾을 수 있어요. 그분도 마찬가지고요."

라토 아마를 물끄러미 바라보던 석대원이 말했다.

"당신 안의 혈랑검기는 이미 제거했소. 오늘 이후 당신의 삶은 당신이 결정할 수 있을 것이오."

라토 아마의 어깨 위로 다시 한 번 잔물결이 스쳐 갔다.

"석대원, 다, 당신은……."

석대원의 무덤덤한 목소리가 그녀의 말을 잘랐다.

"이것은 보상도 아니고 선물은 더더욱 아니오. 혈랑검은 오래전에 소멸되었소. 검이 소멸되었는데 검기가 세상에 남아 누군가의 삶에 영향을 끼치는 것은 옳지 않다는 생각이 들었소. 그래서 제거했을 뿐."

라토 아마는 아무 말 없이 석대원을 올려다보다가, 발길을 돌려 돌계단을 내려왔다. 묵묵히 걸음을 옮긴 그녀가 곁을 스쳐 지나갈 때, 패륵은 그녀의 눈가가 축축이 젖어 있는 것을 발견할 수 있었다. 그러나 그 눈물의 의미가 무엇인지 생각해 볼 여유는 없었다. 상황은 말 그대로 일촉즉발. 패륵이 오늘 밤 가장 두려워하던 사건은 목전까지 다가와 있었고, 마침내 시작되려

하고 있었다.

라토 아마의 붉은 옷자락이 어둠에 완전히 삼켜졌을 때, 돌계단 위에 서 있던 석대원이 아래를 향해 선포했다.

"나는 누구도 이 돌계단 위로 올라오는 것을 허락하지 않겠소."

그것은 동방의 언어였고, 그러므로 쿠피 풀바로서는 알아듣지 못하는 것이 정상이었다. 하지만 무슨 까닭인지 쿠피 풀바는 석대원이 한 말을 정확히 알아들은 것 같았다. 왜냐하면 서장어로 이렇게 맞섰기 때문이다.

"웃기는 소리! 본 좌는 누구의 허락을 필요치 않는다!"

이어 쿠피 풀바는 나란히 서 있던 요그와 패륵을 돌아보며 짧게 지시했다.

"가자!"

쿠피 풀바의 지시는 즉각 시행되었다. 투모룽곰파의 세 왕은 돌계단 위의 석대원을 향해 일제히 몸을 날렸다.

끼아아!

쿠피 풀바의 검붉은 단검이 소름 끼치는 귀곡성을 뽑아내며 석대원의 얼굴을 향해 빛살처럼 날아들었다.

짜자자!

요그의 빙정 채찍이 석대원을 중심으로 한 반경 일 장의 공간을 자욱한 얼음 가루들로 뒤덮어 갔다.

그리고 패륵은…….

패륵은 돌계단 바로 앞에서 달리던 몸을 멈췄다. 평생 수련해온 마라살강魔羅煞罡을 극성까지 끌어 올린 상태였지만, 덕분에 두 눈에서는 청록색 광채가 넘실거리고 드러난 살갗 위로는 거무튀튀한 기운이 어른거리지만, 그것은 어디까지나 다른 두 왕에게 보여 주기 위한 생색에 지나지 않았다. 석대원도 무섭고 두 왕도 무섭다. 그 무서운 셋이서 전력을 다해—석대원은 아닐지도 모르지만— 부딪치는 초전의 현장에 자신까지 발을 들여놓을 생각은 추호도 없었다. 차후 두 왕으로부터 나올지도 모르는 추궁에 대비한 적당한 변명도 생각해 두었다. 강적과 싸우는 데 원거리에서 엄호하는 사람 하나쯤은 있어야 하지 않겠는가!

'너희 둘은 앞에서, 나는 뒤에서.'

패륵의 노림수는 바로 그것이었는데…….

다음 순간, 패륵은 바보처럼 입을 쩍 벌리고 말았다.

돌계단 위의 석대원은 전혀 움직이지 않았다. 패륵의 눈에는 분명히 그렇게 보였다. 하지만 돌계단을 날듯이 뛰어올라 석대원을 향해 쇄도해 가던 쿠피 풀바와 요그는 패륵의 시야에서 이미 사라진 뒤였다.

'어디로……?'

황급히 주위를 둘러본 패륵은 두 왕이 자신의 후방, 그들이 석대원에게 달려들기 직전 서 있던 장소에 석대원에게 쇄도하던 자세 그대로 멈춰 있는 것을 발견했다. 오종종한 쿠피 풀바의 얼굴과 넙데데한 요그의 얼굴에 공통적으로 떠오른 것은, 도저히 받아들일 수 없는 이 상황에 대한 불신과 경악이었다.

"뭐야? 어떻게 한 거지?"

쿠피 풀바가 신음을 흘리듯 중얼거렸다. 말을 하지 않는 요그는 졸다가 깨어난 사람처럼 커다란 두 눈을 끔뻑거릴 따름이었다.

'이런!'

패륵은 그제야 퍼뜩 깨달았다. 지금 앞에 나와 있는 것은 패륵 본인이었고, 뒤로 물러나 있는 것은 쿠피 풀바와 요그였다.

당초의 노림수와는 정반대의 상황이 벌어진 것이다. 그로서는 기겁할 일이 아닐 수 없었다.

당황한 패륵의 머릿속으로 빨리 물러나야 한다는 생각이 막 떠올랐을 때, 두 왕이 노호를 터뜨리며 재차 몸을 날렸다.

파라라라―.

뒷걸음질을 치는 패륵의 양옆으로 옷자락 날리는 소리가 세차게 울리고, 패륵은 후방으로부터 튀어나와 돌계단을 무서운 속도로 달려 올라가는 쿠피 풀바와 요그의 뒷모습을 보게 되었다. 그들은 악에 받친 것처럼 보였다. 과잉한 투지 때문이라기보다는 그렇게 해야만 자신들을 사로잡은 불신과 경악을 떨쳐 버릴 수 있다고 여기는 것 같았다.

끼아아아악!

전면을 향한 쿠피 풀바의 단검은 더욱 높은 귀곡성을 뽑아 올렸고.

짜자자자작!

머리 위로 솟구친 요그의 빙정 채찍은 바람개비처럼 어지럽게 맴돌았다.

석대원은 여전히 아무런 움직임도 보이지 않았고, 그사이 패륵은 목적한 위치까지 물러설 수 있었다.

그때 쿠피 풀바와 요그가 또다시 패륵의 시야 밖으로 사라졌다…….

……그리고 패륵의 양옆에 나타났다.

쿠피 풀바는 단검을 내지르고 있고, 요그는 빙결된 두 팔을 엉거주춤 들어 올리고 있다. 패륵의 시야에서 사라지기 직전에 취한 자세 그대로였다.

쿠피 풀바가 발악하듯 부르짖었다.

"뭐냐? 이, 이게 대체 뭐냐고!"

요그는 맹수처럼 포효했다.

"우워어어억!"

그리고 패륵은…….

패륵은 아무것도 할 수 없었다. 감당할 수 없는 혼란과 공황이 그를 무력하게 만들고 있었다. 그런 그를 향해 쿠피 풀바가 고개를 홱 돌렸다. 분노와 광기와 살심으로 이글거리는 눈빛이 그에게로 쏟아졌다.

"넌 봤지? 말해라! 이게 어떻게 된 일이지?"

쿠피 풀바가 물어뜯을 것처럼 사납게 다그쳤다. 하지만 패륵이라고 이 상황을 설명할 수 있을 리 없었다.

"나, 나도 모르오."

"그럼 직접 알아봐라!"

쿠피 풀바와 요그가 패륵의 양쪽 어깻죽지를 붙잡았다. 다음 순간, 패륵의 늙은 몸뚱이는 돌계단 위에 서 있는 석대원을 향해 쏜살같이 날아가고 있었다. 패륵은 경악했다. 동료에게 어떻게 이런 짓을!

"으아…….."

패륵은 목이 터져라 비명을 질렀다.

……아아…….

비명의 중간 토막이 마치 물속에서 울리는 것처럼 묵직해지고 먹먹해졌다.

"……아악!"

그리고 비명이 끝났을 때, 패륵은 쿠피 풀바와 요그의 사이로 돌아와 양팔을 허우적거리고 있는 자신의 모습을 발견하게 되었다.

비명을 지르던 짧은 시간 사이에 대체 무슨 일이 벌어진 것일까?

빠르게 확대되어 오던 석대원의 신형이 어느 순간 흔들리는 수면에 반사된 상(像)처럼 구불구불 이지러지는 광경을 본 것 같았지만, 실제인지는 확신할 수 없었다. 끈끈한 액체 속을 가까스로 비집고 나온 듯한 기분도 들었지만, 역시 확신과는 거리가 먼 느낌에 불과했다. 갑자기 머릿속이 핑핑 돌고 배 속이 울렁거리기 시작했다.

"으으으."

패륵은 왼손으로는 이마를, 오른손으로는 배를 잡고 휘청거리다가 그 자리에 풀썩 주저앉고 말았다. 온몸에서 물처럼 쏟아져 내린 땀이 돌바닥에 검은 얼룩으로 번져 나가고 있었다.

"보았나, 요그?"

쿠피 풀바가 물었다. 요그는 고개를 저었다. 쿠피 풀바가 짓씹듯이 말했다.

"나도 마찬가지야. 저자가 무슨 수법을 쓰는지 전혀 알아볼 수 없군."

바닥에 주저앉아 있던 패륵이 부스스 고개를 들고 두 왕을 번갈아 쳐다보았다. 스스로 생각하기에도 진실해 본 적이 별로 없는 그이지만, 지금만큼은 어떤 진실한 사람보다 진실한 심정으로 두 왕에게 간원할 수밖에 없었다.

"저자는 괴물이오. 저자에게 맞서면 안 되오."

패륵을 향한 쿠피 풀바의 눈이 살벌해졌다.

"바즈라-우파야는 어쩌고?"

"지금 바즈라-우파야가 문제요? 우리 능력으로는 저자의 근처에도 다가갈 수 없다는 걸 모르겠소?"

"안 돼. 이렇게 간단히 바즈라─우파야를 포기할 수는 없어."

단호하게 말한 쿠피 풀바는 요그에게 눈짓을 보냈다. 요그가 고개를 끄덕였다.

두 왕이 세 번째로 한 시도는 앞선 두 번의 것과 달리 정신을 집중한 상태에서 석대원에게 천천히, 그러니까 한 걸음씩 다가가는 것이었다. 패륵으로서는 전혀 동의할 수 없지만, 그렇게 하면 석대원의 불가사의한 수법을 무력화시킬 수 있으리라고 믿는 모양이었다.

쿠피 풀바는 단검을 손바닥 위로 띄운 채로, 요그는 빙정 채찍을 길게 늘어트린 채로 한 발 한 발 신중하게 걸음을 내디뎠다. 공력을 극한까지 끌어 올린 듯, 그들의 머리 위에는 열파를 닮은 기운이 일렁거렸고, 그들이 발을 떼어 낼 때마다 도장으로 찍은 것처럼 또렷한 발자국이 돌바닥에 새겨지고 있었다.

그렇게 쿠피 풀바와 요그가 신중에 신중을 거듭하며 돌계단 바로 아래에 이르렀을 때, 석대원의 무감한 목소리가 울려 퍼졌다.

"경고는 이번이 마지막이오."

그 순간 패륵은 보았다. 돌계단 앞의 '공간'이 두 왕을 저지하는 어처구니없는 광경을!

그 공간 안에는 분명히 아무것도 없었다. 그냥 허공일 뿐이었다. 그런데 바로 그 허공이 실체를 가진 공처럼 부풀어 오르며 쿠피 풀바와 요그의 전진을 가로막은 것이다.

패륵은 허공 너머로 보이는 모든 풍경들이, 다섯 단으로 이루어진 돌계단과 그 위에 서 있는 석대원과 그 뒤쪽의 낡은 불당을 구성하는 모든 선들과 면들이 현실에서는 존재할 수 없는 추상적인 형태로 비틀리고 구부러지는 광경을 넋 빠진 얼굴로 지켜보았다. 그 불가해한 변형 안에서 각각의 사물이 지닌 속성과 본질은 아무런 의미도 가질 수 없었다.

패륵은 위아래 이빨을 딱딱 부딪치며 중얼거렸다.

"말도…… 안 돼……."

단지 지켜보기만 하는 구경꾼의 심정이 이러한데, 그 말도 안 되는 상황을 직접 겪고 있는 당사자들의 심정은 오죽하겠는가. 쿠피 풀바의 단검과 요그의 빙정 채찍은 공간과의 접점으로부터 단 한 치도 나아가지 못하고 있었다. 그들의 근육과 관절에서 울려 나오는 둔중한 비명이 패륵이 서 있는 곳까지 들려오고 있었다.

드득. 끄드드득.

쿠피 풀바와 요그가 전력을 다해 분투하고 있다는 데에는 이견의 여지가 없었다. 하지만 공간에 의해 진행되는 느리고 부단하고 완강하고 점증적인 배척 앞에서 그들은 한 걸음씩 뒤로 밀려날 수밖에 없었다. 공간의 의지는, 아니, 공간을 자유자재로 움직이는 석대원의 의지는 그들의 분투를 지극히 하찮은 것으로 만들어 버리기에 충분했던 것이다.

속절없이 뒷걸음질 치던 쿠피 풀바와 요그는 결국 패륵이 선 자리까지 밀려오고 말았다. 패륵은 양팔을 내밀어 그들을 부축했다. 그는 열 손가락을 통해 생생히 전달되어 오는 그들의 떨림을 감지할 수 있었다.

"저자가 괴물이라는 내 말을 이제는 이해하겠소?"

쿠피 풀바와 요그는 잠깐 사이에 십 년은 늙어 버린 듯 기진맥진한 몰골이 되어 패륵을 돌아보았다. 기세가 꺾이고 투지를 박탈당한 두 왕은 더 이상 '죽음의 단검'도, '하얀 산의 수호자'도 아니었다. 그들은 이역만리에서 길을 잃고 떨고 있는 가련한 이방인들에 지나지 않았고, 손가락 하나 움직이지 않고 밀종의 두 절정 고수를 이 꼴로 만들어 놓은 석대원은 지금 이 순간에도 돌계단 위에 우뚝 선 채 광물 같은 얼굴로 아래를 굽어보고 있었다. 그런 석대원에게 맞설 수 없다는 것은, 맞서서는 안 된다는 것은 이제는 자연법칙처럼 확고하게 여겨졌다.

혼란이 사라졌다. 공황도 가셨다.

"달아납시다!"

석대원으로부터 눈길을 돌린 패륵은 명령이라고 해도 좋을 만큼 당당한 목소리로 두 왕에게 말한 뒤, 대답을 기다리지 않고 그들이 잠입했던 방향으로 몸을 날렸다. 가련한 이방인으로 전락한 두 왕이 군소리 없이 그의 뒤를 따른 것은, 이 시점에 이르러서는 당연한 일인지도 모른다.

사냥꾼의 시야에서 벗어나려는 세 마리 토끼들처럼 어둠 속으로 정신없이 달아나는 그들의 뒷모습을 누군가의 박수 소리가 배웅하고 있었다.

짝. 짝. 짝.

(4)

짝. 짝. 짝.

양유현梁幽玄은 박수했다. 그럼으로써 오늘날까지 자신이 쌓아 온 상식으로는 해석이 불가능한 존재인 석대원에 대한 진심 어린 경탄을 표현했다.

석대원은 양유현이 첫 번째 쥐, 서일이라는 이름으로 활약하던 시절에도 그를 경탄하게 만든 적이 있었다. 절체절명의 위기 속에서 최강의 자객에게 피격을 당했지만, 놀라운 능력을 발휘함으로써 위기를 벗어나고 자객을 격살했던 것이다. 하지만 오늘 밤 석대원이 드러낸 능력은 과거의 것과는 차원을 달리하는, 문자 그대로 '신력神力'이었다. 그는 라토 아마에게 이렇게 말했었다. 예상의 범주에 속하지 않는 존재는 그에게 있어서 신이나 마찬가지라고. 이제는 더욱 명확해졌다. 앞으로 행할 바에 대해 예상할 수 없을 뿐만 아니라 이미 행한 바에 대해서도 해석할 수 없다면, 그것은 곧 신이었다.

이 시점에서 흥미로운 사실 하나는, 그 신이 보여 주는 행동에 인간적인 가치관은 그리 크게 작용한 것 같지 않다는 점이었다. 양유현이 보기에 투모룽곰파의 세 왕은 마승이라고 불러도 좋을 만큼 사악했다. 인간이라면 누구나가 그들을 위험하게 여길 테고, 극소수겠지만 그들을 상회하는 능력을 가지고 있다면 그들을 제거하기 위해 그 능력을 아끼지 않을 것이 분명했다. 그런데 석대원은 그런 가치관을 결여한 것 같았다. 마음만 먹으면 얼마든지 제거할 수 있음에도 단지 돌계단 위로 올라오지 못하게만 강제함으로써 그들로 하여금 스스로 달아나게끔 만들었기 때문이다. 라토 아마의 경우도 마찬가지였다. 그녀가 모르는 것을 깨우쳐 주고, 자신이 '인간'이던 시절에 남긴 흔적을 소멸시키는 것으로 그녀 스스로가 알아서 물러나도록 만든 것이다.

인간에게 무관심한 신.

양유현은 석대원을 그렇게 규정했다. 그러자 호기심이 일어났다. 그 무관심의 한계는 어디까지일까?

그때 석대원이 양유현에게 물었다.

"당신은 나를 보았지만 나는 당신을 보지 못했다고 했소?"

양유현은 박수하던 두 손을 내리고 고개를 끄덕였다.

"그렇습니다."

석대원이 다시 물었다.

"반대의 경우도 있었다는 것을 아시오?"

"반대의 경우라고요?"

"나는 당신을 보았지만 당신은 나를 보지 못한 적도 있었다는 뜻이오."

양유현으로서는 뜻밖의 말이 아닐 수 없었다. 그는 언제나 관찰하는 입장이었지, 관찰당하는 입장은 되어 본 적이 없었던 것이다.

"내가 당신을 본 것은 따듯한 계단 위였소."

양유현의 눈이 가늘어졌다. 따듯한 계단이라는 장소는 금시초문이었다. 무슨 비유나 상징이 담긴 말인데 내가 알아차리지 못하고 있는 것은 아닐까 하는 생각이 들었다. 하지만 그런 생각은 길게 이어질 수 없었다. 이어진 석대원의 말이 그를 강타했기 때문이다.

"그때 당신은 어딘지 쥐를 연상케 했고, 목갑 하나를 품에 안고 있었고, 기뻐하고 있었소. 독중선으로부터 이어져 온 그 목갑 안에는 '자연스럽게[然] 되도록[化]' 만드는 물건, 화연이 담겨 있었소. 이후 화연은 차의 형태로 가공되어 무양문으로 보내졌고, 종래에는 무양문주로부터 젊음을 앗아 가는 역할을 했소."

양유현은 손이 떨리는 것을 느꼈다. 이제껏 견지해 오던 침착함을 더 이상 유지하기가 힘들었다. 석대원은 비각을 떠나던 시절의 자신을, 서일의 마지막 모습을 정확히 파악하고 있었던 것이다. 심지어는 북악과 남패의 지존들을 몰락시킨 화연의 유래와 이름까지도! 대체 어떻게?

다행히도 양유현은 과거 뛰어난 책사로부터 냉철함의 덕목을 배운 사람이었고, 덕분에 갑작스럽게 밀어닥친 거대한 혼란을 이겨 낼 수 있었다. 그는 앞서 라토 아마와 석대원 사이에 오간 대화를 떠올렸다.

ㅡ보여 주는 것만이 아니라 볼 수도 있나요? 그래서 내 삶을, 내가 그날 이후 겪은 고통을 단번에 알아차린 건가요?
ㅡ내게는 어려운 일이 아니오.

그러자 석대원이 가진 또 다른 능력에 대해 어렴풋이나마 짐작할 수 있게 되었다. 석대원에게는 남이 보지 못하는 것을 보는 능력이 있는 것 같았다. 그럼으로써 남이 알지 못하는 것을 알게 되는 것이다. 믿기 어려운 일임에 분명하지만, 어차피 상식이 통하지 않는 상대가 아니던가.

양유현은 허탈하게 웃으며 투덜거렸다.

"이거야 원, 전능全能한 자가 전지全知하기까지 하니 어떻게 당적할 수 있겠습니까. 당신과 맞서는 것이 불가능하다는 점을 다시 한 번 확인시켜 주는군요."

석대원이 말했다.

"나와 맞서려고 애쓸 필요는 없소. 나는 이미 쟁선의 길에서 내려왔으니까."

양유현의 눈이 반짝였다. 핵심에 한 발짝 다가선 느낌을 받았기 때문이다.

"강제로 끌어내려진 자는 다시 올라가기 힘들겠지만, 스스로 내려온 자는 언제라도 다시 올라갈 수 있지 않을까요?"

석대원이 반문했다.

"당신이 알고자 하는 것이 무엇이오?"

양유현도 반문했다.

"당신이 모르는 것도 있습니까?"

석대원이 무감한 목소리로 대답했다.

"나는 전능하지도 않을뿐더러 전지하지도 않소. 할 수 있는 일을 하고 알 수 있는 일을 아는 것은 당신과 다를 바 없소."

양유현은 어깨를 으쓱거렸다.

"전혀 동의할 수 없는 말이군요. 하지만 내 동의가 당신에게 영향을 끼칠 것 같지도 않으니 접어 두기로 하겠습니다. 내가 당신에게 궁금한 점은 따로 있으니까요."

마침내 핵심에 도달했다. 양유현은 차가운 피를 가진 사람답지 않게 심장이 빠르게 뛰는 것을 느꼈다. 불가해한 존재, 어쩌면 신에 근접했을지도 모르는 존재와 독대하는 기분은 말로 표현하기 힘들 만큼 자극적이었다.

양유현이 말했다.

"나는 당신을 일개인으로서 대국에 영향을 끼칠 수 있는 유일무이한 존재라고 판단했습니다. 그리고 그런 당신에게 맞서는 것이 불가능하다는 점을 오늘 다시 확인할 수 있었습니다. 당신은 과거 당신이 쟁선대라고 명명한 무대 위에서, '쟁선계를 다시금 앞을 다투는 자들에게 돌려주겠다.'고 선언했습니다. 하지만 당신의 선언에는 한 가지 고약한 단서가 붙어 있었지요. 바로 '부쟁선의 일맥'에 대한 단서입니다. 그 단서가 나를 이 자리에 오도록 만들었습니다."

양유현이 말하는 동안 석대원은 무감한 눈으로 그를 바라보았고, 이어 그의 뒷전에 시립해 있는 수행원을 바라보았다.

그 점이 마음에 걸렸지만, 양유현은 그런 마음을 애써 억누르며 말을 이어 나갔다.

"쟁선이란 하나의 먹이를 놓고 다수의 굶주린 맹수들이 다투는 것과 같습니다. 치열해질 수밖에 없고, 과열될 수밖에 없습니다. 당신은 난쟁亂爭의 지옥이 될 수도 있다고 표현했지요. 그렇습니다. 결국 지옥이 될 겁니다. 그게 쟁선의 속성, 나아가 인간의 속성이니까요. 그 속성을 모를 리 없는 당신이기에 궁금한 겁니다. 당신이 허락하는 쟁선은 무엇입니까? 반대로 당신이 허락하지 않는 쟁선은 무엇입니까? 아니, 더 솔직하게 말하겠습니다. 어떻게 해야 당신의 개입을 배제한 쟁선을 모색할 수 있나요? 희생을 줄이면 될까요? 사람들을 덜 죽인다면 당신이 눈감아 줄까요? 신과 같은 능력을 가진 당신이 세상 어딘가에 존재한다는 점 자체가 쟁선이라는 행위를 근본적으로 봉쇄한다는 생각은 해 본 적 없습니까? 게다가 부쟁선의 일맥이라니……. 나는 곤혹스럽습니다. 그래서 당신을 만나 직접 묻기 위해 오늘 이 자리에 온 겁니다."

숨이 가빴다. 양유현은 입고 있는 유복의 등덜미가 어느새 축축하게 젖어 있는 것을 자각했다. 물론 여름밤의 무더위 탓은 아니었다. 지금 그가 받고 있는 압박감은 굉장했다. 그 압박감을 이겨 내고 석대원으로부터 뭔가를 알아낸다는 것이 무슨 종교적인 금기를 범하는 일처럼 여겨질 정도였다.

그때 석대원이 말했다.

"나는 당신이 오래전부터 쟁선을 모색해 왔다는 것을 알고 있소."

양유현은 당황했다. 석대원이 자신에게 눈길을 주고 있지 않다는 사실을 알아차렸기 때문이다. 석대원의 눈길은 양유현이 아닌, 그의 뒤쪽을 향하고 있었다. 그리고 그곳에는…….

석대원이 다시 말했다.

"당신의 대리인이 과거 비각의 책사만큼이나 유능하다는 점은 부정하지 않겠소. 그러나 쟁선을 모색하는 자라면 대리인을 내세우기보다는 직접 나서는 것이 옳지 않겠소?"

석대원의 눈길이 향한 자, 양유현의 뒤쪽에 시립해 있던 검은 옷을 입은 남자가 말했다.

"듣고 보니 그렇구려."

남자가 앞으로 걸어 나왔다. 모호함이 유일한 특징인 것만 같던 그 남자는 더 이상 모호해 보이지 않았다. 걸음을 내디딜 때마다 자신의 존재를 점점 부각시켰고, 걸음을 멈췄을 때는 처음과 전혀 다른 면모로 바뀌어 있었다.

석대원이 남자를 향해 말했다.

"당신이 누구인지 알 것 같소."

양유현을 대신하여 석대원과 마주한 남자가, 조금 전까지만 해도 암군주 휘하의 세 단주 중 한 사람으로 위장하고 있던 검은 옷을 입은 그 남자가 청년처럼 쾌활한 목소리로 자신을 소개했다.

"그렇소. 내가 바로 남황맹주요."

⚊⚊⚊⚊

"으아아아!"

절규인지 포효인지 분간하기 힘든 처절한 외침 소리가 패륵의 등 뒤에서 울려 퍼진 것은, 이 대 혈랑곡주로부터 달아난 투모릉곰파의 세 왕이 완만하게 경사진 진입로를 지나 괴괴한 정적이 감도는 탑림에 막 들어설 무렵이었다.

패륵은 발길을 멈추고 뒤를 돌아보았다. 여남은 걸음 뒤처진 곳, 한껏 움켜쥔 두 주먹을 가슴 높이로 끌어 올린 채 어깨를 와들와들 떨고 있는 쿠피 풀바의 모습이 보였다.

"뭐야? 어떻게 그럴 수 있는 거지? 대체 무슨 일이 벌어진 거냐고?"

쿠피 풀바는 또다시 공황에 빠진 듯했다. 그리고 이번에 닥친 공황은 외부로부터 비롯된 것이 아닌, 쿠피 풀바 내부로부터 비롯된 것처럼 보였다. 억눌린 것은 언젠가 터지는 법. 이 대 혈랑곡주의 초자연적인 능력에 번번이 가로막혀 이제껏 단 한 번도 제대로 발산되지 못했던 쿠피 풀바 특유의 분노와 광기와 살심이 이 대 혈랑곡주로부터 멀리 떨어진 이곳에 이르러서야 비로소 터져 나오는 모양이었다.

"판풋, 그 늙은이는 이곳에 그런 놈이 있다는 얘기를 왜 해 주지 않은 거지? 라토 아마, 그 계집은 그놈과 또 무슨 관계고?"

주사를 바른 것처럼 새빨갛게 달아오른 얼굴로 누구에게랄 것 없이 고래고래 악을 쓰던 쿠피 풀바가 별안간 우측에 서 있는 돌탑을 향해 몸을 날렸다.

쿵!

다섯 단으로 이루어진 돌탑의 측면에 쿠피 풀바의 어깨가 정통으로 틀어박혔다. 수백 년간 한자리에 뿌리를 박아 온 탑기단塔基壇이 지진을 만난 듯 들썩거렸다.

쿠피 풀바의 광증은 거기서 끝나지 않았다.

꽝! 꽝! 꽝! 꽝!

쿠피 풀바의 맨머리가 돌탑의 탑신塔身을 연거푸 두들겼다. 탑신이 술 취한 사람처럼 휘청거리고, 그 위에 얹혀 있던 접시 모양의 옥개석屋蓋石이 둔중한 마찰음을 그그긍 울리며 아래로 떨어졌다. 하지만 쿠피 풀바는 그것이 땅으로 온전히 떨어지도록 용납하지 않았다.

"으아압!"

쿠피 풀바의 오른발에 걷어차인 옥개석이 포구에서 발사된 포탄처럼 허공을 가로질렀다. 우연히도—정말로 우연일까? 고의는 아니고?— 그것이 날아간 방향에는 패륵이 서 있었다.

"힉!"

패륵은 기겁하며 허리를 숙였다. 그의 늙은 머리통을 아슬아슬하게 스쳐 지나간 옥개석이 뒤편에 서 있던 또 다른 돌탑에 부딪쳐 산산이 터져 나갔다.

"지, 진정하시오! 이곳은 아직 소림의 경내가 아니오!"

패륵은 엉겁결에 이 말을 꺼내 놓고는 즉시 후회했다. 제정신일 때도 상종하기 곤란할 만큼 난폭한 작자가 바로 쿠피 풀바인데, 심지어 지금은 제정신도 아니지 않은가. 가뜩이나 난폭한 작자가 눈까지 돌아갔으니, 아무리 좋은 말로 달랜들 돌아올 반응은 뻔했던 것이다.

아니나 다를까…….

"그래서, 이곳이 소림이니까 얌전히 굴라는 거냐, 패륵?"

패륵은 쿠피 풀바의 충혈된 눈을, 분노와 광기와 살심을 이미 과할 만큼 머금은 눈을 외면할 수밖에 없었다.

'못난 놈 같으니라고.'

지금 쿠피 풀바가 무엇을 하려는지는 능히 짐작할 수 있었다. 젊은 첩에게 긁힌 바가지, 늙은 본처에 대고 화풀이한다고, 이 대 혈랑곡주의 면전에서는 꼬리를 말고 도망친 주제에 멀리 떨어진 이곳에서 움직이지도 못하는 돌덩어리를 대상으로 화풀이하는 것은 참으로 못난 짓임에 분명했다. 그러나 그 점을 꾸짖어 줄 수 없는 것이 패륵이 처한 우울한 현실이었다. 쿠피 풀바가 아무리 못난 짓을 하건 그로서는 교훈을 내릴 수단이 애당초 존재하지 않았던 것이다. 게다가 화풀이의 대상이 반드시 돌덩어리에 국한되어야 한다는 법도 없지 않는가. 자칫 쿠피 풀바가 그의 늙은 몸뚱이로 돌덩어리를 대신하겠다고 나서는 날에는…….

'그건 곤란하지. 암, 곤란하고말고.'

패륵은 어색한 웃음을 지으며 두 손을 내저었다.

"쿠피 풀바 왕께서 내 말을 오해하셨구려. 내 말은 그런 뜻이 아니었소."

쿠피 풀바가 단검으로 찌르듯 날카롭게 추궁해 왔다.

"아니면 뭐냐?"

긴장으로 목덜미가 욱신거렸지만 패륵은 여유를 잃지 않으려고 노력했다. 늙고 쇠약한 그가 젊고 강성한 쿠피 풀바에게 내세울 수 있는 유일한 장점은 노회함이었다.

"흠흠, 그러니까 내 말은…… 명색이 불제자가 된 몸으로 세존과 선배 고승 들의 사리를 모신 탑파塔婆를 훼손하는 일만큼은 삼가는 것이 옳지 않겠느냐는 뜻이었소."

"세존? 선배 고승? 흐흐."

짧게 웃은 쿠피 풀바가 옆쪽에서 긴 몸을 엉거주춤 구부리고 서 있는 요그를 향해 물었다.

"요그, 자네도 패륵 왕의 저 고상하신 말씀에 동의하는가?"

요그가 패륵을 향해 고개를 돌렸다. 회칠이라도 한 것처럼 허연 입술이 귀밑으로 당겨지며 합죽한 웃음이 그려졌다. 그 웃음을 접한 패륵은 한 가닥 기대를 품었다. 그래도 요그라면 저 미치광이보다는 낫지 않을까라는 기대를. 그러나…….

바사사사사ㅡ.

살얼음을 밟아 부수는 듯한 미세한 소리와 함께 요그의 두 팔에서 비늘처럼 돋아나기 시작한 새하얀 얼음 가루들이 패륵의 기대를 일거에 무너뜨려 버렸다. 그 광경을 목격하고 나자, 패륵은 설산에서 왔다는 저 과묵한 꺽다리에 대해 자신이 아는 바가 거의 없다는 점을 새삼 인정할 수밖에 없었다.

"저런, 동의하지 않는 모양이군."

어깨를 과장스럽게 으쓱거린 쿠피 풀바가 패륵을 향해 돌아서더니 두 손을 천천히 깍지 꼈다.

"나도 그렇거든. 이놈의 절간이 마음에 들지 않아서 미칠 지경이야. 그래서 말인데……."

쿠피 풀바가 깍지 낀 두 손을 망치처럼 크게 휘둘렀다.

쿠우웅!

옥개석이 사라져 볏 없는 수탉처럼 볼품없는 모습으로 바뀐 오 층 돌탑이 굉음을 울리며 땅바닥에 쓰러졌다.

"이전에도 그랬거니와 이후로도 나는 무엇 하나 삼가지 않을 작정이니……."

원숭이처럼 영활한 몸놀림으로 또 다른 돌탑 위에 올라간 쿠피 풀바가 수레바퀴만큼이나 커다란 옥개석을 뜯어 내 허공으로 던져 올렸다.

파곽!

요그가 빙정 채찍으로 화한 두 팔을 기다렸다는 듯이 휘둘렀고, 그것들에 얻어맞은 옥개석은 수백 수천 개의 크고 작은 돌 조각들로 부서지고 말았다.

"……세존과 선배 고승들이 안쓰럽거든 거기서 염불이라도 외워 주거라, 패륵."

쿠피 풀바가 다음 제물로 삼은 것은 자신이 올라간 돌탑 뒤편에 띄엄띄엄 서 있는 세 기의 이탑泥塔(진흙으로 만든 작은 탑)들이었다.

"으하하하!"

쿠피 풀바가 공중으로 몸을 솟구치며 광소를 터뜨렸다.

꽈드득!

쿠피 풀바의 자그마한 주먹에 찍힌 첫 번째 이탑이 옥개석부터 탑기단까지 단번에 으스러졌다. 진흙으로 빚어 만들었다고는 해도 돌탑에 버금갈 만큼 단단할 것은 분명한데, 그것을 한 주먹에 으스러뜨리는 공력은 실로 굉장하다고 할 터였다. 이에 고양된 것일까? 쿠피 풀바가 환호하듯 요그에게 외쳤다.

"어떤가? 막힌 속이 뻥 뚫리는 것 같지 않나, 요그?"

말 못하는 요그의 대답은 호읍號泣 소리를 연상케 하는 기괴한 부르짖음이었다.

"크허허엉!"

그 부르짖음이 끝난 순간 두 자루 빙정 채찍이 허공을 매섭게 갈랐다.

꽝!

두 번째 이탑이 폭발했다. 바닥에 박힌 탑기단은 그대로였지만, 그 위에 올린 옥개부와 탑신부는 자욱한 돌가루로 바뀌어 주위를 뿌옇게 물들이고 있었다.

"시원하구나! 시원해!"

"우워어어억!"

밤안개를 닮은 돌가루에 휩싸인 투모룽곰파의 두 왕은 이야기 속에 나오는 악귀들처럼 사나워 보였다.

그리고 세 번째 이탑—만든 지 그리 오래되어 보이지는 않지만 유난히 작고 초라하여 유서 깊은 소림사 탑림과는 어울리지 않는 이탑이었다— 위로 쿠피 풀바의 사나운 주먹과 요그의 빙정 채찍이 동시에 떨어져 내렸다. 경문을 공양하기 위해, 혹은 어떤 고승의 공덕을 기리기 위해 세워졌을 그 이탑의 운명이 어떠하리라는 것은 불 보듯 뻔했다.

'정말 너무들 하는군.'

사특하고 편벽한 구석이 있기는 하지만 그래도 패륵은 스스로를 불제자로 여기고 살아왔다. 그런 만큼 눈앞에서 펼쳐지는 쿠피 풀바와 요그의 파괴 행위가 마음 편할 리 없었다. 그는 더 이상 지켜보지 못하고 고개를 돌리고 말았다.

그런데 시간이 제법 지났는데도 기다리던 소리가, 작고 초라한 세 번째 이탑이 울리는 최후의 단말마가 들려오지 않았다.

그 대신 들려온 것은 누군가의 작은 읊조림이었다.

"청소란 수양과 같구나. 십 년간 청소해 온 마당이 한순간에 더러워질 수 있듯이, 십 년간 쌓아 올린 수양 또한 한순간에 허물어질 수 있도다. 매일 매 순간 각찰하고 경계하지 않는다면 그 더러워짐과 그 허물어짐을 어찌 방비할 수 있으리오."

패륵은 방금 그 말을 한 사람이 말을 못하는 요그는 물론이거니와 말을 할 줄 아는 쿠피 풀바도 결코 아니라는 사실을 즉시 알아차렸다. 왜냐하면 그 말은 투모룽곰파의 세 왕 중 오직 패륵 본인만이 알아들을 수 있는 동방의 언어, 즉 한어였기 때문이다.

'대체 누가……?'

이탑이 있는 방향으로 고개를 급히 돌린 패륵은 순간적으로 멍해지고 말았다.

"어?"

누군가 두 왕과 세 번째 이탑 사이에 서 있었다. 아는 사람이라고 할 수는 없지만, 그렇다고 처음 보는 사람도 아니었다. 지금처럼 세 명이 아니라 여섯 명으로 구성되었던 원래의 일행이 맨 처음 이 탑림을 통과할 때 얼핏 보았던 독안 노인이 바로 그 사람인 것이다.

질풍 같은 기세로 이탑을 휩쓸어 가던 쿠피 풀바와 요그 앞에 한낱 일꾼으로만 여겼던 독안 노인이 갑자기 나타났다는 사실만으로도 충분히 놀랄 만한 일인데, 패륵의 혼을 쏙 빼놓은 일은 정작 따로 있었다.

독안 노인의 차림은 맨 처음 보았을 때와 달라지지 않았다. 일신에는 칙칙한 회흑색 승포를 걸쳤고, 가진 것이라고는 청소하는 데 쓰는 도구인 싸리비와 걸레가 전부였다.

하지만 그 싸리비가 쿠피 풀바의 주먹을 가로막을 줄 누가 알았을 것이며, 그 걸레가 요그의 빙정 채찍을 봉쇄할 줄 누가 알았겠는가!

독안 노인은 오른손에 쥔 싸리비를 거꾸로 내밀어 대나무로 만들어진 손잡이 끝으로 쿠피 풀바가 뻗어 낸 주먹의 권심拳心을 정확히 누르고 있었다. 그와 동시에 왼손에 쥔 걸레를 휘돌려 요그의 두 자루 빙정 채찍을 한꺼번에 말아 잡고 있었다. 독안 노인의 얼굴은 지극히 덤덤한 반면, 쿠피 풀바와 요그의 얼굴은 조금 전의 양양함을 완전히 잃어버린 채 허옇게 질려 있었다.

이게 말이 되는 상황인가?

이 대 혈랑곡주에게 너무도 허무하게 패배—이 표현이 맞는다면—한 탓에 약해 보일 뿐이지 투모룽곰파의 사왕은, 그중에서도 쿠피 풀바와 요그는 절대로 약하지 않다. 소림사의 최고 배분으로 알려진 적 자 배 장로들 중에서도 현 시대의 불문 제일인이라고 칭송받는 옥나한 적송을 제외하면 그 두 왕을 동시에 상대할 강자는 없으리라는 것이 패륵의 판단이었다.

'내가 뭘 잘못 보고 있는 건가?'

그럴지도 모른다. 오늘 밤 눈을 의심할 만한 광경을 수차례 목격한 패륵이었으니까.

하지만 패륵의 눈이 잘못되지 않았음은 금세 밝혀졌다.

"선사님으로부터 짚신 한 짝을 새로 얻은 그날, 노납은 두 번 다시 무력으로써 인간을 상하게 하지 않겠노라 맹세했었소. 그래서 그대들의 무도한 행위를 지켜보면서도 그냥 참아 넘기려고 했던 거요. 노납이 사바에 머무는 시간은 아직 여러 해 남았고, 그대들에 의해 훼손된 탑은 그동안 천천히 복구하면 그만이니까."

이 대목에서 잠시 말을 끊은 독안 노인이 뒤에 서 있는 작고 초라한 이탑을 돌아보았다.

"하지만 그대들이 선사님의 사리를 모신 탑마저 파괴하는 것은 도저히 참아 넘길 수 없더구려. 아미타불, 색은 공이요, 공은 색이거늘, 저런 신외지물身外之物이 대관절 무어라고 노납 스스로 맹세를 어기고 수양을 허물어뜨리려 하는지……. 노납의 과실이 진실로 크고 무겁소."

독안 노인의 목소리는 오랫동안 기름칠을 하지 않은 경첩에서 울려 나오는 쇳소리처럼 몹시도 거북하게 들렸다. 하지만 그 목소리에는 듣는 이의 깨달음을 이끌어 내는 진심 어린 울림이 담겨 있었다.

하지만 이 세상에는 어떤 가르침에도 깨달음을 얻지 못하는 악종들이 아주 없지는 않았다.

쿠피 풀바와 요그가 눈짓을 교환했다. 다음 순간, 두 왕은 싸리비와 걸레에 각각 가로막히고 봉쇄되었던 주먹과 빙정 채찍들을 세차게 떨치며 후방으로 물러섰고, 충분한 거리를 확보했다고 여기기 무섭게 자신들에게 수치를 안겨 준 독안 노인을 향해 맹렬히 몸을 던졌다.

"죽엇!"

쿠피 풀바의 오른손 장심에서 원념으로 뭉쳐진 검붉은 단검이 솟구쳐 올랐다.

"우어억!"

요그의 한층 길어진 빙정 채찍들은 독안 노인의 주위를 얼음의 장막으로 가두어 갔다.

독안 노인은 지옥의 악귀처럼 사납게 달려드는 두 왕을 보면서도 움직이지 않았다. 그 모습이 마치…… 아까 문수전 돌계단 위에 서 있던 이 대 혈랑곡주를 닮은 것 같다는 생각이 패륵의 뇌리를 스쳐 갔다.

다음 순간, 패륵의 얼굴은 오늘 밤 들어 두 번째로 노래질 수밖에 없었다.

파-파-파-파-파-파-.

싸리비가 불어난다.

걸레가 불어난다.

수십 개로 불어난 싸리비와 걸레의 물결이 쿠피 풀바와 요그를 그들이 자랑하는 병기와 함께 집어삼켰다.

이 대 혈랑곡주에게는 아무런 행동도 보이지 않은 채 공간을 마음대로 움직이는 능력이 있다면, 저 독안 노인에게는 주어진 공간 안에서 모든 행동을 동시에 펼치는 능력이 있는 것 같았다. 삽시간에 헤아릴 수 없는 숫자로 불어난 싸리비와 걸레를 찌르고, 내리치고, 휘감고, 당기는 독안 노인은 패륵의 눈에 단

수인 동시에 다수처럼 보였던 것이다.

툭. 탁. 투다닥. 퍽. 퍼퍽.

싸리비와 걸레가 지배하는 공간 안에서 몇 번의 크고 작은 소음들이 울려 나왔지만, 그 이후 드러난 결과와 비교하면 언급할 가치조차 없는 하찮은 일에 불과했다.

환각이라는 오해를 불러일으킬 만한 모든 비현실적인 상像들이 가라앉았다. 독안 노인은 처음 서 있던 이탑 앞자리에 그대로 서 있었다. 달라진 점이 있다면, 이제 그의 두 손은 아무것도 들고 있지 않았다.

싸리비를 든 사람은 쿠피 풀바였다.

걸레를 든 사람은 요그였다.

독안 노인이 무슨 조화를 부렸는지는 알 수 없지만, 쿠피 풀바는 수직으로 세운 싸리비에 땅딸막한 몸을 의지한 채 휘청거리고 있었고, 요그는 빙결에서 풀려 원래 상태로 돌아온 두 손으로 걸레의 양끝을 말아 쥔 채 땅바닥에 엎드려 있었다.

독안 노인이 말했다.

"본래 노납은 그대들이 어지럽힌 것을 기꺼이 치울 작정이었지만, 이제는 마음을 바꿨소. 수양이 필요한 사람은 노납 하나만이 아니라는 생각이 들었기 때문이오. 다행히 소림의 탑림은 수양을 하기에 무척 좋은 곳이오. 오늘부터 천 일 동안 나와 함께 땅바닥을 쓸고 돌탑과 돌비석을 닦다 보면, 그대들이 이제껏 몸과 마음에 쌓아 두었던 악기를 씻어 내는 데 큰 도움이 있으리라고 믿소."

패륵이 알기에, 쿠피 풀바와 요그에게 청소를 시키는 것은 투모룽곰파의 대스승인 마한 쏩나에게도 불가능한 일이었다. 하물며 하루 이틀도 아닌, 자그마치 천 일 동안이나 그 짓을 해야 하다니! 당연히 두 왕은 독안 노인의 저 말을 받아들이지 않을 것이다.

그런데 두 왕에게서는 거부를 의미하는 그 어떤 표현도 흘러나오지 않았다.

패륵은 새삼스러운 눈으로 두 왕의 신색을 살펴보다가 눈살을 찌푸렸다.

'뭐야? 왜 저렇게 된 거지?'

쿠피 풀바의 동공은 곪은 달걀처럼 게게 풀려 있었다. 요그의 반쯤 벌어진 입술 사이에서는 거품 섞인 침이 질질 흘러내리고 있었다. 한마디로 정상과는 거리가 멀었던 것이다.

독안 노인이 두 왕에게 말했다.

"사악한 힘은 수양을 하는 데 방해만 될 것이기에 노납으로서는 부득불 그대들에게 금제를 가할 수밖에 없었소. 들어 본 적이 있을지도 모르겠소. 일지금마一指禁魔라는 수법인데, 노납의 화후가 그리 나쁘지는 않아 그대들의 건강을 해치는 일은 없을 것이오. 약속한 천 일이 지난 뒤에는 금제를 풀어 주도록 하겠소."

이어 독안 노인은 고개를 돌려 패륵을 바라보았다. 오래된 우물처럼 깊게 가라앉은 그 눈빛을 대한 순간, 패륵은 자신도 모르게 자세를 바로 하고 두 손을 가슴 앞에 모아 합장을 올렸다.

독안 노인이 패륵에게 말했다.

"아까 대사께서 동료분들께 하신 말씀을 듣고 노납은 큰 감명을 받았소. 동서방의 불맥佛脈이 비록 다른 길을 걸어왔다고는 하나, 불제자라면 마땅히 무엇을 삼가야 하는지는 가릴 줄 알아야 한다고 생각하오."

그러면서 합장을 마주 보내오니, 패륵으로서는 이 상황을 어떻게 받아들여야 할지 혼란스럽기만 할 따름이었다.

독안 노인이 다시 말했다.

"동료분들은 향후 천 일간 폐사에 머물 것이오. 징벌의 방편이 아니라 수양의 방편으로 삼은 일인 만큼, 모쪼록 귀 가람의 종주님께 잘 말씀 올려 주시기 바라오."

패륵은 방아깨비처럼 고개를 거듭 조아렸다.

"아, 예. 알겠습니다. 반드시 그리 전해 올리겠습니다."

"고맙소."

패륵에게서 몸을 돌린 독안 노인이 두 팔을 가볍게 휘저었다. 싸리비에 매달려 있던 쿠피 풀바와 땅바닥에 엎드려 있던 요그가 보이지 않는 목줄에 묶인 두 마리의 개처럼 그 손짓에 당겨져 그에게로 끌려갔다.

"수양에 매진하는 데 밤낮의 구분이 무슨 의미가 있겠소. 자, 지금부터 그대들이 해야 할 일을 알려 주겠소."

비록 자신을 구박하던 자들이긴 했지만, 그토록 기세등등하던 쿠피 풀바와 요그가 비질하고 걸레질하는 꼴은 차마 봐 주기 힘들었다. 패륵은 슬금슬금 뒷걸음질을 치다가, 그들의 모습이 보이지 않는 곳에 다다른 뒤에는 몸을 홱 돌려 전력으로 달리기 시작했다.

'애당초 오는 게 아니었어. 내 주제에 무슨 큰 공을 세우겠다고.'

하지만 지금 와서 후회한들 무슨 소용이 있겠는가!

이 대 혈랑곡주는 접어 둔다 치자. 비질이나 하며 먹고사는 불구 늙은이가 서역 최강의 고수 둘을 한꺼번에 집어삼키는 무시무시한 곳이 바로 소림이었다.

이제 소림이라면 치가 떨리는 패륵이었다.

❧

양유현은 두 손을 유복의 소매 안에 공손히 모은 뒤 세 걸음 옆으로 비켜섰다. 검은 옷을 입은 남자가 전면에 나서기로 마음 먹은 시점부터 둘 사이의 관계가 역전되었음을 알기 때문이었다. 이제 상관은 수행원이 되었고 수행원은 상관이 되었다. 원래의 자리대로 돌아간 것이다.

검은 옷을 입은 남자, 스스로를 남황맹주라고 소개한 남자가 양유현을 돌아보았다. 균형이 잘 잡힌 눈썹, 야성과 지성을 동시에 머금은 눈, 콧대가 조금 편편한 코, 얼굴 전체에 강인한 음영을 부여하는 짧고 굵은 콧수염과 턱수염, 그리고 그 가운데서 유쾌한 선을 그리고 있는 혈색 좋은 입술……. 이제까지의 모호함을 잠깐 사이에 떨어낸 사십 대 중반의 호남자가 양유현을 향해 여유로운 미소를 보내고 있었다.

자신을 버림으로써 주변 환경과 동화를 이루는 이기혼연以棄渾然의 수법은 남황맹주가 가진 몇 가지 놀라운 능력 중 하나였고, 덕분에 그는 처음 이름을 알린 이래 지금까지 강호 제일의 신비인으로 불릴 수 있었다. 강남 지역에서 무양문의 아성을 위협할 만큼 무섭게 성장한 남황맹이지만, 그 주인 되는 인물에 대해 알려진 사항은 극히 제한적이었던 것이다. 심지어 맹 내에서조차도 맹주의 본명이 무엇인지 아는 사람은 극소수에 지나지 않았다. 물론 암군의 군주인 양유현은 그 극소수에 포함된다.

남황맹주가 양유현에게 말했다.

"자네의 얼굴이 그렇게 빨개진 것은 처음 보는군."

양유현은 흠칫 놀라 자신의 얼굴을 만져 보았고, 손가락을 통해 전달되어 오는 뜨끈한 열기에 다시 한 번 놀랐다. 조금 전 그는 석대원을 상대로 한바탕 열변을 토해 놓았고, 석대원은 어떠한 반응도 드러내지 않은 채 그저 듣기만 했다. 그럼에도 제 풀에 격동하여 얼굴이 빨개질 만큼 흥분해 버린 것이다.

"부끄럽습니다."

양유현은 고개를 숙였다. 빈말이 아니라 진심으로 부끄러웠다. 비각의 책사라면 상대가 아무리 석대원이라도 이렇게 흥분하지는 않을 것이라는 생각이 들었다.

"얼굴이 빨개진 것 정도로 부끄러워한다면 저 돌계단 위에 발 한 번 못 붙여 보고 꽁지가 빠져라 달아난 서역의 낙타들은 장차 얼굴을 들고 다니지 못하겠지. 어쨌거나 이제부터는 내게 맡기고 자네는 좀 쉬도록 하게."

남황맹주는 친근한 말로 양유현을 위로했다. 쾌활하면서도 다감한 성격인 그가 두 살 연하의 양유현을 친동생처럼 살갑게 대한 것은 어제오늘의 일이 아니었다. 하지만 그런 남황맹주를 평생의 주군으로 받아들인 양유현으로서는 감히 예의를 무너트릴 수 없었다.

"알겠습니다."

양유현은 장읍長揖으로 주군의 명을 받들었다.

남황맹주는 고개를 돌려 돌계단 위에 서 있는 석대원을 다시 바라보았다.

"신분을 감추고 있던 점은 사과하리다. 서쪽에서 온 친구들이 괜한 법석을 떨까 봐 그랬을 뿐, 당신까지 속일 의도는 없었소. 하지만 내가 신분을 밝히면 당신이 조금은 놀라리라고 기대했던 것은 사실이오. 뭐, 그 기대가 얼마나 헛된 것인지 이제는 알게 되었지만 말이오."

석대원은 남황맹주의 얼굴을 잠시 내려다보다가 높낮이가 없는 목소리로 말했다.

"당신은 이미 나를 놀라게 했소."

이 말에 오히려 놀랐다는 듯이 남황맹주가 눈썹을 추켜올리며 반문했다.

"정말이오?"

"그렇소."

"호오, 그렇다면 영광이구려. 이 차 곤륜지회에서 중원의 쟁쟁한 실력자들을 한꺼번에 강제하고 굴복시킨 절대적인 존재께서 남황맹주라는 하찮은 이름을 그 정도로 높이 쳐주다니."

석대원이 고개를 저었다.

"남황맹주라는 이름 때문이 아니오."

남황맹주가 고개를 갸웃거렸다.

"그 이름이 아니면, 내가 가진 무엇이 당신을 놀라게 했단 말이오?"

그러자 석대원의 광물 같은 눈 속에서 빛의 끈들이 일렁거리기 시작했다.

"바로 당신 자체요."

석대원의 두 눈에서 쏟아져 나온 빛의 끈들이 호수 위를 흐르는 새벽안개처럼 때로는 덩어리로 뭉치고 때로는 오라기로 흩어지면서 돌계단을 타고 밀려 내려오기 시작했다. 그것들이 목표로 삼은 것은 돌계단 바로 앞에 서 있는 남황맹주였다. 남황맹주는 조금 굳은 얼굴로 그것들을 바라보았지만, 몸을 움직여 피하려 하지는 않았다.

"맹주!"

그 광경을 목격한 양유현은 낮은 경호성을 터뜨리며 앞으로 달려 나가려고 했다. 하지만 양유현을 향해 슬쩍 뻗어 낸 남황맹주의 손바닥이, 그 손바닥에서 뿜어 나온 솜뭉치처럼 부드러운 기운이 그것을 허락하지 않았다.

남황맹주가 양유현에게 말했다.

"그대로 있게."

돌계단 위에서 흘러내린 빛의 끈들이 남황맹주를 부드럽게 휘감았다. 남황맹주는 이내 빛의 끈들로 이루어진 휘황한 광구光球에 휩싸였다. 남황맹주를 구성하는 윤곽이 빛 속으로 부옇게 뭉개지는가 싶더니…….

다음 순간, 빛의 끈들이 사라졌다. 처음부터 이 세상에 존재하지도 않았다는 듯 흔적도 없이.

신비롭게 시작되어 묘연하게 끝나 버린 이 초자연적인 현상 앞에 양유현은 바보처럼 입만 벌리고 서 있을 수밖에 없었다.

돌계단 위에 서 있던 석대원이 속삭였다.

"역시 그렇구려."

무엇이 그렇다는 말일까? 하지만 그 점에 대해서는 설명하지 않은 채, 석대원의 말이 이어졌다.

"나는 당신이 누구인지 알 것 같다고 말했소."

석대원으로부터 발원한 빛의 끈들은 남황맹주에게 어떠한 피해도 끼치지 않은 것 같았다. 남황맹주의 눈은 여전히 빛나고 있었고, 그의 입술은 여전히 유쾌한 선을 그리고 있었다.

몸 상태를 점검하듯 자신을 슬쩍 내려다본 남황맹주가 고개를 들고 석대원을 바라보았다.

"당신은 분명히 그렇게 말했소."

석대원이 다시 말했다.

"그 말은 당신의 신분이 무엇인지 안다는 뜻이 아니었소. 나는 당신의 신분이 무엇이든 관심이 없소. 당신이 남황맹주가 아니라 이 나라의 황제라고 해도 마찬가지일 것이오. 나는 바로 당신을, 당신 안에 있는 어떤 기운을 느꼈기 때문에, 무리함을 무릅쓰고라도 이 자리에 나와 당신을 만나야 한다고 마음먹었던 것이오."

석대원의 이 말은 양유현에게 작지 않은 위화감을 불러일으켰다. 천하제일을 넘어 고금 제일도 바라볼 수 있는 절대적인 존재가 저 돌계단 위에 나오기 위해 무리함을 무릅써야 했다는 대목이 쉽게 납득되지 않았던 것이다. 누구라도 할 수 있는 그 간단한 일에 대체 무슨 무리가 따랐다는 것일까?

'음?'

아까 라토 아마가 패륵에게 했던 말이 양유현의 머릿속에서 울린 것은 바로 그 순간이었다.

─그는 조금 전 내게 자신의 일부를 보여 주었죠. 그것에는 지금 그가 어디에 있는지도 포함되어 있었어요.

그러자 이제껏 까맣게 잊고 있던 어떤 요소 하나가 번갯불처럼 강렬하게 양유현의 정신을 일깨웠다.

'그 노복!'

양유현은 부릅뜬 눈으로 석대원이 서 있는 돌계단 위를 빠르게 살펴보았다.

'그 노복은 어디 있는 거지?'

양유현은 석대원이 소림에 혼자 오지 않았음을 알고 있었다.

석대원에게는 과거 이 대 혈랑곡주로 활약하던 시절부터 그림 자처럼 붙어 다니던 노복이 있었고, 그 노복은 이번에도 어김없 이 주인을 배종하여 소림에 왔던 것이다. 그렇다면 그 노복은, 어떤 경우에도 주인의 곁을 떠나지 않는다는 그 충직한 노복은 지금 어디 있는 것일까?

양유현의 눈까풀이 떨리기 시작했다.

'혹시…… 혹시……?'

그때, 곤혹스럽다는 듯이 뒤통수를 긁적이던 남황맹주가 입 을 열었다.

"웬만하면 참으려고 했는데, 이제는 너무 궁금해서 묻지 않 을 수가 없구려. 내가 하는 질문에 대답해 줄 수 있겠소?"

"그러리다."

남황맹주의 질문은 이것이었다.

"당신은 지금 이곳에 있소? 아니, 아니."

하지만 정확한 질문이 아니었나 보다. 고개를 짧게 흔든 남 황맹주가 다시 질문했다.

"정정하리다. 당신은 지금 이곳에만 있소?"

저 말도 안 되는 질문이 전혀 이상하게 들리지 않는 이 상황 은 대체 무슨 상황이란 말인가!

석대원이 대답했다.

"아니오."

저 말도 안 되는 대답이 전혀 이상하게 들리지 않는 이 상황 은 대체 무슨 상황이란 말인가!

부릅뜬 두 눈으로 심중의 경악을 그대로 드러내고 있는 양유 현과 달리, 남황맹주는 지금의 이 상황을 덤덤하게 받아들이는 것 같았다.

"당신을 처음 본 순간부터 이상한 기분이 들었소. 실재와 비실재의 중간에 있는 무슨 허깨비 같은 것을 보는 듯한 기분이랄까. 아, 내 표현이 불쾌하다면 사과하겠소. 하지만 뭐, 그런 기분이 든 것은 사실이니까. 당신도 짐작하고 있겠지만, 나는 그런 방면으로 감이 꽤나 좋은 편이오."

뻐기듯이, 혹은 민망하다는 듯이 어깨를 으쓱거린 남황맹주가 말을 이어 나갔다.

"정리합시다. 그렇다면 당신은 지금 이곳에 존재하는 동시에 다른 곳에도, 그러니까 저 문수전 안에도 존재하겠구려. 붉은 어머니라는 그 여자는 각기 다른 두 곳에 동시에 존재하는 당신을 보았기 때문에 그런 말을 했을 테고."

석대원이 고개를 끄덕였다.

"보여 주려고 의도한 것은 아니었소. 하지만 그녀는 타인의 마음을 들여다보는 일에 능숙했고, 그러다 보니 내가 보여 주려고 하지 않은 부분까지 볼 수 있었던 모양이오."

이제 양유현은 유복 안의 몸을 덜덜 떨고 있었다.

한 인간은 각기 다른 두 장소에 동시에 존재할 수 없다. 이는 자연이 정한 대전제 중 하나이며, 세상의 어떤 인간도 그 대전제를 거스를 수는 없었다. 그런데 그게 아니었다. 자연이 정한 대전제마저도 마음대로 거스를 수 있는 인간이 저기 저렇게, 양유현의 눈앞에 서 있는 것이다!

남황맹주가 탄식했다.

"당신이 과거 곤륜산에서 어떤 이적을 행했는지는 나도 들어 알고 있소. 하지만 설마하니 '부재이재不在而在(존재하지 않지만 존재한다)'를 내 눈으로 보게 되는 날이 올 줄은 몰랐소. 내 선조는 그것을 인간 너머의 경지, 즉 '인외경人外境'이라는 말로 표현했소.

하지만 내 눈으로 직접 보니 그 표현이 오히려 부족하다는 생각마저 드는구려."

'부재이재? 인외경?'

양유현은 덜덜 떠는 와중에도 남황맹주가 한 말을 기억하기 위해 필사적으로 애를 썼다. 남황맹주가 타인 앞에서 스스로의 내력에 대해 언급한 것은 이번이 처음이기 때문이었다.

그러자 새로운 의혹이 생겨났다. 남황맹주는 석대원에 대해, 보다 정확히는 석대원이 펼치는 비인간적인 능력에 대해 많은 것을 알고 있는 듯하지 않은가!

'대체 어떻게?'

남황맹주의 말이 이어졌다.

"다만 당신이 부재이재를 지금 반드시 펼쳐야 했는지에 대해서는 의문이 드오. 나를 만나고 싶다면 그냥 나오면 될 것을, 굳이 무리를 무릅쓰면서까지 그것을 펼칠 이유가 있었소? 혹시 당신이 가진 능력의 한계가 어디인지를 시험하고 싶었던 거요?"

석대원이 대답했다.

"내 능력의 한계를 시험할 마음 따위는 없소. 앞서도 말했다시피 나는 내 능력을 두려워하고 있으니까. 그럼에도…… 음, 부재이재, 당신과 당신의 선조가 그렇게 부르는 모양이니 나도 그렇게 부르리다. 그럼에도 내가 굳이 부재이재를 펼칠 수밖에 없었던 이유는 따로 있소."

"그 이유가 무엇인지 가르쳐 줄 수 있겠소?"

남황맹주의 거듭된 질문은 집요한 느낌마저 주었지만 석대원은 선선히 대답해 주었다.

"당신의 대리인이 지나치게 유능하기 때문이었소."

"내 대리인?"

남황맹주가 고개를 갸웃거리더니 양유현을 돌아보았다.

"암군주, 오늘 밤 소림에서 벌어지는 일들 중 자네가 내게 말해 주지 않은 것이 있었던가?"

양유현은 자꾸만 떨리는 몸을 가까스로 진정시킨 뒤, 주군의 질문에 대답했다.

"오늘 밤 소림에서 벌어지는 일들에 관해서는 사전에 모두 말씀드렸습니다만 딱 한 가지, 아직 말씀드리지 않은 일이 있습니다."

남황맹주는 고개를 살짝 옆으로 기울이며 눈썹을 쫑긋거렸다. 화를 낸다거나 불쾌해한다기보다는 재미있는 것을 발견했다는 식의 표정이었다.

"그 한 가지가 뭐지?"

"그건……."

양유현은 문수전 앞마당 한쪽에 잠들어 있는 여섯 명의 나한승들을 일별한 뒤 대답했다.

"속하는 바즈라-우파야가 소림의 수중으로 순순히 들어가게 해서는 안 된다고 판단했습니다. 그렇다고 서역의 인물들에게 넘어가도록 수수방관하는 것도 본 맹의 입장에서는 바람직하지 않다고 판단했지요. 그래서 본 맹의 입장에서 가장 이로운 결과가 나올 수 있도록 작은 안배 하나를 마련해 두었습니다."

"안배라……."

남황맹주는 손가락으로 볼을 긁으며 잠시 생각에 잠겼다가, 불쑥 물었다.

"자네가 했다는 그 '식목 사업'과 관계있는 얘기인가?"

"그렇습니다."

양유현이 솔직하게 시인하자 남황맹주가 볼을 긁던 손가락을 튕겨 딱 소리를 냈다.

"알겠네. 자네가 소림에 심어 놓은 나무가 지금 저 문수전 안에 있는 모양이군."

"이 대 혈랑곡주를 밖으로 끌어내기만 하면 저 건물 안에는 움직이지 못하는 적 자 배 장로들만 남겠지요. 그 틈을 노려 적절히 손을 쓸 수만 있다면 본 맹이 바즈라−우파야를 얻지는 못하더라도 최소한 남의 손에 들어가지 않도록 만드는 일은 가능하지 않을까 하는 것이 속하가 마련한 안배였습니다."

양유현은 머리를 깊이 조아렸다.

"맹주께 사전에 말씀드리지 않은 죄가 작지 않다는 점을 압니다. 그에 대한 벌은 맹으로 복귀한 뒤 달게 받겠습니다."

남황맹주는 손을 저었다.

"당치도 않아. 맹의 이익을 위해 항상 노심초사하는 자네에게 무슨 죄를 묻는단 말인가. 하지만…… 그래도 사전에 말해 주는 편이 좋았을 거라는 아쉬움이 드는군. 내가 알았다면 반드시 말렸을 테니 말일세. 자네도 이제는 알게 되었겠지. 저 남자를 상대로 무슨 술수나 공작을 꾀하는 것이 얼마나 무의미한 일인지를."

양유현은 고개를 들어 석대원을 바라보았다. 그러면서 생각했다.

'정말로 그런가? 저 남자를 상대로 꾀하는 모든 술수나 공작은 정말로 무의미하기만 한 것일까?'

그럴지도 모른다는 생각이 들었다. 아니, 반드시 그렇다는 확신마저 들었다. 양유현의 눈가가 파르르 떨렸다. 그렇다면 저 문수전 안에 있는 그의 나무는 지금쯤…….

그때 석대원이 양유현에게 말했다.

"걱정 마시오. 당신이 소림에 심어 놓은 나무에게는 어떠한 강제도 가하지 않았으니까."

양유현은 이마 전체에 주름이 잡힐 만큼 눈살을 찌푸렸다. 강제를 가하지 않을 거라면 굳이 부재이재라는 능력을 펼쳐 문수전 안에다 자신의 분신—이 표현이 맞는지도 의문이지만—을 남겨 놓은 이유는 무엇이었을까?

석대원의 말이 이어졌다.

"그자가 본격적으로 움직인 것은 당신들이 당도하기 반 시진 쯤 전이었소. 그자는 이 주변을 지키던 여섯 명의 나한승들을 차례차례 찾아갔소. 그자에게는 나한승들에게 식사를 가져다주는 임무가 있었고, 그래서인지 나한승들 중 어느 누구도 그자가 건넨 음식에 암수가 숨어 있으리라고는 의심하지 않았소. 그 암수가 무엇인지는 말하지 않아도 알 것이오. 그자에게 그것을 건네준 사람은 바로 당신일 테니까. 결국 나한승들은 그자가 가져다준 음식을 먹었고, 반각이 지나기 전에 번을 서던 그 자리에서 모두 잠들고 말았소."

석대원이 '그자'라고 부르는 인물의 정확한 명칭은 '세 번째 묘목'이라는 뜻의 묘삼苗三이었다. 암군의 군주 양유현은 묘삼 말고도 몇 그루의 묘목들을 가지고 있었지만, 어떤 묘목도 묘삼 만큼 신임하지는 않았다. 묘삼은 그 정도로 유능했다. 일개 간자間者로만 사용하기에는 아까울 만큼.

각설하고, 양유현은 오늘 아침 묘삼과 접선했다. 묘삼은 향화객으로 위장하여 아침 일찍 소림사에 들어온 양유현을 은밀히 찾아왔고, 어제와 오늘 사이 소림사 안에서 벌어진 일련의 사건들에 관해 상세히 보고했다.

묘삼의 보고와 투모룽곰파로부터 사전에 전달받은 판풋 왕의 예언—하지로부터 삼십삼 일째 되는 날 저녁, 성스러운 벼락이 실체를 갖추어 세상에 모습을 드러낸다—을 취합한 양유현은 어제 새벽 소림사를 찾아왔다는 괴이한 손님이 이 차 곤륜지회 이후 자취를 감춘 이 대 혈랑곡주 석대원임을 확신하게 되었고, 석대원이 문수전 지하에서 적 자 배 장로들과 함께 시행 중인 비밀스러운 대법이 바즈라—우파야와 관련 있음을 짐작하게 되었다.

하지로부터 삼십삼 일째 되는 날은 바로 오늘이었다. 판풋왕의 예언대로라면 석대원은 오늘이 끝나기 전 바즈라—우파야를 소림에 넘길 것이다. 그렇다면 오늘 밤이 가장 민감한 시기, 책사로서 어떤 술수나 공작을 꾀하기에 가장 좋은 시기였다.

그래서 양유현은 가장 신임하는 간자를 움직이기로 마음먹었다. 묘삼에게 두 가지 임무를 내리고, 그 임무를 완수하는 데 도움을 줄 도구들을 건넨 것이다. 몽독을 사용하여 문수전의 경비를 무력화시키는 것은 그가 묘삼에게 내린 두 가지 임무 중 첫 번째 것이었다.

그렇기는 하지만……

양유현은 석대원에게 물었다.

"당신은 나한승들이 잠들 때 문수전 지하에 있지 않았소?"

"그렇소. 나는 그때 적 자 배 장로들과 함께 문수전 지하에 있었소. 외부에 노출된 바즈라—우파야의 영체靈體는 갓 태어난 아기처럼 예민해서 새로운 주인을 찾기 전까지 조심스럽게 다룰 필요가 있기 때문이오."

"그런데도 지상에서 벌어진 일에 대해, 그것도 지극히 은밀히 벌어진 일에 대해 어떻게 그토록 상세히 안단 말이오?"

"내게는 남들이 보지 못하는 것을 보고 남들이 듣지 못하는 것을 듣는 능력이 있소. 그 능력을 통해 알게 되었소."

덤덤히 대답하는 석대원을 바라보며 양유현은 다시 한 번 인상을 찌푸리지 않을 수 없었다. 책사의 사고방식은 철저히 논리적이어야 하지만, 저 석대원 앞에서는 모든 논리가 무의미해지는 듯한 기분을 느꼈기 때문이다.

그 점을 새삼 곤혹스러워하는 양유현에게 남황맹주가 말했다.

"내 선조는 그 능력을 '월공관越空觀'이라고 불렀다네."

공간을 뛰어넘는 직관력. 뭐, 대충 그런 뜻일 게다.

양유현은 부재이재를 새겨 넣은 기억의 책장 아래쪽에 월공관이라는 항목을 추가한 다음, 석대원에게 다시 물었다.

"그 일을 알았으면서도 즉각 개입하지 않은 이유는 뭐요?"

"처음에는 그렇게 하려고 마음먹었소. 하지만 그자가 이 주변 여기저기에 잠든 나한승들을 일일이 업어다 사람의 눈에 잘 띄는 저 앞마당에 모아 놓는 것을 안 다음에는 마음을 바꿨소. 당신은 머리가 좋은 사람이니, 그자가 나한승들을 한자리에 모아 놓은 이유를 이미 알아차렸으리라고 믿소."

석대원의 말대로 양유현은 머리가 좋은 사람이었고, 그래서 문수전 앞마당에 가지런히 누워 잠든 여섯 명의 나한승들을 발견한 순간 묘삼의 의중을 짐작할 수 있었다.

묘삼은 자신이 문수전 지하로 들어간 뒤 이곳에 당도할 침입자들 가운데 투모룡곰파의 고수들이 끼어 있다는 사실을 알고 있었다. 그들이 외딴 곳에 따로따로 잠든 나한승과 마주친다면 과연 어떤 일이 벌어질까? 즉시 독수를 써서 영영 깨어나지 못하게 만들 공산이 크지 않을까?

묘삼은 그 점을 염려한 것이리라. 그래서 흩어져 잠든 여섯 명의 나한승들을 사람의 눈에 잘 띄는 문수전 앞마당에 보란 듯이 모아 놓은 것이리라. 자신이 이미 손을 썼다는 것을 알리기 위해. 그러니 당신들까지 굳이 손을 쓸 필요는 없다는 것을 알리기 위해. 다시 말해, 나한승들이 다치는 일만큼은 어떻게든 피하고 싶었던 것이다.

양유현이 어두운 표정으로 석대원에게 말했다.

"계속해 보시오."

"그자는 지금 이 순간에도 문수전 지하에서 당신이 내린 또 다른 지시를 실행해야 하는지를 놓고 갈등하고 있소. 그곳에서 대법을 펼치는 나와 소림의 장로들은 바즈라-우파야를 이전하는 일에 묶여 움직일 수 없는 상태라고 믿고 있을 테니, 마음만 먹었다면 당신으로부터 전달받은 물건을 사용할 기회가 얼마든지 있었을 텐데도 말이오. 하지만 그자는 선뜻 행동에 나서지 못하고 있소. 나한승들에게 손을 쓴 일만으로도 충분히 가책을 느끼는 눈치였소."

석대원이 작게 한숨을 쉬었다.

"그자의 마음에 갈등의 기미가 남아 있는 한, 나는 그저 지켜보기만 할 수밖에 없었소. 그자가 과오를 뉘우치고 소림의 진정한 제자로 거듭나 주기를 바라기 때문이오. 그것이 내가 부재이지를 펼친 이유요."

믿었던 묘삼이 두 번째 임무이자 본격적인 임무를 앞두고 갈등에 빠졌다는 말은 양유현을 허탈감에 빠트리기에 충분했다. 더구나 그 모든 과정을 신처럼 전지한 눈길로 지켜보면서 묘삼의 회심悔心—양유현의 입장에서는 반역이겠지만—을 기다리는 석대원이란 존재는…….

배 속에서 끓어오르는 열패감이 쓴물로 바뀌어 목구멍을 타고 올라오는 기분을 느끼면서, 양유현은 생각했다. 그의 정신적 부친이라고 할 수 있는 비각의 책사도 석대원을 만났을 때 이런 기분을 느꼈을까? 애써 준비한 술수와 공작이 너무도 간단히 봉쇄되어 버리는 이 처참한 기분을?

"하지만 그자를 괴롭히던 갈등도 마침내 끝난 것 같소."

석대원이 말을 멈추고 뒤를 돌아보았다.

'끝났다고?'

양유현은 석대원의 눈길이 향한 문수전을 바라보았다. 다음 순간, 그는 문수전의 낡은 기와지붕을 짓누르고 있던 그믐밤의 짙은 어둠이 건물 아래로부터 뿜어진 바르고, 굳세고, 뜨거운 어떤 힘에 의해 하늘로 밀려 올라가는 광경을 목격할 수 있었다.

그리고 어떤 소리가 뒤따랐다.

아아아아아아아아아아앙ー.

갓난아기의 고고성 같기도 하고 먼 하늘의 우렛소리 같기도 한 그 소리는 고막이 아니라 마음을 통해 전달되어 오는 듯했다.

남황맹주가 무겁게 중얼거렸다.

"뭔가가 바뀌었군."

석대원이 다시 돌계단 아래로 고개를 돌렸다.

"바즈라ー우파야의 영체가 방금 새로운 주인을 받아들였소. 벼락의 주인이 바뀐 것이오."

양유현은 묻지 않을 수 없었다.

"그 사람이 누구요?"

감춤과 거짓이 인간의 본능이라면, 석대원은 그 본능마저 벗어 버린 것 같았다. 그는 어떤 경우에든 무생물처럼 솔직했다.

"적인이라는 법명을 쓰시는 분이오."

양유현은 석대원이 말한 이름을 입속으로 뇌까려 보았다. 소림사 사대무보의 일인으로서 계율원주라는 중책을 오랫동안 맡아 오다가 갑자기 노망이 나는 바람에 적 자 배 동기 중 가장 먼저 은퇴한 인물이 바로 적인이었다.

"일찍이 적인 대사는 인간에게 허락되지 않은 천기를 엿본 죄로 자아를 망실하는 벌을 받았소. 하지만 가장 자비롭고 가장 지혜로운 스승께서는 갓난아이처럼 천진무구해진 적인 대사를 거두어 주셨고, 적인 대사는 그분의 가르침과 십 년 가까운 정진에 힘입어 바즈라—우파야를 담을 만한 질기고 튼튼한 광주리를 만드는 데 성공할 수 있었소."

말을 하는 동안 석대원에게도 작은 변화가 일어났다. 이마 한가운데 나란히 찍혀 있던 세 개의 상흔이 하얗게 빛나는 가루로 부스러지더니 몸 밖으로 서서히 떨어져 나간 것이다.

그 사실을 아는지 모르는지, 석대원의 덤덤한 목소리는 계속 이어졌다.

"물론 적 자 배의 다른 고승들이 전력으로 도와주지 않았다면 적인 대사가 바즈라—우파야의 영체를 온전히 품어 안기란 쉽지 않았을 것이오. 특히 이번 일을 위해 은퇴까지 미뤄 가며 대법을 연구하고 준비해 온 장경각주 적견 대사의 노고는 칭송받아 마땅할 것이오."

남황맹주가 무거운 목소리로 말했다.

"소림은 앞으로 더욱 강해지겠구려."

석대원은 그 말에 동의하지 않았다.

"내가 외백부로부터 물려받을 때, 바즈라—우파야는 강력한 기운의 형태로만 이루어져 있었소. 외백부는 강함을 추구하는 분이었고, 그래서 바즈라-우파야의 씨앗을 당신 안에서 그렇게 키워 내신 것이오. 하지만 그 강력함 안에는 불안정하고 위험한 요소가 숨어 있었소. 바즈라-우파야의 주인이 그 강력함에 지나치게 몰두하고 매료되면, 인간을 지키기 위해 존재해 온 바즈라-우파야가 오히려 인간을 위협하는 마병으로 변질될지도 모른다는 걱정이 들었소. 그래서 나는 지난 십 년간 바즈라-우파야의 불안정하고 위험한 요소를 순화시키기 위해 노력했소. 그럼으로써 바즈라-우파야를 본연의 모습으로, 오로지 항마降魔의 방편으로만 바꾸어 놓았소. 그러니 소림이 인간을 상대로 바즈라-우파야를 사용하는 일은 벌어지지 않을 것이오."

어느 순간 양유현은 착한 학동처럼 석대원의 말에 귀를 기울이고 있는 자신의 모습을 발견했다. 그는 길게 한숨을 내쉰 뒤 맥 빠진 목소리로 석대원에게 물었다.

"내가 소림에 심은 나무는 어떻게 되었소?"

석대원이 대답했다.

"그자는 최후의 순간까지 아무런 행동도 취하지 않았소. 차마 사문을 배신할 수는 없었던 것이오. 지금은 대법을 끝낸 적자 배 장로들 앞에 무릎을 꿇고 자신의 죄를 참회하고 있소."

'참회라니⋯⋯.'

너무도 비참한 나머지 울고 싶은 심정이 되어 버린 양유현과는 달리 남황맹주는 맑은 웃음을 터뜨렸다.

"하하! 귤화위지橘化爲枳(회수 이남의 귤을 회수 이북에 옮겨 심으면 탱자가 된다)라는 말대로군. 자네는 소림이라는 토양이 얼마나 기름진지를 간과한 대가로 공들여 심은 나무 한 그루를 공짜로 빼앗기게 생겼어. 안 그런가?"

이 말에 대답한 사람은 양유현도 석대원도 아닌, 놀랍게도 제삼의 인물이었다.

"공호空浩는 저 아래에서 머문 짧은 시간 동안 커다란 번뇌를 겪었지만, 종래에는 그릇됨을 버리고 바른길을 선택했습니다."

양유현은 어느 틈엔가 석대원의 곁에 서 있는 주황색 가사 차림의 장년 승려를 멍한 눈길로 올려다보았다. 그 승려가 누구인지 알려 주는 가장 뚜렷한 표징은 그 승려의 몸 주위를 후광처럼 감도는 그윽한 기품이었다.

장년 승려, 옥나한 적송이 돌계단 아래에 서 있는 남황맹주와 양유현에게 소림사 특유의 독장례를 올렸다.

"아미타불, 손님들께서 와 계시는군요. 주인 된 몸으로 예의를 갖춰 접대해야 함이 마땅하나, 적인 사형으로부터 한 가지 일을 급히 처리하라는 지시를 받은 몸이라 곧바로 떠나야 합니다. 소승의 결례를 용서해 주시기 바랍니다."

답례를 해야 한다는 생각조차 떠올리지 못하는 양유현을 대신해 남황맹주가 두 주먹을 모아 보였다.

"당금의 불문 제일인을 뵙자마자 보내 드려야 한다니 아쉽기가 이만저만이 아닙니다. 하지만 급한 용무가 있으시다니 어쩔 수 없겠지요."

독장례를 거둔 적송이 이번에는 옆에 서 있는 석대원을 돌아보며 고개를 절레절레 흔들었다.

"역시 여기도 계시는군요. 석 시주로 인해 놀라는 것도 이제는 지쳤습니다."

석대원이 적송에게 말했다.

"더 이상 놀라실 필요 없을 겁니다. 귀사와의 약속을 지킨 만큼 제가 세상에 다시 나오는 일은 없을 테니까요."

"약속을 지켜 주신 점, 폐사를 대표하여 다시 한 번 감사드립니다. 세존의 가호가 석 시주와 함께하기를 기도드리겠습니다."

영원한 작별을 고하듯 석대원을 향해 정중하게 독장례를 올리는 적송에게, 그제야 정신이 조금 돌아온 양유현이 급히 물었다.

"대사, 묘삼은, 아니, 공호는 어찌 되었습니까?"

적송이 양유현을 돌아보았다.

"참회동에 들어가 자신의 과오를 씻겠노라 자청하더군요. 사형들께서는 공호의 청을 받아들이실 겁니다. 지금 참회동에는 폐사의 전대 방장이신 적공 대사형께서 머물고 계시지요. 그곳에서 얼마나 지내게 될지는 모르지만, 아마 공호에게도 의미 있는 시간이 되리라 믿습니다."

옥나한의 눈빛은 오직 온유하기만 했다. 그 안에서 속된 승리감 따위를 찾아내기란 애당초 불가능한 것 같았다.

남황맹주가 양유현에게 말했다.

"그만 포기하게. 오늘 밤에는 자네가 패했다는 걸 인정하라고."

양유현의 어깨가 축 늘어졌다.

'정말로…… 그렇구나.'

일이 이렇게 진행되리라고는 꿈에도 생각지 못했다. 투모룽 곰파의 쟁쟁한 인사들을 거느리고 소림에 들어올 때만 해도 양유현은 앞으로 일어날 모든 상황을 주재할 수 있으리라는 자신감으로 충만해 있었다. 수행원으로 위장한 맹주는 굳이 나설 필요도 없으리라 여겼을 만큼. 그런데 결과는 어떤가? 그의 뜻대로 흘러간 것은 단 하나도 없었다. 자신만만하던 남황맹의 책사는 소림에, 그리고 석대원에게 철저히 패한 것이다.

낙백한 표정으로 우두커니 서 있는 양유현을 향해 작게 혀를 찬 남황맹주가 적송에게 눈길을 주었다.

"늦기 전에 어서 출발하시지요."

적송은 더 이상 머뭇거리지 않았다.

"알겠습니다."

적송의 신형이 돌계단 위에서 훅 사라졌다. 당금의 불문 제일인에 의해 펼쳐진 소림 신법은 사람을 놀라게 하기에 충분했지만, 온갖 기괴한 일들로 점철된 오늘 밤에는 별다른 감흥을 주지 못하는 것 같았다.

사람 하나가 떠났을 뿐인데 분위기가 기이하리만치 조용해지고 차분해졌다. 마음에 든다는 표정으로 주위를 둘러본 남황맹주가 목 관절을 한차례 푼 다음 석대원에게 말했다.

"자, 떠날 사람도 다 떠나고 벌어질 일도 대충 벌어진 것 같구려. 이제야말로 우리 문제에 집중할 수 있을 것 같은데, 내가 그 위로 올라가서 당신과 얘기를 나눠도 되겠소? 누구를 올려다보는 데 영 익숙지가 않아서……."

석대원은 남황맹주의 요구를 거부하지 않았다.

"그렇게 하시오."

"고맙소."

남황맹주가 돌계단 위에 발을 올렸다. 쿠피 풀바와 요그는 그토록 완강하게 배척하던 공간이 이번 손님에게는 순순히 앞길을 열어 주고 있었다.

돌계단을 다 올라간 남황맹주가 석대원을 향해 투덜거렸다.

"이런, 당신이 너무 큰 탓에 이 위에 올라서도 여전히 올려다봐야 하는구려."

남황맹주는 묘한 미소를 지으며 덧붙였다.

"하긴 내 선조도 그랬다고 하더이다. 언제나 그를 올려다봐야 했다고. 심지어는 그가 사라진 뒤에도 말이오."

～～～

직감은 눈치와 무관하지 않다. 눈치 빠른 사람은 대체로 직감이 좋기 때문이다. 그 본보기와도 같은 사람이 바로 패륵이었다. 패륵은 교활하다는 비난을 받을 만큼 눈치가 빨랐고, 덕분에 위기 상황을 맞이할 때마다 남다른 직감을 발휘하곤 했다. 검왕의 비검이 하늘을 가르고 혈마귀의 마력이 기승을 떨치던 밤에도, 혈랑곡도들의 복수심이 단천원을 휩쓸고 이 대 혈랑곡주의 벼락이 비천대전을 날려 버린 밤에도, 그는 초개처럼 스러져 간 동료들과 달리 어찌어찌 목숨을 부지할 수 있었다. 다 직감 덕분이었다. 언제 어느 자리에 있어야 안전한지를 본능적으로 파악할 줄 아는 반짝반짝한 직감.

오늘 밤에도 반짝반짝한 직감은 패륵을 배신하지 않았다. 암군주를 따라 소림사로 잠입하는 별동대에 자원하기로 마음먹었을 때, 그 직감은 늙은 주인에게 낮지만 엄중한 목소리로 경고를 보냈다.

—위험할지도 몰라, 네 주제를 알아야지.

하지만 투모룽곰파로부터 버려지면 안 된다는 절박함이 패륵으로 하여금 직감의 경고를 묵살하게 만들었다. 그 결과 패륵은 이 대 혈랑곡주와 외눈박이 청소부 같은 괴물들이 웅크린 용담호굴로 제 발로 뛰어드는 엄청난 만용을 범하게 되었고, 함께 들어간 쿠피 풀바와 요그를 잃은 채 홀로 달아나야 하는 가련한 신세로 전락하고 말았다. 그 과정에서 패륵이 상처 하나 없이 무사할 수 있었던 것도 따지고 보면 다 직감 덕분이라고 할 수 있었다.

각설하고, 쿠피 풀바와 요그는 투모룽곰파 무력의 핵심이라고 할 수 있었다. 그들이 잡히고 패륵이 풀려난 것은, 비유하자면 알맹이는 쏙 빠지고 쭉정이만 남은 격이었다. 패륵은 두려웠다. 이대로 돌아가도 과연 괜찮을까?

그때 예의 반짝반짝한 직감이 다시 작동했다.

ー마한 쏩나에게 네 운명을 맡기고 싶어?

그럴 리가! 투모룽곰파의 지도자인 마한 쏩나는 홀몸으로 귀환한 쭉정이를 반겨 줄 만큼 너그러운 사람이 절대로 아니었다. 패륵은 마한 쏩나의 주름진 몸뚱이 안에 쿠피 풀바를 능가하는 잔인함이 숨어 있다는 사실을 모르지 않았다. 그런 마한 쏩나가 알맹이를 잃은 모든 책임을 쭉정이에게 지우리라는 것은 불을 보듯 뻔했다.

그러자 직감이 충고했다. 적아의 구분은 무의미하다고. 이제 투모룽곰파로부터 달아나는 것은 소림사로부터 달아나는 것만큼이나 당연한 일처럼 여겨졌다.

그래서 패륵은 달아났다. 거친 숨이 턱까지 차오르고 흘러내린 땀방울이 승복을 흠뻑 적실 때까지. 심장이 터질 것처럼 방망이질 치고 두 다리가 모래주머니를 매단 듯 무거워질 때까지.

그러면서 패륵은 생각했다.

투모룽곰파에 누룽지처럼 눌어붙어 말년을 보낸다는 계획은 깨끗이 포기하자. 척박한 고향에 대한 미련 따위는 애당초 있지도 않았다. 설마하니 이 넓은 세상에서 그를 품어 줄 안식처 한 군데 찾지 못하겠는가. 뜨거운 태양이 내리쬐는 남국도 좋다. 키 작은 사람들이 모여 산다는 바다 건너 섬나라는 또 어떤가. 아니, 이 나라에 그냥 눌러앉아 사는 것도 그리 나쁘지는 않다. 그에게는 아직도 고수 행세하기에 충분한 무공이 있지 않은가. 아! 재물도 충분했다. 그가 걸친 승포 안감에 좌우로 두 개씩 달린 비밀 주머니는 과거 비각이 몰락했을 때 몰래 빼돌린 금원 보들로 가득 차 있었다. 그래, 이참에 환속해 버리는 거야! 회족들이 많이 산다는 서안西安 부근에 자리를 잡으면 외모로 인해 주목받는 일도 없을 것이다. 거기서 아담한 장원을 한 채 사고, 서역 출신의 젊고 예쁜 계집도 하나 얻어 새로운 삶을 시작해 보자. 운이 좋다면 내년쯤에는 후사도 보게 되겠지. 후사라. 아들일까, 딸일까?

패륵은 달리면서도 두 눈을 게슴츠레 접으며 미소를 지었고…….

……그 바람에 덩굴인지 나무뿌리인지 모를 것에 발목이 걸려 호되게 고꾸라지고 말았다.

콧대가 시큰거렸다.

윗입술을 타고 입안으로 흘러들어 오는 찝찔한 액체가 땀인지 핏물인지 분간할 수 없었다.

축축한 흙바닥에 얼굴을 처박은 채 오체투지하듯 엎드려 있던 패륵의 몸이 조금씩 들썩거리기 시작했다.

"으흐흐…… 으흐흐흑……."

놀랍게도 패륵은 울고 있었다. 그것도 펑펑. 스스로 늙었다고 인정한 뒤부터 눈물이 많아진 것은 사실이지만, 그래도 이렇게 주체하지 못할 정도로 울음보가 터진 적은 없었던 것 같았다. 서럽기보다는 외로웠다. 그를 둘러싼 모든 것들이 갑자기 낯설게 느껴졌고, 그 광대한 낯섦 안에서 자신은 결국 혼자일 수밖에 없는 외로운 존재임을 자각하게 되었다.

인간은 자존自尊해야 한다. 자기 인격성의 절대적 가치와 존엄을 스스로 깨닫고 세워야 한다는 뜻이다. 하지만 패륵은 태생적으로 자존할 수 없는 인물이었다. 기회주의자이자 합리화의 달인인 그에게 자존이란 비교 가능한 타자他者가 존재하는 경우에만 드러나는 상대적인 개념에 지나지 않았다. 그는 독립된 존재로서 자존하는 방법에 대해 전혀 알지 못했다. 그래서 고립되지 않기 위해, 어떻게든 무리에 속하기 위해 죽을힘을 다해 노력해 왔다. 무리가 둥지라면 그는 그 안에 담긴 알이었다. 무리가 거울이라면 그는 그 위에 비친 상이었다. 맨 처음 머리를 깎고 출가한 소년기에도, 치열한 경쟁을 뚫고 법왕의 지위를 얻은 장년기에도, 국경 넘어 동방으로 파견되어 비각에 합류한 중년기에도, 그리고 서역으로 복귀한 뒤 아두랍찰의 종맥을 버리고 투모룽곰파에 투신한 노년기에도, 그는 단 한 번도 무리를 떠나려 한 적이 없었다.

그런데 지금은 어떤가? 소림사로부터뿐만 아니라 투모룽곰파로부터도 달아나기로 마음먹은 지금은?

지금 이 순간, 패륵은 철저히 혼자였다. 그에게 무리가 되어줄 집단은 더 이상 존재하지 않았다. 둥지가 부서지고 거울이 깨진 것이다.

태양이 내리쬐는 남국? 바다 건너 섬나라? 아니면 회족들이 사는 서안? 아담한 장원을 사고, 젊고 예쁜 계집을 얻고, 아들인지 딸인지 모를 후사를 바란다고? 그 모두가 투모룽곰파에서 꾸던 붉은 꿈만큼이나 허황된 망상에 불과하다는 것을 패륵은 잘 안다.

무리에서 떨어져 나온 늙은 이방인을 기다리는 미래가 희망적일 리 없었다. 살아가야 할 터전이 아는 얼굴 하나 없는 이역만리의 타향이라면 더더욱 그러했다. 그래도 무공과 재물은 충분하지 않느냐고? 맞다, 오늘은 충분하다. 하지만 내일은 오늘보다 적을 것이고, 모레는 내일보다 적을 것이다. 충분이 불충분으로 바뀌는 것은 시간문제였다.

시간은 늙은 이방인에게 결코 우호적이지 않을 것이다. 하루하루 쌓여만 가는 육체적 노쇠와 정신적 피로는 사막의 모래바람이 건물 외벽을 갉아먹듯 패륵의 무공과 재물을 갉아먹으려 들 것이다. 패륵은 그 끈질기고 가차 없는 공세에 맞서 어떻게든 저항해 보려고 애를 쓰겠지만, 결국에는 무릎 꿇고 쓰러져 고통스러운 최후를 맞이하게 될 것이다. 명복을 빌어 주는 이 하나 없는 최후는 얼마나 쓸쓸하고 초라하겠는가! 가랑잎처럼 가벼워진 그의 육신은 어떤 무덤의 먹이가 될 것이고, 그가 남긴 몇몇 유품은 인근 무뢰한들의 하룻밤 술값으로 탕진될 것이다. 아쉽게도 그들 모두를 취하게 할 만큼 넉넉하지는 못하겠지만.

패륵을 기다리는 것은 그렇게 암울한 미래였다.

"싫어! 난 그렇게 되기 싫다고! 어허허헝!"

패륵은 통곡했다. 떼가 난 아이처럼 주먹으로 흙바닥을 쾅쾅 내리찍으며 고래고래 울부짖었다.

그렇게 얼마나 울었을까?

체내의 수분이 모두 말라붙었는지 어느 순간부터는 눈물조차 나오지 않았다. 입술은 꺼칠꺼칠했고, 목구멍은 타는 것 같았다. 흙바닥에 엎드린 채 밭은 숨을 꺽꺽거리던 패륵은 자신이 지독한 갈증에 시달리고 있음을 비로소 깨달았다.

귓전으로 어떤 소리가 흘러들어 온 것은 바로 그 무렵이었다. 작지만 못 알아차릴 정도로 작지는 않은 그 소리를 한참이 지난 지금에야 들을 수 있었던 것은, 패륵 본인의 울음소리가 지나치게 컸던 탓이리라.

패륵은 눈물과 코피와 흙으로 범벅이 된 얼굴을 부스스 치켜들었다. 그런 다음 두 손으로 바닥을 짚고 천천히 일어섰다.

"물……. 물이구나."

그 소리가 물소리라는 것을 안 순간, 저 물을 마시고 싶다는 생각밖에 떠오르지 않았다. 인간이란 참으로 단순하고 맹목적인 존재라서, 이제껏 패륵을 울부짖게 만들었던 끔찍한 외로움, 거대한 절망마저도 현실의 갈증 앞에서는 고개를 숙일 수밖에 없는 모양이었다.

패륵은 물소리가 이끄는 방향으로 걸음을 내딛기 시작했다.

물소리의 발원지는 그리 멀지 않았다. 넘어진 자리에서 일어나 홀린 듯이 산길을 걷던 패륵은 반의반 각도 지나기 전에 어떤 이름 모를 계곡에 당도할 수 있었다.

그 계곡이 음산하게 느껴지는 것은 기분 탓만이 아니었다.

휘이이잉- 휘이이잉-.

상류 쪽으로부터 쉴 새 없이 불어오는 바람은 지금이 한여름이라는 것을 잊게 만들 만큼 차가웠다. 승포에 잔뜩 배어 있던 땀방울이 빠르게 증발하면서 패륵은 오싹한 한기를 느껴야 했다.

어쨌거나 계곡에는 분명히 물이 흐르고 있었고, 갈증에 시달리던 패륵으로서는 그 사실이 못내 반가울 수밖에 없었다.

패륵은 계곡 아래로 달려 내려가 흐르는 물에 얼굴을 박았다. 물은 입술을 얼얼하게 만들 만큼 차가웠고, 배 속을 짜릿하게 만들 만큼 달콤했다. 그는 정신없이 계곡물을 들이켰다. 벌컥벌컥, 꿀꺽꿀꺽, 그리고 철벅철벅…….

'……철벅철벅?'

패륵은 목을 아래로 빼고 바위 위에 엎드린 자세 그대로 얼어붙었다. 그것은 물을 마실 때 울리는 소리가 아니었다. 물을 밟고 걸을 때 울리는 소리였다. 하지만 자신은 물을 마시기 위해 이렇게 엎드려 있지 않은가! 그렇다면 묵직한 발소리를 기세 좋게 울리며 계곡 안쪽으로부터 천천히 걸어 나오는 것의 정체는 대체 무엇이란 말인가?

'곰?'

소리로 짐작하건대 인간보다 훨씬 큰 동물이었고, 야심한 시각과 깊은 산중임을 감안하면 곰일 가능성이 가장 높았다.

'곰이라니!'

패륵도 명색이 무공 고수인데, 다른 때라면 아무리 혼자라도 곰을 두려워하지는 않았을 것이다. 하지만 육체적으로나 정신적으로나 지칠 대로 지친 지금은 아니었다. 무공은커녕 손가락 하나 까딱할 기력도 없거니와, 무엇보다도 싸우겠다는 투지 자체가 일어나지 않았던 것이다.

싸우지 않을 작정이면 피해야 했다. 하지만 막상 몸을 일으키려니 하체에 힘이 들어가지 않았다. 그렇다면 숨어야 하는데, 패륵이 있는 곳 주변에는 공교롭게도 낮고 편편한 너럭바위들뿐이어서 몸을 숨길 만한 적당한 은폐물이 하나도 눈에 띄지 않았다.

그러는 동안에도 발소리는 점점 가까워지고 있었다.

철벅. 철벅. 철벅. 철벅.

이러지도 저러지도 못하는 상황에 빠진 패륵은 엎드려 있는 바위에 몸을 더욱 붙이며 마음속으로 간절히 기원했다.

'지나가라. 늙은 중에게 관심 주지 말고 제발 그냥 지나가라.'

안타깝게도 부처님께서는 패륵의 간절한 기원을 들어주지 않으셨다.

계곡물을 따라 철벅거리며 이어지던 발소리가 패륵의 코앞에서 뚝 끊겼다. 졸졸거리며 흐르는 계곡물을 제외한 모든 것이 멈춰 버린 것 같았다. 그리고 잠시 후······.

어떤 남자의 굵은 목소리가 패륵의 뒤통수를 두드렸다.

"폐관을 끝내고 나오자마자 늙은 중에게 절을 받다니, 이게 대체 무슨 영문인지 모르겠군."

놀랍게도 기억에 뚜렷이 새겨져 있는 목소리였다. 목소리의 주인이 누구인지도 금세 알 것 같았다. 하지만 반가운 심정은 눈곱만치도 일어나지 않았다. 반면에 반가움의 대척점에 있는 심정은 구름처럼 뭉게뭉게 일어나고 있었다.

패륵은 납작하게 엎드린 몸을 덜덜 떨기 시작했다.

'이럴 리가 없어. 아무리 재수가 없더라도 이럴 수는 없는 일이야.'

차라리 곰과 마주치는 쪽이 나았다. 이 야밤에, 이 산중에서, 저 목소리의 주인과 마주친다는 것은 꿈에도 생각해 보지 못한 일이었다. 절대로 벌어져서는 안 되는 일이었다. 그런데 그 일이 실제로 벌어진 것이다!

남자의 목소리가 다시 한 번 패륵의 뒤통수를 두드렸다.

"한데 머리통이 왠지 익숙한걸. 맞아, 예전에도 저렇게 생긴 머리통을 두 쪽으로 쪼개 놓고 싶어서 손이 근질근질한 적이 있었지."

이제 패륵은 땀을 흘리기 시작했다. 방금 마신 계곡물이 모조리 땀으로 바뀌어 나오는 것 같았다.

패륵의 그런 상황을 아는지 모르는지, 남자가 다시 말했다.

"어이, 스님, 아는 사람 같아서 그런데 고개 좀 들어 보시겠소?"

고개를 들기가 죽기보다 싫었다. 이대로 엎드린 채 바위의 일부가 되어 버렸으면 좋겠다는 생각마저 들었다. 하지만 언제까지 이러고 있을 수는 없는 일. 결국 패륵은 바위에 박고 있던 고개를 들 수밖에 없었다.

"역시 내 눈이 틀리지 않았군."

어떤 곰보다 거대한 남자가 계곡물을 밟고 우뚝 서서 패륵을 내려다보고 있었다. 남자의 우람한 어깨에 횡으로 걸쳐진 거대한 칼날이 그믐의 으스름한 달빛을 받아 검푸른 광채를 번득이고 있었다.

거대한 남자, 거경 제초온이 패륵을 향해 씩 웃었다.

"법왕이 나를 존경한다는 점은 익히 알고 있었지만, 이역만리까지 달려와 출관을 축하해 줄 정도인 줄은 몰랐소."

패륵의 얼굴은 오늘 밤 들어 세 번째로 노래지고 말았다.

(5)

양유현은 단 한 번도 석대원을 과소평가한 적이 없었다. 서일이라는 이름으로 활동하던 시절에도 그랬거니와 남황맹의 암군주 자리에 오른 다음에는 더더욱 그랬다. 그가 판단하는 석대원은 현세 최강의 무인인 동시에, 일개인으로서 대세를 좌지우지할 수 있는 유일무이한 인물이기도 했다. 그는 언제나 그 점을 염두에 두었고, 자신이 추진하는 모든 행사에 그 점을 반영시키기 위해 애써 왔다. 오늘 밤도 예외는 아니었다. 그보다 하루 앞서 소림에 들어온 석대원의 존재를 의식하지 않았다면, 그가 식목 사업의 최대 수확으로 여기던 묘삼을 움직이는 일은 벌어지지 않았을 것이다.

그런데 결과는 어떤가?

한마디로 무참했다.

석대원은 양유현이 한 모든 시도를 너무도 간단히 무위로 돌려 버렸다. 양유현을 더욱 허탈하게 만든 사실은, 일이 이 지경으로 흘러가는 데 정작 석대원의 역할은 그리 커 보이지 않는다는 점이었다. 심지어는 아무 일도 하지 않은 것처럼 보이기까지 했다. 달걀로 바위 치기라는 말처럼 석대원은 가만히 있는데 양유현 혼자 날아가고, 부딪치고, 깨진 듯한 기분마저 들었다. 상대하기 힘든 존재임은 알고 있었지만 이 정도일 줄은 몰랐다.

그 결과 양유현은 묘삼을 잃었고, 주도권을 잃었고, 자신감마저 잃었다. 그는 현 상황에서 완전히 배제되었으며, 심지어는 저 돌계단 위에 있는 석대원과 남황맹주의 관심으로부터도 배제된 것 같았다. 실로 오랜만에 느껴 보는 열패감이 그를 위축시키고 있었다. 하지만…….

양유현은 아랫입술을 지그시 깨물었다.

'주군께서 계신 자리가 아닌가. 언제까지 이러고 있을 수만은 없다.'

그러면서, 칠 년 전 홍택호의 유배지에서 자신이 파견한 간

수들을 살해하고 종적을 감춰 버린 비각의 책사를 떠올렸다. 양유현에게는 정신적 부친이나 다름없는 그 책사는 각별히 신임하던 첫 번째 쥐에게 이렇게 충고한 바 있었다.

―돌아봐야 할 때가 있고 돌아보지 말아야 할 때가 있다. 돌아봐야 할 때 돌아보지 않으면 같은 실패를 반복하게 된다. 돌아보지 말아야 할 때 돌아보면 더 이상 나아가지 못하게 된다. 네가 보다 유능해지려면 그 두 가지 때를 구별할 줄 알아야 한다.

그 충고에 비춰 보면, 지금은 돌아보지 말아야 할 때였다. 그래서 양유현은 지난 실패를 모두 접어 둔 채 앞으로 벌어질 일에만 집중하기로 마음먹었다. 그는 눈을 크게 뜨고, 귀를 활짝 열고, 머리를 차갑게 했다. 열패감이 점차 가시면서 위축되었던 마음이 회복되는 기분이 든다.
그러는 동안에도 돌계단 위에서는 석대원과 남황맹주의 대화가 이어지고 있었다.
대화의 시작은 남황맹주가 석대원에게 던진, 지금의 상황과는 매우 어울리지 않는 질문 하나였다.
"혹시 익지 않은 자두 열매를 먹어 본 적이 있소?"
석대원은 잠시 생각한 뒤 대답했다.
"내 고향 집에는 자두나무가 몇 그루 있었소. 그리고 어릴 적의 나는, 모친의 표현을 빌자면, 코뚜레를 꿰기 전에는 얌전히 만들지 못할 지독한 개구쟁이였소. 내가 먹을 수 있는 음식과 먹을 수 없는 음식을 구별하는 유일한 방법은 직접 먹어 보는 것이었소. 자두나무에 달린 자두 열매들도 예외는 아니었소."
남황맹주는 유쾌하게 웃었다.

"하하! 당신에게도 그런 개구쟁이 시절이 있는 줄은 몰랐소. 그래, 그렇게 먹어 본 자두 맛이 어땠소?"

"차마 먹지 못하겠더구려."

석대원의 대답에 남황맹주가 고개를 끄덕였다.

"나는 엄사嚴師 밑에서 자라 당신 같은 개구쟁이는 될 수 없었지만, 그래도 익지 않은 자두 열매는 먹어 보았소. 얼마나 쓴지 알고 싶었기 때문이오. 한입 베어 물어 보니 정말 쓰더구려. 당장 버리지 않고는 못 배길 만큼. 그래서 버렸소."

당시의 맛을 떠올렸는지 말하는 도중 오만상을 찡그리기까지 하는 남황맹주를 보며, 양유현은 의아함을 느꼈다. 그의 주군은 익지 않아서 먹지도 못하는 자두 열매 이야기를 뜬금없이 왜 꺼낸 것일까? 그 정도로 실없는 사람은 결코 아닌데?

그 이유는 곧 밝혀졌다.

남황맹주가 얼굴에서 웃음기를 빠르게 지워 내며 음울한 목소리로 말했다.

"내 선조의 자호自號가 바로 고리거사苦李居士였소."

양유현의 표정도 덩달아 음울해졌다. 고리거사라는 이름이 어디서 유래되었는지 알 것 같았다. 도방고리道傍苦李. 길가에 버려진 자두 열매라는 뜻이다.

"그가 스스로를 고리거사라고 부른 까닭은 누군가에게 버림받았기 때문이오. 버림받은 고통이 너무도 컸기에 그런 부끄러운 이름으로 개명했고, 그것도 모자라 자신이 창시한 종파에도 고리문苦李門이라는 이름을 붙였소. 때문에 그의 후예들은 좋든 싫든 쓴 자두 열매가 되어야 했지."

이 대목에서 말을 멈춘 남황맹주가 고개를 들어 석대원을 똑바로 올려다보았다. 그의 눈빛은 이제까지와는 달리 차가웠고,

신랄한 기운마저 품고 있었다.

"당신은 조금 전 월공관을 통해 나를 탐지했소."

석대원은 선선히 시인했다.

"그렇소."

남황맹주가 다시 말했다.

"나는 당신이 나를 탐지하지 못하도록 저항할 수도 있었소."

석대원은 이번에도 선선히 시인했다.

"당신이라면 그럴 수 있었을 것이오."

"그럼에도 내가 저항하지 않은 까닭은 당신이 내 선조인 고리거사에 대해, 내 종파인 고리문에 대해 알기를 바랐기 때문이오. 왜냐하면…… 당신은 내 선조를 버린 인물의 후예이기 때문이오."

석대원은 세 번째로 시인했다.

"그렇소. 나는 그 인물의 후예요."

남황맹주가 마음속으로 뭔가를 다짐하듯 고개를 무겁게 끄덕였다.

"그것이 내가 소림에 온 이유요. 나는 바즈라-우파야 때문에 온 것이 아니오. 당신을 만나 선조를 대신해 두 가지 일을 매듭짓기 위해서 온 것이오."

"두 가지 일?"

"그렇소. 나는 선조를 대신해 당신에게 한 가지를 물을 것이고, 한 가지를 보여 줄 것이오."

이 말이 끝난 순간, 남황맹주가 석대원을 향해 한 걸음을 내디뎠다. 두 사람 사이의 거리는 아직도 일 장 넘게 떨어져 있어서 그리 가깝다고 하기는 힘들 터였다. 하지만 남황맹주가 방금 내디딘 한 걸음으로 인해 기이하리만치 도발적인 분위기가 조성되었고, 돌계단 아래에서 그들을 바라보는 양유현은 자신도 모르게 주먹을 움켜쥐고 말았다.

남황맹주가 말했다.

"자! 이제 선조를 대신해 당신에게 묻겠소. 당신의 선조는, 미증유의 천재이자 불세출의 무인이자 고금독보의 절대자인 일대산인—大山人은 그가 잔인하게 버린 유일한 제자에 대해 무슨 말을 남겼소?"

이 말을 들은 양유현은 당황하지 않을 수 없었다. 그는 자신의 주군이 얼마나 오만한 인물인지 알고 있었다. 그런 주군이 허풍으로 먹고사는 이야기꾼들이나 쓸 법한 터무니없는 표현들을 거침없이 쏟아 낸 것이다. 게다가…….

'일대산인? 그게 누구지?'

양유현은 유능한 책사답게 현재와 과거를 망라하여 방대한 양의 인물 정보를 머릿속에 저장해 두고 있었다. 하지만 일대산인이라는 명호는 금시초문이었다. 미증유의 천재이자 불세출의 무인이자 고금독보의 절대자인데도?

석대원은 남황맹주의 질문에 대해 아무 대답도 하지 않았다. 자신을 똑바로 올려다보는 남황맹주의 눈길을 특유의 광물 같은 눈으로 받아 내기만 할 뿐이었다.

흔들린 쪽은 오히려 남황맹주였다.

"설마…… 아무 말도 남기지 않았단 말이오?"

"그렇소."

"어떻게 그럴 수가!"

남황맹주는 노성을 터뜨렸다.

"처음 거두어진 날부터 갑자기 버림받은 날까지 오직 일편단심으로 자신을 섬겼던 충성스러운 제자에 대해 단 한마디의 말조차 남기지 않았다니!"

양유현은 다시 한 번 당황하지 않을 수 없었다. 그는 자신의 주군이 저토록 분노한 모습을 단 한 번도 본 적이 없었다.

그러나 석대원은 남황맹주의 분노를 담담히 받아 내고 있었다.

"일대산인이 세상에 남긴 것은 낡은 죽간에 적힌 몇백 자의 심법, 내 증조부께서 천선기라 명명하신 그 심법이 전부였소. 때문에 내가 그에 관해 아는 것은 실질적으로 거의 없다고 봐야 할 것이오. 하지만 천선기는 때때로 과거를 보여 주기도 하오. 나는 천선기를 통해 일대산인이라는 인물에 대해 알게 되었소."

석대원은 단어를 고르듯 잠시 주저하다가 말을 이었다.

"일대산인은 나보다 더 비인간적인 인간이었소. 나는 끔찍한 상실과 끝없는 윤생과 무문의 시험을 통해 천선기를 완성했지만, 그는 별다른 굴곡 없는 순탄한 삶 속에서 오직 자신의 재능과 의지로만 그 일을 해냈소. 외부의 어떠한 도움 없이 스스로 탈인간脫人間한 인간. 그게 바로 일대산인이오. 그런 인물이 한때 사제의 인연이 닿았다는 이유만으로 당신의 선조에게 일고의 관심이라도 주었을 것 같소? 아니. 그는 육체의 껍질을 벗는 순간까지 어느 누구에게도 관심을 주지 않았소. 당신의 선조에게는 미안한 말이지만, 그에게 있어서 당신의 선조와 맺은 인연이란 탈각脫殼의 순간 그의 주위를 부유하던 티끌만큼이나 무가치했던 것이오."

남황맹주는 즉각 항의했다.

"하지만 당신을 위해서는 자신의 진전眞詮을 남기지 않았소! 그것은 당신이라는 인간에게 관심을 주었다는 뜻이 아니겠소? 장차 자신의 진전을 물려받을 후예에 대해서는 아끼는 마음이 있었다는 뜻이 아니겠소?"

석대원은 고개를 저었다.

"아니오."

"아니라고? 일대산인으로부터 물려받은 인외경을 완성하여 천하제일인, 나아가 고금 제일인의 반열에 오른 당신이 그 은혜를 부정하는 것이오?"

석대원은 한숨을 쉬었다. 양유현은 마치 거대한 바위산이 한숨을 쉬는 광경을 본 듯한 기분이 들었다.

"본래 그 죽간을 얻은 분은 내 증조부였소. 그분은 오랜 세월에 걸쳐 천선기를 수련하셨고, 종래에는 탈각의 복락까지도 누리실 수 있었소. 하지만 그럼에도 지금의 내가 오른 완성의 경지에는 오르지 못하셨소. 이 경지에 오르기 위해서는 인간으로서 절대로 겪어서는 안 되는 '고통의 극'과 마주쳐야 하는데, 천애고아였던 그분에게는 그것과 마주칠 만한 인연의 끈이 애당초 존재하지 않았던 것이오. 그분께서 탈각하시는 순간까지도 나를 가엾이 여기신 것도 그 때문이었소. 그분은 알고 계셨던 거요, 내가 걸어야 할 운명 위에 바로 그런 고통의 극이 예정되어 있다는 사실을."

석대원은 말을 멈추고 허공을 올려다보았다. 그로서는 드물게도 어떤 인간적인 기운이, 슬픔과도 비슷하고 회한과도 비슷한 기운이 아지랑이처럼 피어났지만, 어디선가 불어온 바람이 그 가녀린 기운을 휘저어 흐트러뜨렸다.

잠시 후 석대원이 고개를 내려 남황맹주를 바라보았다.

"그렇소. 일대산인이 몇백 년 뒤에 태어날 후예에게 자신의 진전을 남긴 것은 맞소. 하지만 그가 그것을 남긴 목적은 그 후예를 아껴서가 아니었소. 고통의 극을 겪은 뒤에야 비로소 자신의 진전을 깨우칠 후예를 통해, 그러지 않고서도 능히 탈인간함으로써 천선기를 완성해 낸 스스로의 뛰어남을 입증하기 위해서였소. 그는 세상으로부터 경외받기를 원하지 않았소. 그래서 세상에 자신의 이름을 남기려 하지 않았소. 그 대신 세상으로부터 경외받는 인물들, 절대의 경지에 오른 극소수의 인물들로부터 경외받기를 원했소. 그 경외가 아무리 절망적인 것이라도 말이오. 그는 자비로운 동시에 잔인했고, 탈속한 동시에 범속했고, 소박한 동시에 광오했소. 그는 그런 모순적인 인물이었소."

양유현은 그리 길지 않은 석대원의 이야기에 완전히 몰입되어 버렸다. 그래서 한참이 지난 다음에야 그의 이야기가 끝났다는 사실을 알아차렸다.

'맹주는……?'

양유현은 석대원의 맞은편에 서 있는 주군에게 시선을 돌렸다. 남황맹주는 조금 전만 해도 그를 사로잡았던 맹렬한 분노에서 거의 벗어난 것처럼 보였다. 지금은 텅 비어 버린 것처럼 허탈한 표정을 짓고 있었다.

"하아……."

남황맹주는 긴 한숨을 내쉰 뒤 석대원을 향해 포권을 올렸다.

"내 질문에 대한 당신의 대답은 잘 들었소. 내 선조가 바라던 대답은 결코 아니겠지만, 그래도 어쩌겠소. 그런 사부를 끝까지 숭배할 수밖에 없었던 자기 자신을 탓할 수밖에."

포권을 푼 남황맹주는 지친 표정으로 고개를 흔들었다.

"월공관을 통해 보았으니 당신도 알 것이오, 내 선조가 자신을 버린 사부를 단 한 번도 원망한 적이 없었다는 사실을. 하기야 인간이 어떻게 신을 원망할 수 있겠소? 신에 대한 원망이란 신에 대한 숭배의 다른 표현에 지나지 않소. 하지만 내 선조는 그런 원망조차도 감히 입에 담지 못했소. 일대산인에 대한 그의 숭배는 그 정도로 절대적이었소."

석대원은 남황맹주가 한 말 중 한 부분에 이의를 제기했다.

"일대산인은 신이 아니오."

그러나 남황맹주는 석대원의 이의를 받아들이지 않았다.

"공간을 떡 주무르듯 하는 것도 모자라 시간마저 거슬러 올라가는 당신을 상대로 신에 대해서 논할 생각은 추호도 없소. 나는 사부에게 버림받은 고통을 죽는 날까지 안고 살았으면서도 그 사부를 단 한 번도 원망하지 못한 가련하고도 충직한 제자에 대해 이야기하고 싶을 따름이오. 보편과는 거리가 먼 당신의 견해로 내 이야기를 끊는 일은 자제해 주기 바라오."

석대원은 고개를 끄덕였다.

"그러리다."

남황맹주가 말을 이었다.

"고리거사는 말년에 거둔 후인에게 이렇게 말했소. '내가 사부님께 버림받은 것은 내 자질이 천박했기 때문이다. 만일 내 자질이 조금만 더 좋았다면 사부님은 나를 버리지 않으셨을 것이다.' 하지만 당신의 말을 듣고 보니, 자질의 문제가 아니라 운명의 문제라는 생각이 드는구려. 다시 말하거니와, 내 선조의 전 생애를 통틀어 가장 고통스러웠던 사건은 하늘처럼 받들던 사부에게 버림받은 것이었소. 물론 그것을 당신이 말한 '고통의 극'이라고 할 수는 없을 것이오. 하지만 그 고통도 그리 작지는 않았는지, 고리거사는 자신이 겪은 고통을 토대로 나름의 성취를 얻을 수 있었소. 아, 정정하리다. 성취가 아니라 흉내요. 고리거사 본인이 '나는 오늘에 이르러서야 사부님의 크신 권능을 일말이라도 흉내 낼 수 있게 되었다.'고 말했으니까. 그 흉내가 어떤 것인지 궁금하지 않소?"

남황맹주는 오른손을 가슴 높이로 들어 올린 다음 석대원을 향해 천천히 내밀었다.

그 순간 양유현의 눈이 휘둥그레졌다. 남황맹주의 오른손이 물에 떨어진 먹물 방울처럼 석대원과 남황맹주 사이의 허공 속으로 올올이 풀려 나가는 광경을 목격했기 때문이었다.

남황맹주가 말했다.

"자! 이제 선조를 대신해 당신에게 보여 주겠소. 이것이 가련하고도 충직한 제자가 자신을 잔인하게 버린 사부를 그리워하며 흉내 낸 고리문 최고의 무공, 동시효빈東施效嚬이오."

미녀 서시西施는 가슴 병이 있어 종종 눈썹을 찡그렸지만 그마저도 미태의 일부로 칭송받았다. 그 소문을 들은 추녀 동시東施는 서시를 흉내 내어 자신도 눈썹을 찡그리고 다니기로 마음먹었다. 하지만 사람들은 못생긴 주제에 인상마저 나빠진 동시를 더욱 외면했다…….

그러나 남황맹주에 의해 펼쳐진 동시효빈은 고사에 담긴 것처럼 무엇을 흉내 내는 저급한 차원의 무공이 아니었다. 무공에 대한 안목이 그리 높지 못한 양유현이지만 그 점만큼은 장담할 수 있었다.

스- 스- 스- 스- 스-.

오른손 말단부터 해체되기 시작한 남황맹주의 육신이 석대원과의 사이에 놓인 일 장 남짓한 공간을 가득 채운다. 저것은 불가능하다고, 착시나 환각일 뿐이라고 여긴 순간 반드시 실제일 수밖에 없는 요소가 드러나지만, 다음 순간에는 그 요소 자체가 무의미해져 버린다. 갈라지고, 달라붙고, 압축되고, 신장되고,

직립하고, 전도하고, 정지하고, 부유하는 그 다종다양한 변화를 정확히 묘사하는 것은 아무리 말주변 좋은 달변가라도 불가능할 것이다.

공간은 본래 누구의 것도 아니었다.

그러나 그 법칙은 오늘 밤 석대원에 의해 철저히 무너졌고, 지금은 또 다른 초인에 의해 무너지고 있었다.

"으으."

남황맹주에 의해 왜곡되는 공간을 부릅뜬 눈으로 바라보던 양유현은 어느 순간 안구가 타오르는 듯한 고통을 느꼈다. 그는 더 이상 참지 못하고 눈을 감고 말았다. 결정적일지도 모르는 일순간─瞬間이 그렇게 지나가고…….

양유현은 감았던 눈을 다시 떴다.

남황맹주는 석대원의 코앞에 서 있었다. 약간 구부린 오른팔을 앞으로 내밀고 있고, 활짝 펼친 손바닥을 석대원의 왼쪽 가슴팍에 대고 있다. 그리고 석대원은…….

석대원은 남황맹주가 동시효빈을 펼치기 전의 모습 그대로였다. 자연스럽게 늘어뜨린 두 팔은 조금도 움직인 적이 없는 것 같고, 남황맹주를 물끄러미 응시하는 눈동자는 광물처럼 무감하기만 하다. 법칙이 무너져 내린 시간 동안 두 사람 사이에서는 대체 무슨 일이 벌어졌던 것일까?

남황맹주는 작은 사람이 아니었다. 보통 사람보다 한 뼘 가까이 큰 신장에다, 근육질은 아니지만 당당한 어깨와 넓은 가슴과 늘씬한 허리를 가졌다. 그러나 거인이라는 말에 딱 어울리는 석대원과 저렇게 마주하고 있으니 마치 덜 자란 소년처럼 보이는 것이 사실이었다. 공교롭게도 두 사람이 입은 옷은 모두 검은색이었고, 그래서 더욱 극명하게 대비되어 보이는 것인지도 몰랐다.

하지만, 그럼에도 불구하고, 상황은 남황맹주에게 유리하게 흘러가는 것처럼 보였다.

'설마…… 맹주께서 그를 제압하신 건가?'

양유현은 뭔가에 홀린 사람처럼 앞으로 걸어 나갔다. 그러다가 돌계단의 턱이 발에 걸리자 당연하다는 듯 딛고 올라섰다.

석대원은 오직 남황맹주 한 사람에게만 돌계단 위의 자리를 허락했다. 허락받지 않은 자가 함부로 올라오는 것은 당연히 좋아하지 않을 터였다. 그 점을 모르지 않음에도 양유현은 돌계단 위로 올라갈 수밖에 없었다. 지금은 책사의 자리에 오르긴 했지만, 그의 뿌리는 본디 정보원이었다. 그는 역사적인 사건의 목격자가 될 수 있는 기회를 놓치고 싶지 않았다. 게다가 그의 기대대로 남황맹주가 석대원을 제압했다면, 그는 돌계단을 오르기 위해 석대원의 눈치를 볼 필요가 없을 터였다.

그때 남황맹주가 석대원에게 물었다.

"왜 가만히 있는 거요?"

석대원이 남황맹주에게 대답했다.

"당신은 내게 고리문 최고의 무공을 보여 주겠다고 했소. 그래서 나는 보았을 뿐이오."

"그래서 가만히 있었다……."

남황맹주의 턱 근육이 실룩거렸다.

"지금 내가 끔찍할 만큼 커다란 유혹에 시달리고 있다는 사실을 알고 있소?"

석대원이 고개를 끄덕였다.

"알고 있소."

남황맹주가 이를 갈듯이 말했다.

"내 안에서 누군가 속삭이고 있소. 일대산인의 후예를 쓰러트릴 수 있는 기회는 두 번 다시 만나지 못할 거라고. 인외경의 권능이 아무리 대단하더라도, 이 거리에서 내가 쏟아 내는 전력을 막아 내지는 못할 거라고."

남황맹주의 말은 지극히 타당하게 들렸다. 석대원의 심장은 남황맹주의 손바닥 바로 앞에 놓여 있었고, 그 사이의 거리란 아예 없다고 봐도 좋았다. 만일 남황맹주가 마음만 먹는다면 그의 손바닥에서 바위를 으스러트리고 무쇠를 깨부수는 거력이 쏟아져 나와 석대원의 심장을 가차 없이 타격하리라는 점은 명백했다. 그 점을 모를 리 없건만, 석대원은 전혀 개의치 않는 것 같았다.

석대원이 말했다.

"당신은 당신이 하고자 하는 것을 하시오."

남황맹주의 눈이 번득였다.

"나를 자극하지 마시오."

석대원이 다시 말했다.

"당신은 당신이 하고자 하는 것을 하시오."

남황맹주의 호흡이 거칠어졌다. 들숨과 날숨의 주기가 빨라지고, 잠시 뒤에는 어깨까지 들썩이기 시작했다. 거칠어진 호흡에 상응하듯 가파르게 솟구쳐 오른 기세는 기이한 열파의 형태로 바뀌어 두 사람의 머리 위 공기를 이지러지게 만들고 있었다.

그러나 석대원은 꿈쩍도 하지 않았다. 남황맹주를 내려다보는 그 얼굴은 청동으로 빚은 상처럼 강고해 보이기만 했다.

"아!"

마침내 양유현은 지금의 상황을 제대로 파악할 수 있었다. 석대원은 남황맹주에게 제압당한 것이 아니었다. 애당초 남황맹주에게는 석대원을 공격할 마음이 없었다. 그리고 그 점을 알아차린 석대원은 남황맹주가 펼친 동시효빈을 보면서도 아무런 반응을 보이지 않았던 것이다. 그런데 지금, 남황맹주가 마음을 바꿔 석대원을 공격하려 든다면?

'안 돼!'

양유현은 오늘 밤 이 자리에서 벌어진 몇 가지 비현실적인 사건들을 통해 석대원이 어떤 존재인지 신물이 날 만큼 알게 되었다. 때문에 자신의 주군이 겉으로 드러난 유불리에 현혹되어 어리석은 판단을 내리지 않기를 간절히 바랐다.

다행히 남황맹주는 양유현의 바람을 저버리지 않았다.

"후우……."

끌어 올린 기세를 긴 숨으로 풀어 버린 남황맹주가 석대원의 가슴팍에 붙이고 있던 오른손을 거두었다. 그는 얼굴 앞으로 들어 올린 자신의 오른손을 잠시 바라보다가 처연한 목소리로 말했다.

"이제껏 살아오면서 이 손이 오늘처럼 창피한 적은 없었던 것 같소."

그 창피함을 떨어내듯 오른손을 허공에 대고 두어 번 흔든 남황맹주가 몸을 돌려 걸음을 옮기기 시작했다. 석대원의 눈길이 남황맹주의 뒷모습을 무심히 따라붙었다.

다섯 걸음을 걸어 동시효빈을 펼치기 전의 자리로 돌아온 남황맹주는 돌계단 마루에 올라서 있는 양유현을 그제야 발견한 듯 눈썹을 추켜올렸다.

"이런, 뭐 하러 올라왔나?"

양유현은 솔직히 대답했다.

"올라오지 않을 수 없었습니다."

남황맹주가 난처하다는 듯이 뒤통수를 벅벅 긁더니 양유현에
게 말했다.

　"자네의 입이 내 생각만큼이나 무겁길 빌 수밖에."

　"예?"

　"창피해 죽겠으니 어디 가서 소문내지 말라는 뜻일세."

　말만으로는 부족했는지 손가락으로 제 입술을 누르는 시늉까
지 한 남황맹주가 양유현에게서 몸을 돌려 석대원을 바라보
았다.

　"유혹 어쩌고 한 말을 잊어 줄 수 있겠소? 인간은 왕왕 착각에
빠질 수 있는 법이고, 중요한 건 행동이지 말이 아니지 않소?"

　다소 뻔뻔하게 들리는 남황맹주의 요구에도 석대원은 덤덤하
기만 했다.

　"지금 내 머리에 남아 있는 것은 고리문의 최고 무공뿐이오."

　남황맹주가 반색을 하며 물었다.

　"그래, 동시효빈을 본 소감이 어떻소?"

　"고리거사가 일대산인의 제자라는 점을 확인할 수 있었소."

　석대원의 대답을 잠시 음미하던 남황맹주가 한숨을 쉬었다.

　"이제는 백골조차 남지 않았을 내 선조가 당신의 말을 들을
수 없는 게 아쉽구려."

　"하지만 당신은 들었잖소."

　"그렇소. 나는 들었지."

　잠시 생각에 잠겨 있던 남황맹주가 고개를 들고 석대원을 향
해 정중히 포권을 올렸다.

　"나는 물었고, 당신은 대답했소. 나는 보여 주었고, 당신은
보았소. 고맙소, 석대원. 당신 덕분에 선조의 굴레로부터 완전
히 벗어날 수 있게 되었소."

이렇게 말하는 남황맹주의 얼굴은 오랫동안 짊어지고 있던 무거운 짐을 막 내려놓은 것처럼 후련해 보였다.

석대원이 남황맹주에게 물었다.

"이제 무엇을 할 작정이오?"

남황맹주가 포권을 풀며 싱긋 웃었다.

"선조의 일도 대충 마무리 지은 것 같으니, 이제부터는 본격적으로 쟁선에 뛰어들어 볼 작정이오."

양유현은 깜짝 놀라 남황맹주를 돌아보았다.

"맹주님, 그 말씀은……."

남황맹주가 손바닥을 들어 양유현의 말을 잘랐다.

"자네와는 나중에 얘기하기로 하세."

차분하지만 거역할 수 없는 주군의 말에 양유현은 고개를 숙이고 물러날 수밖에 없었다.

"나는 당신에게 줄곧 무례하게 굴었소. 하지만 당신은 그런 나를 솔직하게 상대해 주었소. 그 보답으로 당신 앞에서만큼은 나도 솔직하도록 하겠소."

남황맹주는 손가락을 들어 자신의 얼굴을 가리켰다.

"나는 양이 아니라 맹수요, 그것도 무척 난폭하고 무척 위험한."

석대원이 고개를 끄덕였다.

"알고 있소. 지금 내 눈에는 그 맹수로 인해 고통 받을 양들이 보이는 듯하오."

남황맹주는 어깨를 으쓱거렸다.

"양들을 기다리는 것은 어차피 도살장 아니겠소? 도살장에서 토막 나든 맹수에게 잡아먹히든 비참하기는 거기서 거기일 거요. 나는 양들의 운명을 동정할 만큼 자비롭지 않소. 내가 앞으로 행할 쟁선은 과거 곤륜산에서 당신에게 강제당한 인물들이 했던 것 이상으로 요란할 것이오. 그렇소. 당신 말대로 수많은 양들이 내 쟁선으로 인해 고통받을 것이오. 그러므로 내 쟁선을 막고 싶다면…….”

남황맹주는 두 팔을 늘어뜨리고 고개를 약간 젖힘으로써 상대의 처분에 모든 것을 맡기겠다는 자세를 취했다.

“……지금 막도록 하시오.”

석대원은 그런 남황맹주를 물끄러미 바라보다가 천천히 고개를 저었다.

“나는 당신을 포함한 누구도 막지 않을 것이오. 나는 그날 쟁선대 위에서 이미 밝혔소, 쟁선계를 앞을 다투는 자들에게 돌려주겠다고. 내가 이번에 세상에 다시 나온 이유는 나와 소림 사이에 남아 있던 한 가지 약속을 지키기 위함이었소. 그 약속을 지킨 이상, 나는 두 번 다시 세상에 나오지 않을 것이오.”

남황맹주는 잠시 생각하다가 고개를 끄덕였다.

“나는 당신의 말을 믿소. 왜냐하면 신은 거짓말을 하지 않으니까.”

석대원은 부인했다.

“나는 신이 아니오.”

남황맹주가 픽 웃었다.

“다시 한 번 말하거니와, 나는 당신을 상대로 신에 대해서 논할 생각은 추호도 없소.”

그때 석대원의 등 뒤에서 굳게 닫혀 있던 문수전의 문이 작은 소리를 내며 열렸다.

끼이익-.

열린 문을 통해 문수전 밖으로 맨 처음 걸어 나온 사람은 밝은 등불을 든 아이였다. 다음은 그 아이의 손을 붙잡은 노승이었고, 그다음은…….

문수전을 바라보던 양유현은 멍해지고 말했다. 노승 뒤로 불쑥 솟아 오른 거대한 그림자의 정체를 알아보았기 때문이다.

'석대원? 하지만……!'

그 석대원은 지금 이 자리에서 남황맹주와 마주하고 있는데?

그때 남황맹주가 눈을 빛내며 중얼거렸다.

"저것이 부재이재인가? 이거야 원, 알고 있었으면서도 믿지 못하겠군."

등불을 든 아이와 아이의 손을 잡은 노승은 그 자리에 멈춰 섰지만 그들을 뒤따라 문수전 밖으로 나온 거대한 그림자, 석대원은 멈추지 않았다. 그는 문수전 밖에 있던 또 다른 자신을 향해 걸음을 계속 옮겼고…… 어느 순간 육신을 구성하는 모든 윤곽을 일제히 허물어뜨리며 수많은 빛의 끈들로 풀어헤쳐졌고…… 허공에 유성우의 꼬리 같은 빛나는 궤적들을 남기며 날아가…… 남황맹주와 마주하고 있는 석대원에게로 스며들었다.

현실과 비현실이 혼재된 짧은 시간 동안, 양유현은 고막이 아니라 마음을 통해 전달되는 깊고 장엄한 울림을 들을 수 있었다.

우—우—우—웅—.

인간의 심금을 어루만지는 그 울림이 멀어졌을 때, 비현실이 사라지고 현실만이 남겨졌을 때, 양유현은 얼음물을 한 바가지 뒤집어쓴 사람처럼 소스라치며 정신을 차렸다. 문수전에서 마지막으로 나온 왜소한 노인이 종종걸음으로 앞으로 달려 나와 합일을 끝마친 석대원의 뒷전에 시립하는 것을 본 것도 그 무렵이었다. 아마도 대를 이어 혈랑곡주를 섬긴다는 그 충성스러운 노복이리라.

노복의 뒤를 이어 석대원에게 다가온 사람은 아이의 손을 잡은 노승이었다. 조금 더 자세히 표현하자면, 노승은 오른손으로 아이의 왼손을 잡고 있었고, 아이는 주위를 백광으로 환히 밝히는 등불을 오른손에 들고 있었다…….

……정말로 그런 줄로만 알았다. 또 하나의 석대원이 등장한 순간부터 양유현의 관심은 아이와 노승에게서 떠났으니까.

한데 가까이서 바라본 아이는 평범한 작은 아이가 아니었다. 아이는 등불을 들고 있지 않았다. 신비로운 새하얀 빛으로 주위를 밝히는 것은 등불이 아니라 아이 자체였다.

양유현은 얼빠진 눈으로 아이를 바라보았다. 신비로운 새하얀 빛에 휩싸인 채 끊임없이 흐르고, 진동하고, 명멸하면서 어떤 순간에도 명확히 파악되지 않는 그 아이는, 방금 목격한 두 명의 석대원만큼이나 비현실적인 분위기를 풍기고 있었다.

노승이 아이를 잡지 않은 왼손을 들어 남황맹주에게 독장례를 올렸다.

"귀인이 방문하신 줄 알고 있었지만 하던 일이 끝나지 않아 이제야 인사를 올리는구려."

남황맹주는 노승의 인사에 답례하는 것도 잊은 듯 빛나는 아이를 뚫어져라 내려다보다가 신음 같은 한마디를 흘렸다.

"바즈라-우파야……."

노승이 빙긋 웃었다.

"정신 나간 늙은 중이 지은 광주리가 아직 변변치 못해 이 개구쟁이를 완전히 담을 수 없었소. 사제들이 열심히 도와준다고 해도 앞으로 최소한 백 일은 더 붙들고 다녀야 할 텐데, 이렇게 쉴 새 없이 번쩍거리니 정신 나간 늙은 중이 밤잠이나 제대로 이룰 수 있을지 걱정이외다."

그러나 노승의 걱정이 빈말에 지나지 않다는 것은 금세 알 수 있었다. 아이는 흐르고, 진동하고, 명멸하는 얼굴로 노승을 올려다보았고, 노승은 마른 하관 가득 환한 미소를 떠올리며 그런 아이를 내려다보았다. 둘 사이의 교감이 어찌나 끈끈해 보이는지 진짜 조손지간이라도 저러지는 못할 것 같았다.

남황맹주는 그제야 노승에게 포권을 올렸다.

"오늘부터 벼락의 새롭고도 유일한 주인이 되신 적인 대사시군요."

노승, 적인이 왼손을 가볍게 내저었다.

"아니외다. 아직 완전히 담지도 못했거니와, 백 일이 더 지나서 완전히 담을 수 있게 된다고 해도 정신 나간 늙은 중이 이 개구쟁이를 독차지하는 일은 없을 것이외다."

남황맹주가 고개를 갸웃거렸다.

"독차지하지 않는다는 말씀은 누군가와 나눌 수도 있다는 뜻으로 해석해도 될는지요?"

적인이 다시 한 번 손을 내저었다.

"귀인은 용 같은 인물이거늘 어찌 정신 나간 늙은 중이 지껄이는 말을 해석하려고 애를 쓰시오?"

남황맹주는 적인을 바라보고, 적인의 손을 꼭 붙잡은 채 그가 걸친 주황색 가사에 매미처럼 달라붙어 있는 빛나는 아이를 내려다보고, 그 옆자리에 장대한 몸을 바위산처럼 세우고 있는 석대원을 올려다본 다음, 고개를 절레절레 흔들었다.

"말로는 바즈라-우파야에 욕심이 없다고 거듭 밝혔지만, 쟁선을 추구하는 자로서 어찌 강대한 힘에 욕심을 내지 않겠습니까. 하지만 이제는 정말로 포기하겠습니다. 대사의 말씀대로 저로서는 도저히 해석할 수 없으니까요."

적인이 고개를 주억거리며 말했다.

"과연 현명하시오."

"우부로서는 감당하기 힘든 말씀입니다."

적인에게 고개를 슬쩍 숙여 보인 남황맹주가 이번에는 석대원을 돌아보았다.

"당신은 소림과의 약속을 마침내 지켰구려."

석대원이 고개를 끄덕였다.

"그렇소."

남황맹주가 말했다.

"당신이 당신의 일을 모두 끝냈듯이 나도 이제 내 일을 모두 끝냈소. 묻고 싶은 것을 물었고, 보여 주고 싶은 것을 보여 주었고, 덤으로 바즈라−우파야의 영체靈體를 두 눈으로 보는 행운까지 누린 내가 더 이상 무엇을 바라겠소? 이제 우리에게는 헤어질 일만 남은 것 같구려. 혹시 내게 하고 싶은 말이 있다면 지금 하도록 하시오."

석대원은 잠시 생각하다가 말했다.

"부디 당신의 쟁선이 너무 난폭하고 너무 위험하지 않기를 바라오."

남황맹주는 픽 웃었다.

"맹수가 양을 잡아먹는 것이 악하기 때문이라고 생각하시오? 나는 악인이 아니오. 나 또한 내 쟁선이 너무 난폭하고 너무 위험하지 않기를 바라고 있소. 하지만 세상은 넓고 쟁선을 추구하는 맹수들은 많소. 당신의 바람은, 그리고 내 바람은 그저 바람으로만 끝날 것 같구려."

이 대목에서 어깨를 한 번 으쓱거린 남황맹주가 낯빛을 엄숙히 하여 말을 이었다.

"나도 당신에게 하고 싶은 말이 있소. 당신은 두 번 다시 세상에 나오지 않겠지만, 부쟁선의 일맥은 그러지 않을 것임을 아오. 나는 내가 경계해야 할 목록의 가장 윗줄에 부쟁선의 일맥을 올려놓았소. 잊지 마시오, 석대원. 나는 부쟁선의 일맥을 주목할 것이오."

석대원이 대답했다.

"잊지 않겠소."

남황맹주가 엄숙한 표정을 풀더니 쾌활한 홍소를 터뜨렸다.

"하하! 여러모로 의미 있는 시간이었소. 작별이 길면 미련만 커지는 법. 불청객은 이만 물러가리다."

이 말이 끝난 순간 그 자리에서 사라진 남황맹주는 양유현의 바로 뒤에서 모습을 드러냈고, 놀란 양유현이 고개를 돌려 확인하기도 전에 그의 양 겨드랑이를 두 손으로 받쳐 올리며 밤하늘 높이 날아올랐다.

쟁선자는 그렇게 떠났다.

남은 것은 부쟁선자의 탄식뿐.

적인이 탄식했다.

"쟁선의 이야기가 이렇게 이어지는구려."

석대원이 탄식했다.

"인간의 역사가 다하지 않는 한 언제까지고 이어지겠지요."

심각한 공황에 빠진 패륵의 내면에서 거대한 절규로 끊임없이 메아리치는 질문 하나는 '거경 제초온이 왜 지금 이 소실산에서 얼쩡거리고 있는가?'였다. 그 질문에 대한 해답을 얻기 전에는 지금 자신에게 몰아닥친 이 해일 같은 불운을 도저히 받아들일 수 없을 것 같았다.

패륵은 홍두깨 같은 주먹 한 방으로 자신의 앞니를 왕창 날려 버린 제초온이 그길로 비각을 떠나 이 차 곤륜지회가 열리는 곤륜산으로 갔다는 사실을 알고 있었다. 거기서 우육탕을 거하게 한 솥 끓여 이 차 곤륜지회의 참가자들에게 대접했다는 얘기를 들었는데, 요리사와도 거리가 멀고 아첨꾼과는 더더욱 거리가 먼 제초온이 무슨 이유로 그런 기행을 벌였는지는 지금까지도 의문으로 남아 있었다. 이후 제초온이 어디로 갔고 무엇을 했는지에 대해서는 아는 바가 전혀 없었다. 몰락한 비각을 뒤로하고 서장으로 달아난 패륵에게는 아두랍찰의 치열한 생존경쟁에서 살아남는 일이 최우선 과제였고, 국경 너머로 들려오는 동방 강호의 소식에 소홀했던 것은 어쩔 수 없는 일이었다.

아무리 그래도 소실산이라니!

하는 말을 들어 보니 저 계곡 안쪽 어딘가에서 폐관 수련을 한 모양인데, 천하제일의 마두로 불리던 자가 소림사를 지척에 둔 이곳을 수련 장소로 삼았다니, 패륵으로서는 납득하기 힘든 일이 아닐 수 없었다.

그래서 패륵은 바들바들 떨리느라 좀처럼 열리려 하지 않는 입술을 억지로 열어 제초온에게 물어보았다.

"유, 육비영은 하필이면 왜 이 소, 소실산에서 폐관 수련을 한 거요?"

제초온은 벗은 상반신에 낡고 더러운 등거리를 걸치고 있었다. 본래부터 등거리는 아니고, 평범한 상의—모양새가 그렇다는 것이지 크기는 무지막지하게 컸다—의 팔소매가 떨어져 나간 탓에 그렇게 보이는 것이었다.

"내가 왜 그것을 법왕에게 가르쳐 줘야 하오?"

제초온이 등거리의 해진 어깨 부분 위로 나무둥치처럼 굵은 목—어째 예전보다 더 굵어진 것 같다—을 삐딱하게 기울이며 패륵에게 반문해 왔다.

"왜라고 물으신다면…… 꼭 가르쳐 줘야 할 이유는 없다고 하겠지만…… 그렇다고 가르쳐 주면 안 될 이유도 없다고 할 수 있지 않겠소이까, 육비영?"

패륵은 감히 제초온과 눈길을 마주치지 못하고 자신의 눈높이에서만 눈알을 이리저리 굴리며 소심하게 항의했다. 덕분에 제초온의 하의 역시 상의만큼이나 낡고 더러운 상태며, 허벅지 아래가 떨어져 나가 바위 같은 무릎과 기둥 같은 장딴지를 고스란히 드러내고 있음을 알게 되었다. 게다가 징그러울 만큼 굵고 꼬불꼬불한 다리털들은 왜 저리도 울창한지!

"듣고 보니 법왕의 말씀이 옳소, 가르쳐 줘야 할 이유도 없지만 가르쳐 주면 안 될 이유도 없겠지. 좋소, 한솥밥을 먹던 옛 정을 생각해서 내가 특별히 가르쳐 주리다."

제초온이 말했다. 패륵은 반색을 하며 고개를 들었다.

"고, 고맙소이다!"

"이깟 일로 뭘 고맙기까지."

패륵의 얼굴을 굽어보며 빙긋 웃은 제초온이 왼손 엄지손가락을 어깨 위로 들어 뒤쪽을 가리켰다.

"저 계곡 안에는 한혈풍동寒穴風洞이 있소."

"한혈풍동?"

"사시사철 냉기가 감돌며, 바람이 몰아치는 동굴이라서 그렇게 이름 지었소. 나는 그 한혈풍동에서 약 삼 년간 폐관 수련을 했고, 오늘 밤 마침내 선조의 무공을 완성했소."

"육비영의 선조라면……."

패륵은 눈을 끔벅였다. 제초온에게 꽤나 대단한 선조가 있다는 얘기는 언젠가 들어 본 적이 있었다.

제초온이 패륵의 불명한 기억을 도와주었다.

"내 오 대조는 북송 시대에 '적을 잊은 자', 즉 망적인忘敵人이라는 별호로 불리던 제대곤齊大鯤이란 분이오. 장부의 뜻을 칼 한 자루에 담아 구주천하를 종횡하시던 전설적인 도객이셨소. 그러니까……."

제초온은 말을 하다 말고 오른쪽 어깨를 슬쩍 튕겨 올렸다. 그 위에 걸려 있던 청강참마도의 거대한 칼날이 섬뜩한 반월을 그리며 허공으로 솟구쳤다. 그는 왼손으로 움켜잡은 칼자루의 아랫부분을 옆구리 아래로 잡아당기며, 허공에 솟구쳤다가 아래로 떨어지는 칼자루의 윗부분을 오른손으로 감아 잡고는 가슴 높이에서 힘차게 휘둘렀다.

부아아아앙!

"힉!"

패륵은 혼비백산하며 머리를 납작 처박았다. 그저 칼 한 번 휘둘렀을 뿐인데, 산천초목을 진저리치게 만드는 저 굉장한 바람 소리는 대체 무엇이란 말인가!

폭음 같은 파공성을 동반한 엄청난 광풍이 그 일대를 한바탕 휩쓸고 지나간 뒤, 제초온은 청강참마도의 둥그스름한 자루 끝으로 패륵이 엎드린 바위를 쿵 내리찍었다.

"내가 익힌 이 풍백도법이 망적인 공의 작품이오."

상대의 호응을 바란 듯 제초온은 이 대목에서 말을 멈추고 기다려 주었지만, 패륵은 화강암 바위 위에 사발만 한 구멍을 내며 뚫고 들어간 청강참마도의 자루 끝만 바라볼 뿐이었다.

잠시 후 제초온의 말이 이어졌다.

"한데 망적인 공께서 은거하시기 전 후손들에게 남긴 비급은 아쉽게도 후반부가 미완인 상태였소. 공의 아들과 손자와 증손 자와 고손자는 미완인 후반부를 보완하기 위해 온갖 노력을 기 울였지만, 결국은 완성되지 못한 상태로 공의 오 대 후손인 내 게로 전해졌소. 자연, 그분들이 이루지 못한 염원 또한 내 어깨 에 지워졌소……. 어이, 법왕, 사람이 말을 하는데 계속 그렇게 고개를 처박고 있을 거요? 옳으면 옳다, 그르면 그르다, 재미있 으면 재미있다, 재미없으면 재미없다, 뭐든 추임새가 따라붙어 줘야 말하는 사람도 흥이 날 거 아니오. 내 얘기가 듣기 싫으면 말만 하시오. 두 번 다시는 어떤 얘기도 듣지 못하게 만들어 줄 테니까."

패륵은 제초온의 협박이 끝나기 무섭게 고개를 번쩍 치켜들 고 소리쳤다.

"드, 듣고 싶소! 나, 나는 남의 이야기를 듣는 것을 아주 좋아 하는 사람이오!"

제초온이 픽 웃었다.

"이야기를 좋아하면 가난해진다던데, 법왕의 말년 재복이 심 히 걱정되는구려. 본래 하인의 재복은 주인에게 달린 셈이니까."

'하인'과 '주인'이란 단어가 주는 기묘한 어감이 패륵의 마음 을 가시처럼 찔렀지만, 제초온은 그것에 대해 더 이상 언급하지 않고 하던 이야기를 이어 나갔다.

"……계속하리다. 나도 둔재는 아니라서 조상으로부터 물려 받은 미완의 풍백도법을 완성해 보려고 나름대로 노력해 보았소. 하지만 쉽지 않더구려. 도법의 경지가 올라갈수록 풍백의 바람은 점점 거세졌지만, 그 이상의 단계로는 나아가지 않는 것이었소.”

패륵은 제초온의 이야기에 귀를 기울이는 한편, 상대가 바라는 추임새를 넣을 적기가 언제인지 포착하기 위해 신경을 바짝 곤두세웠다.

“뭐, 솔직히 고백하면, 그 정도로도 충분하지 않을까 자만한 적도 있었소. 내가 오른 ‘대풍大風의 경지’만으로도 천하를 오시하는 데는 부족함이 없었으니까. 하지만 내 그런 자만은 십수 년 전 비각에 처음 들어가던 날 여지없이 무너져 버렸소. 그날 나는 인검원에 웅크리고 있던 검왕을 찾아가서 한판 붙었는데, 아, 이런 제길, 찍소리도 못 할 정도로 박살이 나 버린 거요. 그러자 덜컥 걱정이 들더구려. 야, 이거 안 되겠다, 이러다 약골 취급을 받을지도 모르겠다…….”

그 대목에서 패륵이 힘차게 추임새를 넣었다.

“말도 안 되오! 육비영이 약골이라니!”

제초온은 고개를 끄덕였다.

“음, 방금 것은 꽤 괜찮았소. 이 제초온이 약골일 리는 없으니까. ……계속하리다. 그런 걱정은 곤륜산에서 강동 제일인을 만난 뒤로 더 커졌소. 검왕이야 자존심을 조금 죽이고 원래부터 천외천의 고수였다고 여기면 그만이지만, 강동 제일인은 내 입장에서 볼 때 새까만 후배가 아니겠소? 연전에 한번 붙어 보기도 했지만, 결코 나보다 상수라고는 인정할 수 없었소. 그 뒤 군조 영감쟁이를 일 검으로 꺾었다는 소문은 들었지만, 독만 빼면 미친 늙은이에 불과한 군조 따위는 나한테도 한 칼 감밖에 안 되거든. 그래서 곤륜산에서 강동 제일인을 다시 만났을 때도 자신이 있었소. 자식, 네가 머리 좀 컸다고 해도 나한테는 아직 안 돼……. 그런데 웬걸. 일 년 반 만에 다시 만난 그 새까만 후배가 나로서는 감히 올려다보기도 힘든 고수로 성장해 있더란 말이오."

그 대목에서 패륵이 다시 추임새를 넣었다.

"말도 안 되오! 일 년 반 만에 그런 고수로 성장하다니!"

제초온은 눈살을 찌푸렸다.

"실제로 그랬다는데 뭐가 말도 안 된다는 거요? 내가 거짓말 이라도 했다는 거요?"

바위를 뚫고 들어간 청강참마도의 자루 끝이 슬그머니 위로 올라가는 것을 본 패륵은 허예진 얼굴로 고개를 저었다.

"아니, 그게 아니라……."

"아니면 뭐요?"

할 말이 궁해진 패륵은 고개를 푹 떨구었다.

"……미안하오. 내가 잘못했소."

제초온이 말했다.

"다음에는 주의하시오. ……계속하리다. 그날부터 나는 고민 했소. 무조건 지금보다 강해져야 한다, 이십 년간 정체해 있는 '대풍의 경지'를 반드시 뛰어넘어야 한다는 생각이 머리를 떠나 지 않았소. 하지만 나는 '대풍의 경지' 너머로 가는 길에 두껍고 단단한 벽이 가로막혀 있다는 사실을 너무도 명확히 알고 있었 소. 비각 시절부터 그 벽을 깨트리기 위해 무진 노력했지만, 그 어떤 시도도 제대로 된 성과를 거두지는 못했소. 나는 조급해졌 소. 저 벽을 어떻게 깨트린다? 대체 어떻게? 그때 곤륜산에서 만난 무당파의 늙은 말코가 한 말이 떠올랐소. 미치광이의 몰입 이 때로는 벽을 깨트리는 쇠망치가 되기도 한다는 말. 눈치를 보아하니 늙은 말코도 비슷한 방법으로 효과를 본 모양이었소. 그래서 나는 완전히 미쳐 보기로 마음먹었소."

그 대목에서 패륵은 세 번째로 추임새를 넣었지만, 앞선 두 번과 달리 기운차지는 못했다.

"마, 말도 안 되오."

제초온은 벌컥 짜증을 부렸다.

"법왕은 그 소리밖에 할 줄 모르오? 또 뭐가 말이 안 된다는 거요?"

패륵이 자신 없는 목소리로 웅얼거렸다.

"벽을 깨트리는 것은 좋지만, 그래도 미치면 곤란하지 않겠소?"

홉뜬 고리눈으로 패륵을 노려보던 제초온이 어느 순간 한숨을 푹 내쉬었다.

"법왕을 탓해 무엇하겠소? 어물전에서 도자기를 찾은 내 잘못이 큰 것을. ……계속하리다. 나는 마음 놓고 미칠 만한 장소를 찾아 온 천하를 헤매었소. 그러다가 마침내 이 계곡에 한혈풍동이 숨겨져 있다는 사실을 알게 되었소. '대풍의 경지'의 다음 경지이자, 오 대조이신 망적인 공 이후 우리 가문에 절전된 풍백도법의 후반부이기도 한 '익풍匿風의 경지'는 이름 그대로 바람을 감추는 경지라고 할 수 있소. 바람을 감추는 법을 터득하기 위해서는 칼바람이 밤낮없이 몰아치는 한혈풍동이 제격이었소. 게다가 동혈 깊숙한 곳에서 흘러나오는 한기는 광기의 외줄에 올라탄 나로 하여금 제정신을 유지할 수 있는 청량제 역할을 해 주었소. 그래서 나는 여러 해 동안 달고 다니던 오줌싸개하인도 쫓아 버리고 한혈풍동에 틀어박혀 풍백도법의 요체이기도 한 투지에 미친 듯이 몰입했소. 그리고 바로 오늘 밤, 마침

내 내가 익풍의 경지에 올라섰음을 확신하게 되었소. 그래서 폐
관을 끝내고 이렇게 나온 거요. 자, 어떻소?"

어떠냐고? 뭐가?

잠깐 고민하던 패륵은 엎드려 있던 바위를 박차고 일어나 손
뼉을 치기 시작했다.

짝짝짝짝짝!

제초온이 굵은 입술로 큼직한 미소를 지었다.

"이번 것이 제일 좋았소."

"저, 정말이오?"

"그렇소. 나는 법왕이 꽤나 괜찮은 사람이라는 것을 오늘에
야 알게 되었소."

패륵은 과분한 칭찬을 들은 소년처럼 얼굴을 붉혔다.

"우리 사이에 무슨 그런 간지러운 말까지……."

하지만 이어진 제초온의 말은 소박한 기쁨에 들떠 있던 패륵
을 아득한 나락으로 떨어뜨려 버렸다.

"그래서 나는 오줌싸개를 대신해 오늘부터 법왕을 하인으로
데리고 다니기로 결정했소."

"에?"

"하루에 다섯 끼를 먹는다는 점과 그중 한 끼는 반드시 고기
반찬이 포함되어야 한다는 점을 제외하면, 그리 까다로운 주인
은 아니라는 것을 보장하오."

"에?"

"그리고 이 나라의 법에 따르면, 하인이 가진 모든 재산은 주
인에게 귀속된다고 했소. 아까 보니 바위에 엎드릴 때마다 쩔꺽
쩔꺽 소리가 울리더구려. 승포 안쪽에 뭔가 값나가는 물건을 숨
겨 둔 모양인데, 좋은 말로 할 때 어서 내놓으시오."

"에?"

패륵은 자신의 얼굴 앞으로 척 내밀어진 제초온의 크고 굵은 털에 뒤덮이고 굳은살이 촘촘하게 박인 손바닥을 멀거니 내려다보다가 더듬더듬 물었다.

"지, 지, 진담이오?"

패륵의 질문에 제초온이 인상을 우그러뜨리며 반문했다.

"뭐가 진담이냐는 거요? 법왕을 하인으로 삼겠다는 말이?"

패륵은 고개를 끄덕였다.

"내가 하루 다섯 끼를 먹는다는 말이?"

패륵은 고개를 끄덕였다.

"하인이 가진 재산에 대해 주인으로서 적법한 권리를 행사하겠다는 말이?"

패륵은 고개를 끄덕였다.

"물론 모두 진담이오. 나, 제초온은 농담을 남발하는 실없는 사람이 아니오."

'안 돼!'

마음속으로 절규를 터뜨리는 패륵의 등 뒤로 맹수처럼 번득이는 눈길을 보내며, 제초온이 차갑게 덧붙였다.

"하물며 공증인이 지켜보는 엄숙한 자리라면 더더욱 그렇소."

제초온이 말한 공증인이 누구인지는 곧바로 밝혀졌다.

"아미타불."

등 뒤에서 낭랑한 불호가 울렸다. 그 불호에는 듣는 이의 심신을 안정시켜 주는 기이한 힘이 담겨 있었다. 패륵은 고즈넉한 불당에 홀로 앉아 먼 종루에서 울리는 은은한 범종 소리를 듣는 듯한 기분에 사로잡혔다.

'누구……?'

패륵은 코앞에 천하제일 마두를 두고 있다는 사실도 잊은 채 홀린 듯한 얼굴로 뒤를 돌아보았다. 그의 후방으로 이 장쯤 떨어진 너럭바위 위, 회색 승포 위에 주황색 가사를 걸친 장년 승려 하나가 붓으로 그린 듯한 고아한 자세로 서 있었다. 옥처럼 준미한 그 장년 승려가 소림사에서 나온 인물임을 알아보는 것은 그리 어렵지 않았다. 왼손을 눈높이로 들어 올려 소림사 특유의 독장례를 취하고 있는 것만 봐도 짐작할 수 있는 일이었다.

제초온이 장년 승려를 향해 인사를 던졌다.

"오랜만이구려, 적송 대사."

'적송이라고?'

장년 승려를 바라보던 패륵의 눈이 휘둥그레졌다. 패륵은 적송이라는 짧은 법명 앞에 얼마나 장려한 수식어들이 붙어야 하는지 알고 있었다. 옥나한, 소림사의 최고 고수, 당금의 불문 제일인……. 하지만 서역에서는 전설적인 주행칠보로써 백사흑마파의 업왕을 굴복시킨 자로 더욱 유명했다.

장년 승려, 적송이 제초온에게 답례했다.

"오랜만에 뵙는군요. 출관을 축하드립니다, 제 시주."

제초온은 눈살을 찌푸렸다.

"어째 대사는 소림의 턱밑이나 다름없는 이곳에서 나를 보고서도 별로 놀라지 않는 것 같소."

적송은 온화하게 웃으며 대답했다.

"소승의 사형 중에는 천기를 읽을 줄 아는 분이 계십니다. 그분께서 말씀하시더군요, 오늘 밤 바람의 계곡이 열리고 풍신風神한 분이 세상으로 나오실 거라고. 그러시면서, 폐사를 찾아오신 손님 중 한 분이 풍신을 만나 회포를 풀고 있을 테니, 자리가 파하는 대로 그 손님을 소림으로 모셔 오라는 명을 내리셨습니다."

"회포?"

고개를 슬쩍 갸웃거린 제초온이 픽 웃었다.

"그런 것 같기도 하오. 오랫동안 사람 구경을 못 해서인지, 미운 마음보다는 반가운 마음부터 일어났으니까. 오죽하면 하인으로 삼아 데리고 다니겠다는 말까지 했겠소?"

"아까 하신 말씀은 소승도 들었습니다. 다만 사형의 명이 지엄한지라, 제 시주께 어려운 부탁을 드릴 수밖에 없는 소승의 입장을 이해해 주시기 바랍니다."

적송은 제초온에게 고개를 숙이며 덧붙였다.

"바라건대 소승이 저분을 모셔 갈 수 있도록 허락해 주십시오."

제초온은 그런 적송을 잠시 바라보다가, 무슨 생각을 떠올렸는지 양쪽 어금니가 모두 드러나는 섬뜩한 미소를 지었다.

"하긴, 내가 소림의 옥나한에게 바라는 것은 재미없는 공증인 노릇 따위가 아니었소."

적송이 고개를 들었다.

"본시 탁발을 하려면 바리때를 내밀어야 하는 법이지요. 소승도 공 없이 녹을 받을 생각은 없었습니다."

적송의 청수한 얼굴 위로 소실산처럼 깊고 웅장한 기운이 어렸다.

제초온과 적송 사이에는 패륵이 서 있었다. 고개를 앞뒤로 번갈아 돌리면서 두 사람의 대화를 듣고 있던 패륵은 어느 순간 강剛과 유柔로 극명하게 대비되는 두 가지 기운이 전신을 압박해 오는 것을 느꼈다. '이게 뭐지?' 하고 생각하는 사이에 호흡이 턱 막히고, 양쪽 고막 바로 밑에서는 파도 소리를 닮은 이명이 쏴아쏴아 맴돌기 시작했다.

제초온이 바위에 박아 두었던 청강참마도를 천천히 뽑아내며 패륵에게 말했다.

"법왕은 거기서 얼른 비키는 게 좋을 거요."

저 말에 무조건 따라야 한다는 점에는 이견의 여지가 없었다. 안 그랬다가는 납작 짜부라진 육포 신세가 되게 생겼으니까.

"으으."

앞뒤로 밀려오는 상반된 기세에 짓눌려 물 밖으로 끌려나온 물고기처럼 입만 뻐끔거리던 패륵은 젖 먹던 힘까지 짜내어 옆으로 비켜섰다. 다음 순간, 한 줄기 세찬 바람이 그가 서 있던 자리를 가르고 지나갔다.

부아아아앙!

그 바람에 떠밀려 허공으로 날아오른 패륵은 십여 걸음 떨어진 곳에 이르러서야 겨우 두 발바닥을 바위에 붙일 수 있었다. 패륵이 두 팔을 버둥거리며 몸의 중심을 가까스로 잡는 동안, 멀찍이 떨어진 너럭바위에서는 천하에서 가장 패도적인 마두와 천하에서 가장 온화한 나한이 자신들의 실체와 잔상으로 거대하면서도 중첩된 나선을 만들어 내고 있었다.

"으하하하!"

마두는 바람의 주재자였다.

그의 도법은 바람을 피워 내고 피워 내고 피워 내고 피워 내고 피워 내고 피워 내더니, 어느 순간 모든 기세를 일제히 감추며 주위를 지옥 같은 무풍지대無風地帶로 만들어 버렸다.

"아미타불!"

나한은 연꽃의 화신이었다.

그의 보법은 연꽃을 밟아 내고 밟아 내고 밟아 내고 밟아 내고 밟아 내고 밟아 내더니, 어느 순간 모든 조화를 일제히 접으며 주위를 극락 같은 연화세계蓮花世界로 만들어 버렸다.

"아! 아아!"

탄성을 멈출 수가 없었다. 세인들은 전혀 알지 못할 이 놀랍고도 신비한 대결을 지켜보면서, 패륵은 참으로 오랜만에 자신이 무인이었다는 사실을 자각했고, 자신의 혈관 속에 아직도 무인의 뜨거운 피가 흐르고 있다는 사실을 자각했다.

그러나 비루하고 교활한 늙은 중의 몸 안에서 긴 세월 동면하다 이제 막 깨어난 무인으로서는 너무나 아쉽게도, 제초온과 적송의 대결은 딱 일곱 합 만에 끝나 버렸다.

도법을 거둔 마두가 세 걸음 뒤로 물러난다. 무풍지대로 바람이 스며든다.

보법을 거둔 나한이 세 걸음 뒤로 물러난다. 연화세계로 속기가 들어찬다.

마두와 나한이 서로를 마주 보았다. 마두는 거도를 눈높이로 들어 올림으로써, 나한은 왼손을 눈높이로 들어 올림으로써 상대에게 경의를 표했다.

적송이 말했다.

"이제 제 시주의 도법은 바람 그 자체가 된 것 같습니다. 제 시주께서 칼을 거두지 않으셨다면 소승은 무척 곤란해졌을 겁니다."

제초온이 코웃음을 쳤다.

"대사 같은 분도 농담을 할 줄 아시오? 나는 대사의 주행칠보가 이미 또 다른 경지로 접어든 것을 알 수 있었소."

적송이 고개를 갸웃거렸다.

"하면 도를 거두신 까닭은 무엇인지요? 제 시주께서는 천하에서 가장 싸움을 좋아하시는 분이 아니었던가요?"

제초온이 어깨를 으쓱거렸다.

"대사와 제대로 맞붙기 위해서는 이번 폐관 수련을 통해 얻은 '익풍의 경지'를 드러내지 않으면 안 될 것 같다는 생각이 들었소. 실제로 그렇게 함으로써 대사의 주행칠보가 어디까지 이르렀는지 확인해 보고 싶은 마음도 굴뚝같았소. 하지만 내가 '익풍의 경지'를 가장 먼저 보여 주고 싶은 사람은 아쉽게도 대사가 아니었소. 그래서 칼을 거둔 것이오."

적송이 잠시 생각하다가 말했다.

"제 시주는 강동으로 가실 작정이군요."

제초온이 고개를 끄덕였다.

"물론이오."

"방금 폐관을 마치고 나오셨는데, 너무 빠른 것은 아닐는지요?"

"오히려 너무 늦었다고 해야 할 거요. 그 친구와의 약속을 지키기 위해 십 년도 넘는 세월을 돌아왔으니까."

제초온은 수중의 청강참마도를 한 바퀴 멋들어지게 휘돌리더니 어깨에 턱 걸어 메었다.

"아까는 놀리고 싶은 마음에 진담이라고 했지만, 비쩍 곯은 데다 못생기고 요리도 할 줄 모르는 늙은 중을 하인으로 삼아 무엇에 쓰겠소? 데리고 다니는 동안 내 속만 터지리라는 것은 불 보듯 뻔한 일 아니겠소? 하여, 소림으로 잡아가서 끓여 먹든 구워 먹든 나는 일절 상관하지 않을 테니, 늙은 중의 처리는 대사가 알아서 하시오."

적송이 패륵에게 독장례를 올렸다.

"아미타불, 제 시주의 양보에 소림을 대표하여 감사드리는 바입니다."

"알뜰도 하시지, 쓰레기를 버리는 것도 양보라니."

흐흐, 웃은 제초온이 멀찍이 계곡 바닥이 끝나는 곳에 서서 자신을 바라보고 있는 패륵에게 손을 흔들어 보였다.

"아까 놀린 것은 사과하리다. 오랜만에 만나 반가운 마음에 장난 한번 친 것이니 너무 서운히 생각지는 마시오."

말이 끝난 순간 제초온은, 마치 남자의 작별은 이렇게 담백해야 한다는 것을 보여 주기라도 하듯 주저 없이 몸을 돌렸고, 길고 굵은 두 다리를 성큼성큼 놀려 계곡 아래쪽으로 멀어져 갔다.

어둠 속으로 사라지는 제초온의 뒷모습을 멍하니 바라보던 패륵은 불현듯 자신의 처지를 깨달았다. 그는 자신을 향해 다가오는 적송에게 떨리는 목소리로 물었다.

"보, 본 좌를 소림으로 잡아가겠다고 했소?"

적송이 온화하게 웃으며 대답했다.

"잡아가다니요, 소승이 폐사를 찾아오신 귀빈께 어찌 그런 무례를 범하겠습니까. 소승의 사형께서는 소승에게 예의를 갖춰 법왕을 모셔 오라고 명하셨습니다."

패륵이 다시 물었다.

"본 좌가 거부할 수는 없는 거요?"

적송의 얼굴에 난색이 떠올랐다.

"소승으로서는 법왕께서 그러시지 않기를 바랄 뿐입니다."

패륵은 적송의 저 대답을 '거부할 수 있다'는 뜻으로 받아들일 만큼 순진하지 않았다.

"거부할 수 없다면 잡아가는 것과 뭐가 다르단 말이오? 당신들, 설마 탑림에서 벌어진 일 때문에 나까지 잡아 두려고 하는 건 아니오? 분명히 말하거니와, 나는 결백하오! 나는 그곳에서 아무 죄도 짓지 않았단 말이오!"

지레 겁을 먹은 패륵은 스스로를 변론하기 위해 목소리를 높였다. 적송이 고개를 갸웃거렸다.

"탑림에서 벌어진 일이라니, 소승은 법왕께서 무슨 말씀을 하시는지 잘 모르겠습니다. 게다가 탑림은 소승의 사백께서 기거하시는 곳입니다. 거기서 벌어지는 일에 대해서는 폐사의 현 방장인 해운海雲 사질도 간여하지 않는 게 요 몇 년 관행이 되었지요. 그러니 법왕께서는 오해를 푸시기 바랍니다."

"하면 그 일 때문이 아니란 말이오?"

"그렇습니다."

"그럼 무엇 때문에 나 같은 사람을……."

패륵은 말을 하다 말고 갑자기 울컥해졌다. 오늘 밤 그가 겪은 모든 사건들이 주마등처럼 스쳐 지나갔기 때문이다.

붉은 노을을 바라보며 붉은 꿈에 잠기고, 남황맹의 암군주를 따라 소림에 잠입하고, 문수전에서 이 대 혈랑곡주를 만나고, 좌절하고, 달아나고, 탑림에서 외눈박이 청소부를 만나고, 다시 좌절하고, 다시 달아나고, 길을 잃고 산속을 헤매고, 모든 것을 버린 새 삶을 희망하고, 그 삶이 신기루에 불과하다는 점을 깨닫고, 또다시 좌절하고, 그러다가 목이 말라 물소리에 이끌리고, 이 계곡을 발견하고, 감로수처럼 다디단 물에 희열을 느끼고, 거경 제초온을 만나고, 놀라고, 의아해하고, 조롱당하고, 비루해지고, 왜소해지다가…… 이제는 소림의 수중에 떨어지는 신세가 된 것이다.

패륵은 금방이라도 흘러내릴 것 같은 얼굴로 적송에게 물었다.

"……소림에서는 나 같은 사람을 대체 왜 데려가려 한단 말이오?"

적송이 대답했다.

"오늘 밤 소승의 사형은 가장 강력한 법기法器이자 항마방편降魔方便인 바즈라−우파야를 얻는 데 성공하셨습니다. 사형께서는 당신이 얻은 바즈라−우파야의 공덕을 만국의 종파들과 기꺼이 나누겠다고 하셨지요. 사형께서는 또 말씀하셨습니다. 이번에 서역에서 오신 손님들 중에는 오늘 밤 겪은 놀랍고도 기구한 사건들을 통해 업장의 깊은 면을 통찰하고 대각의 문턱에 서게 될 분이 있다고 말입니다. 사형께서는 그분과 더불어 백 일간 면벽의 수행을 쌓음으로써 바즈라−우파야의 공덕을 서역으로도 전파하시겠다고 하셨습니다."

일 년 전 '앞날을 보는 자', 판풋 왕은 병상에 누운 몸으로 다음과 같이 예언했다.

−낮이 가장 긴 날로부터 서른세 번째 태양이 저무는 날, 동방의 핏빛 늑대가 과거 천축으로부터 약탈해 간 성스러운 벼락이 실체를 갖추어 세상에 나타날 것이다.

−그 장소는 천축의 승려 보리달마가 동방에 처음으로 선법을 전한 소림사다.

−고난과 손해와 인내가 따르겠지만 결국 본 파는 바즈라−우파야를 얻게 될 것이다.

그 자리에 있던 투모룽곰의 대스승과 모든 제자들은 판풋 왕의 예언이 실현되리라는 점을 믿어 의심치 않았다. 하지만 자신들의 뒷전에서 따돌림을 당하듯 외따로 서 있던 비루하고 교활한 늙은 중이 그 예언의 중심에 서게 되리라는 점을 예상한 사람은 아무도 없었다.

심지어는 늙은 중 본인조차도.

적송이 패륵에게 독장례를 올리며 말했다.

"백 일 후 바즈라−우파야의 또 다른 주인이 되어 그 공덕을 서역 구석구석에 전파하실 분이 바로 법왕이십니다."

패륵의 얼굴은 오늘 밤 들어 네 번째로 노래지고 말았다.

第四餘 보물찾기

(1)

술에는 아무 문제가 없었다. 아니, 문제가 없는 게 아니라 향기만 맡아도 엄지손가락이 절로 올라갈 만큼 훌륭했다. 문제가 있는 건 술이 아니라, 젠장, 안주였다.

청년은 입가로 가져가던 왼손을 멈춘 뒤 엄지와 인지 사이에 끼워진 우중충한 빛깔의 육포를 노려보았다. 호식가이자 대식가로 유명한 부친과 달리 그는 식탐이 그리 많지 않은 편이었다. 부친 슬하에서 걸식을 하던 어린 시절에도 그랬거니와, 사부를 모시고 천지사방을 유랑하던 시절에 겪은 혹독한 경험들이, 배 속에 넣어 탈만 나지 않는다면 웬만해서 참고 먹는 좋은 습관을 길러 준 것이다. 하지만 그럼에도 이 육포는, 감숙성甘肅省으로 들어오기 직전 노상의 좌판에서 별생각 없이, 아니싼 맛에 구입한 이 빌어먹을 육포는 해도 해도 너무했다.

눈도 안 달린 육포와 잠시 눈싸움을 벌이던 청년이 탄식했다.

"이 가뭄에 누린내라도 맡는 게 어디냐. 감사히 여기고 먹자꾸나, 대만아."

청년, 우대만은 멈췄던 왼손의 움직임을 마무리했다. 그런 다음 다시 한 번 부과된 노역에 짜증을 내려는 이빨들을 다독여 가며 쇠심줄처럼 질긴 주제에 맛대가리라고는 하나도 없는 육포를 씹기 시작했다.

그러고 있자니 술에게 미안한 마음이 일었다. 오른손에 들린 죽통 안에 담긴 그 술은 어제 애늙은이 녀석과 헤어지는 과정에서 강탈하다시피 해서 얻어 낸 것이었다. 술이 훌륭한 것은 당연했다. 그것은 애늙은이 녀석의 모친—우대만이 숙모라 부르는—이 손수 빚은 본고장 소흥주였고, 그녀의 술 빚는 솜씨는 온 강호가 한목소리로 칭송해 마지않았으니 말이다. 대형 소리를 듣는 체면에도 불구하고 술을 놓고 가라고 억지를 부린 것도 바로 그 때문인데, 그런 명주 중의 명주를 이따위 육포 같지 않은 육포와 곁들이고 있다니…….

"허기가 원수로다."

고투를 벌이는 우대만의 이빨 사이로 또다시 탄식이 흘러나왔다. 배가 고프지만 않았던들, 종일토록 먹은 것이 감숙의 깔깔한 모래바람만이 아니었던들, 천하 주당들에게 지탄받아 마땅할 이런 짓은 하지 않았을 거라는 생각이 들었다. 그래도 이 육포 같지 않은 육포를 억지로라도 삼키고 난 뒤에 주어질 보상, 죽통 속의 향기로운 소흥주로 입가심할 수 있다는 기대감에 우대만은 좀처럼 벌리지 않으려는 목구멍을 힘주어 열어젖혔다.

꾸울꺽.

이빨을 괴롭히던 불쾌한 덩어리가 불쾌한 이물감을 동반한 채 목구멍 아래로 내려갔다. 젠장 소리가 절로 나왔다.

하지만 이제는 보상을 받을 시간.

우대만은 기쁜 마음으로 오른손에 든 죽통을 입가로 가져 갔다. 선주후효先酒後肴라 하여 술이 먼저고 안주가 나중인 게 음주의 일반적인 순서라지만, 좋은 일과 나쁜 일이 있으면 나쁜 일부터 처리하라는 사부의 가르침을 좇아 육포부터 먹어치운 그가 아니던가. 감질까지 날 만큼 기다렸던 본고장 소흥주를 이 제야 맛볼 수 있다는 생각에 그의 두 눈이 실처럼 게슴츠레해 졌다.

하지만 그렇게 게슴츠레해진 눈은 다음 순간 빠르게 깜빡거 릴 수밖에 없었다. 턱 밑까지 들어 올린 오른손이 별안간 허전 해진 것이다. 재차 삼차 확인해도 결과는 바뀌지 않았다. 그의 오른손은 텅 비어 있었다.

죽통은 어디로 간 걸까? 정확하게는, 죽통 안에 담겨 우대만 의 고단했던 하루를 위로해 줄 향기로운 소흥주는 어디로 간 걸까?

꿀꺽꿀꺽.

문제의 소흥주는 잔인하게도 다른 사람의 목구멍 아래로 넘 어가고 있었다. 왜소한 체격에, 머리에는 검은 면사가 달린 방 갓을 쓰고 몸에는 치수보다 커서 후줄근해 보이는 담황색 경장 을 입은 사람이었다. 언제인지 모르게 우대만 앞에 모습을 나타 낸 그 사람이 어떻게인지 모르게 우대만의 손에서 죽통을 가져 가더니 허락을 구하는 말 한마디 없이 자신의 배 속에다 기세

좋게 들이붓고 있었던 것이다!

우대만은 그 갑작스러움에 얼이 빠져 있다가 그 뻔뻔스러움에 불같이 분노했다.

"이 자식이!"

자리에서 벌떡 일어나기 무섭게 운단비설雲斷飛雪의 초식으로 양손을 번갈아 뻗어 방갓인을 공격한 것은 바로 그러한 분노의 발로인데, 이때 방갓인이 보여 준 대응은 공격을 한 우대만이 허탈해질 만큼 태연한 것이었다.

죽통의 주둥이를 여전히 입술에 붙인 채 깃털처럼 가벼운 몸놀림으로 훌쩍 뒤로 물러난 방갓인은 그제야 죽통을 내리며 우대만을 향해 말했다.

"사해가 동도라는데 술 한 모금 나눠 마신 걸 가지고 뭐 그리 화를 내고 그래요?"

"동도? 나는 너 같은 도둑놈을 동도로 둔 적 없다!"

일단 노성부터 버럭 지르고 다시금 방갓인을 향해 달려들려던 우대만은 문득 떠오른 생각에 행동을 멈추고 말았다. 상대의 목소리가 남자치고는 지나치게 가늘다는 점을 뒤늦게 알아차린 것이다.

"너…… 여자냐?"

대답 대신 죽통이 휙 날아왔다. 혹여 남은 술이 쏟아질세라 황급히 받았는데, 출렁거리는 무게감으로 미루어 다행히도 반 넘게 남아 있는 것 같았다. 제법 오래 나발을 분 것 같은데, 목구멍이 작은 걸까?

"술 향기가 좋아서 나도 모르게 손이 가고 말았네요. 하루 종일 달아나느라고 진짜 목말라 죽는 줄 알았거든요. 그래도 그렇지, 술 한 모금 마신 걸 가지고 도둑놈으로 모는 건 너무 심하잖아요."

방갓인이 항변했다. 다시 들어 보니 확실히 여자, 그것도 꽤 젊은 여자의 목소리였다. 음절과 음절 사이에 짧게 이어지는 기묘한 울림이 듣기 좋다는 느낌마저 들었다.

우대만은 방갓인을 바라보고, 들고 있던 죽통을 내려다보고, 다시 고개를 들어 방갓인을 향해 말했다.

"허락 없이 남의 물건을 가져가면 분명히 도둑놈이고, 여자라고 해서 도둑놈이 되지 말란 법은 없지. 너는 변명이 아니라 사과를 해야 마땅할 것이다. 안 그런가?"

사리에 딱딱 들어맞는 질타 앞에서도 방갓인은 사과하지 않았다. 대신 엉뚱한 질문을 해 왔다.

"근데 당신 얼굴엔 왜 그렇게 구멍이 많이 났죠? 그거 병인가요?"

우대만의 얼굴이 일그러졌다. 마맛자국도 구멍이라면, 얼굴에 구멍이 많이 난 것도 맞고 병 때문에 그런 것도 맞다. 하지만 내가 지금 저 소리를 왜 들어야 하는 거지?

"이봐, 묻고 싶은 게 있더라도 상대가 먼저 질문을 했다면 대답부터 하고 나서 묻는 게 예의라는 걸 모르는 모양이지?"

모르는 모양이었다.

"근데 왜 자꾸 반말이에요? 나이도 별로 많이 먹은 것 같지 않으면서."

그러니 저렇게 제 할 말만 하는 것이다.

"흐음."

우대만은 입술을 일자로 다물고 콧구멍으로 긴 숨을 내뿜었다. 그러고 보니 방갓인을 단매에 때려죽이려던 처음의 분노는 어느 결엔가 누그러져 있었다. 상대가 여자라서 그런가? 아니면 대거리랍시고 하는 말들이 하도 엉뚱해서 그런가? 명확한 이유가 뭔지는 우대만 본인도 알 수 없었다.

우대만은 방갓인을 바라보고, 들고 있던 죽통을 내려다보고, 이번에는 죽통 속의 술을 한 모금 마셨다. 본고장 소흥주의 그윽한 향기가 그의 마음을 조금 더 진정시켜 주었다. 그는 방갓인이 등장하기 전까지 엉덩이를 붙이고 있던 거대한 너럭바위의 모서리에 다시 걸터앉은 다음 멀찍이에서 자신을 바라보고 있는, 아, 얼굴을 면사로 가린 탓에 확인할 수는 없으니, 자신을 향해 서 있는 방갓인에게 손짓했다.

"이리 와 앉아라."

방갓인이 주위를 둘러본 뒤 손가락으로 자신을 가리켰다. 우대만이 고개를 끄덕였다.

"그래, 너."

방갓인이 의심 어린 목소리로 물었다.

"내가 왜 거기 앉아야 하죠?"

"하루 종일 달아났다며. 다리 아플 거 아냐."

이 말을 들었을 때, 방갓인의 좁은 어깨가 기다렸다는 듯이 아래로 축 늘어지는 것을 우대만은 놓치지 않았다. 사부가 강호에서 얻은 별호가 '모든 것을 듣는 귀'라면 우대만의 별호는 '모든 것을 보는 눈', 즉 '매의 눈[鷹眼]'이었다. 사람을 살펴 그 심신의 상태를 알아내는 것은 그에게 있어서 습관처럼 된 일이기도 했다.

이제는 완연히 피곤해 보이는 방갓인이 우대만을 향해 다시 물었다.

"거기 가서 앉으면 때리지 않을 거예요?"

내가 때리려고 했던가? 맞다, 때리려고 했다. 그것도 목숨만

붙여 놓을 정도로 무자비하게. 방금 벌어진 일인데 왜 잊어버렸을까? 불같이 분노하고, 쉽게 가라앉고. 평소 스스로를 냉정하고 침착하다고 여겨 왔던 우대만은 지금의 일탈이 의아하기만 했다.

어쨌거나 대답을 기다리는 방갓인에게는 대답을 해 줘야 했다.

"안 때릴게."

이 말을 듣고도 여전히 의심이 가시지 않는지 방갓인이 쭈뼛거리는 걸음으로 너럭바위 쪽으로 다가왔다. 한데 '매의 눈'으로 유심히 지켜보노라니 그게 의심 탓만은 아닌 듯했다. 방갓인의 걸음은, 심리 상태와는 무관하게, 어딘지 부자연스러워 보였다.

'절름발인가?'

하지만 조금 전 운단비설의 한 수를 피해 낼 때 보여 준 표홀한 몸놀림으로 미루어 그건 아닌 것 같았다. 게다가 사부의 지도 아래 안력과 청력을 부단히 수련해 온 우대만이 알아차리지도 못하는 사이에 나타나 소홍주가 든 죽통을 슬쩍해 간 날렵함은 절정의 신법을 가지지 않고선 구현하기 힘든 것이었다. 그런 신법 고수가 절름발이일 리 없지 않은가.

'절름발이가 아니면, 갑자기 종아리에 쥐라도 난 건가?'

우대만이 그런 생각을 하는 사이, 여전히 부자연스러운 걸음으로 다가온 방갓인이 그가 앉은 너럭바위의 반대편 끝에 엉덩이를 살짝 걸쳤다. 불신이 묻어나는 태도랄까. 정원의 나뭇가지 위에 잠시 내려앉아 언제라도 날아갈 준비를 마친 작은 새처럼 말이다.

우대만은 방갓인을 향해 들고 있던 죽통을 내밀었다. 방갓인은 그 죽통이 무슨 흉기라도 되는 양 몸을 움찔거렸다.

우대만이 말했다.

"많이 마시지는 않았더라. 더 마셔도 돼."

방갓인이 주저하다가 물었다.

"진짜 그래도 돼요?"

우대만은 고개를 끄덕였다.

방갓인이 오른손을 뻗어 죽통을 받아 갔다. 우대만은 죽통을 조심히 쥐어 가는 손가락이 정말 하얗다고 생각했다.

방갓인은 우대만에게서 돌아앉은 다음 왼손을 들어 면사의 하단을 들췄다. 그렇게 드러난 턱 선─모래바람에 약간 튼 입술 끝에서부터 시작해 체구에 비해 기다란 목 아래로 이어지는 선─은 손가락으로 따라 훑어 내리고픈 욕구를 불러일으킬 만큼 희고 부드러운 곡선을 이루고 있었다.

'처음 보는 여자한테 이 무슨 난잡한 생각이냐.'

이 광경을 애늙은이 녀석에게 들켰다면 군자가 어쩌고저쩌고 하며 한바탕 잔소리를 늘어놓았을 게 뻔했다. 제풀에 민망해진 우대만은 눈길을 얼른 앞으로 돌렸다.

꼴깍꼴깍.

아까에 비해 한결 다소곳해진 목 넘김 소리가 팔 두 개 거리를 두고 앉은 우대만의 귓전으로 흘러들어 왔다. 그 뒤를 이은 것은 작은 탄성인데,

"아, 맛있다! 진짜 좋은 술이네요. 우리 사모도 술 담그는 일이라면 일가견이 있는데, 사모가 담근 술보다 더 맛있는 거 같아요."

사모가 있다면 사부도 있다는 얘기였다. 하기야 그런 고명한 신법을 어린 나이에, 아, 이것 역시 확인되지 않았으니 젊은 나

이 정도로 하자, 젊은 나이에 독학 수련으로 얻기는 불가능할 터였다. 방갓인으로부터 죽통을 돌려받던 우대만은 갑자기 궁금해졌다. 저 여자의 사부는 누굴까? 저 여자는 어떤 문파 소속일까?

방갓인이 말을 이었다.

"그리고 우리 사모는 맛난 요리도 잘 만드는데……. 음, 안주도 잘 만들고……."

우대만의 눈치를 살피듯 말꼬리를 어물어물 뭉개는 품이 아마도 안주를 바라는 모양이었다.

'안주라.'

우대만은 갑자기 장난기가 발동했다. 보다 정확히는, 편히 쉬는 사람을 놀래게 만든 무례의 대가를 매가 아닌 다른 방식으로 치르게 해 주고 싶어졌다.

"안주가 아예 없는 건 아니지. 하지만……."

우대만은 방갓인과 마찬가지로 말꼬리를 뭉개며 엉덩이춤에 매달린 주머니에서 육포 한 장을 꺼냈다. 같은 날 같은 곳에서 구입한, 조금 전 그의 이빨을 고투하게 만든 이름만 육포인 그놈과 형제뻘 되는 놈이었다.

방갓인은 갈증뿐 아니라 허기에도 시달린 것 같았다. 이쪽에서 내밀기도 전에 재빨리 육포를 낚아채 면사 밑으로 허겁지겁 욱여넣는 모습만 봐도 능히 짐작할 수 있었다.

우대만이 바라던 반응은 면사 안에서 질겅거리는 소리가 한동안 울린 다음에야 나왔다.

"뭐가…… 이래……."

목소리가 불분명하게 들리는 것은, 입 안 가득 들어찼지만 목구멍 아래로 내려 보내는 데는 지대한 노력이 필요한 육포의 잔존물 탓이리라.

여자의 이빨은 아무래도 남자의 것보다 인내심이 부족했는지, 방갓인은 우대만의 이빨이 이겨 낸 고투를 일찌감치 포기했다. 상체를 구부리고 면사를 젖히더니 입 안 가득 들어차 있던 괴상한 덩어리를 에퉤퉤 뱉어 내는데, 덕분에 우대만은 상대에게 무례함의 대가를 치르게 했다는 만족감과 더불어 하나의 특전을 추가로 얻게 되었다.

그리고 그 특전이 우대만의 머리를 멍하게 만들었다.

'예쁘다.'

멍해진 머릿속에서 둥둥 떠다니는 생각은 오직 그것뿐이었다.

토하는 여자가 예뻐 보인다는 것은 신기한 일이 아닐 수 없었다. 하물며 우대만은 세상 물정 모르는 숫보기와는 거리가 멀었다. 싸돌아다니길 좋아하는 사부 덕에 나이에 비해 강호 경험을 월등히 많이 쌓아 어릴 적부터 애늙은이—강동의 애늙은이 녀석과는 전혀 다른 의미에서—란 소리를 달고 산 사람이 바로 우대만이니까. 대륙 각지를 전전하며 소위 미녀라는 여자들도 여럿 본 바 있는데, 그중 으뜸은 재작년에 보운장에서 독립하여 전대의 거부인 왕고 이래로 왕씨들의 전유물이었던 천하제일 거상의 자리까지 위협하는 상후商后가 분명하다고 확신했었다.

그런데 그 확신이 흔들리고 있었다.

저렇게 왝왝 토해 대고 있는 여자로 인해!

'내 눈에 뭐가 들어갔나?'

실제로 감숙은 눈에 들어갈 정도로 작은 무엇들이 아주 많이 날리는 지역이었다. 우대만이 이런 생각을 하며 자신의 눈을 비빌 즈음, 여자가 숙이고 있던 상체를 치켜세웠다. 그 바람에 아래로 흘러내린 면사가 얼굴을 가리고, 여자는 다시 방갓인으로 돌아갔다. 갑자기 몰려온 아쉬움이 우대만의 탄탄한 어깨에 작은 진저리를 만들어 냈지만, 우대만 본인은 그런 사실을 자각하지 못했다.

방갓인이 원망하듯 투덜거렸다.

"진짜 너무해. 이런 가죽 같은 걸 먹으라고 주다니."

우대만은 방갓인을 향해 손바닥을 내둘렀다.

"어어, 내 잘못은 아니라고. 나는 그 안주가 그다지 안주답지 못하다는 말을 해 주려고 했거든. 말을 끝까지 듣지 않은 건 전적으로 네 책임이야."

"그게 내 책임이라고요?"

방갓인이 면사 뒤에서 어떤 표정을 지었는지는 모르지만, 너럭바위에서 내려서서 양손을 허리에 척 얹는 품이 단단히 골난 것처럼 보였다.

"하기야 먹기엔 좀 힘든 놈이지. 그래, 힘들었을 거야. 자, 입이나 헹구라고."

조금 미안해진 우대만이 소흥주가 든 죽통을 다시 내밀었다. 하지만 방갓인은 죽통을 받는 대신 우대만의 얼굴을 빤히 바라보기만 했다. 검은 면사에 가려져 있지만 이번에는 분명히 그녀의 시선을 느낄 수 있었다. 그리고 우대만은 어릴 적부터 다른 사람이 자신의 얼굴을 빤히 바라보는 것을 싫어했다, 그것도 아주.

이유는 간단했다.

"곰보 처음 봐?"

우대만이 물었다. 방갓인은 대답 없이 우대만을 계속 바라보기만 했다.

우대만은 짜증이 났다. 반복해서 내뱉는 말에 그 짜증이 묻어 나간 것은 당연한 일이었다.

"곰보 처음 보냐고?"

방갓인이 갑자기 어깨를 부르르 떨었다. 그러더니 주춤주춤 뒷걸음질을 치며 작게 중얼거렸다. 남에게 들릴 정도의 소리는 아니었으므로 아마도 혼잣말을 한 것 같은데, 남들보다 월등한 청력을 가진—사부 덕이다— 우대만은 그 혼잣말을 똑똑히 들을 수 있었다.

"이건 말도 안 돼."

이게 방갓 아래 면사 뒤에서 울려 나온 소리였다. 의혹이 짜증을 밀어내고 우대만의 마음을 차지했다. 뭐가 말도 안 된다는 거지?

그때 방갓인이 물었다.

"방금 뭐라고 했어요?"

우대만은 방갓인을 노려보다가 천천히, 또박또박 말해 주었다.

"곰보, 처음 보냐고, 물었다."

방갓인이 손을 내둘렀다.

"아뇨, 아뇨, 아주 옛날에 본 적이 있어요. 머리가 벗겨지고 이름이 무슨 대왕이라는 사람이었는데, 음, 진짜 대왕은 아니라는 걸 나중에 알게 되었죠."

"진짜 대왕이 아니면, 젠장, 곰보대왕이었겠군."

우대만은 차갑게 대꾸했지만 방갓인은 그 말 안에 담긴 자조적인 풍자를 알아차리지 못한 것 같았다.

"곰보대왕은 아니에요. 그것보다 훨씬 멋진 이름이란 건 장담할 수 있어요. 상사부와 사모는 정확히 기억할 테니 나중에 꼭 물어봐야겠네요."

우대만은 이제 혼란에 빠졌다. 저 여자가 나를 놀리기 위해 곰보 얘기를 저리 태연히 이어 가는 건지, 아니면 진짜로 아무 것도 몰라서 그런 건지 판단 내리기가 힘들었다.

생각을 정리한 우대만이 다시 물었다.

"그래서, 오랜만에 본 곰보가 신기해서 그렇게 계속 쳐다본 거야?"

"아, 그건 아니에요."

방갓인이 고개를 저은 뒤 말을 이었다.

"처음에는 당신에게 복수를 하려고 했어요."

우대만은 깜짝 놀랐다.

"복수? 내가 뭘 했다고?"

"나한테 가죽 같은 걸 먹였잖아요. 그래서 당신에게는 진짜 가죽을 먹이려고 마음먹었죠. 예를 들면…… 당신이 신고 있는 신발의 밑창이라든가, 뭐 그런 것을요."

어이가 없다 보니 헛웃음밖에 나오지 않았다. 정신이 있는 애야, 없는 애야? 정말로 자기가 한 짓은 생각 못 하는 건가? 어떻게 저렇게 자기본위적일 수 있는 거지? 사부와 사모란 작자들은 제자 교육을 대체 어떻게 시킨 거야?

우대만이 이렇게 생각하는 중에도 방갓인의 말은 계속 이어 지고 있었다.

"하지만 당신을 바라보다 보니 그럴 필요가 없어졌다는 걸 알게 됐어요."

왜?

"'끈'들이 보여 주더군요."

끈? 무슨 끈?

"당신이 조만간 많은 사람들이 보는 앞에서 어떤 동물의 가죽을 스스로 먹게 되리라는 것을요."

내가 뭘 먹는다고?

"그리고 그 가죽은 아주 나쁜 가죽이라서 당신의 배를 진짜 많이 아프게 만들 거예요."

방갓인의 말이 끝났을 때, 우대만은 조금 전 방갓인의 얼굴을 엿보았을 때와는 전혀 다른 이유로 멍해지고 말았다. 그는 스스로 머리가 좋은 편이라고 생각해 왔지만, 저 말을 해석하여 수용할 만큼 좋지는 않은 모양이었다.

우대만의 입술이 다시 열린 것은 한참이 지난 뒤였다.

"네 사부란 사람, 혹시 무당이니? 아니면 사이비 도사? 뭐 그런 거야?"

방갓인이 조금 성난 목소리로 맞받아쳤다.

"무슨 그런 말을! 우리 상사부는 무당이나 사이비 도사가 아니에요."

"상사부? 코끼리 할 때 그 상사부?"

방갓인은 고개를 오달지게 끄덕였다. 우대만이 다시 물었다.

"왜 상사부야? 성이 상이라서?"

코끼리 '상象' 자를 성으로 쓰는 사람이 아주 없지는 않지만, 제자가 사부를 부를 때 성까지 붙여서 부르는 것은 예의에 어긋나도 심하게 어긋나는 일이었다.

그런데 이번 질문이, 우대만이 판단하기론 전혀 어려울 것 같지 않은 질문이 방갓인을 곤혹스럽게 만든 것 같았다.

"상사부의 성이 상은 아니에요. 어…… 그리고 옛날에는 왜 상사부인지 알았던 것 같은데…… 단지 몸이 커서 코끼리라고 부른 건 진짜 아니었던 것 같은데…… 음…… 이모는 상사부가 왜 상사부인지 알고 있을 테니 나중에 그것도 물어봐야겠네요."

"이모?"

"아, 이모가 아니라 사모요. 하지만 이모라고 부르기도 해요."

"사모가 네 이모였어? 그럼 사부는 이모부겠네?"

거듭되는 우대만의 질문 공세가 방갓인을 더욱 난처하게 만든 모양이었다.

"이모는 사모가 맞는데, 사부는 이모부가 아니라 그냥 상사부예요. 음, 하지만 이모랑 같이 사니까 이모부이기도 한 건가? 아유, 나도 모르겠다. 왜 자꾸 그런 걸 물어서 사람 헷갈리게 만드는 거예요?"

우대만은 눈썹을 찡그리며 팔짱을 끼었다.

"이봐, 적반하장도 유분수지, 정작 헷갈리는 사람은 그쪽이 아니라 이쪽이라고. 난데없이 나타나서 남의 술을 뺏어 먹질 않나, 끈이니 가죽이니 하면서 저주 비슷한 소릴 늘어놓질 않나, 이모에 사모에 사부에 코끼리에…… 만일 네가 예의란 걸 조금이라도 배웠다면……."

하지만 우대만의 타박 비슷한 훈계는 끝을 맺지 못했다. 방갓인이 갑자기 몸을 돌려 버렸기 때문이다.

방갓인은 전방에 완만한 내리막 경사를 이루며 펼쳐진 광막한 황무지를 한동안 바라보다가, 너럭바위 귀퉁이에 팔짱을 끼고 앉아 어처구니없어 하는 눈으로 자신을 올려다보는 우대만을 돌아보며 말했다.

"큰일 났네. 그들이 여기까지 쫓아왔어요."

방갓인이 말한 '그들'이 두 명의 노인이라는 사실은 약간의 시차를 두고 밝혀졌다. 앞서 한 명이 등장하고 숨을 열 번 정도 쉴 만큼 시간이 지난 뒤에야 다른 한 명이 등장한 것이다.

등장하는 방식이랄까 느낌은 무척 달랐다. 전자는 전함 같았고, 후자는 표풍 같았다. 감숙의 붉은 황무지를 가로질러 우대만이 앉은 너럭바위 앞에 전함처럼 그리고 표풍처럼 등장한 두 노인은 생김새 또한 판이했다. 서로가 판이하기도 하거니와, 남들과 비교하더라도 유별났다.

모래바람을 헤치며 전함처럼 묵직하게 등장한 노인은 왼팔이 없는 외팔이였다. 남들이 혹여 자기가 외팔이라는 사실을 몰라볼까 걱정했는지 빈 팔소매를 둘둘 말아 올려 어깨 바로 아래에다 커다란 매듭으로 묶어 놓기까지 했다.

'사부님도 외팔이이긴 하지.'

우대만의 사부도 노인처럼 외팔이였다. 강적들로부터 숨어 살던 시절에 악인들에게 붙잡혀 변고를 당했다는데, 그때 잃은 팔은 공교롭게도 저 노인과 마찬가지로 왼팔이었다. 하지만 외팔이라는 점만 같을 뿐, 노인에게서 풍기는 기질은 사부의 것과는 판판이었다. 노인에게선 사부에게 있는 꼬장꼬장한 선비 기질 같은 건 찾아볼 수 없었다. 오직 오랜 풍상을 견뎌 온 화강암처럼 강인한 기질만이 노인의 얼굴을 포함한 전신을 통해 자연스럽게 흘러나오고 있었다.

'보나 마나 고수네, 그것도 엄청난.'

이런 생각을 할 즈음, 두 번째 노인이 등장했다.

모래바람에 실려 표풍처럼 경쾌하게 등장한 노인은 사람에게 친숙한 어떤 짐승과 매우 닮은 외양을 하고 있었다. 그 짐승이란 바로 타고 다니는 말인데, 심지어 명치 아래부터 배꼽 위까지 폭 넓은 복대를 두르고 있어 네 발로 엎드리기만 하면 안장까지 갖춘 완전한 말처럼 보일 것 같았다.

우습고도 신기한 마음에 말상 노인의 얼굴을 멍하니 바라보던 우대만은 문득 명名과 실實이 두루 소를 닮은 지인 한 사람을 떠올리게 되었다.

'황 사형이 저 모습을 보면 뭐라고 할까?'

동종을 만났다며 반가워할까?

외팔이 노인이 말상 노인에게 물었다.

"찾았는가?"

말상 노인이 하얀 머리카락과 어깨에 쌓인 모래를 털며 대답했다.

"반경 백 장을 살펴봤는데 아무 흔적도 없더군. 망할 놈의 모래바람이 죄다 쓸고 가 버린 모양이야."

우대만은 잠깐 자신의 귀를 의심했다. 말이 쉬워 반경 백장이지, 실제로 따지면 한 사람이 짧은 시간에 수색할 수 없는 광대한 구역이었다. 그 일을 별 어려움 없이 해냈다는 것은 말상 노인의 신법이 상상을 초월하는 경지에 올랐다는 증거일 터.

'가만, 말상인 데다 초절한 신법이라고?'

다음 순간 우대만은 표풍처럼 등장한 말상 노인이 누구인지 알아차렸다. 그가 엄마 배 속에서 나오기도 전부터 신법 방면으로는 최고의 명성을 떨친 바 있는 전설적인 신투神偸, 그 신투의 얼굴이 말과 판박이처럼 똑같다는 얘기를 사부로부터 들은 기억이 떠오른 것이다.

우대만은 자리에서 얼른 일어서서 말상 노인에게 포권을 올렸다.

"후배가 양각천마兩脚天馬 노선배님께 인사 올립니다."

하늘의 천마는 다리가 네 개지만 강호의 천마는 다리가 두 개다. 하지만 그 신통함은 하늘의 천마 못지않으니, 그가 바로 천하 도둑들의 대조종, 양각천마 최당崔黨인 것이다.

말 닮은 노인, 양각천마 최당이 불룩하게 튀어나온 입을 묘하게 실룩거렸다.

"별일일세. 넌 누군데 강호 활동을 끊은 지 반 갑자가 훨씬 넘는 노부를 대뜸 알아보는 거냐?"

우대만은 포권을 풀지 않은 채로 공손히 대답했다.

"후배는 북경 순풍이 문하의 우대만이라고 합니다."

"순풍이?"

최당이 넓은 미간을 찡그리자 말의 것처럼 양옆으로 불거진 눈이 더욱 도드라졌다. 앞서 전함처럼 등장했던 노인, 강인한 인상을 풍기는 외팔이 노인이 그런 최당에게 물었다.

"순풍이가 누군데?"

"그런 영감 있어. 별명처럼 귀가 밝고 오지랖은 우라지게도 넓은 영감이지. 아, 하후 형도 한번 만나 봤을 걸세. 그 겨울 곤륜산에서 말이야. 왜 그……."

최당은 오른손 손날로 자신의 왼팔 어깨 아래를 툭툭 두드리는 것으로써 '귀가 밝고 오지랖은 우라지게도 넓은 영감'에 대한 설명을 대신했다. 그 몸짓을 본 외팔이 노인이 자신의 매듭진 왼쪽 소매를 슬쩍 내려다본 뒤 고개를 천천히 끄덕였다.

"당시 무망애에 오른 사람들 중에는 외팔이가 나 말고 한 사람 더 있었지. 순풍이가 바로 그의 별명이었군."

최당의 말상이 다시 우대만을 향했다. 우대만은 그때까지도 포권을 풀지 않고 있었다.

"모용 영감이 개방 방주의 아들을 제자로 거두었다는 얘기는 들었다. 네가 바로 그놈이냐?"

"예, 후배가 바로 그놈입니다."

종놈 대하듯 함부로 던져 대는 말에도 우대만은 전혀 불만을 품지 않았다. 그는 양각천마 최당을 만났다는 사실만으로도 웬만한 불만쯤 기꺼이 삭여 줄 용의가 있었다.

황서계주인 순풍이 모용풍의 유일한 제자로서 천하의 온갖 비밀스러운 정보들을 취급하는 일을 본업으로 삼는 우대만에게 있어서, 저 양각천마 최당은 꼭 만나서 확인하고픈 사항을 가진 인물이었다. 한데 서북방의 모래바람 날리는 황무지에서 이처럼 뜻밖의 조우를 하게 되었으니, 그로서는 이게 웬 횡재인지 흥분을 감추기 힘들었다.

그래서 우대만은 예의 바른 태도와 달리 단도직입적으로 질문을 던졌다.

"황제의 옥새는 지금도 가지고 계십니까?"

최당의 두 눈이 다시 한 번 도드라졌다.

"잉? 네놈이 그 일은 또 어찌 알아?"

하지만 이 질문에 대답한 사람은 우대만이 아니라 최당 본인이었다.

"젠장, 모용풍의 눈과 귀는 귀신도 속일 수 없다더니만 그 말이 사실이었군."

황서계의 은밀한 촉수는 천하 각지에 뻗어 있으며, 권력 혹은 금력의 냄새가 짙은 구역에서는 더욱 조밀한 망을 이루고 있었다. 그 대표적인 곳이 바로 자금성, 황궁이었다.

과거 토목보에서 오이라트 군의 포로가 되었다가 풀려나 자금성 남쪽 궁에 유폐되어 살던 정통제正統帝가, 지금으로부터 삼 년 전 환관 세력의 도움으로 변란을 일으켜 아우이자 자신을 유폐시킨 경태제景泰帝를 폐위—경태제는 그 후 한 달 만에 급사했는데 자연사일 리 없다는 의견이 지배적이었다—하고 천순제天順帝라는 새 이름으로 다시 보위에 올랐으니, 역사는 이 사건을 가리켜 '탈문奪門의 변'이라 불렀다.

변란은 언제나 그렇듯이 피를 불러왔다. 그리고 탈문의 변을 통해 희생된 사람들 중에는 북경 수성전을 통해 제국을 위난에서 구해 내는 데 큰 공을 세운 우겸도 포함되어 있었다. 우겸을 추종하던 많은 이들은 이에 분개하고 반발했지만, 어둠 속에서 힘을 키워 온 환관 세력—동창은 물론이거니와 과거 우겸과 손을 잡았던 금의위마저도 이 시기에는 저들에게 장악당한 상태였다—에 의해 묘비조차 남기지 못한 가련한 주검들로 스러지고 말았다.

"······그 꼴을 보고 있노라니 배 속이 뒤틀려 참지를 못하겠더라고. 게다가 옥새야 노부가 예전부터 눈독을 들였던 물건이기도 했고. 그래서 북경에 들른 김에 가지고 나왔지. 관리 책임을 맡은 고자 놈들 고생 좀 해 봐라, 하고."

최당의 얘기에 우대만은 기가 턱 막혀 버렸다. 옥새란 게 어디에 들른 김에 마음대로 가지고 나올 수 있을 만큼 손쉬운 물건이던가? 한데 머리꼬리만 남고 몸통은 뭉텅 사라진 저 무성의한 설명이 최당의 영웅담에 오히려 권위를 부여해 주는 듯했다. 무성의의 역설이랄까. 얘기를 듣다 보니 최당이라면 능히 그럴 수 있으리라는 믿음이 생겨난 것이다.

최당이 튼튼한 하체에 비해 유달리 빈약한 상체를 으쓱거렸다.

"근데 고자 놈들의 수완도 보통이 아니더라고. 어느새 가짜 옥새를 하나 더 파서 이 최당 나리께서 다녀가신 일 자체를 아예 없었던 일로 만들어 놓았더라니까. 그래도 두 번 당하긴 싫었던지 자금성 경비는 엄청 늘렸더군. 고상하신 이 최당 나리께서 진품이 아닌 가짜에는 눈길조차 주지 않는다는 것도 모르고 말이야."

"그렇다면 지금 황제가 사용하는 옥새는……?"

우대만의 질문에 최당이 뻐기며 대답했다.

"천치 같은 황제 놈은 제 손에 들린 옥새가 가짜인 줄도 모르고 탕탕 찍어 대고 있겠지. 웃긴 일 아닌가?"

웃지 않는 우대만을 대신해 한바탕 웃음을 터뜨리던 최당이 갑자기 표정을 굳히더니 고개를 갸웃거렸다.

"근데 고자 놈들이 그토록 철저히 감춘 일을 순풍이가 어떻게 알게 된 거지?"

어떻게 알게 된 거냐 하면, 최당이 말한 고자 놈들 가운데 황궁을 관할로 삼는 황서계원이 포함되어 있었기 때문이다. 그것도 꽤나 고위직에 말이다.

사부는 그 계원을 통해 옥새 사건의 전모를 알게 되었고, 우대만은 사부로부터 그것을 전해 들었지만, 황서계의 엄한 규칙상 이 은밀한 전달 과정을 외부로 누설할 수는 없었다. 그래서 우대만은 공손한 낯빛과 기름진 언변으로 최당의 의구심을 다른 곳으로 돌리려고 시도했다.

"천하제일 신투의 일대 쾌거가 환관들의 간사함으로 인해 묻히게 된 것은 정말 안타까운 일입니다."

그리고 그 시도가 통했다.

"그건 그래. 그놈들 때문에 내 이름이 천추에 길이 남을 기회를 놓친 셈이니까."

입맛까지 다시며 아쉬워하는 최당에게, 우대만이 조심스럽게 부채질을 했다.

"저…… 그렇다면 노선배님께서 자금성에서 가지고 나오신 진짜 옥새는 어떻게 처리하셨는지요?"

최당은 우대만의 의도대로 둥둥 떠올랐다.

"진짜 옥새? 그게 그 자체로는 별거 아니더라고. 네모난 덩어리인데 윗면에는 괴상한 짐승을 조각하고, 밑면에는 인印을 파고, 옆면을 따라서는 붉은색으로 몇 글자 써 놓은 것에 불과했지. 바탕이 금덩이면 그나마 나았을 텐데 그냥 옥이었어. 뭐, 질 좋은 옥인 건 맞지만 상품 하품을 불문하고 요즘 옥값이 영 말이 아니거든. 그래서 곡谷으로 들어간 뒤 절구에 넣고 가루로 빻아서 목 부인과 아기씨의 화장품으로…….."

이 대목에서 외팔이 노인이 끼어들었다.

"최 형."

단지 이 말뿐이었지만 의도는 명백했다. 입조심하라는 것.

최당은 자신의 실책을 곧바로 알아차린 눈치였다. 외팔이 노인의 눈치를 살피며 잠시 무안해하던 그가 곧바로 성난 눈씨로 우대만을 노려보며 호통을 쳤다.

"존장이 묻는 말에 대답은 않고 주둥이를 살살 놀려 가며 수작을 부리려고 해?"

하지만 우대만은 노회했다. 애늙은이—다시 강조하거니와 강동의 애늙은이 녀석과는 다른 의미로— 소리를 듣던 시절에도 그랬거니와 장성한 지금은 더. 그래서 그는 최당을 향해 깍듯이 고개를 숙인 다음, 전혀 기죽지 않은 목소리로 말했다.

"후배에게 과오가 있다면 사죄를 드려야 마땅하겠지요. 한데 무엇을 물으셨는지? 후배는 노선배님으로부터 아직 어떤 질문도 받은 기억이 없습니다만?"

최당은 당황한 기색을 감추지 못하고 외팔이 노인을 돌아보았다. 등장한 이래 표정을 거의 안 드러내던 외팔이 노인이 이례적으로 한심하다는 표정을 지었다.

최당이 흠, 흠, 헛기침을 하며 우대만에게 말했다.

"내가 착각했나 보군. 늘 묻고 다닌 탓에 이번에도 오자마자 물은 줄로만 알았지."

우대만은 이 반성을 미소로 받아 주는 동시에 무엇이든 물어보시라는 뜻으로 양팔을 슬쩍 벌렸다.

최당은 '오자마자 물은 줄로만 알았'던 그 질문을 이제야 꺼냈다.

"혹시 소녀 한 사람 못 봤나?"

"소녀요?"

"면사가 달린 방갓을 쓰고 다닌다니 여자로 보이지 않을지도 몰라."

옆에 있던 외팔이 노인이 한마디 거들었다.

"체구가 작다네."

최당이 고개를 끄덕였다.

"맞아, 작아. 그리고 걸음걸이가 약간 불편하지."

우대만은 고개를 한 번 갸웃거린 뒤 이제까지 나온 인상착의들의 결정판을 조합해 두 노인에게 들려주었다.

"면사가 달린 방갓을 쓴 작은 체구의 절름발이 소녀라고요?"

최당이 말상을 있는 대로 구기며 즉시 반박했다.

"절름발이라니! 걸을 때 약간 뒤뚝거리는 정도를 가지고 절름발이라니!"

최당처럼 펄쩍 뛰진 않았어도 외팔이 노인 또한 절름발이라는 표현을 못마땅해하는 기색이 역력했다.

정도의 차이만 있을 뿐 성질은 엇비슷한 두 노인의 반응을 지켜보며, 이제 우대만은 거의 확신할 수 있었다. 저들이 방갓을 쓴 그 여자에게 악의를 품지는 않았다는 사실을.

하지만, 두 노인의 의도가 선하건 악하건 간에, 우대만은 그 여자에게 한 가지 약속을 했고, 굳이 약속의 중함을 강조하지 않더라도 그 약속만큼은 꼭 지키고 싶었다. 그는 곰보가 지을 수 있는 가장 진실한 표정—사부를 속일 필요가 있을 때 종종 사용해 효과를 보았던—으로 두 사람에게 말했다.

"죄송합니다만 후배는 그런 사람 못 봤습니다."

두 노인은 등장할 때와 마찬가지로 전함처럼 그리고 표풍처럼 떠났다.

한 가지 주목할 점은, 쓸데없는 곳에서 쓸데없는 놈을 만나 쓸데없이 시간만 낭비했다며 짜증을 부린 최당과 달리, 여전히 신분을 짐작할 수 없는 외팔이 노인은 떠나기 직전에 우대만의 심장을 덜컥 내려앉게 만드는 행동을 보였다는 것이다. 거대한 너럭바위를 빙 돌아 뒤쪽으로 간 외팔이 노인이 속내를 짐작하기 힘든 무감한 눈으로 바위 아래 모래땅을 한동안 내려다보더니 발로 두어 번 밟아 보기까지 한 것이다.

하지만 그게 다였다. 들켰구나 싶어 속으로 젠장 소리를 연발하던 우대만의 귀에 흘러들어 온 외팔이 노인의 말은 전혀 의외의 것이었다.

"정말로 없군. 가세."

그러면서 자신을 쳐다보는 우대만에게는 눈길조차 주지 않고 최당을 앞세워 떠나 버리니, 외팔이 노인이 살펴보던 모래땅 바로 아래 은닉처가 마련되어 있고, 그 안에 두 노인이 찾는 여자가 숨어 있다는 사실을 똑똑히 아는 우대만으로선 오히려 어리둥절해질 수밖에 없었다.

아무도 없는 이런 황무지에 우대만이 왜 그런 은닉처를 마련해 두었는지에 관해 얘기하자면 사정이 조금 긴데, 간략히 말하면 지금으로부터 대략 사흘 뒤 이 근방에서 벌어질 어떤 사건에 대비하기 위해서였다.

'어쨌거나 들키지 않았으면 다행이지, 뭐.'

처음 봤을 때도 든 생각이지만 외팔이 노인은 엄청난 고수임에 분명했다. 사부가 그렇듯 무공에 비해 안목이 월등히 높은 우대만은 주변 외물들을 저절로 움츠러들게 만드는 외팔이 노인의 강맹한 기파에 두려움을 느꼈고, 말투만 들어도 촐랑거리는 천성을 짐작할 수 있는 최당보다는 외팔이 노인을 상대하는 일이 더욱 어려우리라 예감한 바 있었다. 그런데 은닉처의 바로 위까지 다가간 외팔이 노인이 그 아래 여자의 존재를 알아차리지 못하고 그냥 물러나고 말았으니, 이는 천우신조라고 해도 좋을 일이었다. 아니면 그 여자가 귀식대법龜息大法을 익혀 산 사람으로서의 기척을 완전히 지우고 있었거나.

"에이, 설마."

귀식대법은 익히기도 어렵거니와, 특별한 직업—가령 자객이나 첩자 혹은…… 정보 상인?—을 가질 작정이 아니면 웬만해선 시작하지 않는 좌도의 운공법이었다. 도가에서는 장생을 추구하기 위해 그 비슷한 운공법들을 익히는 부류도 있다지만, 우대만이 알기로 그것들은 호흡을 최대한 길게 가져가는 지식법遲息法에서 파생 발전된 복잡다단한 곁가지들에 지나지 않았다.

각설하고, 우대만은 나이답지 않게 신중한 사람이었다. 두 노인이 떠나고 충분한 시간이 지났다고 판단한 다음에도 만전을 기하기 위해 조금 더 너럭바위에 걸터앉아 있던 그가 마침내 자리에서 일어선 것은, 아득히 이어진 붉은 지평선 위로 석양이 만들어 낸 주황빛 광휘가 황홀하게 펼쳐질 무렵이었다.

너럭바위를 돌아간 우대만은 바닥에 무릎을 꿇고 엎드렸다. 그런 다음 두 손을 사용하여 모래를 퍼 젖히니, 잠시 후 은닉처로 통하는 네모난 나무 뚜껑이 모습을 드러냈다.

우대만은 그 뚜껑을 손가락으로 두드렸다.

똑. 똑. 똑.

그러고는 잠시 기다렸는데, 아래에서는 아무 반응도 올라오지 않았다.

똑. 똑. 똑.

다시 한 번 두드렸지만 결과는 마찬가지였다.

'기다리다 잠이라도 든 건가?'

추적자들을 코앞에 두고 잠든다는 건 상식에서 벗어나는 일이지만, 원체 엉뚱한 여자였으니 그럴 가능성도 배제할 수 없었다. 우대만은 선잠에 든 사람이 충분히 깨어날 정도로 목소리에 힘을 실어 여자를 불렀다.

"이봐, 그들은 멀리 갔으니 이제 나와도 돼."

이번 역시 대답을 포함한 어떤 반응도 올라오지 않았다.

우대만은 찌푸린 얼굴로 나무 뚜껑을 노려보다가 갑자기 불길한 생각에 사로잡혔다.

'혹시…… 질식을?'

대나무 관을 이어 만든 공기구멍이 뚫려 있는 만큼, 그리고 그 공기구멍을 설치한 사람이 식탁의 젓가락 한 짝만 삐뚤어져

도 못 견뎌 하는 애늙은이 녀석인 만큼 저 안에서 숨을 못 쉴 리는 없으리라는 낙관은, 그사이에도 줄기차게 불어 댄 모래바람으로 인해 대나무 관이 막혔을지도 모른다는 비관에 금세 먹혀 버렸다.

"젠장!"

얼굴이 하얗게 질린 우대만은 뚜껑을 벌컥 열어젖혔다.

하지만 뚜껑 아래는, 송판을 촘촘하게 짜 직육면체의 틀을 만들고, 너럭바위의 짙은 그늘 아래로 은밀히 뽑아 낸 대나무 관으로 공기구멍까지 설치해 놓은 그 은닉처는, 텅 비어 있었다.

"어?"

우대만은 망연자실해지고 말았다.

(2)

그날 밤 우대만은 꿈을 꾸었다. 전체적으로 뒤숭숭하고 어수선한 꿈이었다. 꿈속에서 그는 이상한 끈에 친친 묶였고, 붉은 뭔가가 잔뜩 달라붙어 날것처럼 보이는 동물의 가죽을 먹었으며, 궤짝 같은 데 안에 갇혔다가, 뚜껑을 열었더니 사라졌다. 갇힌 것도 그였고 뚜껑을 연 것도 그였으며 사라진 것도 그였다. 궤짝 옆에 서 있던 그녀의 얼굴을 한 악녀가 비웃었다. 곰보 주제에 웃겨.

꿈에서 깬 우대만은 한숨을 쉬었다. 그 꿈을 꾸게 만든 장본인이 누구인지는 너무도 명확했다. 바람처럼 나타났다가 연기처럼 사라져 버린 여자. 그녀가 남긴 인상은 그가 생각한 것보다 큰 것 같았다.

어쨌거나 사흘 내내 은닉처에만 붙어 지낼 수는 없었다. 주린 배도 채워야 했고, 간당거리는 물주머니도 벌충해야 했고, 무엇보다도 의복과 살갗 사이에 잔뜩 끼어 조금만 움직여도 서걱거리는 지긋지긋한 흙모래 알갱이들을 한 번쯤은 제대로 씻어 내고 싶었다. 뭐 거기에 더하여 근동을 돌아다니는 자잘한 정보들까지 귀동냥할 수 있다면 금상첨화일 테고.

그래서 우대만은 동이 트기도 전에 은닉처를 출발, 아침노을을 바라보며 어제 지나왔던 붉은 황무지를 걷고 또 걸어 은천銀川으로 들어갔다.

황하의 상류를 끼고 형성된 제법 큰 도회인 은천은 우대만이 은닉처를 짓는 데 사용한 자재며 도구를 구입한 곳이자, 성심공자誠心公子라는 별호에 걸맞게 그 작업을 제 일처럼 성심으로 도와준 애늙은이 녀석과 접선한 곳이기도 했다.

때는 맹하의 고비를 넘어 가을로 접어든 구월 초라, 우대만이 살던 북경에는 멀리 팔달령八達嶺을 따라 고운 가을빛이 남하하기 시작할 터였다. 하지만 넌더리날 만큼 황량하기만 한 이곳 감숙에서 계절의 아름다움을 맛보기란 하늘에서 별 따기만큼이나 어려웠다. 낮밤 일교차는 또 어찌나 큰지, 기후에 익숙지 않은 이방인이라면 여름옷과 겨울옷을 하루 안에 다 입어야 견딜 정도였다. 이런 가을 같지 않은 가을이 달포 남짓 이어지다 보면 어느 시점부턴가 한낮에 몰아치는 모래바람 속 열기마저 씻은 듯이 사라지고, 그때부터는 대륙의 동부에서 겪는 것과 차원이 다른 엄동이 시작된다.

봄과 가을 대신 맹하와 엄동이 지배하는 땅.

그래서 이방인에게는 더욱 낯설게 다가오는 땅.

그래도 지난 며칠 기승을 부리던 모래바람이 엊저녁부터 수

그러든 덕분인지, 시황장始黃場이라는 이름을 가진 그 시장—은천 서부에서 제일 큰 시장이다—은 정오가 되기 전인데도 인파로 북적거리고 있었다. 감숙에 들어온 이후로 가장 많은 사람들을 접하는 셈인데, 우대만은 자신과 무관하게 흘러가는 일상의 번잡함에 기대어 이방의 낯섦을 잠시나마 달랠 수 있었다.

'정수淨水'라는 게 따로 있다는 건 감숙에 들어와서야 알게 되었다. 어의대로라면 '깨끗한 물'인데, 감숙에서는 그 앞에 '타지 사람이 마셔도 배탈 나지 않을 만큼'이란 단서가 붙었다. 물론 그런 정수는 '타지 사람이 마시면 배탈 나기 딱 좋은' 일반 물보다 비싸서 웬만한 술값과 맞먹을 정도였다.

"정수 한 되에 얼마요?"

그래도 배탈 나는 것은 피하고 싶기에 우대만은 큰맘 먹고 물장수를 찾아갔다. 돈을 치르기 전에 정수 맛을 직접 시음해 본 데에는 사부의 조언—감숙인 절반이 사기꾼이라는 매우 편향된—이 크게 작용했다. 운이 좋았는지 그가 찾아간 물장수는 정직한 사람이었고, 그래서 물장수와 헤어질 때 그의 어깨에는 정수 다섯 되가 담긴 물주머니가 둘러메져 있었다. 다섯 되면 반 말(약 9리터)이니 이삼 일 버티기엔 부족하지 않은 양이었다.

식수 보급을 해결한 우대만이 다음으로 찾은 곳은 목욕이 가능한 객방을 갖춘 객잔이었다. 그런 객잔을 찾기 위해 애써 입품 발품을 팔 필요는 없었다. 그제 헤어진 애늙은이 녀석과 접선한 곳이 바로 그런 객잔이었기 때문이다. 겨우 열댓 살 먹은 녀석과 만난 것을 접선이라고 표현하려니 왠지 쑥스러운 느낌이 들기도 하지만, 사실이 그러하니 어쩔 수 없었다. 우대만은 황서계黃書契를 대표하여, 녀석은 동심맹同心盟의 전령이자 척후로서 감숙에 파견된 것이니까.

은닉처에 남아 행동을 함께하겠다고 주장하는 녀석을 윽박질러 돌려보낸 것은 지금 생각해도 잘한 일이었다. 최근에는 제사형인 강동신룡江東新龍 이호李虎의 뒤를 이어 강동에서 가장 전도유망한 신진 소리를 듣는다지만 그래 봤자 아직은 애송이, 부친의 보호 아래 움직이는 편이 나았다. 거기에 한 가지 이유를 덧붙이자면, 솔직히 말해 이게 진짜 이유인데, 뒤웅박처럼 꽉 막힌 강박증 환자와 사흘 내내 붙어사는 고역을 참아 내고 싶지 않았기 때문이다.

'숙부는 천하제일의 호걸이시고 숙모 또한 세상에서 짝을 찾기 힘든 여장부신데, 두 분 사이에서 어쩌다 그런 괴상한 물건이 나온 거지?'

애늙은이 녀석을 대할 때마다 떠올릴 수밖에 없었던 의문을 다시 한 번 되새기면서, 우대만은 부지런히 놀리던 걸음을 멈추고 목표로 삼은 객잔의 현판을 올려다보았다.

선연관善緣館.

다소 불교적인 느낌을 주는 그 이름이, 이틀 전과 똑같이, 우대만의 한쪽 눈썹을 치올리게 만들었다. 이틀 전과 똑같이, '애늙은이 녀석과 만난 것을 두고 선연이라고까지 할 수는 없지 않겠어?'라는 생각에서였다. 그러므로 저 이름에 어떤 영험함이 있다면, 선연의 진짜 상대는 따로 있다는 얘긴데…….

우대만은 픽 웃었다.

"개뿔, 영험은 무슨."

그는 멈췄던 걸음을 다시 떼어 놓았고, 객잔의 여닫이문을 머리로―두 손은 어깨에 둘러멘 물주머니의 주둥이를 모아 쥔 관계로— 밀고 들어갔다. 그리고 그 직후 어리둥절해지고 말았다.

"죄송합니다!"

실내로 막 들어선 유대만을 향해 날아든 점원의 첫인사가, 그가 이틀 전 그 자리에서 들었던 것과 몹시 달랐기 때문이었다. 어서 오십쇼가 아니라 죄송합니다? 뭐가 죄송해?

하지만 질문을 꺼내기도 전에 점원의 말이 다시 날아들었다.

"오늘 아침 금 노야琴老爺와 그 일행분이 저희 선연관을 통째로 전세 내셨습니다. 숙박은 물론 식사까지, 일반 손님들은 일절 받지 말라 하셨지요. 죄송합니다만 부근의 다른 객잔을 이용해 주시기 바랍니다."

노숙한 상인이 튕기는 주판알처럼 빠르면서도 또박또박한 말투로 미루어, 우대만은 자신이 저 대사를 듣는 첫 번째 '일반 손님'이 아님을 확신하게 되었다. 뭐, 그건 그렇다 치고.

우대만은 점원에게서 시선을 떼어 객잔 내부를 둘러보았다. 은천에서는 첫 손가락, 감숙을 통틀어도 다섯 손가락 안에 꼽히는 규모를 가졌다는 선연관은 어느 한 사람과 그 일행이 통째로 전세 내기에는 지나치게 큰 감이 있었다. 그 사람이 황족, 혹은 북경의 고관대작이라도 된다면 모를까.

'아니야, 위 소야에게서 구입한 정보 중에 그런 내용은 없었어.'

대내 이십사아문 중 어마감의 태감인 위 소야—젊었을 적에도 위 소야 늙은 뒤에도 위 소야로 불리는 건 그가 고자라서일까?—는 어마御馬, 즉 자금성의 말들을 관리하는 자리에 있는 고로 권력자의 행보에 대해 훤히 꿰뚫고 있었다. 만일 이 계절에 모래바람 마시러 감숙으로 납시실 정신 나간 권력자가 있었다면 위 소야의 정보망에 반드시 걸렸을 터였다.

'그렇다면 정신 나간 갑부?'

문간에 선 채로 고개를 갸웃거리던 우대만이 점원에게 물었다.

"금 노야란 분이 대체 뉘시기에 이 넓은 객잔을 통째로 전세 냈다는 거요?"

점원은 대답 대신 눈치를 살폈다. 마주 보고 있는 우대만이 아닌 다른 사람들의 눈치를.

문간에서 그리 멀리 떨어지지 않은 탁자에 둘러앉아 있던 세 남자가 자리에서 일어섰다. 둘은 우대만을 향했고 하나는 우대만을 등졌는데, 그 등진 하나가 몸을 돌렸을 때 우대만은 그가 여자임을 알게 되었다. 실내임에도 불구하고 세 사람 모두 방 갓—이 계절 이 지방의 필수품이라도 되는 걸까?—을 깊이 눌러쓴 탓에 등진 하나가 여자임을 얼른 알아차리지 못한 것이다.

여자가 우대만이 서 있는 문간으로 다가왔다. 우대만의 '매의 눈'이 자신의 태만에 부끄러워하며 뒤늦게 분발했다. 세 사람 중 유일한 여자는 세 사람 중 가장 상급자처럼 보였다. 뒷전에 대기하고 있는 두 남자의 기파가 보통이 아님을 감안할 때 우대만의 호기심을 불러일으킬 만한 일이 아닐 수 없었다.

우대만에게서 네 걸음쯤 떨어진 거리에서 몸을 멈춘 여자가 우대만에게 물었다.

"너는 누구냐?"

뜬금없는 상황에서 받게 된 뜬금없는 추궁에 우대만의 눈썹이 꿈틀거렸다.

"그러는 당신은 누구요?"

우대만보다 대여섯 살쯤 연상으로 보이는 여자는 미녀의 범주를 절반으로 좁히더라도 반드시 포함될 만큼 빼어난 미모를 갖추고 있었다. 그런 미녀가 안색을 굳히며 눈에 힘을 주자 놀랍도록 섬뜩한 기운이 풍겨 나왔다. 아무리 그래도 그렇지,

"이곳이 남부였다면 너는 이미 죽었을 것이다."

말대꾸 한 번 했다고 저런 살벌한 소리까지 해 대는 건 무슨 경우란 말인가!

여자가 처음의 질문을 반복했다.

"너는 누구냐?"

이번에도 말대꾸를 하면 어떻게 나올까 생각하다가, 말썽을 일으켜서는 안 되는 처지임을 자각하고 순순히 대답해 주었다.

"북경에서 온 우 모라는 사람이오."

"북경? 제남이 아니라?"

여자의 입에서 튀어나온 '제남'이라는 지명이 우대만의 머릿속에 있는 예민한 영역을 날카롭게 두드리고 지나갔다. 하지만 그는 그런 기색을 드러낼 만큼 얼치기는 아니었다.

"분명히 북경이라고 했는데, 거기서 제남이 왜 나오는 거요? 제남에 안 가 본 것은 아니지만, 하도 어릴 적 일이라 기억도 잘 나지 않소."

"그래?"

진위를 판별하려는 듯 여자의 눈빛이 우대만의 눈알을 찔러 왔다. 우대만은 조금 전부터 느끼기 시작한 섬뜩함이 단지 미녀로부터 눈총을 받은 데 대한 심리적 반응만은 아니었음을 그제야 깨달았다. 여자가 뿜어내는 기세는 외모의 미추, 눈빛의 강약과 무관하게 그냥 위험했고, 그 위험이 현실화할 가능성 또한 매우 높아 보였다.

아름답지만 위험한 암표범.

그것이 저 여자에게 가장 어울리는 비유일지도 모른다는 생각이 들었다.

여자가 다시 물었다.

"금 노야에 대해서는 왜 캐묻고 다니는 거냐?"

이건 좀 억울했다. 우대만은 콧등을 찡그린 채로 투덜거리듯이 대꾸했다.

"내가 언제 캐묻고 다녔다고……. 나는 이틀 전 이 객잔에서 하루 묵었던 사람이오. 이틀간 볼일 좀 보고 돌아와 이제 다시 묵어 볼까 했는데, 난데없이 금 노야라는 분이 객잔 전체를 전세 냈다기에 어이가 없어 물은 거요. 그게 그렇게 잘못한 일이오?"

여자가 점원을 돌아보았다. 그 눈길을 받은 점원은 흠칫 어깨를 떨었고, 그다음에는 고개를 끄덕였다.

"이틀 전에 묵어가신 분이 맞습니다. 워낙 특이한 손님이라서, 아, 죄송합니다, 그래서 똑똑히 기억하고 있습니다."

워낙 특이하다는 게 얼굴 전체를 뒤덮은 마맛자국을 가리키는 말이라면, 비록 불쾌하기는 해도 부정할 생각은 없었다. 곰보가 드물지 않은 세상이라지만 이렇게까지 박박 얽은 곰보는 만나기 힘들 테니까.

여자도 그렇게 생각한 듯했다.

"이 객잔은 오늘부터 이틀간 금 노야께서 전용하신다. 외인은 이유 불문하고 이곳에 머물 수 없다. 그러므로 너는 즉시 이곳에서 나가야 한다."

시작부터 끝까지 단정적이고 위압적인 말이지만 아까의 섬뜩한 기운은 옅어져 있었다. 모종의 혐의로부터 풀려났기 때문일 텐데, 우대만은 그 혐의와 앞서 여자가 언급한 '제남'이라는 지명 사이에 긴밀한 연관성이 있음을 직감했다. 그 점에 대해 좀 더 파헤쳐 보고픈 욕심이 든 것은 호기심이라기보다는 직업정신의 발로일 텐데, 그러려면 한 가지 방법밖에 없었다. 되든 안 되든 무작정 엉겨 붙는 것.

우대만은 곰보가 지을 수 있는 가장 구슬픈 표정—진실한 표정에도 속아 넘어가지 않은 사부에게 최후의 용서를 구할 때 종종 사용해 효과를 보았던—으로 여자에게 간원했다.

"그러지 말고 사정 좀 봐 주시면 안 되겠소? 다른 객잔을 찾기엔 너무 지쳤고, 이 물주머니 또한 너무 무겁소이다. 금 노야를 직접 뵙고 청을 올린다면 구석진 방이라도 하나……."

여자는 뜻밖에도 친절했다. 곰보 청년이 급조해 낸 두 가지 고충 중 하나를 몸소 해결해 준 것이다. 그것도 순식간에.

여자의 호리호리한 몸이 '매의 눈'을 순간적으로 교란시켰다가 다시 제자리에 돌아왔을 때, 우대만은 자신의 아랫도리가 놀랍도록 서늘해진 것을 깨달았다.

쏴아아―.

골반과 허벅지와 종아리를 순차적으로 적시며 떨어진 아홉 되 분량의 정수가 객잔의 마룻바닥 위로 시커먼 동심원을 그리며 번져 나가는 광경을 내려다보면서, 우대만은 탄식했다.

"아."

꼬챙이처럼 가느다란 칼날 여섯 개가 여자가 양쪽 팔목에 찬 금속 투수 안으로 모습을 감추며 작은 쇳소리를 울려 냈다.

찰칵.

곰보 청년의 간원에 대한 대답으로 그거면 충분하다 여겼는지 여자는 아무 말도 없이 몸을 돌렸다.

하지만 우대만은 충분하지 않았다, 아주.

다섯 되의 정수 값이 얼마인지는 접어 두기로 하자. 우대만은 자신의 하체를 앞뒤로 살펴보았다. 바지 전체가 물속에 들어갔다 나온 것처럼 흠뻑 젖어 있었다. 설마하니 머나먼 감숙까지 오면서 지금 입고 있는 이 옷 한 벌만 가져왔을 리는 없지만, 여벌을 포함한 짐 보따리는 붉은 황무지 너머 은닉처에 숨겨 두고 온 그였다. 그러니 이 자리에서 갈아입을 옷이 있을 리 만무한 것이다.

만일 이 꼴을 하고서 객잔 밖으로 쫓겨난다면, 간만에 맑은 날을 맞아 밖으로 쏟아져 나온 은천 주민들은 타지에서 온 '오줌싸개 곰보'가 시장통을 활보하는 희한한 광경을 목격하게 될 터였다.

"아."

끔찍한 상상에 다시 한 번 탄식한 우대만은 부르르 진저리를 친 뒤, 멀어지는 여자의 뒷모습을 노려보았다. 아무리 말썽을 일으키면 안 되는 처지라지만, 그런 처지가 모든 상황을 인내하도록 강요하는 것은 아니었으므로.

그리고 우대만으로 말할 것 같으면, 강호오괴 중 일인으로서 한 시대를 풍미한 괴걸을 사부로 두었을 뿐 아니라 이 차 곤륜지회를 통해 천하제일 장법가를 공인받은 절세 고수를 부친으로 둔 자타 공인의 '청년 고수'가 아니던가.

무공에 대한 재질도 나쁘지 않았다. 아니, 나쁘지 않은 정도가 아니라 발군이라고 자부해도 무방했다. 사부의 유운팔법流雲八法과 적선보謫仙步는 젊을 적 사부 수준 이상으로 체득한 지 오래고, 부친의 항룡장법降龍掌法도 심오한 경지에는 오르지 못했을망정 흉내 정도는 낼 줄 안다. 그러므로 저 여자가 누구든

간에, 그 배후에 있는 금 노야가 얼마나 대단한 인물이든 간에, 일단 싸우기로 작정한 이상 거리낄 이유는 전혀 없는 것이었다.

우대만은 탄식하느라고 벌렸던 아래위 입술을 야무지게 다물며 여자를 향해 마음속으로 선고를 내렸다.

'맞아 죽기 싫으면 새 바지를 내놔야 할 거다. 아니면 네년이 입고 있는 바지라도!'

여자의 하의를 벗겨 본 적은 그리 많지 않았고 그 여자가 미녀라면 더욱 그러했지만, 그런 경험적 단점이 저 여자의 바지를 벗기는 데 지장을 주지는 않을 터였다. 그 짓을 하려고 벗기는 것도 아닌데 뭐.

그러니 이제 남은 것은 결심을 벼락같은 행동으로 옮기는 일뿐이었다. 우대만은 양 발바닥에 기를 불어 넣어 젖은 마룻바닥을 힘차게 박찼다.

……아니, 박차려고 했다.

우대만의 벼락같은 행동을 멈추게 만든 것은, 실로 절묘한 시점에 객잔 안에 울려 퍼진 누군가의 중후한 목소리였다.

"쯧쯧, 이번에는 매 단주가 조금 심했어."

그 목소리의 주인공은 일신에 정갈한 청색 장포를 걸치고 목 뒤로는 구슬 장식이 달린 새하얀 방갓을 매어 건 남자였다. 그 남자가 선연관 이 층으로 난 계단을 통해 걸어 내려오며 우대만 쪽을 바라보고 있었다.

그 남자의 뒤에는 검은 유복에 검은 유건을 쓴 선비풍의 장년 남자가 뒤따르고 있었는데, 굳이 '매의 눈'까지 동원하지 않더라도 머리가 아주아주 좋은 사람임을 금세 알아볼 수 있었다. 차분하고 조심스러운 행동거지며, 약간 길쭉한 눈구멍 안에 심현하게 자리 잡은 맑고 선명한 눈동자가 그 점을 알려 주고 있었다.

그리고 그런 머리 좋은 사람을 시종처럼 배행시킨 청색 장포의 남자는…….

그 남자의 얼굴을 살피던 우대만은 눈을 깜빡거리다가, 양손의 검지로 눈물샘 자리를 두어 번 누른 뒤, 다시 눈을 깜빡거렸다.

'매의 눈'이 힘겨워하고 있었다.

그것을 통해 쌓은 습관, 즉 사람을 살펴 그 심신의 상태를 알아내는 일상적인 행위가 갈피를 잃고 혼란스러워하고 있었다. 두 눈으로는 분명히 청포 남자의 얼굴을 관찰하고 있는데, 그렇게 모인 시각 정보가 뇌리에 제대로 기록되지 않았던 것이다. 전달 경로가 어떤 장애물에 의해 차단당했다기보다는, 전달된 정보가 물에 뜬 기름 막처럼 기억의 표면을 무력하게 미끄러지는 기분이었다. 잡힐락 말락 하는 그 아슬아슬한 유리감遊離感이 우대만을 곤혹에 빠트렸다.

'저 사람…… 뭐지?'

맹세컨대, 황서계주의 신물인 황자건黃子巾의 주인이 되기 위해 안력 수련에 매진한 소년 시절 이후로 지금과 같은 괴상한 경험은 처음이었다. 우대만에게는 보는 것이 곧 아는 것이었다. 보다 정확히는, 관찰과 포착을 언제나 같은 시점에 이루어지는 동일한 행위로 간주해 왔고, 실제로도 그러했던 것이다. 그런데 불변하리라고 믿었던 그 등식이 무너지고 있었다, 계단을 내려오는 저 청포 남자로 인해.

다만 한 가지 단언할 수 있는 점은 청포 남자의 나이가 그리 많지는 않다는 것인데, 그조차도 얼굴을 포함한 외양으로부터

가 아니라 남자가 자연스럽게 내비치는 싱싱한 활력으로부터 도출해 낸 사항이었다.

계단을 다 내려온 청포 남자가 다시 말했다. 이번에는 매 단주라 불린 여자를 향해서가 아니라 우대만을 향해서였다.

"금 노야를 만나고 싶다고?"

우대만은 벙어리가 된 듯 고개만 끄덕였다. 그러자 청포 남자가 뒷짐을 지며 말했다.

"내가 바로 금 노야라네. 나를 만나려는 이유가 뭔가?"

다시 말하거니와 청포 남자는 노야 소리를 들을 만큼 나이를 먹지 않았다. 늙은이도 아닌 사람이 노야라고 불리는 것은 이상한 일이겠지만, 자금성의 위 소야를 떠올리면 아주 이상하달 수만도 없었다. 늙은 소야도 있는 마당인데 안 늙은 노야가 있지 말란 법은 없지 않겠는가.

이쯤에는 객잔 일 층에 감돌던 험악한 분위기가 씻은 듯이 정리된 뒤였다. 말과 눈빛과 여섯 개의 감춰진 칼날로 우대만을 겁박하던 여자와 그 일행인 두 남자는 한쪽 무릎을 바닥에 꿇은 채 청포 남자를 향해 고개를 숙이고 있었다. 점원은 멀찍이 물러서서 두려움과 호기심이 반반씩 섞인 얼굴로 상황의 추이를 관망하고 있었다. 그리고 우대만은…….

우대만은 자칭 금 노야라는 청포 남자를 '매의 눈'으로써 포착하는 일을 완전히 포기하고 자신의 젖은 바지를 내려다보았다. 그러자 대답할 말이 떠올랐다.

"음, 우선 노야의 수하분이 망친 제 바지를 변상해 주셨으면 합니다. 돈이 아니라 바지로요."

금 노야가 고개를 끄덕였다.

"당연히 그럴 생각이었네. 자네 같은 헌헌장부가 물에 빠진 생쥐 꼴로 돌아다니게 할 수는 없는 노릇이니까. 참, 쏟아진 물값도 변상하도록 하지.”

헌헌장부라는 말에는 동의할 수 없지만 굳이 토를 달지는 않았다. 금 노야에게 바라는 것이 바지 한 벌만은 아니기 때문이었다.

“물값은 사양하겠습니다. 그 대신 오늘 하루 이 객잔에서 묵을 수 있도록 허락해 주십시오.”

우대만의 말이 의외였는지 금 노야가 머리를 살짝 기울이며 “흐음.” 하는 콧소리를 냈다.

우대만이 말을 이었다.

“이틀 내내 모래바람을 맞다 보니 목욕 생각이 간절한데, 여기처럼 시설이 제대로 된 곳을 찾기 어려워서 그렇습니다. 구석진 방이라도 괜찮습니다. 아, 숙박비는 물론 지불하겠습니다.”

금 노야는 우대만의 얼굴을 물끄러미 바라보다가—저러고 있는데도 생김새가 명확히 포착되지 않는다니 환장할 일 아닌가!— 모호해 보이기만 하는 입술로 빙긋 미소를 지었다.

“허락하지. 단, 숙박비는 사양하겠네. 그 대신 나도 자네처럼 조건 하나를 달고 싶은데…….”

여기까지 말한 다음 뒷말을 쉬 잇지 않는 금 노야를 바라보며, 우대만은 자신이 초조해하고 있음을 깨달았다. 얼마나 까다로운 조건을 달려고 저렇게 뜸을 들이는 걸까?

하지만 금 노야가 단 조건은 그리 까다롭지 않았다. 그러므로 우대만이 마맛자국 파인 미간에 주름을 잔뜩 잡은 것은 조건 때문이 아니었다.

“오늘 저녁 이곳에서 열리는 만찬에 참석해 주길 바라네, 응안마수재鷹眼痳秀才."

금 노야는 북경에서 온 곰보 청년의 정체를 정확히 간파하고 있었던 것이다.

커다란 나무 목욕통에 채워진 목욕물은 이미 서늘하게 식어 있었다. 하지만 이 각 전에만 해도 살을 델 것처럼 뜨거웠었고, 그 안에 푹 잠겨 있던 우대만은 지긋지긋한 흙모래 알갱이들과 더불어 지난 이틀간 쌓인 피로를 말끔히 씻어 낼 수 있었다. 수면에 둥둥 떠다니는 때들과 목욕통 바닥에 굴러다니는 모래들이 그 상쾌한 과정을 증언해 주고 있었다.

그럼에도, 신체적으로는 충분히 개운해졌음에도, 우대만은 여전히 개운치 않았다. 당연히 금 노야 때문이었다.

목욕물에 몸을 담근 이 각 사이, 금 노야를 떠올리기 위해 머릿속으로 한 시도는 오십 번도 넘었다. 그러나 모든 시도는 무위로 돌아갔고, 금 노야는 비밀스러움을 숭상하는 어떤 연출자처럼 모호함이라는 이름의 두꺼운 장막 뒤에서 결코 나오려 하지 않았다. 기억되지 않는 자. 그래서 기억할 수 없는 자.

'하긴, 그런 경지가 있긴 하지.'

이기혼연以棄渾然이라던가? 자신을 버림으로써 외물과 동화를 이룬다는 도가의 전설적인 경지 말이다. 하지만 금 노야는 도가적인 분위기와는 무관해 보였고, 쟁쟁해 보이는 자들을 수하로 거느린 것은 맞지만 본인이 무공을 익힌 흔적을 드러낸 적은 전혀 없었다. 그런 인물이 이기혼연의 주인이라고? 그것도 '매의 눈'마저 무력화시킬 정도의?

……모르겠다, 최소한 지금으로서는.

우대만은 머리를 신경질적으로 내저었다. 뒷머리를 적신 물방울들이 사방으로 흩뿌려졌다.

그때 방문 두드리는 소리가 울렸다.

"손님, 잠시 들어가도 될까요?"

기억에 있는 목소리, 아까 일 층에서 벌어진 활극 아닌 활극에서 유일한 국외자의 역할을 맡았던 그 점원의 목소리였다.

"들어오시오."

우대만의 허락이 떨어지자 객방 문이 열리고 점원이 안으로 들어왔다. 손님이 아직도 목욕통 안에 들어 있다는 사실에 놀랐는지 눈썹을 위로 밀어 올린 점원이 곧바로 호들갑을 떨었다.

"아이고, 목욕물이 다 식었을 텐데……. 뜨거운 물을 더 가져올까요?"

"필요 없소, 막 나가려던 참이었으니."

점원이 객방에 들어온 용건은 따로 묻지 않아도 되었다. 점원이 양손에 받쳐 든 물건이 그 용건일 테니까.

"금 노야께서 보내신 옷입니다. 바지만으로는 어울리지 않을 것이라고 하시며 상의까지 맞춰 보내셨습니다."

그러면서 침대에다 옷가지를 내려놓는 점원을 향해 우대만이 이죽거렸다.

"세심도 하시지, 금 노야는."

점원은 이죽거림을 이죽거림으로 받아들이지 않았다.

"세심하실 뿐만 아니라 씀씀이도 아주 호탕하시지요."

활짝 웃는 표정으로 보건대 따로 챙긴 인정전人情錢이 쏠쏠한 눈치였다.

"아."

우대만은 성의 없는 탄성으로 대꾸를 대신했다. 금 노야에 관해 묻고 싶은 것이 많았지만, 객잔의 일개 점원이 유의미한 정보를 알고 있을 리도 없고, 객방 밖 어딘가에 숨어 있을 감시자의 귀를 즐겁게 해 주고 싶은 마음도 없었다.

수건으로 요처만 가린 채 목욕통에서 나와, 인정전을 바라는 얼굴로 문간에 서 있는 점원을 부드럽지만 완강한 미소로 돌려보낸 우대만은 침대에 놓여 있는 옷가지를 확인한 즉시 한숨을 푹 내쉬고 말았다.

"그는 나를 만찬장의 광대로 만들려는 모양이군."

그게 아니고서야 이런 걸 입으라고 보낼 리 없었다. 회족의 전통의상을. 녹색과 흰색과 청색 천을 교대로 이어 붙인 겉옷. 통이 좁은 흰색의 상의와 하의. 거기에 돕브라고 불리는 챙 없는 모자와 초록이라고 불리는 장화까지 딸린 이 복식을 전부 갖춰 입는다면 광대처럼 보이지 않을 도리가 없을 터였다. 회족들이 우글거리는 감숙에서도 이 정도로 '전통'적인 차림을 한 회족은 거의 보지 못한 우대만으로선 한숨이 절로 나올 수밖에 없었다.

우대만은 침대 발치에 벗어 놓은 자신의 바지를 집어 들었다. 예상대로 여전히 젖은 상태였다. 공력을 일으켜 이 바지를 말리는 것도 해결책 중 하나가 되지 않을까 하는 유혹이 잠깐 일었지만, 그런 일을 자유자재로 해낼 만큼 내공이 심후하지도 않을뿐더러 이쪽의 정체를 알고 있는 절체불명의 상대 앞에 기진맥진한 꼴로 나서는 것은 위험하다는 판단이 들었다.

그러자 눈앞에 갈림길이 나타났다. 하나는 '광대 곰보'가 되는 길, 다른 하나는 '오줌싸개 곰보'로 남는 길.

선택은 오래 걸리지 않았다.

"젠장. 젠장. 젠장."

우대만은 입으로는 연신 투덜거리면서도 금 노야가 보내온 회족 전통의상을 열심히 입기 시작했다. 옷을 다 입고 나니 이 객잔의 이름이 새삼 떠올랐다.

선연관.

그 이름에 어떤 영험함이 있다면, 선연의 후보에 금 노야도 들어간다는 얘긴데…….

"개뿔, 영험은 무슨."

이처럼 곤욕감만 안겨 주는 만남이 선연이라면, 그따위 선연 개에게나 던져 줄 테다!

다행스러운 일이 두 가지 있었다.

첫째는 만찬장의 규모가 예상보다 작다는 것이다. 선연관의 규모로 미루어 대갓집 혼인 잔치만큼이나 많은 사람이 모일 줄 알았는데, 참석자의 수가 우대만을 포함해 일곱밖에 되지 않았다. 많은 사람들 앞에 나서기를 좋아하지 않는 우대만으로선 다행스러운 일이 아닐 수 없었다.

둘째는 만찬장의 광대가 하나만이 아니라는 것이다. 일곱 명의 참석자 중 회족의 전통의상 차림을 한 사람이 우대만을 포함, 셋이나 되었는데, 심지어 그중 하나는 우대만보다 훨씬 더 광대처럼 보이기까지 했다. 희소성을 잃은 광대는 더 이상 광대가 아니기에 우대만은 '광대 곰보'에서 그냥 '곰보'로 돌아올 수 있었다.

거기에 덧붙이자면, 만찬장에 차려진 음식이 정말로 훌륭했다. 조금 아쉬운 점은 회족의 전통에 따라 돼지고기와 말고기가 빠졌다는 것인데, 여러 가지 방식으로 조리한 소고기와 양고기 요리들은 그 아쉬움은 달래 주기에 충분했다.

총평하자면 양보다는 질에 치중한 만찬이라 할 터인데, 이것이 만찬의 주인 격인 금 노야의 성품을 엿보게 해 주는 하나의 단서가 될지도 모른다는 생각이 들었다.

"오, 지각생이 이제야 왔군."

대형 팔선탁八仙卓의 북쪽 자리—주석主席이다—를 차지한 금 노야가 계단을 내려오는 우대만을 바라보며 말했다.

일 층에 내려온 우대만은 비어 있는 두 자리 중 한 자리 앞에서 걸음을 멈췄다. 그가 의도적으로 선택한 그 자리에서는 금 노야를 정면으로 마주 볼 수 있었다.

'기왕이면 당당한 쪽이 낫겠지.'

금 노야가 우대만을 향해 물었다.

"벌주를 받을 준비는 됐겠지?"

우대만은 고개를 끄덕였다.

"기꺼이."

시중을 드는 여자가 우대만 몫으로 놓인 술잔을 은쟁반에 담아 금 노야에게 가져가고, 금 노야가 술잔을 채우자 다시 우대만에게 가져다주었다.

선 채로 단숨에 들이켠 술은 강렬하고, 독하고, 훌륭했다. 우대만은 살짝 진저리를 친 뒤, 목구멍으로 되올라오는 주향을 탄성에 실어 내보냈다.

"하아."

그 어떤 호화로운 만찬장에서도 능히 화룡점정이 될 만한 술이었다. 어제 황무지에서 마신 본고장 소흥주도 명주라는 평을 듣기에 부족함이 없었지만, 그래도 이 술보다는 못하다는 생각이 들었다. 우대만은 진심을 실어 칭찬했다.

"좋군요."

금 노야가 빙긋 웃더니 우측으로 한 자리 건너에 앉아 있는 사람을 가리켰다.

"술에 관한 칭찬이라면 이분께 돌려야 마땅할 걸세."

팔선탁의 여섯 자리를 차지한 사람들 중 절반은 우대만이 이미 본 바 있는 금 노야 측 인사―금 노야와 머리가 아주아주 좋아 보이는 장년 유생과 매 단주라는 여자―였고, 나머지 절반은 외부에서 초청한 인사인 듯했다. 금 노야가 가리킨 사람은 회족 전통의상을 입은 두 사람 중 상대적으로 덜 요란한 차림을 한 딸기코 중노인이었다.

축농증이라도 있는지 딸기코를 킁킁거리던 중노인이 그리 탐탁지 않은 표정으로 자신을 소개했다.

"주천방酒泉房의 곽용郭溶일세."

짧고 불친절한 자기소개 뒤로 훨씬 길고 훨씬 친절한 금 노야의 설명이 뒤따랐다.

"곽 방주께서 세우신 주천방은 감숙에서 가장 좋은 술을 만드는 양조장이라네. 이 객잔의 술도 나쁘지는 않지만 오늘 만찬에는 더 좋은 술이 필요할 것 같아 특별히 초청장을 올렸는데, 역시나 기대에 어긋나지 않는 훌륭한 술을 가져오셨다네."

"거병음去病吟은 확실히 훌륭한 술이지요."

점잖게 운을 떼며 끼어든 사람은 세 명의 외부 인사 중 유일하게 한족의 복식을, 그것도 무관의 복식을 정식으로 차려입은 장년인이었다. 이목구비가 시원하고 체격도 좋아 전체적으로 늠름한 인상이지만, 왼쪽 눈꼬리에 달린 커다란 사마귀가 아쉽게도 그 늠름함을 반감시키고 있었다.

우대만이 택한 자리는 공교롭게도 그 사마귀 무관의 바로 옆자리였는데, 사마귀 무관은 옆에 서 있는 우대만에게는 눈길 한 번 주지 않은 채 다른 참석자들을 향해서만 말을 이었다.

"주천방과 거병음이라, 하나같이 남자의 피를 뜨겁게 만드는 이름들이지요. 작명에 관한 곽 방주님의 탁월하신 능력에 찬사를 보내는 바입니다."

'주천'은 지명이요, '거병'은 전한 시대의 명장인 곽거병을 가리킨다. 기련산 아래 사막에 흩어져 있는 여러 녹주호綠州湖(녹주는 오아시스)들 중 한 곳에 주천이라는 이름이 붙은 것은, 원정길에 오른 곽거병이 황제가 보낸 어주 한 병을 녹주의 샘에 부은 뒤 "이제 이 물은 황제 폐하께서 하사하신 술이 되었다!"라며 병사들 모두에게 마시게 했다는 고사에서 유래한다. 그래서 붙은 주천이라는 이름은 여러 왕조를 거치며 녹주의 이름을 넘어 그 일대 전체의 이름으로 자리 잡게 되었다.

"그런데 그 주천이 지금은 생지옥으로 변했으니 석년의 곽 장군이 이 사실을 알면 얼마나 통탄해하실지, 원."

세 명의 초청객 중 남은 한 사람, 회족의 전통의상이 저렇게까지 광대 옷처럼 보일 수도 있구나 하는 점을 알려 주는 뚱뚱한 노인이 말했다. 그 노인은 비단 손수건으로 얼굴에 낀 개기름을 열심히 훔치고 있었는데, 그럴 때마다 점점 더러워지는 손수건은 이 만찬장의 유일한 오점처럼 여겨졌다.

흥미로운 것은 뚱뚱한 노인이 한 말에 대한 다른 사람들의 반응인데, 주천방의 곽용과 사마귀 무관의 안색이 한가지로 어두워진 것이었다. 뜻밖의 비보라도 갑자기 날아든 듯, 음울한 침묵이 만찬장을 엄습했다.

그 침묵을 허문 것은 금 노야의 중후한 목소리였다.

"생지옥⋯⋯."

금 노야는 탁자에 얹어 놓은 두 손—경쾌함과 강력함을 동시에 갖춘 것처럼 보였다—으로 가볍게 깍지를 끼며 말을 이었다.

"소문이 어찌나 시끄러운지, 남부에 사는 이 사람의 귀에까지 들려오더군요. 어디, 그 사건에 관해 좀 더 상세히 말씀해 주시겠습니까?"

나중에 안 일이지만, 비단 손수건 한 장을 가지고 만찬장의 유일한 오점을 꾸역꾸역 생산해 내던 풍풍한 노인은 겉차림만 회족인 주천방의 곽용과 달리 진짜배기 회족이었고, 이름은 알툰루크—그게 북부 회족어로 '금광'이란 뜻임은 더 나중에 알았다—라고 했다. 그리고 만찬이 끝날 때까지 우대만을 줄곧 없는 사람 취급을 했던 사마귀 무관은, 실제로는 본인이야말로 없는 사람 취급을 당해도 무방한 은천부의 그렇고 그런 탐관오리에 지나지 않았다. 금 노야 정도 되는 인물이 굳이 초청장까지 보내 부른 이유가 궁금해질 정도였다.

어쨌거나 금 노야가 관심을 보인 생지옥 얘기는 우대만에게도 중요한 관심사가 아닐 수 없었다. 북경에 사는 우대만을 모래바람 드센 이 황량한 땅으로 오게 만든 두 가지 이유 중 하나이기 때문이었다.

이제 화제는 명료해졌다. 남부까지 진동했다는—우대만은 금 노야의 이 말을 믿지 않았다. 왜냐하면 남부보다 거리상 더 가까운 데다 제국의 중심부라는 이유로 더 많은 정보가 모이는 북경에서조차 얼마 전에야 알려진 사건이기 때문이다. 그러므로 금 노야는 독자적인 정보망을 통해 그 소문을 접한 것이 분명했다— 문제의 소문에 대한 얘기들이 한동안 이어졌다. 두서없고 난잡하며 때로는 황당하기까지 한 얘기들이.

그것들을 종합, 정리하면 다음과 같다.

—주천 일대에 생시生屍들이 출몰했다.

—생시란 어의 그대로 살아 있는 시체다.

—숨 쉬고 먹고 활보하기도 하지만, 생존을 위한 본능적인 행동을 제외한 인간적인 행동은 보이지 않는다.

—생시가 인간을 해치는 경우는 드물다. 그 드문 경우란 인간 쪽에서 먼저 생시를 해치려 할 때인데, 그렇기 때문에 생시의 방어적 본능이 작동한 것으로 추정된다.

—그러나 유일한 예외가 있었다.

—단 하루, 생시들이 집단적으로 광란을 일으켜 주천의 주민들을 공격한 것인데, 지난여름 벌어진 그 하루의 결과는 차마 말로 담기 힘들 만큼 참혹했다고 한다.

—감숙 사람들은 그날 벌어진 사건을 가리켜 '생시들의 축제', 생시제生屍祭라고 부른다.

생시제라니 이 얼마나 섬뜩한 명칭이란 말인가!

차마 말로 담기 힘들 만큼 참혹했던 당시의 상황을, 주천방의 곽용은 이렇게 에둘러 표현했다.

"우리 주천방이 주천이 아니라 은천에 있다는 사실을 그날처럼 다행으로 여긴 적은 없었소이다."

주천과 그리 멀지 않은 감주甘州의 호상인 탓에 그 지독한 참

극을 지척에서 겪어야 했던 알툰루크는 기억을 떠올리는 것만
으로 다시금 공황에 빠져든 것 같았다.

"주천? 주천이라고? 아니, 더 이상은 아니오! 거기는 피의
샘, 혈천血川이 돼 버린 지 오래요!"

절규를 터뜨린 그 뚱뚱한 회족 노인은 손에 쥔 조그만 손수건
으로 핼쑥해진 얼굴을 가리려 했고, 그 뒤에 숨는 것이 불가능
하다는 사실을 갑자기 깨달은 듯 원망하는 눈길로 손수건을 노
려보았다. 유창히 이어지던 한어가 중간중간 끊어지고 그 사이
로 회족어의 파편들이 새된 성조로 섞여 나오기 시작한 것도 그
무렵의 일이었다.

각 지방의 방언뿐 아니라 여러 민족의 고유어에도 능통한 우
대만으로선 회족어가 섞였다는 이유 하나로 따로 통역이 필요
하지는 않았지만, 금 노야 측 인사들은 아닌 모양이었다. 그래
서인지 주천방주와 사마귀 무관이 간간이 끼어들어 알툰루크의
진술을 보완해 주었다.

생시제에 대한 폭풍 같은 장광설이 지나간 뒤, 만찬장의 분
위기는 과부 혼자 사는 집처럼 침잠되어 있었다. 맛좋은 냄새를
풍기던 특품 요리들은 참석자들의 외면 아래 싸늘히 식은 뒤였
고, '곽거병의 노래'라는 박력 넘치는 이름의 명주도 특유의 강
렬한 향기를 잃어버린 것 같았다. 초청객들은 모두 힘겨워하는
눈치였고, 그 점은 우대만도 예외가 아니었다. 부정不淨하기 짝
이 없는 연상과 상상이 뇌리 밑바닥에 눌어붙어 떠나려 하지 않
았다.

한동안 끊겼던 화제를 다시 이어 붙인 사람은 금 노야와 함께
온, 머리가 아주아주 좋아 보이는 장년 유생이었다.

"그 뒤로 생시들은 어떻게 되었습니까?"

장광설의 후유증으로 인해 이제는 호흡곤란 증세까지 보이는 알툰루크를 대신해 주천방의 곽용—양조장 주인답게 생시들 얘기가 오가는 와중에도 음주를 포기하지 않은 유일한 인물이기도 했다—이 딸기코만큼이나 벌게진 얼굴로 장년 유생의 질문에 대답했다.

　"죄다 죽었소이다."

　"죽인 게 아니라 죽었다고요?"

　"그렇소. 죽었소."

　"이상하군요. 제가 듣기로는 감숙성 위소衛所(각 성에 주둔하는 지방군)의 병력이 출동해서 처리했다던데……."

　장년 유생이 콧등을 짧고 빠르게 쫑긋거리면서 말끝을 흐렸다. 청수한 인상과는 어울리지 않는, 어딘지 모르게 쥐를 연상케 하는 말투요, 동작이었다.

　"물론 그런 엄청난 참사가 벌어진 만큼 관병이 출동해서 생시들을 잡아 죽이려 한 것은 당연하오. 한데 굳이 그럴 필요가 없었다는 점이 곧 밝혀졌소. 관병의 창칼을 피해 달아난 생시들이 주천의 경계 부근에서 집단으로 죽은 채 발견되었기 때문이오."

　곽용의 설명에 알툰루크가 가쁜 숨을 억눌러 가며 거세게 반박했다.

　"죽은 게 아니야! 이미 죽은 놈들이 어떻게 죽어? 두고 봐, 놈들은 반드시 다시 일어나 활개를 치고 돌아다닐 테니까!"

　그 반박을 재반박한 것은 사마귀 무관이었다.

　"아니, 곽 방주님의 말씀이 옳습니다. 생시는 시체가 아닙니다. 혼만 없을 뿐 육체는 엄연히 살아 있는 상태였지요. 하지만 주천의 경계에서 집단으로 발견된 생시는 육체적인 면까지도 완전히 죽어 있었습니다. 그러므로 '정말로' 죽은 겁니다."

자리에 앉은 이후 이제껏 듣기만 하던 우대만이 처음으로 입을 연 것은 이때였다.

"그렇다면 생시는 이제 멸절된 겁니까?"

근본도 모르는 곰보 청년 따위는 이 대화에 낄 급이 아니라고 여긴 사람은 사마귀 무관 하나만이 아닌 듯했다. 초청객 셋은 약속이나 한 것처럼 뚱한 얼굴로 입을 다물었고, 그래서 우대만은 별수 없이 가장 껄끄럽게 여기던 인물을 상대해야 했다.

"생시란 이물異物이 더 이상 세상에 나오는 일은 없을까요? 어떻게 생각하십니까?"

우대만의 질문에 금 노야는 깍지 낀 양손을 풀며 자세를 꼿꼿하게 만들었다.

"그 질문에 대답하기에는 아직 밝혀지지 않은 점들이 너무 많은 것 같군. 우선 멀쩡하던 인간이 하루아침에 왜 생시로 바뀌었는지부터 밝혀내야겠지."

"그 일은 관부의 몫이라고 봅니다만."

금 노야는 고개를 한 번 끄덕이는 것으로 우대만의 의견에 동의를 표한 뒤, 의견을 묻듯 사마귀 무관에게 시선을 옮겼다. 그러나 사마귀 무관은 갑자기 취기가 오른 사람처럼 고개를 푹 숙인 채 제 앞에 놓인 술잔만 내려다볼 뿐이었다. 우대만은 경멸감을 감추지 않고 그자의 옆얼굴을 노려봐 주었다. 이봐, 그 덩치가 부끄럽지도 않아?

금 노야는 무능한 관리를 향해 화를 내지도, 경멸감을 드러내지도 않았다. 그저 슬쩍 웃고는 시선을 우대만에게로 돌렸을 따름이다. 우대만 또한 고개를 돌려 금 노야의 여전히 포착되지 않는 눈을 마주 보았다.

금 노야가 말했다.

"알잖나. 세상에는 관부의 위엄이 미치지 못하는 종류의 일도 왕왕 있다는 걸. 그러니 우리가 이해해야지 어쩌겠는가."

이해할 마음은 전혀 없었지만, 저 말 자체는 틀린 것이 아니었다. 생시는, 관부라면 무조건 움츠러들고 보는 선량한 백성의 범주에 포함되지 않을 테니까. 게다가 살아 있는 시체를 상대하기란 웬만한 담력 가지고선 힘든 일일 텐데, 우대만이 아는 관리들 중 그런 담력의 소유자는 극소수에 불과했다. 누군가의 눈길 한 번에 갑자기 취해 버린 사마귀 무관은 그 극소수에 당연히 포함되지 않을 테고.

"알아내야 할 일은 그것 말고도 수두룩하다네. 불길하고 흉측하긴 해도 인간에게 딱히 해를 끼치지는 않던 생시들이 왜 생시제 날에는 그런 광란을 일으켰는지, 그 광란이 왜 하루 만에 끝나 버렸는지, 그리고 남은 생시들이 주천의 외곽에서 집단으로 폐사斃死한 이유는 무엇인지⋯⋯."

각각의 조항마다 왼손 검지 끝으로 탁자를 탁탁탁 두드려 강조하던 금 노야가 빙긋 웃으며 우대만에게 물었다.

"자네의 생각은 어떤지 알고 싶군."

우대만은 머릿속에서 복잡다단하게 얽혀 있는 단어들을 신중히 골라낸 다음 입을 열었다.

"멀쩡하던 인간이 하루아침에 생시로 바뀐 원인에 대해서는 두 가지 가능성을 상정하고 있습니다. 첫째, 이전에는 존재하지 않던 괴질의 창궐. 둘째, 독이나 주술 같은 사이한 수법에 의한 인위적 변이."

"중론과 부합되는군."

금 노야의 말대로 생시에 관한 중론이 대체로 그러했다. 더 합리적인 부류는 전자를, 덜 합리적인 부류는 후자를 주장하는 실정이었다.

고개를 작게 끄덕이던 금 노야가 다시 물었다.

"그래, 자네는 그 두 가지 가능성 중 어느 쪽에 더 무게를 두고 있나?"

우대만은 망설였다. 금 노야에게, 저 정체불명의 인물에게 솔직히 답해 줄 필요가 있을까? 하지만 그런 망설임은 오래가지 않았다. 솔직함을 숭상해서가 아니라 감추는 것이 무의미하다는 판단이 들어서였다. 금 노야는 이번 사건에 관해 자신이 가진 것보다 더 많은 정보를 확보하고 있었다. 이건 추측이 아니라 거의 확신에 가까웠다.

"후자입니다."

우대만의 짧고 분명한 대답에 금 노야의 입꼬리가 살짝 말려 올라갔다. 금 노야가 옆자리의 장년 유생을 돌아보며 유쾌한 어조로 말했다.

"참으로 후한 장사꾼 아닌가. 대금도 받기 전에 물건부터 내주다니 말일세."

목덜미가 서늘해지며 귀밑의 여린 살에 소름이 돋아 올랐다.

'젠장.'

우대만이 응안마수재임을 알아본 것과 응안마수재가 정보 상인들의 결사체인 황서계의 계원임을 알고 있는 것은 전혀 다른 문제였다. 후자 쪽이 훨씬 비밀스럽고, 드러나면 훨씬 곤란한 것이다. 그런데 알고 있었다. 직설적으로 밝히지는 않았지만, 방금 장년 유생에게 한 말은 금 노야가 우대만과 황서계의 관계를 정확히 알고 있다는 점을 강력하게 시사하고 있었다. 그렇다는 것은…….

'저자가 가진 정보력은 우리 황서계에 못지않은 것 같다. 대체 정체가 뭐기에?'

그러나 금 노야에게서 그 대답을 듣기란 불가능할 것 같았다. 알려 줄 작정이었다면 처음 만났을 때, 우대만이 응안마 수재임을 간파했을 때 알려 주었을 테니까. 그런데 그러지 않았다. 굳이 숨기려는 것 같지는 않으니, 네 능력으로 알아보라는 의도가 엿보였다.

……하지만 모르겠다, 최소한 지금으로서는.

모호한 호칭과 더 모호한 외모.

유능한 수하들과 더 유능한 정보망.

거기에 더하여, 이것이 가장 중요한 요소인데, 주위 상황을 자연스럽게 장악하는 확고한 지배력.

금 노야는 이 모든 요소들을 다 갖춘 자였다. 이제 우대만은 자신이 감당할 수 없는 거물과 마주하고 있음을 인정하지 않을 도리가 없었다.

시선을 다시 우대만에게 돌린 금 노야가 목소리에 친절함을 담아 말했다.

"호의에 보답하는 뜻에서 자네가 방금 한 말 중 일부를 정정해 주겠네. 자네는 '독이나 주술'이라고 말했는데, 그것을 '독과 주술'로 바꾸라고 권하고 싶군."

이 말은 꽤나 의미심장하게 들렸다. 우대만은 무력해지려는 스스로를 모질게 다잡으며 금 노야에게 물었다.

"그 두 가지가 함께 사용되었다는 뜻인가요?"

"그렇다네."

독과 주술이 함께 사용되었다면 혐의 대상의 범주가 확 줄어든다. 한두 걸음만 더 다가가면 거의 특정할 수 있을 정도로.

"증거는 있습니까?"

금 노야는 모호한 얼굴을 더욱 모호하게 만들어 주는 미소를 지었다.

"너무 많은 것을 알려 준다면 자네가 이곳에서 할 일이 없어지지 않겠나. 듣기로 응안마수재는 자기가 할 일을 남에게 미루는 성격이 아니라던데."

"아."

자신에 대해 저렇게 과분한 평이 나도는 줄은 전혀 몰랐다. 다만 안타까운 점은 그 평이 매우 부정확하다는 것. 남에게 미룰 수만 있다면 사양하지 않고 미루는 것은 우대만이 소마자少痲子(꼬마 곰보) 시절부터 추구해 온 삶의 방식이었다. 그는 요령을 배척하고 지름길을 외면하는 우직한 성격과는 거리가 멀었다. 일례로, 지금도 황무지 너머에서 주인을 기다리고 있는 그 은닉처를 짓는 데 훨씬 큰 노동력을 제공한 사람은 은닉처와 무관한 애늙은이 녀석이었던 것이다. 음, 착한 녀석 같으니라고.

금 노야가 두 손을 다시 깍지 끼어 탁자에 올려놓더니 가위처럼 교차된 엄지손톱에 눈길을 주며 말했다.

"생시에 관한 나머지 의문들에 관해서도 파악한 바가 아주 없지는 않지만, 남들 앞에 밝힐 만큼 정확한 것이 아닌 탓에 이 자리에서 언급하기는 좀 그렇군."

그러더니 고개를 약간 들어 우대만을 바라본다.

"아마 자네도 나와 비슷한 입장이라고 보는데. 안 그런가?"

"그렇습니다."

우대만은 담백하게 인정했다. 그가 생시에 관해 수집한 각종 첩보들은 저 금 노야의 얼굴만큼이나 모호한 부분이 많아서 제대로 된 정보로써의 신빙성을 부여하기가 곤란했다. 심지어는 전설 속의 귀문관鬼門關이 주천에서 열리는 걸 목격했다는 황당무계한 소문까지 있었으니…….

그래서 감숙에 온 것이다, 직접 부딪쳐 보기 위해.

그렇다면 저 금 노야는 감숙에 왜 온 것일까?

우대만은 맞은편에 앉은 금 노야의 눈을 정시—포착하는 것을 일찌감치 단념한 덕에 훨씬 가벼운 마음으로—하며 물었다.

"노야께서는 이곳에 왜 오신 겁니까?"

추궁하는 말투가 거슬렸는지 매 단주의 몸이 들썩거렸다. 하지만 옆자리 장년 유생의 눈길에 제지당했고, 금 노야는 그런 움직임들은 아예 보지 못한 듯 담담하게 대답했다.

"보물을 찾으려고 왔네."

"보물?"

우대만은 미간을 찡그리다가 다시 물었다.

"그 보물이란 것이 구체적으로 무엇인지 여쭤도 될는지?"

금 노야는 손자로부터 난처한 요구를 받은 할아버지처럼 상체를 좌우로 천천히 까닥거렸다.

"이미 말하지 않았나. 나는 자네의 일을 빼앗고 싶지 않다고. 그리고 응안마수재, 자네라면 그 질문의 답을 조만간 알게 되리라고 믿네."

힐난 같기도 하고 칭찬 같기도 한 말로 우대만의 질문을 슬쩍 비켜 간 금 노야가 참석자들을 둘러보며 선언하듯 말했다.

"어쨌거나 이 불쾌한 화제를 더 이상 이어 가는 것은 무의미하겠군요."

의미 여부를 떠나 이 자리에 초청된 감숙의 유지들—하나는 금방 죽을 것처럼 숨을 헐떡이고, 다른 하나는 마시지도 않은 술에 취한 척하고, 마지막 하나는 정말로 대취해 버린—을 생각하면 벌써 그리했어야 했다. 우대만은 금 대야의 선언에 동조하는 뜻으로 꼿꼿이 세우고 있던 척추에서 힘을 풀고 의자의 높은 등받이에 상체를 기댔다.

짝짝.

금 노야가 깍지 낀 손을 풀어 손뼉을 두 번 쳤다. 그러자 계산대 부근에 서 있던 마른 체구의 중년인이 종종걸음으로 다가왔다. 우대만은 그 중년인이 이틀 전에 보았던 이 객잔의 총관임을 알아보았고, 당시에는 피도 눈물도 없는 세리稅吏처럼 깐깐해 보이던 얼굴이 지금은 오뉴월 엿가락처럼 흐물흐물해진 데에 조금 놀랐다.

"대화에 몰두하다 보니 요리들이 다 식어 버렸군. 주방에 얘기해서 한 상 다시 차려다 주게나."

금 노야의 주문에 총관의 허리가 즉시 직각으로 구부러졌다.

"알겠습니다."

하지만 식욕은 이미 사라진 뒤였다. 이미 먹은 양도 적지 않거니와, 그사이 요리 접시 위를 열심히 오갔던 살아 있는 시체들에 관한 얘기들을 떠올리노라니 배 속으로 들어간 음식도 되올라올 것 같았기 때문이다.

게다가, 만일 우대만에게 단 한 톨의 식욕이라도 남아 있었다면, 그 식욕마저 끝장내 버릴 일이 지금 막 벌어졌다. 오늘 만찬의 여덟 번째 참석자이자 마지막 참석자가 객잔 안으로 들어온 것이다.

무시무시한 선물을 가지고!

———◆◆◆———

만찬이 끝날 무렵에는 창밖에 짙은 어둠이 깔려 있었다.

객방에 올라온 우대만은 만사를 젖혀 두고, 심지어 우스꽝스
러운 회족의 전통의상도 벗지 않은 채로, 침상에 몸을 던졌다.
그러고는 죽은 듯이 잠들었다. 피곤에 겨운 탓도 아니고, 독주
에 취한 탓도 아니었다. 한잠을 두 시진이라고 본다면 그 사분
의 일인 반의반 잠, 즉 반 시진의 숙면을 통해 전신의 감각을
극도로 활성화시키고 싶었기 때문이다.

수면의 효과를 극대화하는 이 면공법眠功法은, 누가 강호오괴
의 일인이 아니었달까 봐 걱정이라도 됐는지 괴상한 것에 유달
리 집착하는 사부가 말년에 수집한 괴공들 중 하나였다. 자주
반복하면 두통이 따른다는 단점은 있지만 효과는 꽤나 좋은 편
이었다. 또 다른 단점 하나는 그 시간 중에는 정말로 '죽은 듯
이' 잔다는 것인데, 적진일지도 모르는 이곳에서 취하기엔 꽤나
큰 용기를 필요로 했다.

다행히 침대에 눌어붙어 있던 반 시진 동안에는 면공법을 위
협하는 사건이 벌어지지 않았다. 덕분에 막판엔 코까지 골며 진
짜 숙면을 취할 수 있었던 우대만은 엎어진 지 딱 반 시진 만에
벌떡 일어나 번개같이, 그러면서도 소리 없이 옷을 갈아입
었다. 낮에 흠뻑 젖었던 바지는, 비록 퀴퀴한 냄새를 약간 풍기
긴 했지만, 입고 활동하기에 지장을 주지 않을 정도로는 말라
있었다.

챙 없는 모자도 벗고, 가장자리에 옥 장식이 붙은 장화도 원래

의 발목 없는 가죽신으로 갈아 신은 우대만은 바닥에 반가부좌를 틀고 앉아 사부의 독문 수법이라고 할 수 있는 지청술地聽術을 펼쳤다. 화후가 높지 않아 사부처럼 순풍이의 경지는 바랄 수 없지만, 그래도 객잔 내부의 동향을 대략적으로나마 파악하는 데는 별 어려움이 없었다. 그는 공력을 뇌문에 모아 청력에 온 신경을 집중했고…… 객잔의 경계 안에서 울리는 크고 작은 소음들을 포집하고, 분석하고, 분류한 뒤…… 마침내 목표로 삼은 것을 찾아내는 데 성공했다.

우대만은 반가부좌를 풀고 자리에서 일어섰다.

방금 펼친 지청술을 통해 가장 우선적으로 파악한 바, 금 노야 측에서 붙여 놓은 감시자는 건너편 객방에서 여전히 대기하고 있었다. 별다른 기척을 내지 않는 것으로 미루어 잠들었을지도 모른다는 생각이 얼핏 들었지만, 우대만은 그 생각을 곧바로 폐기했다. 장수를 보면 휘하 병사들의 수준을 알 수 있는 법. 금 노야 같은 거물―만찬의 여덟 번째이자 마지막 참석자로 인해 이제는 그 신분을 짐작하게 되었다―을 모시는 자가 자신에게 맡겨진 임무를 방기하고 잠들었을 거라는 달콤한 기대는 일찌감치 접는 쪽이 나았다. 하지만 그 병사에게 지청술 같은 특별한 재주가 있지 않은 이상, 이 객방 안에서 우대만이 무엇을 하고 있는지는 정확히 감지하지 못할 것이다. 아까 코 고는 소리를 들었을 테니 밤새 곯아떨어져 있으리라 기대해 준다면 더 좋고.

'열심히 근무하게, 병사. 하지만 너무 열심히 하지는 말고.'

우대만은 건너편 방의 감시자를 마음속으로 격려한 뒤 고양이처럼 은밀한 몸놀림으로 창문을 빠져나갔다.

생고기가 천천히 숙성 혹은 발효되는 냄새가 후각을 자극한다. 아름드리 들보를 휘감고 내려온 이십여 가닥의 굵은 쇠사슬 끝에는 커다란 무쇠 갈고리가 달려 있고, 각 갈고리마다에는 양고기며 소고기, 그리고 돼지고기—회족이 많이 사는 지방이라 그런지 많지는 않았다—가 걸려 있다. 힘겨워하듯 아래로 약간 휘어진 들보는 자신에게 걸린 육류들의 무게가 만만치 않음을 말해 준다.

벽 가에는 여타의 식자재들이 크고 작은 자루에 담긴 채 쌓여 있지만, 그럼에도 이곳의 주된 용도가 육류를 보관하는 창고임은 어렵지 않게 짐작할 수 있었다. 감숙 굴지의 객잔인 선연관에서 쓰이는 육류가 모두 여기서 나오는 만큼 창고의 규모는 꽤나 컸다. 규모가 크다는 것은 내부가 넓다는 얘기고, 이는 몸을 숨길 공간들 또한 적지 않음을 의미했다. 그 점이 우대만에게 기회를 제공했다.

벽 쪽의 기둥 하나를 둘러싸고 성글게 쌓여 있는 옥수수가 담긴 자루들 뒤쪽 공간이 우대만이 택한 은신처였다. 은폐물과 벽 사이의 비좁은 공간은, 네 개의 철봉에 거치된 네 개의 조명이 창고 안을 밝히고 있음에도, 충분히 어두웠다. 그 공간 안에 몸을 감춘 우대만은 제 굴 안으로 들어간 너구리처럼 안전함과 아늑함을 동시에 느낄 수 있었다.

초근목피로 연명하는 궁민窮民이 적지 않은 작금의 세상에서, 각종 고기들이 주렁주렁 매달린 이 육류 창고는 황홀한 극락처럼 여겨질지도 모른다. 초근목피와는 거리가 멀지만 궁민임에는 분명한 우대만의 부친이라면 입 안에 고인 군침을 삼키느라 정신을 못 차렸을 게 뻔했다. 하지만 그런 극락에 '점' 하나만 찍으면 곧바로 지옥으로 변한다는 놀라운 사실을, 우대만은 지금 옥수수자루 뒤쪽에서 엿보는 풍경을 통해 알게 되었다. 네 개의 등불 빛을 한 몸에 받으면서 극락을 지옥으로 전락시킨 그 '점'은 바로…….

　……생시였다!

'오늘 만찬에 종지부를 찍은 선물이기도 하지.'

우대만은 자신도 모르게 어깨를 떨었다.

마지막 참석자가 객잔 안으로 들어왔을 때, 만찬장은 마치 대포알에 직격당한 듯한 충격과 혼란에 휩싸였다. 그자가 가져 온 선물 때문이었다. 세상에! 밧줄로 꽁꽁 묶인 살아 있는 시체를 선물로 가져오다니! 그 바람에 세 명의 초청객은 기함을 했고, 알툰루크의 경우엔 민망하게도 바지까지 적시고 만 것이다. 물론 우대만도 놀라긴 했다. 하지만 그를 놀라게 한 진짜 원인은 선물이 아니라 선물을 가져온 마지막 참석자 본인이었다.

아무리 들여다봐도 기억에 새겨 넣을 수 없는 금 노야와는 반대로 얼핏 스쳐보기만 해도 절대로 잊지 못할 강렬한 인상을 가진 남자!

그리고 지금 그 남자는 금 노야 측 인사 두 사람과 함께 이 육류 창고 안에 있었다. 그러므로 우대만이 방금 어깨를 떤 것은 그 남자와 같은 지붕 아래 머물고 있다는 위기의식의 발로일지도 모른다.

각설하고, 이 육류 창고 안에서 생시는 육류와 동일한 취급을 당하고 있었다. 들보로부터 내려온 무쇠 갈고리 두 개가 생시의 좌우 빗장뼈를 아래로부터 긁어 올리듯 꿰뚫어 놓았다. 신발을 신지 않은 더럽고 상처 난 맨발은 바닥에서 두 자쯤 뜬 채 앞뒤로 미세하게 흔들리고 있었다. 그리고 맨발과 바닥 사이에는 동물의 내장처럼 보이는 물체가 불쾌한 질감을 풍기며 둥글게 쌓여 있었다.

'그런데도…… 살아 있군.'

빗장뼈 아래가 커다란 갈고리들에 꿰뚫렸을 뿐만 아니라 명치께부터 배가 갈라져 검붉은 복강을 훤히 내보이고 있음에도 생시는 여전히 '활동'하고 있었다. 목을 기괴한 각도로 꺾어 대고, 부러진 코를 연신 킁킁거리고, 입으로는 쉭쉭 바람 빠지는 소리를 내고, 축 늘어뜨린 열 손가락으로는 뭔가를 움키는 시늉을 간헐적으로 보인다.

한마디로 구역질 나는 광경이었다. 하지만 그런 생시를 대하는 세 사람의 얼굴은 무표정하기만 했다.

그들 중 하나, 머리가 아주아주 좋아 보이는 장년 유생이 낮고 차분하고 가차 없는 목소리로 말했다.

"동체 내부에서 중독된 증상은 발견할 수 없음. 그러므로 중독은 뇌에서 진행된 것으로 추정되고, 거기에 주술적인 요소가 부가되었음은 육도제령박六道制靈縛을 통한 실험으로 확인할 수 있었음. 추가로 육도제령박이 생시에게 작용하는 주술을 대체할 수 있다는 가능성을 발견함. 다만 이 점에 대해서는 따로 연구가 필요하다고 판단됨. 예상 연구 기간은 삼 개월."

그가 구술하는 내용을 얇은 책자에 받아 적는 사람은 매 단주라 불린 여자였다.

좌우로 두어 걸음 배회하면서 잠시 여유를 둔 장년 유생이 갈고리에 걸린 생시를 주시하며 말을 이었다.

"폐와 간이 망가지고 창자가 모두 빠져나간 상태로도 동작의 강도에는 변화를 보이지 않음. 시력은 거의 기능을 잃었지만 후각은 더욱 예민해진 것 같은 행태를 보임. 이상의 사항들로 미루어 이번에 확보한 생시는 주천 외곽에서 폐사된 생시들보다 한 단계 진보한 개체로 추측됨……. 아니, '추측됨'보다는 '판명됨'이 낫겠군. 불분명한 표현을 좋아하지 않으시니 말이야."

"알겠습니다."

매 단주가 쥐고 있던 세필이 빠르게 움직였다.

생시에 관한 일에 몰두해 있는 두 사람과 달리 세 번째 사람은, 그러니까 오늘 만찬에 마지막 참석자로 왔던 그 남자는 기둥 하나에 등을 기댄 채 다소 태만해 보이는 자세로 서 있었다. 장년 유생에게 지극히 공경스러운 태도를 취하는 매 단주와 딴판으로 가슴 앞에 팔짱까지 낀 그 남자는 이 창고 안의 누구도 어려워하지 않는 눈치였다.

장년 유생의 눈길이 그 남자를 향했다.

"불패투광不敗鬪狂이 이곳으로 온다는 얘기는 들었소?"

남자가 고개를 끄덕였다.

장년 유생이 다시 물었다.

"괜찮겠소?"

남자가 반문했다.

"그가 '불패'라 불리는 이유를 아시오?"

장년 유생이 고개를 갸웃거리자 남자가 곧바로 대답했다.

"아직까지 나를 만나지 못했기 때문이오."

남자의 목소리는 지독히 건조하면서도 자신만만하게 들렸다. 마치 감숙의 황무지를 휩쓰는 모래바람처럼.

등장 초기 홍안투광이라 불리다가 홍안 소리가 더 이상 어울리지 않는 서른 줄에 접어들면서부터 불패투광이라 불리기 시작한 신무전의 백호대주 증훈은, 우대만의 사부인 모용풍이 꼽은 다섯 명의 준걸한 신진, 즉 후랑오준의 한 명이었다. 마찬가지로 후랑오준에 속하는 양의조화수 고월과 오 년에 걸쳐 벌인 북경의 연전비무連戰比武를 통해 더욱 명성을 떨친 증훈은, 그간 정무적인 활동에 주력한 신무전주 도정을 대신해 신무전을 대표하는 무인으로 자리매김한 지 오래였다. 하기야 백호대주가 신무전 무력의 중심에 섰던 것은 '외눈박이 호랑이' 시절부터 내려오던 오랜 전통이기도 했다.

그런 증훈이 감숙으로 잠행한다는 것은 고급, 나아가 특급으로 분류되기에 충분한 정보였지만, 증훈이 지난달 중순 백호대 일부를 이끌고 제남을 출발했다는 정보를 이미 입수한 우대만에게는 해당되지 않는 사항이었다. 문제는, 그 고급 혹은 특급 정보를 저들 또한 알고 있다는 점이었다.

증훈, 그리고 저 남자……

까닭 모를 전율이 척추를 따라 흘러내렸고, 우대만은 한 가닥 불길한 환후幻嗅를 맡을 수 있었다. 그것은 가까운 미래에 예약되어 있는 피비린내였다. 두 사람 중 어느 쪽이 흘릴 피일까?

그리고 환후를 맡은 것과 거의 같은 시각, 면공법을 통해 극도로 예민해진 우대만의 감각은 자신을 빤히 바라보고 있는 누군가의 시선을 느낄 수 있었다.

'음?'

흠칫 놀란 우대만은 주변을 빠르게 탐지했다.

황서계주인 사부는 대륙 각지에 거점을 두고 활동하는 황서계원들과 대체로 공적이고 사무적인 관계로 연결되어 있지만, 예외적으로 가족처럼 친밀한 관계를 유지하는 사람도 몇 명 있었다. 대내 어마감의 위 소야, 곡부曲阜 대현상장회大賢喪葬會의

곡두견哭杜鵑 그리고 수상살수水上殺手로 이름 높은 애혈이 바로 그들이었다. 우대만은 그들 중 애혈—사적으로는 엽 대형이라고 부른다—에게서 몇 가지 기술을 배운 바 있었다. 살수 일을 하는 데 필요한 기술은 정보 상인에게도 꽤나 요긴히 쓰일 수 있다는 판단에서였다.

지금 우대만이 펼친 응법應法이 바로 그런 기술 중 하나인데, 지청술에 더한 응법으로써 포착하지 못할 만큼 은밀한 움직임은 세상에 거의 없다고 봐도 무방했다.

그런데 아무것도 걸리지 않았다. 우대만의 주된 관찰 대상인 네 사람, 아니 세 사람과 한 생시는 그의 존재를 알아차린 기미가 없었고—후각이 더욱 예민해졌다고 하니 어쩌면 생시는 알아차렸을지도 모르지만— 그들을 제외한 다른 누군가가 창고 안에 있다는 기척은 전혀 감지되지 않았다.

'내가 너무 예민해진 건가?'

상황이 상황인 만큼 그럴지도 모른다. 우대만은 긴장으로 인해 단단히 뭉친 어깨에서 힘을 빼는 한편, 창고 안으로 넓게 퍼뜨린 주의력을 원래대로 오므렸다.

장년 유생이 예의 낮고 차분하고 가차 없는 목소리로 말하고 있었다.

"이제 이것의 활동성이 어느 선까지 유지되는지 알고 싶군."

이 잔인한 연구열을 행동으로 옮긴 것은 매 단주였다. 기록하고 있던 책자를 장년 유생에게 공손히 건넨 그녀는 오늘 낮 우대만을 오줌싸개 곰보로 만들었던 도구이기도 한 여섯 개의 칼날을 금속 투수에서 뽑아내더니 생시의 양쪽 겨드랑이 밑에 사정없이 찔러 넣은 것이다. 젠장, 그 단호함이라니.

깍!

살과 근육과 뼈가 동시에 뚫리는 소리가 섬뜩하게 울려 나왔다. 생시의 목이 대나무처럼 뻣뻣이 경직되었다. 천장을 향해 한껏 꺾여 올라간 얼굴로부터는 탄식 같기도 하고 신음 같기도 한 긴 숨소리가 새어 나왔다.

매 단주가 여섯 개의 칼날을 거두고 뒤로 물러섰다. 경직되었던 생시의 목이 그녀에게 감사의 인사라도 하듯 아래로 툭 꺾였다. 뭔가를 자꾸 움키려 하던 손짓이 이쯤에서는 거의 보이지 않는 잔 경련으로 바뀌어 있었다.

앞으로 다가가 생시의 얼굴을 올려다본 장년 유생은 이어서 생시의 팔꿈치와 무릎 관절을 만져 본 다음, 눈썹을 위로 밀어 올렸다.

"흥미롭군. 이래도 안 죽다니 말이야. 그자는 정말로 전설 속의 강시라도 만들어 내려는 작정일까?"

장년 유생의 말에 심드렁하게 대꾸한 것은 이 끔찍한 실험에 재료를 공급해 준 마지막 참석자였다.

"그것을 죽이고 싶다면 목을 자르라고 권해 드리리다. 계집의 수바늘 따위로 찌르는 정도로는 어림없을 테니까."

수바늘의 주인인 매 단주가 고개를 홱 돌려 남자를 쏘아보았다. 하지만 즉시 항의하지는 못하는 것으로 미루어, 소속은 달라도 남자 쪽이 윗사람임을 짐작할 수 있었다. 그리고 남자와 장년 유생 간의 관계는…… 아무래도 장년 유생 쪽이 위인 것 같았다. 그 얘기인즉…….

'저 유생이 바로 신비 속의 암군주겠군.'

우대만은 팔짱을 끼고 서 있는 남자가 누군지 알고 있었다. 만찬장에 들어온 즉시, 그 강렬한 인상을 접한 즉시 누군지 알아보지 못했다면, 그는 차기 황서계주로서의 자격에 대해 스스로 의문을 품어야 마땅했다. 남자의 정체를 알아보는 일이 그만큼 쉬웠다는 뜻이다.

백도에 오괴가 있었다면 흑도에는 사마가 있었다. 사마의 대부분이 죽고 유일한 생존자인 거경 제초온마저도 어디론가 종적을 감춘 뒤, 흑도에는 사마의 자리를 계승하기라도 하듯 십패十覇가 등장했다. 그리고 과거 거경이 사마 중 으뜸으로 꼽혔듯이, 십패 중에도 으뜸으로 꼽히는 자가 생겨났다. 바로 저 남자였다.

적면마도赤面魔刀 순우격淳于格!

세상이 아무리 넓다 한들 그 순우격이 함부로 대하지 못하는 인물은 여럿일 리 없었다. 그렇게 축소된 목록에서 저 장년 유생과 외양 면으로든 분위기 면으로든 유사점을 가진 인물은 오직 하나, 남부 지방에서는 암군주라는 이름으로 불리는 인물뿐이었다.

그러므로 두 사람 모두를 휘하에 둔 금 노야의 정체는 우대만이 짐작한 대로…….

"쥐 새끼가 한 마리 숨어 있었군."

순우격이 기대고 있던 기둥에서 등을 떼어 내며 음산하게 중얼거렸다.

'젠장!'

우대만은 차가운 손에 뒷덜미를 틀어잡힌 듯한 오싹한 기분에 사로잡혔다. 본래 인간의 시선은 형체가 없지만, 그래서 대부분의 사람들은 그것을 감지할 수 없지만, 소위 강호의 고수에게는 손가락으로 찔린 것만큼이나 생생하게 감지되기도 하는 모양이었다. 그러니, 적면마도 순우격이 바로 그런 고수임을 망각한 채 시선을 잠시 고정시켜 두었던 게 이 사단을 일으키고

만 것이다.

"쥐 새끼라고요?"

암군주라 짐작되는 장년 유생이 눈을 찌푸리며 물었다.

순우격은 맹목盲目이 아닐까 의심스러울 만큼 흐릿한 눈동자로 우대만이 숨어 있는 기둥 쪽을 정확히 주시하며 고개를 짧게 끄덕였다.

"온 지 제법 된 것 같소."

고개를 슬쩍 갸웃거린 장년 유생이 손가락으로 코끝을 긁으며 혼잣말처럼 중얼거렸다.

"오늘 이 객잔에서 쥐 새끼 소리를 들을 사람은 하나뿐인 걸로 아는데……."

매 단주가 눈빛을 매섭게 하며 상관의 말을 받았다.

"처음부터 의심스럽던 자였습니다."

제각각인 분위기답게 성토 또한 제각각이었지만, 한 가지 공통점은 있었다. 모든 성토가 우대만을 곤경으로 몰아붙이고 있다는 점이었다. 우대만은 아랫입술을 지그시 깨물었다.

'어떻게 한다?'

이제껏 안전함과 아늑함을 안겨 주던 이 공간이 지금은 우대만의 발목을 움켜잡는 것 같았다. 앞쪽은 옥수수가 담긴 자루들로, 뒤쪽은 단단한 흙벽으로 가로막혀 있었다. 문은 멀리 떨어져 있는 데다, 창고로 잠입할 때 이용했던 환기용 창문은 너무 높은 곳에 나 있었다. 그리로 올라가는 과정에서 몸이 노출되는 것을 피할 방도는 없어 보이는데, 그러는 동안 반드시 날아들고야 말 순우격의 마도를 피해 낼 자신이 그에게는 없었다, 매 단주의 수바늘이라면 또 몰라도.

"스스로 나올 마음이 없는 모양이오."

장년 유생의 말했다.

"상관없소. 결과는 같을 테니까."

대답과 함께 순우격이 기둥 쪽으로 다가오기 시작했다. 불빛이 만들어 낸 긴 그림자가 주인을 앞질러 우대만의 옆자리 마룻바닥으로 고개를 들이밀고 있었다. 만일 순우격이 한 '쥐새끼'라는 표현을 수용한다면, 이제 우대만은 독 안에 든 쥐 새끼가 된 셈이었고, 잠시 뒤에는 죽은 쥐 새끼가 될 예정이었다.

우대만은 달아나는 것과 저항하는 것 사이에서 망설였다. 하지만 희망이 없기론, 젠장, 어느 쪽이든 마찬가지 아닐까? 그러는 동안에도 순우격과의 거리는 계속 줄어들었고, 이제는 그 발걸음이 울리는 진동을 마룻바닥을 통해 느낄 수 있는 거리까지 다가와 있었다. 희망이 있든 없든 선택은 불가피해 보였다.

바로 그때, 새로운 길이 나타났다.

뒤쪽으로부터 뻗어 온 손 하나가 우대만의 팔뚝을 덥석 움켜잡은 것이다.

'어?'

우대만은 고개를 돌려 그 손의 주인을 찾았다.

한 쌍의 눈이 그의 눈길을 맞이하고 있었다. 보석처럼 반짝이는 눈이었다. 그 눈이 그를 향해 살짝 깜빡였다. 마치 '나만 믿어요.'라고 속삭이듯이.

다음 순간, '경계'가 무너져 내렸다. 우대만이 이제껏 알고 있던 상식과 더불어.

'어어?'

이 경험을 어떤 말로 설명할 수 있을까?

부친보다는 사부 쪽을 닮은 우대만은 대체로 달변가라고 할 수 있었고, 자신의 어휘력이 남들의 것보다 떨어지지 않는다고 믿어 왔었다. 그러나 지금만큼은 그 믿음에 심각한 회의를 품지 않을 수 없었다.

첫 시작은 벽을 '뚫고 나왔다'라고밖에는 표현할 길이 없었다. 하지만 형체를 가진 물체가 형체를 가진 다른 물체를 뚫고 나왔다면 그에 따른 저항감을 받아야 했고, 그에 따른 흔적을 남겨야 했다. 그게 상식 아닌가? 그런데 그런 것들이 전혀 없었다. 우대만은 아무 저항감도 느끼지 않았고, 창고 벽 또한 아무 흔적도 남아 있지 않았다. 이 비상식적인 현실이, '갑자기' 창고 바깥으로 나와 버린 우대만을 혼란에 빠트렸다.

하지만 곧바로 닥쳐온 더 큰 혼란이 처음의 혼란을 덮어 버렸다.

어딘가로 빨려 드는 듯한 아찔한 느낌, 그다음에는 밀도가 일정하지 않은 액체 속을 빠르게 유영하는 듯한 기묘한 느낌이 우대만을 순차적으로 엄습했다. 외형을 허물어트린 육신이 연기 뭉치처럼 이합집산을 반복하고 있었다. 해체되고 구성되기를 반복하는 가운데, 그나마 온전하달 수 있는 정신은 지독한 이질감에 몸서리치는 동시에 무한한 해방감을 맛볼 수 있었다.

시야가 퍼뜩 뚜렷해졌다. 우대만은 생각했다.

아, 담장 아래다. 선연관 뒷담일까?

하지만 이 생각이 채 끝나기도 전, 그는 인적이 거의 끊긴 시장 한가운데 서 있는 자신을 발견했다. 취객 하나가 비틀거리며 옆을 지나간다. 고개를 돌리자 선연관 흙벽에 내걸어 놓은 붉은 등롱들이 보인다. 그러더니 대롱 속으로 빨려 들듯 아스라하게 작아졌다. 밤보다 더 짙은 암흑이 사라진 경물의 자리를 무서운 속도로 잠식했다.

그다음에 우대만이 서 있는 곳은 불빛 한 점 찾아볼 수 없는 길—넓고 잘 닦인 것으로 미루어 관도 같다— 위였다. 어디쯤인지는 감도 오지 않았다. 머릿속이 빙빙 돌고 뱃멀미를 할 때처럼 속이 느글거렸다. 그 자리에 주저앉아 뒤죽박죽이 되어 버린 심신을 쉬게 해 주고 싶었다.

하지만 괴사怪事는 거기서 멈추지 않았다.

빨려 들고…… 유영하고…… 온갖 색채들이 폭죽처럼 명멸하는…… 오직 인간에게는 허락되지 않는다는 점만이 분명한…… 불명한 세계 속을 흘러간다.

알록달록한 빛들이…… 가고…… 오고…… 휘말려 꺾이고…… 아스라이 멀어졌다가…… 전광처럼 들이닥쳤다가…… 주위에서 빙글빙글 소용돌이친다.

다색多色의 빛 다음은 완전한 어둠…… 어둠 다음은 다시 빛들이다. 하얀 빛, 노란 빛, 파란 빛, 붉은 빛, 형용이 도저히 불가한 색깔의 빛이 몸을 파고든다.

부정형의 육신을 미지의 공포가 휘감고…… 바로 서고…… 거꾸로 뒤집히고…… 붕 뜨는 상승감과 아찔한 추락감에 아연해한다.

인간의 귀로는 들을 수 없는 굉음들이…… 후아앙…… 해체되는 뼈와…… 그아아앙…… 재구성되는 뼈를…… 쉬가아아앙…… 격렬히 진동시킨다.

이 기이한 경험에 동반자가 있다는 사실을 떠올린 것은 언제쯤이었을까?

손. 그 손을 봐!

불명한 세계 속 어딘가에서, 우대만은 자신의 팔뚝을 붙들고 있는 손을 포착하기 위해 애썼다. 그러나 '매의 눈'도 이 세계 안에서는 제 기능을 못 하는 것 같았다. 팔뚝은 팔뚝처럼 보이지 않았고 손도 손처럼 보이지 않았다. 뒤틀리고 뭉개진 경계선이 서로 다른 두 사람에게 달린 서로 다른 두 개의 부위를 묽숙한 반죽처럼 섞어 놓고 있었다.

하지만, 그럼에도, 우대만은 그 손의 주인이 누구인지 확신할 수 있었다.

그 여자다.

양각천마 최당과 그 외팔이 동료가 찾아 헤매던 절름발이 아닌 절름발이 소녀.

이봐, 지금 뭐 하는 거야? 우린 어디로 가는 거지?

입을 벌려 외치려 했지만 아무 소리도 나오지 않았다. 정신없이 흘러가는 이 불가해한 세계가 자신의 의지에 반하는 모든 소리를 삼켜 버린 모양이었다.

황무지가 나타났다. 오늘 아침 건너온 그 붉은 황무지 같았다. 천구에는 별이 가득하다.

다시 빨려 들고…… 다시 유영하고…… 역시 황무지다.

아득한 현기증과 함께 또다시 빨려 들고…… 또다시 유영하지만…… 아직도 황무지다.

갑자기 모래바람이 몰아쳐 왔다가…… 희롱하듯 주위를 맴돌다가…… 사라진다.

그러더니 시야를 어지럽히던 색채들이 별안간 뚜렷해지며 일정한 형체를 갖춘다.

넓적한 바위가 아득한 별빛을 배경으로 벼락처럼 닥쳐온다.

낯익은 바위다.

　그런데…….

　어?

　부딪친다! 부딪친다고!

"……친다고오오!"

　비로소 형체를 갖춘 목소리가 체내로는 귓속뼈를 통해 고막을 진동시켰고, 체외로는 입 밖으로 튀어 나가기가 무섭게 단단한 무엇인가에 가로막혀 답답한 반향을 만들어 냈다.

　형체를 갖춘 것은 목소리만이 아니었다. 우대만은 해체되고 구성되기를 반복하던 자신의 육체가 이제는 완전한 외형을 갖추었음을 자각할 수 있었다. 혼란에 빠졌던 감각들이 빠르게 복구되었고, 밀린 숙제를 해치우듯 각자가 파악한 복잡다단한 정보들을 머리로 올려 보내기 시작했다. 젠장, 머리가 깨질 것처럼 아팠다. 우대만은 저절로 새어 나오려는 신음을 억누르기 위해 어금니를 앙다물어야 했다.

　응법을 가르쳐 준 엽 대형은 이런 경우—제아무리 엽 대형이라도 이와 똑같은 경우는 겪어 본 적 없겠지만— 현재 자신이 처한 상황을 파악하는 것이 가장 우선적으로 해야 할 일이라고 가르친 바 있었다. 용케도 그 가르침을 떠올린 우대만은 갑작스러운 복구에 고무된 나머지 과할 만큼 분발하고 있는 감각들을 조심히 정렬시켜 현재 자신이 위치한 곳이 어디인지, 어떤 상태로 있는지, 그리고 주변에 위험 요소는 없는지를 파악하려 노력했다.

　그 작업에 소요된 시간은 그리 길지 않았다. 우대만은 완전한 암흑이 지배하는 공간 속에 뻐딱하게 누워 있었다. 공간은 매우 비좁았고, 그 탓에 사지를 제대로 뻗고 있기가 불가능했다. 목은 옆으로 꺾였고, 왼팔은 뻗고 있지만 오른팔은 어깨에서부터 가슴 쪽으로 접혀 있었다. 그리고 엄마 배 속의 태아처럼 두 다리를 배 쪽으로 한껏 구부리고 있었는데, 그럴 수밖에 없는 이유가 있었다.

'뭐지?'

하체 아래 무엇인가가 있었다. 엉덩이와 발바닥을 통해 전달되는 질감은 얼굴과 오른팔을 압박하고 있는 벽체의 단단하고 차가운 질감과는 완전히 달랐다. 더 부드럽고 더 따뜻한, 생명의 기운이 담겨 있었다.

'사람이다!'

정신이 번쩍 들었다. 깜깜하고 좁은 공간에 정체불명의 누군가와 함께 있다는 것은 위험 요소로 간주하기에 충분했다.

우대만은 신중하지만 재빠르게 상체를 일으켰다. 그러면서 오른손을 위로 뻗어 올려 이 공간이 허락하는 높이를 측정해 보았다. 팔을 다 펴기도 전에 딱딱한 천장이 만져졌다. 벽체를 구성하는 것과 동일한 목재였다. 아까부터 나무 냄새를 맡고 있었다는 사실을 깨달은 것도 바로 그때인데, 그 사실이 조금 전에 목격했던 장면 하나를 일깨워 주었다.

별빛을 배경으로 벼락같이 닥쳐오던 낯익은 바위!

그가 애늙은이 녀석과 힘을 합쳐 만든 은닉처를 가려 주던 거대한 너럭바위가 바로 그 바위였던 것이다. 그렇다는 얘기는…….

'은닉처다! 은닉처로 돌아온 거야.'

그러고 보니 이 공간의 높이와 폭—길이는 이 공간 안에 함께 있는 누군가에게 막혀 측정할 수 없었다—이 은닉처의 치수와 일치하고 있었다.

실로 놀라운 일이었다. 우대만은 오늘 새벽 은닉처를 출발해서 중화참이 다 되어서야 은천 시내로 들어갈 수 있었다. 경신술을 발휘해 달린 것은 아니지만 그래도 일반인의 몇 배는 되는 속보였으니 오십 리는 족히 될 터. 그런데 그 먼 거리를 잠깐 사이에 되돌아온 것이다. 그가 아는 한 세상의 어느 문파에도 이처럼 빠른 경신술은 존재하지 않았다.

'이게 과연 가능한 일인가?'

이 질문에 답하기 위해서는 지금 있는 공간이 정말로 자신의 은닉처가 맞는지 확인할 필요가 있었다. 그것을 확인하기에 가장 좋은 방법은 물론 밖으로 나가는 것. 그래서 우대만은 양손을 들어 올려 천장 구석에 출입용으로 설치해 놓은 나무 뚜껑을 찾아보았다. 그러다 다시 깨달은 점 하나가 그를 화들짝 놀라게 만들었다. 자유로운 오른팔과 달리 왼팔에는 '짐'이 하나 매달려 있었던 것이다.

오른손으로 조심스럽게 더듬어 보니 왼팔 팔뚝을 단단히 움켜잡고 있는 손 하나가 만져졌다. 그 여자의 손이었다, 보석처럼 반짝이는 눈을 가진.

복구된 감각으로도 이 손의 존재를 얼른 파악하지 못한 것은 분명 이상한 일이었다. 손가락으로 더듬어 직접 확인하기 전까지는 마치 내 몸의 일부처럼 여겨졌던 것이다. 창고 벽을 뚫고 나온 순간부터 줄곧 붙잡혀 있었기 때문일까? 아니면…….

우대만의 머릿속에 장면 하나가 떠올랐다. 정신없이 흘러가는 불가해한 세계 속에서 팔뚝이 팔뚝처럼 보이지 않고 손이 손처럼 보이지 않던, 그래서 두 사람에게 달린 두 개의 부위가 마치 하나로 연결된 것처럼 뒤섞여 있던 장면이.

그때는 여자와 하나가 된 건가? 정말? 에이, 설마!

그때 소리가 울렸다.

"으응……."

아기 고양이의 목울음처럼 작고 맥없는 신음이었다. 그 안에 피로와 고통의 기색이 함께 배어 나온다는 것을 알아차린 우대만은 당황할 수밖에 없었다.

"이봐, 괜찮아?"

대답은 앞서와 비슷한 신음으로 돌아왔다.

"어디 아파? 다친 거야? 말 좀 해 보라고."

재차 물으면서, 자신의 팔뚝을 여전히 움켜잡고 있는 여자의 손에 손바닥을 덮어 보았다. 처음에는 조금 따듯한 정도로만 여겼는데, 이제 보니 뜨거웠다. 그리고 축축했다.

서북 지방인 감숙의 가을밤은 말할 필요도 없이 춥다. 지표 아래 만들어 놓은 은닉처라면 추위가 덜하겠지만, 그래도 덥다고 하기는 힘들 것이다. 그런데도 몸이 이처럼 뜨겁고 거기에 땀까지 흘린다면, 어디가 아픈 게 분명했다.

'큰일 났네. 이를 어쩌지?'

아픈 여자를, 그것도 소녀를 간호한 적은 단 한 번도 없는 우대만이었다. 사실 아픈 사람과 가까이한 경험 자체가 거의 없다고 해야 옳았다. 사부는 늙은 불구자임에도 불구하고 제자 몰래 산삼이라도 캐 먹었고 다니는지 청년처럼 원기 왕성했고, 가끔 만나는 거지들—부친과 모친, 다섯 살 연하의 여동생 그리고 황 대사형을 비롯한 지인들—도 그 점에 있어서는 다르지 않았다.

우대만은 공황의 구덩이 속으로 자꾸 숨으려는 자신의 이성에 채찍질을 가하는 한편, 이 상황을 호전시키는 데 조금이라도 도움이 되는 생각을 해내기 위해 머리를 쥐어짰다. 생각해, 생각해, 생각하라고!

어…… 일단 여기서 나가야 한다는 생각이 다시 들었다. 만일 여기가 은닉처가 맞는다면, 일인용으로 제작한 탓에 비좁고 불편한 데다, 대나무 관으로 공기구멍을 내 놓긴 했지만 통기가 그리 원활하지 못했다. 무엇보다도 칠흑처럼 깜깜한 탓에 환자의 상태를 파악하는 데 애로가 많았다.

그나마 첫 단계가 무엇인지 결정했으니 다행이었다.

우대만은 우선 자신의 팔뚝을 움켜잡고 있는 여자의 손을 떼어 내려고 시도했다. 그런데 그 일조차도 간단하지 않은 것이, 마치 우대만의 팔뚝이 생명줄이라도 된다는 양 여자 쪽에서 손을 놓으려고 하지 않았기 때문이다.

"이봐, 여기서 나가야 하니까 이 손 좀 풀어 줘. 응?"

대답이 없었다. 게다가 가늘게 이어지던 신음마저도 들리지 않았다. 겁이 덜컥 난 우대만은 여자의 얼굴이 있을 거라 예상되는 곳으로 상체를 숙였다.

부드러운 것이 우대만의 입술을 스쳤다. 여자의 입술 같았다.

'헉!'

우대만은 기겁을 하며 상체를 들어 올리다가 단단한 목재 천장에 뒤통수를 호되게 부딪쳤다. 아픔보다는 화가 치밀었다.

'이 바보가, 호흡을 살피려면 귀를 갖다 대야지, 입술을 갖다 대는 놈이 어디 있어!'

문득 어제 오후에 이곳을 찾아온 양각천마 최당과 그 외팔이 동료의 얼굴이 떠올랐다. 그들이 방금 그 광경을 보았다면 황무지를 파 만든 이 은닉처가 그대로 그의 무덤이 될 게 뻔했다.

우대만은 얼굴을 옆으로 돌린 다음 조심스럽게 상체를 숙였다. 여자의 코와 입술 바로 위에 귀를 갖다 댄 그는 여자가 여전히 호흡을 이어 가고 있다는 사실에 안도의 한숨을 내쉬었다.

그때 귓바퀴 아래로부터 작은 목소리가 들려왔다.

"……요."

우대만은 깜짝 놀라 여자로부터 옆얼굴을 떼어 냈다.

"뭐? 방금 뭐라고 했어?"

잠시 후 작은 목소리가 다시 들려왔다.

"냄새나요."

"냄새? 무슨 냄새?"

"당신…… 잘 안 씻나 봐요."

얼굴이 화끈 달아올랐다. 그는 직업의 성격상 더러울 수밖에 없는, 혹은 더러운 쪽이 더 유리한 거지 일을 청산한 시점부터 몸 씻기 하나만큼은 철저히 하려고 노력해 왔다. 안 그래도 사람들이 기피하는 게 곰본데, 더럽기까지 하다면 자기 곁으로 아무도 다가오려 하지 않을까 봐 두려웠기 때문이다. 게다가 오랜만에 뜨거운 물로 목욕까지 한 날이 아닌가.

"내게서 무슨 냄새가 난다고……."

하지만 그 항변을 입증하기 위해 코를 킁킁거리자, 젠장, 냄새가 났다. 잘못 말린 걸레에서나 풍길 법한 퀴퀴한 냄새가. 그것이 아랫도리 부근에서 올라오는 냄새임을 알아차린 우대만은, 오늘 낮 물주머니를 자름으로써 그의 바지를 젖게 만든 매단주를 향해 저주를 퍼부었다. 물론 마음속으로만.

'망할 년, 다음에 만나면 반드시 볼기짝을 까 줄 테다.'

덕분에 조금은 후련해졌지만, 그렇다고 군색한 이 상황이 덜 군색해진 것은 아니었다. 우대만은, 암흑 속이라 아무 소용 없는 줄은 알지만, 그럼에도 곰보가 지을 수 있는 가장 진실한 표정을 지으며 말했다.

"바지가 덜 말라서 그래. 내 몸에서 나는 냄새는 아니라고. 정말이야."

힘없는 웃음소리가 짧게 울리고, 우대만을 더욱 환장하게 만들 소리가 그 뒤를 따랐다.

"당신도 오줌싸개군요. 하지만 부끄러워하진 마요. 이모가 그랬어요. 나도 옛날엔…… 오줌싸개……였다고……."

"아니라니까! 감히 누구더러 오줌싸개라는 거야!"

대답이 없었다.

우대만은 제 분에 겨워 씩씩거리다가, 지금 상대하는 사람이 기식이 엄엄한 환자임을 퍼뜩 깨달았다. 여자의 말소리가 뒤로 갈수록 띄엄띄엄해지고 작아졌다는 사실을 알아차린 것도 그쯤이었다.

여자의 코 위에 재빨리 손가락을 갖다 댄 우대만은 콧구멍을 통해 흘러나오는 호흡이 실처럼 가늘어져 있는 것을 알아내곤 짤막한 욕설을 내뱉었다.

"젠장."

이번에는 여자의 이마를 짚어 보았다. 아까까지만 해도 뜨겁게 달아올랐던 살갗이 지금은 얼음장처럼 차가워져 있었다. 축축함의 온도도 아예 달랐다.

"젠장."

맹렬한 조바심이 우대만의 심장에 불을 붙였다. 여전히 팔뚝을 붙잡고 있는 여자의 손을 억지로 떼어 낸 그는 두 손으로 천장을 더듬어 나무 뚜껑을 찾아낸 다음, 옆머리와 한쪽 어깨로 받쳐서 힘껏 밀어 올렸다. 자세도 불편하거니와 위에 쌓여 있는 모래의 무게 또한 상당했지만, 다행히 '청년 고수' 우대만에게는 그런 문제들을 너끈히 극복하고도 남을 근력과 내공이 있었다.

드드득 하는 둔중한 소리와 함께 뚜껑이 위로 밀려 올라갔다. 휘황찬란한 별빛에 앞서서, 뚜껑의 가장자리를 타고 흙모래 알갱이들이 폭포처럼 쏟아져 들어왔다.

"젠장."

혹시라도 그것들에 뒤덮여 질식할까 봐 우대만은 재빨리 상체를 숙여 여자의 얼굴을 덮었다. 그러면서도 팔꿈치와 무릎에 힘을 주어 버팀으로써 여자의 얼굴이 자신의 아랫배에 눌리는 일이 벌어지지 않도록 주의를 기울였다. 쏟아져 내린 흙모래 알갱이들이 그의 뒤통수와 목덜미와 등판을 두드리고 있었다. 그래도 몸 아래로 떨어지는 양은 그리 많지 않을 테니 조금은 안심이 되었다. 그건 그렇고…….

여자는 누워 있다. 남자는 여자 위에 엎드려 있다. 그리고 남자의 아랫도리는 여자의 얼굴 바로 위에 위치해 있다. 두 남녀가 취한 자세는 누가 보더라도 굉장히 음탕한 것임에 분명했지만, 정작 그 자세를 만들어 낸 장본인은 음탕한 것과는 무관한 걱정에 인상을 있는 대로 구기고 있었다.

'또 냄새난다고 타박하면 어쩌지?'

젠장!

우대만은 황서계주의 후계자답게 준비성이 철저한 편이었고, 그래서 은닉처를 만들 목재를 머릿속으로 설계한 양보다 많이 구입했다. 어떤 변수가 벌어질지 모르는 상황에서, 모자란 자재를 추가로 구입하기 위해 황무지를 왕복하는 소모적인 수고는 가급적 피하고 싶었기 때문이다. 다행히도 공사가 순조로워— 전적으로 애늙은이 녀석의 공임을 인정한다— 변수는 발생하지 않았고, 덕분에 제법 많은 양의 목재가 남게 되었다. 그리고 그렇게 남은 목재들은 지금 이 순간 황무지 한가운데서 밤을 보내야 하는 두 남녀를 위해 화력 좋은 땔감으로써 봉사하고 있었다.

활활 타오르는 모닥불 가에서 여자는 우대만이 모래땅에 비스듬히 박아 놓은 송판에 등을 기댄 채 누워 있었다. 감숙의 추운 가을밤에 대비해 가져온 이불—두 겹의 마포 안에 솜을 누벼 넣은—이 여자의 체온을 지켜 주고 있었다. 여자는 처음 만났을 때와 달리 면사 달린 방갓을 쓰고 있지 않았다. 그래서 얼굴을 감춤 없이 드러내고 있었다. 하늘의 별빛과 땅의 모닥불빛이 그녀의 섬세한 콧날을 중심 삼아 기묘하면서도 환상적인 광채로 물결치며 좌우로 흘러내리고 있었다.

'예쁘다.'

그 생각밖에는 떠올릴 수 없었다. 여자의 얼굴을 처음 보았을 때처럼. 그때와 다른 점은 오래도록, 그리고 눈치 안 보고 마음껏 봐도 된다는 것이었다.

우대만은 여자의 정면에 엉거주춤 선 채로 모닥불을 향해 엉덩이를 내밀고 있었다. 엉덩이가 뜨거웠지만 기꺼이 참았다. 냄새난다는 말을 더 이상은 듣고 싶지 않았기 때문이다. 그러면서도, 여자가 너무 빨리 깨어나는 바람에 자신의 이 우스꽝스러운 자세를 들키는 일이 벌어지지 않기를 바랐다.

그렇게 얼마나 지났을까?

여자의 속눈썹이 가늘게 떨렸다. 살짝 열린 입술 사이로 "웅." 하는 잠투정 비슷한 소리가 새어 나오고, 잠시 후 여자가 긴 속눈썹이 매달린 눈까풀을 살며시 들어 올렸다. 하지만 송판에 기대어 비스듬히 누워 있던 그녀가 처음 본 것은 밤하늘에 가득한 별들이었을 게 분명했다. 모닥불에 바지를 말리던 우대만은 이미 그녀의 옆으로 자리를 옮겼기 때문이다.

망막을 가득 채우며 쏟아져 들어오는 별빛에 현기증을 느낀 듯 여자가 눈을 감았다. 그런 다음 다시 눈을 뜨고는, 우대만을 향해 고개를 돌렸다.

우대만과 여자는 서로를 마주 보았다……. 꽤나 오랫동안.

형체가 없는 탓에 말로는 표현하기 힘든 무엇인가가 눈길을 통해 오가는 것이 느껴졌다. 바람이 멈추고, 별빛이 멈추고, 시간마저 멈춘다. 멈춰진 공간과 시간 속에서 두 사람이 나눈 교감은 더할 나위 없이 그윽했고, 짜릿했다. 심지어는 동질감을 넘어 일체감마저 느낀 것 같았다. 불명한 세계 속에서 하나로 이어져 있던 팔뚝과 손처럼.

그 그윽하고 짜릿한 교감을 깨트린 쪽은 우대만이었다.

'젠장!'

우대만은 고개를 돌려 여자의 시선을 외면했다. 갑자기 스스로에 대한 분노가 치밀어 올랐기 때문이다.

저토록 예쁜데! 저토록 아름다운데!

맹세컨대 내가 곰보라는 사실이 이 순간처럼 증오스럽던 적은 없었다.

그때 여자가 말했다.

"처음이었어요."

이 말에 몸을 움찔 떤 우대만이 다시 고개를 돌려 여자를 바라보았다. 하지만 여자는 그를 보고 있지 않았다. 그녀의 눈길은 정면에서 타오르는 모닥불과 그 너머의 황무지와 그 끝의 아득한 지평선 위 밤하늘을 동시에 향하고 있었다. 눈길이 향한 모든 곳에 그녀가 찾는 어떤 해답이 적혀 있기라도 하듯이.

우대만이 짐짓 퉁명스러운 목소리로 물었다.

"뭐가?"

여자가 대답했다.

"심동공허心動空虛를 이번처럼 여러 번 펼친 것 말이에요."

"심동공허? 그게 뭔데?"

"상사부가 가르쳐 준 재주예요. 아무도 배우지 못했지만 나는 배울 수 있었어요. 사모는 내 안에 상사부의 기운이 남아 있어서 그런 거랬어요."

심동공허. 공허 속을 움직이는 마음.

시구처럼 들리기도 하는 그것은, 짐작건대 어떤 무공의 이름인 듯했다.

"그 심동공허란 거, 여러 번 펼치면 안 되는 모양이지?"

"나는 그래요, 상사부는 아니지만."

"음, 그러니까……."

우대만은 잠시 말을 멈추고 머릿속을 굴러다니는 단어를 골라냈다. 그럴 필요가 있었다.

"아까 우리가 겪었던 그 기이한 일이, 네가 심동공허란 걸 펼쳤기 때문이란 말이지?"

여자가 고개를 끄덕였다.

우대만은 다시 물었다.

"여러 번 펼치면 안 되는 데 여러 번 펼쳤기 때문에 그렇게 아팠던 거야? 열이 펄펄 나고, 땀도 흘리고, 그랬다가 갑자기 싸늘해지고…… 아, 지금은 괜찮은 거야?"

의식을 되찾자마자 물었어야 했던 질문을 이제야 한다는 자책에 자신의 머리통을 한 대 후려치고 싶어졌다.

여자가 빙긋 웃으며 고개를 또다시 끄덕였다.

"걱정 마요. 내 안에 있는 벼락이 새로운 힘을 줄 테니까요. 조금 어지럽고 기운이 없긴 하지만…… 이 밤만 지나면 괜찮아질 거예요. 안 괜찮더라도 약을 먹으면 돼요."

"약?"

"벼락을 넘긴 보답으로 받은 약이 있거든요."

괜찮아질 거라는 말은 반가운데…… 후우, 우대만은 여자가 언급하는 뜬금없는 단어들—벼락이니 약이니—에 대해 질문하는 것을 포기하기로 마음먹었다. 그 대신 화제를 보다 보편적이고 공감 가능한 쪽으로 돌리는 편이 정신 건강에 좋을 것 같았다.

"그렇게 아플 줄 알면서도 왜 여러 번 펼친 거지? 그 심동공허란 거 말이야. 그러니까 내 말은, 나를 구할 생각에서 심동공허를 펼친 거라면, 딱 한 번 펼쳐서 그 창고만 빠져나왔어도 되지 않았겠어?"

이 질문이 끝난 순간, 우대만은 전방을 향한 여자의 눈이 모종의 두려움으로 인해 경직되는 것을 보았다.

여자가 조금 떨리는 목소리로 말했다.

"그 집에는 무서운 사람이 있었어요."

우대만은 미간을 찌푸렸다.

'적면마도 순우격을 말하는 건가?'

하지만 순우격이 제아무리 십패 중 으뜸으로 꼽히는 강자라도 벽을 흔적 없이 뚫고 나오는 요술 같은 재주는 부리지 못할 테고, 일단 밖으로 나온 뒤라면 그 심동공허란 게 없어도 그자에게 잡히지 않을 자신이 있었다. 사부는 견문만이 아니라 뜀박질 방면으로도 일가를 이룬 경신술의 대가였고, 우대만은 그런 사부에게서 머리통과 궁둥짝에 혹들과 멍들을 줄기차게 남기면서까지 '성실히' 배웠으니까.

하지만 여자가 뒷말을 잇자, 우대만은 자신이 완전히 잘못 짚었음을 알게 되었다.

"그 사람은 높은 방 안에서 당신이 있는 건물 안을 보고 있었어요. 그리고 건물 밖에 있는 나도 보고 있었죠. 그 사람에게선 상사부와 비슷한 기운, 음, 전부 비슷하단 게 아니라 성질이 비슷하다는 건데, 하여튼 그런 기운이 느껴졌어요. 곡에서 나온 뒤로 상사부와 비슷한 기운을 느낀 건 그때가 처음이었어요. 그 사람은 단지 보고 있기만 했어요. 무슨 이유인진 몰라도 직접 움직일 것 같지도 않았어요. 그래도 그 사람이 있는 그 큰 집으로부터 무조건 멀리 떨어져야 한다고 생각했죠. 그래서 심동공허를 계속 펼친 거예요."

우대만의 얼굴이 돌처럼 굳었다. 여자가 말한 '무서운 사람'이 누구를 가리키는지 이제야 알아차렸기 때문이다. '매의 눈'으로도 포착되지 않는 모호함으로 스스로를 위장한 자. 적면마도 순우격과 신비 속의 암군주를 휘하에 함께 거느린 자. 서문숭이 일선에서 물러나고 남패 무양문이 패도의 많은 부분을 상실한 이후 대륙 남부의 새로운 제왕으로 등극한 자.

바로 남황맹주였다.

우대만의 입이 다시 열린 것은 한참이 지난 뒤였다.

"그런데 왜 하필 여기로 온 거야?"

여자가 고개를 돌려 우대만을 바라보았다. 두 번째 눈 맞춤이라서일까? 여전히 그윽하고 짜릿했으며 자괴감 또한 마찬가지로 일어났지만, 이번에는 처음과 달리 그녀의 눈길을 피하지 않을 수 있었다. 다행이었다.

하지만 이어진 여자의 대답은 우대만을 멍해지게 만들었다.

"여기가 당신 집이잖아요."

"내 집? 여기가? 아니, 아까 그 궤짝 같은 지하 골방이?"

여자가 고개를 끄덕였다.

"네 눈엔 거기가 내 집처럼 보였어?"

여자가 다시 고개를 끄덕였다.

"세상에 누가 그런 데를 집으로 삼아? 그렇게 비좁은 데다 가구 하나 없는 데를?"

"상사부요. 상사부는 몸이 아주 큰데도 비좁은 굴속에서 벌거벗고 웅크린 채 여러 날을 살았대요. 밖으로 나가는 문 같은 것도 없었고, 나가고 싶은 마음도 없었대요. 그런데 큰스님이 자비롭고 지혜로운 목소리를 굴속으로 보내서 상사부를 깨우쳐 주셨고, 상사부는 그래서 밖으로 나올 수 있었대요. 우리 이모는, 아니 사모는 산매미들이 하나둘 땅으로 떨어질 때가 되면 큰스님을 위해 향을 피워요. 상사부를 다시 세상으로 돌려보내 주셔서 고맙다고요."

우대만은 한숨을 쉬었다. 또 상사부였다. 이제는 상사부라는 인물이 그 어떤 조화를 부렸다는 말을 들어도 별 감흥이 일지 않을 것 같았다.

"그나저나 왜 날 구해 준 거야?"

이것은 보다 본질에 가까운 질문이었다. 여자가 나타나지 않았다면, 그래서 그의 팔뚝을 움켜잡고 심동공허란 재주를 펼치지 않았다면, 그는 지금쯤 선연관 육류 창고 안에서 무쇠 갈고리에 꿰인 채 암군주의 실험 대상이었던 그 생시의 옆자리에 사이좋게 걸려 있을지도 몰랐다. 쉽게 말해, 여자가 그의 생명을 구해 준 것이었다.

여자는 우대만이 던진 질문에 곧장 대답하는 대신 고개를 살며시 돌렸다. 그녀의 맑은 눈동자 안에서 모닥불 빛과 함께 일렁거리고 있는 것은…… 설마…… 수줍음?

에이, 아니겠지.

"나는 당신에게서 끈을 봤어요."

아, 저 얘기는 이미 들었다. 조만간 동물의 가죽을 먹게 될 거라는 저주 닮은 예언, 혹은 예언 닮은 저주와 함께.

"끈을 본 건 이번이 처음이었어요."

여자가 두 번째로 언급한 '처음'이었다. 하지만 이번의 '처음'은 이전의 '처음'과는 약간 다른 성질을 띠고 있었다. 보다 끈끈하고, 보다 구속적이며, 보다 운명적인 것 같았다.

'운명……. 끈과 운명…….'

심장이 평소의 박동과는 다른 종류의 울림으로 우대만의 이 독백에 반응하는 것은 무슨 이유일까.

그러는 사이 여자가 계속 말하고 있었다.

"닫힌 문을 처음으로 통과한 날 상사부가 내게 말했어요. 이제 심동공허를 펼칠 수 있게 되었으니 장차 끈도 볼 수 있을 거라고. 하지만 그 후로 겨울이 두 번이나 지났지만 끈을 본 적은 한 번도 없었어요. 끈이란 게 대체 무엇을 말하는 건지조차 짐작할 수 없었죠. 근데 당신을 만났을 때, 당신이 내게 그 가죽 같은 걸 먹였을 때, 그래서 화가 나서 당신을 노려보았을 때, 나는 그때 상사부가 말한 끈을 볼 수 있었어요. 그리고 끈에 대해 상사부가 왜 자세히 알려 주지 않았는지 곧바로 이해하게 되었죠. 보기만 하면 금방 알아요, 그게 끈이란 걸, 그리고 그 끈이 어떤 것을 보여 주고 무슨 말을 들려주는지도."

긴 이야기가 힘에 부친 듯 여자가 말을 멈추고 숨을 후우후우 몰아쉬었다. 우대만은 여자의 이야기가 다시 이어지기를 묵묵히 기다렸다.

잠시 후 여자가 말했다.

"나는 당신을 통해 처음으로 끈을 보았어요. 그리고 그 사실이 무엇을 의미하는지 계속 궁금했어요. 그래서 어제 당신 집에서 나온 뒤로……."

"집 아니라니까."

여자는 우대만의 항의를 묵살하고 말을 이어 갔다.

"……그 뒤로도 당신을 줄곧 지켜보았죠. 당신을 따라 사람들이 많은 곳도 갔고, 당신이 물을 사는 것도 봤고, 당신이 큰 집에 들어가 무서운 사람과 만나는 것도 보았어요. 어두워지자 사방에서 불이 켜지고, 마차를 타고 온 몇 사람이 그 집으로 들어갔어요. 그리고 당신은 그 무서운 사람과 커다란 식탁에 마주 앉아 술과 음식을 먹기 시작했어요. 아, 맞다."

여자가 마포 이불 속에서 손을 꿈지럭거리더니 포장된 종이에 얇은 삼실이 둘둘 감긴 길쭉한 꾸러미 하나를 꺼냈다. 종이 겉으로 군데군데 배어 나온 기름 자국이 짙은 빛깔의 얼룩을 이루고 있었다. 한 가지 더 눈에 띄는 점은 내용물의 절반 이상이 사라져 있다는 것이었다.

"당신이 안 먹고 남긴 음식을 내가 몰래 가져왔어요. 어제 당신은 허락 없이 남의 물건을 가져가면 도둑놈이라고 말했죠. 다시 도둑놈이 되고 싶진 않았지만 어쩔 수 없었어요. 음, 진짜 어쩔 수 없었어요."

가엽게도 그렇게까지 배가 고팠구나. 남이 먹다 남긴 음식을 몰래 싸 가지고 나와 먹을 만큼. 뭐, 그 정도 일로 도둑놈 소리까지 듣지는 않아도 되겠지. 어차피 버려질 음식이었으니까. 아니아니, 지금 그게 중요한 게 아니지.

고개를 짧게 흔든 우대만이 여자에게 말했다.

"그래서, 결론을 말해 봐. 그 끈이 어쨌다는 거야?"

여자는 대답하지 않았다. 아까 한 것처럼 또다시 고개를 돌릴 뿐이었다. 저러고 있으니까…… 수줍어하는 게 맞아 보이는걸.

"흐음."

우대만은 팔짱을 끼고 긴 콧소리를 냈다. 왼쪽 가슴에 가 닿은 오른손으로 점점 빨라지는 심장의 울림—박동과는 다른 종류의—이 전해지고 있었다.

어색함이랄까, 그 비슷한 분위기가 모닥불 주위로 내리깔렸다.

잠시 후 여자가 다시 우대만 쪽으로 고개를 돌렸다.

"이름이 뭐예요?"

우대만은 팔짱을 풀면서 되물었다.

"나 말이야?"

여자가 픽 웃었다.

"여기 당신 말고 누가 있다고."

우대만은 허리를 곧게 펴고 목소리에 힘을 실어—장부가 자기 이름을 밝힐 때는 그래야 한다는 걸 어린 시절 부친으로부터 배웠다— 말했다.

"우대만이야. 성이 '우'고 이름이 '대만'."

"우대만."

그 이름을 작게 뇌까린 여자가 다시 물었다.

"대궐 할 때 '대' 자에다 백학 만 마리 할 때 '만' 자인가요?"

"맞아."

자신 있게 주억거리던 우대만의 고개가 옆쪽으로 살짝 기울어졌다.

"이봐, 백학 만 마리는 또 무슨 소리야? 백학이 그렇게 많이 사는 데가 어디 있다고."

"없긴 왜 없어요, 우리 곡谷 뒤쪽 절벽에만 해도 만 마리보다 훨씬 많은 백학들이 사는데."

여자의 즉각적인 반박에 우대만은 미간을 찌푸렸다.

"그 곡이란 데는 대체……."

말을 꺼내자마자 어제 양각천마 최당으로부터 들었던 말이 떠올랐다. 자금성에서 훔쳐 낸 황제의 옥새를 가지고 무슨 곡으로 들어가서 절구에 빻아 목 부인과 아기씨의 화장품으로……. 이 대목까지 말하다가 동료인 외팔이 노인에게 제지당했었다.

하루의 시차를 두고 나온 이 두 가지 말을 종합해 보건대, 세상 어딘가에는 저들이 '곡'이라고 부르는 장소가 존재하고, 그곳이 상사부와 사모—인지 이모인지—를 포함한 저들의 거처이며, 최당이 말한 '아기씨'란 십중팔구 저 여자를 가리키는 호칭인 것 같았다. 아, 그리고 그 곡이란 데 뒤쪽에는 백학이 무지하게 많이 서식하는 절벽이 있고.

여기까지 생각하던 우대만은 입술을 불만스럽게 일그러트렸다. 세상에 그런 데가 어디 있어!

여자가 말했다.

"우대만, 좋은 이름이네요. 크고 많잖아요."

암, 좋은 이름이고말고. 하지만 그 이름이 '소일小一'이라는 작고 적은 이름을 가진 개방 전대 방주의 아픔에 대한 반동으로 탄생되었다는 얘기는 하고 싶지 않았다.

그나저나 이쪽의 이름을 알려 주었으니 저쪽도 이름을 밝히는 게 예의일 텐데, 통속의 예의하고는 거리가 먼 여자라 그런지 알아서 그래 줄 것 같지는 않았다. 그런데도 알고 싶냐고? 물론 알고 싶었다. 그래서 부득불 우대만 쪽에서 그녀의 이름을 물으려는데…….

"으음."

여자가 작게 신음하며 세우고 있던 상체를 휘청거리더니 송판에 머리를 기대는 것이었다. 그 바람에 들고 있던 음식 꾸러미가 모랫바닥에 툭 떨어졌다.

"이봐, 왜 그래?"

깜짝 놀란 우대만이 모래 속에 반쯤 묻었던 엉덩이를 빼내어 여자에게 바짝 다가갔다. 여자가 송판에 기댄 머리를 힘겹게 들어 그를 돌아보았다. 땀에 젖은 몇 가닥 머리카락이 백옥처럼 새하얀 이마에 부드러운 호선을 그리며 달라붙어 있었다.

"어지러워요. 말을 너무 많이 했나 봐요."

"안 돼, 안 돼. 어지러우면 안 되지."

여자가 세필로 그린 것처럼 매끄럽고 선명한 눈썹을 살짝 찡그렸다.

"뒤통수가 배겨요. 이게, 이 판자가 너무 딱딱한가 봐요."

여자로부터 흘러나오는 한마디 한마디가 지금의 우대만에게는 신탁이요, 천명처럼 여겨졌다. 우대만은 여자가 기대고 있던 송판을 모래땅에서 빼내어 멀리 던져 버린 뒤, 두 손으로 여자

의 머리를 조심스럽게 받쳐서 자신의 허벅지에다 얹어 놓았다,
덜 마른 바지가 풍기는 퀴퀴한 냄새들을 모닥불이 다 날려 주었
기를 간절히 기원하면서.

우대만이 조심스럽게 물었다.

"어때, 좀 나아졌어?"

여자는 대답 대신 감은 눈을 살짝 찡그리기만 했다. 우대만
은 그녀의 눈가 주변에 잡힌 실주름들을 내려다보며, 저게 나아
졌다는 뜻인지 아니라는 뜻인지 종잡지를 못했다.

잠시 후 여자가 매가리라고는 한 올도 담겨 있지 않은 목소리
로 말했다.

"졸려요. 자야겠어요."

우대만은 고개를 열심히 끄덕였다.

"졸리면 자야지. 벨 것 만들어 줄까?"

여자가 우대만의 허벅지에 얹힌 고개를 살짝 흔들었다.

"지금이 편해요, 진짜로."

일진이 사나웠는지 오늘 하루 우대만을 당황스럽게 만든 일
은 꽤나 많았지만, 지금 이 순간이 최고로 당황스러웠다.

어이, 이봐, 이대로 자겠다고? 내 허벅지를 그렇게 벤 채로?
그리고 네 얼굴을 빤히 내려다볼 수 있는 그 자리에서? 이봐,
이보라고!

하지만 거부의 의사를 담은 그 항변은 우대만의 마음속에서
만 공허하게 울려 퍼졌고, 여자는 그사이 잠들어 버렸다. 고르
게 울려 나오는 작은 숨소리와 현실에서 멀어진 듯한 평온한 표
정이 그 사실을 입증해 주고 있었다.

우대만은 한동안 밤하늘을 올려다보며 망연해 있다가, 다시
고개를 숙여 여자의 얼굴을 내려다보았다. 거짓말처럼 예쁜 이

목구비는 각각이 뚜렷한 가운데도 전체적인 조화를 잃지 않았고, 투명하리만치 하얀 살갗은 저 하늘의 별들 중 한 곳에서 내려온 비인간의 것인 양 신비하기만 했다. 그는 살며시 숨을 들이마셔 보았다. 여자의 숨결에 배어 나오는 향기가 코끝을 간질이고 있었다. 그리고 그 숨결을 흘려 내는…… 붙을락 말락 하게 떨어져 있는 여자의 입술은…… 아까 은닉처의 암흑 속에서 불의의 입맞춤을 했던 그 입술은…….

치명적이라고 표현해도 무방할 만큼 강렬한 전율이 우대만의 영혼을 관통하고 지나갔다. 조금 전에는 그토록 빨리 뛰던 심장이 지금은 아예 멈춰 버린 것 같았다.

우대만은 속삭이듯 물었다.

"이름이 뭐니?"

여자는 대답하지 않았다.

우대만의 입에서 탄식이 흘러나왔다. 하지만 그 탄식에 담긴 의미가 무엇인지는 우대만 본인조차도 알 길이 없었다.

별빛이 쏟아져 내리는 황무지의 밤이 깊어 가고 있었다.

아프다. 그리고 깔깔했다.

뺨을 모질게 후려치는 모래바람에 우대만은 잠에서 깨어났다.

조조^{早朝}의 하늘은 어지럽게 휘날리는 회갈색 알갱이들로 온통 뒤덮여 있었다. 감숙의 유명한 모래바람은 만 하루간의 휴식만으로도 원기를 완전히 회복한 듯 우대만이 일찍이 겪은 적 없는 사나운 기세로 붉은 황무지를 휩쓸고 있었다.

하지만 우대만을 정작 당혹스럽게 만든 것은 강성해진 모래 바람이 아니었다.

그녀가 없다!

새벽녘에만 해도 자신의 허벅지를 베고 잠들어 있는 것을 확인했는데, 졸음을 견디지 못하고—이해하라, 어제 하루 너무 많은 일을 겪지 않았는가— 앉은 채로 깜빡 잠든 사이 사라져 버린 것이다.

이 두 번째 이별은 땅 밑 은닉처에서 요술처럼 사라져 버린 첫 번째 이별보다 기이하지는 않았지만, 첫 번째와는 비교도 되지 않을 만큼 거대한 충격을 수반했다. 자신의 일부가, 그것도 필수 불가결한 일부가 사라진 듯한 거대한 상실감에 우대만은 자리에서 일어날 생각도 하지 못한 채 사나운 모래바람을 맞으며 한참 동안 멍하니 앉아 있을 수밖에 없었다.

그러다가, 쌓여 가는 모래에 하체가 거의 파묻힐 즈음, 우대만은 자리를 박차고 튕기듯이 일어났다.

그녀를 찾아야 한다!

처음에는 새벽녘 언제쯤엔가 꺼지고 재 가루마저 모두 날려가 버린 모닥불 주위를 살펴보았다. 혹시라도 그 주변에 쓰러진 채 모래에 묻혀 있을지도 모른다고 생각해서였다. 하지만 아니었다. 양손을 번갈아 팔꿈치까지 찔러 가며 모닥불 주변의 모래를 헤집어 보았지만 찾아낸 것이라곤 지난밤 꽁꽁 언 그녀에게 덮어 주었던 마포 이불뿐이었다.

모래 속에 거의 파묻혀 있던 그 이불을 꺼내 들고 잠시 노려보다가 신경질적으로 팽개쳐 버린 우대만은, 이번에는 너럭바위를 중심으로 맴돌기 시작했다. 소리쳐 부르기도 했다.

"이봐! 이봐! 젠장, 들리면 대답 좀 하라고!"

반경 오 장이 십 장이 되고, 다시 이십 장, 삼십 장으로 확장되었다. 우대만은 한 마리 굶주린 사막여우처럼 헤매 다니며 여자를 찾았고, 또 소리쳐 불렀다. 그러나 여자의 모습은 어디에서도 보이지 않았고, 부름에 응하는 대답 또한 들려오지 않았다.

어느 순간, 우대만은 발길을 딱 멈췄다.

'맞아, 모래바람을 피하기 위해 은닉처 안으로 들어갔을지도 몰라.'

하지만 진짜 그럴 생각이었다면 자신을 깨우지 않고 혼자만 갔을 리 없다는 점을 잘 알면서도, 우대만은 희박하기 그지없는 그 가능성의 끈을 고집스럽게 움켜쥔 채 너럭바위 뒤쪽 은닉처를 향해 달려갔다. 그러고는 짐승처럼 엎드려 은닉처에 덮인 흙모래를 미친 듯이 파헤친 다음 나무 뚜껑을 벌컥 열어 올렸다.

……없었다.

"……없어."

우대만은 그 자리에 풀썩 주저앉았다. 눈알이 화끈거리고 목구멍이 따가운 것을 드센 모래바람 탓으로 돌리고 싶었지만, 그게 사실이 아님을 그 자신이 누구보다 잘 알고 있었다.

영혼을 잃어버린 사람—생시가 이럴까?—처럼 두 팔을 축 늘어뜨리고 목을 아래로 떨군 채로, 우대만은 그렇게 오래오래 앉아 있었다. 창백한 태양이 더 높이 솟아오르고, 그래서 지표면의 온도가 고르게 올라가 모래바람의 기세가 조금 누그러질 때까지.

그러다가 우주의 비밀이라도 깨달은 사람처럼 갑자기 고개를 번쩍 치켜들었다.

'그녀를 찾아서 뭘 어쩌려고?'

이름도 모르는 여자였다. 만난 것도 그제와 어제 겨우 두 번. 게다가 사교라는 측면에서 볼 때, 두 번 모두 정상적인 만남과는 거리가 멀었다. 그런 여자를 찾아서 뭘 어쩌겠다는 것인가? 찾으면 둘이 손잡고 무슨 대단한 일이라도, 아니 사소한 일이라도 함께할 작정이란 말인가? 설령 그에게 그런 의도가 있다고 해도 그녀가 과연 동의해 줄까?

생각이 이 지점에 이르자 그녀를 찾아선 안 되는 이유가 추가로 떠올랐다. 그 이유가 우대만을 뼛속까지 쓰라리게 만들었다.

그녀는 특별했다. 얼굴이 예뻐서 특별한 게 아니라 그녀 자체가 '그냥' 특별했다. 그녀는 아름다운 신비였고, 황홀한 의문이었으며, 즐거운 수수께끼였다. 알려진 세상과 알려지지 않은 세상을 통틀어도 그녀 같은 여자가 또 있을 리 없었다.

'하지만 나는?'

부친과 모친을 거지로 두어 지인이라고 할 만한 사람들 대부분이 거지였다. 가진 직업 또한 남들 앞에 떳떳이 드러낼 수 없는 비밀스러운 정보 상인이었다. 그리고 우대만 본인은, 어린 시절부터 죽도록 인정하기 싫어한 점이지만, 추괴했다. 이목구비가 남들에 비해 딱히 빠지지 않음에도 그 위를 마구잡이로 뒤덮은 마맛자국들은 웬만큼 비위 좋은 사람조차 고개를 돌리게 만드는 추괴하기 짝이 없는 곰보로 그를 한정시켜 버린 것이다.

이것은 무척이나 잔인하고 고통스러운 자각이지만, 자신의 주제를 파악하는 데는 큰 도움이 되었다. 그리고 그 자각은, 이제까지 주로 그래 왔듯이, 자괴감의 내리막길을 타고 무력하게 흘러내리다가 포기라는 구덩이 안으로 떨어질 터였다. 그 구덩이 옆에 서 있는 그녀의 얼굴을 한 악녀가 비웃고 있었다. 곰보 주제에 웃겨.

'그래, 그렇게 떠나 버린 게 차라리 다행일지도……'

포기는 결코 달콤하지 않았다. 이렇게 생각하는 것만으로도 배 속이 뒤집어지는 기분이었으니까. 하지만 우대만의 이성은 그것이 두 사람 모두를 위해 바람직하다고 타이르고 있었다. 땅을 기어 다니는 두꺼비가 하늘을 나는 거위 고기를 탐내서는 안 되는 거라며. 그래, 맞아, 잊으면 그만이야.

그런데…….

그녀의 입술이 떠올랐다.

그러자 이성으로부터 갑자기 독립한 무엇인가가 그의 머릿속에서 절규했다.

집어치워! 넌 그녀를 찾고 싶어 하잖아! 그녀를 만나고 싶어 하잖아! 그런데 왜 포기하려는 거야!

이 절규가 우대만을 벌떡 일으켜 세웠다. 두 주먹이 아프도록 움켜쥐이고, 생시의 것처럼 흐리멍덩하던 두 눈은 확고부동한 결의로 타오르기 시작했다.

'이렇게 보낼 순 없다. 이렇게 보내지 않겠어!'

찾아야 하는 이유 따윈 전혀 중요하지 않았다. 그녀를 찾아야 한다는 무조건적인 당위가 이성과 연결된 모든 통로를 물샐 틈없이 틀어막아 버린 것 같았다.

우대만은 또다시 황무지로, 광야로 달려 나갔다.

은천과 반대 방향으로 달려간 것은, 주인에게 외면당한 이성이 토라져서 완전히 돌아앉는 대신 최소한의 조언을 제공해 준 덕분이었다. 그녀는 은천에 머물고 있을 금 노야를, 그러니까 남황맹주를 무서워하고 있었다. 그런 만큼 최소한 은천 방향으로는 가지 않았을 거라고 조언해 준 것이다.

우대만은 달렸다.

달리면서 '매의 눈'으로 주변을 샅샅이 탐색했다. 하지만 그녀도, 그녀가 남긴 흔적도 보이지 않았다. 모래바람이 이리 심한 데다, 만일 어제 펼쳤던 심동공허란 것을 사용해 이동했다면 흔적을 찾는 것은 무의미했다. 두꺼운 흙벽조차 흔적 없이 뚫고 나가는 게 바로 그 심동공허라는 재주였으니.

그렇게 생각하자 더욱 초조해졌다. 그녀는 심동공허를 연속으로 펼친 탓에 많이 아파했고, 밤이 지나면 괜찮아질 거라는 본인의 말과는 달리 여전히 회복되지 않았을 공산이 컸다. 그런 몸으로 다시 심동공허를 펼친다면 상세가 악화될 게 뻔했다.

'대체 왜 떠난 거야? 몸도 멀쩡하지 않은 녀석이!'

하지만 이 질책이 원망으로 이어지지는 않았다. 원망할 수가 없다. 어떤 경우라도 그녀를 원망하는 일은 벌어지지 않을 것 같았다. 우대만은 신비와 의문과 수수께끼보다는 그것들을 타파하는 진실을 탐사하는 사람이었지만, 그녀를 만난 이틀 사이 그의 내부에 있던 뭔가는 이미 변한 뒤였다.

그래서 달렸다. 계속 달렸고, 계속 탐색했다…….

……결국 우대만은 그녀를 만나는 데 실패했다. 그 대신 다른 사람들을 만날 수 있었다. 중천을 지난 태양이 서쪽 하늘의 중간쯤 내려갔을 무렵의 일이었다.

그 사람들 역시 모래바람이 몰아치는 붉은 황무지를 가로지르며 무서운 속도로 접근해 오는 곰보 청년에게 적잖이 놀란 것 같았다. 비단 놀랐을 뿐만 아니라 경계하는 기색도 드러냈다. 일행 중 일부가 급히 뽑아 든, 날 부분이 초승달처럼 휘어진 칼이 그들의 마음속에 일어난 경계심을 대변해 주고 있었다.

중원 강호에서 범용되는 것과는 다른 칼의 생김새는 그들이 회족임을 알려 주었다. 또한 한 사람당 짐을 가득 얹은 한두 마리의 짐승들—낙타가 주를 이루고 말과 노새가 간간이 섞여 있었다—을 이끌고 있는 것으로부터 그들이 대상隊商이라 불리는 상인 집단임을 짐작할 수 있었다.

그들의 경계심이 행동으로 이어지기 직전의 거리에서 몸을 멈춘 우대만은 거두절미로 질문을 던졌다. 물론 유창한 회족어로 말이다.

"젊은 여자 한 명을 못 봤습니까? 걸음걸이가 약간 불편한 여자입니다."

선두에서 우대만을 향해 칼을 겨누고 있던 세 남자가 뒤쪽을 돌아보았다. 하나같이 두꺼운 천을 하관에 휘감고 있어 연령대를 짐작하기 어려웠지만, 칼을 뽑는 동작이나 경계하는 자세로 미루어 나이가 그리 많을 것 같지는 않았다.

나이가 많은 게 확실한 쪽은 세 남자의 눈길을 받은 사람이었다. 마찬가지로 하관에 천을 감고 있지만, 챙 없는 모자 양옆에서 팔락거리는 귀밑머리가 눈처럼 새하얀 걸 보면 그 사람이 노인임을 금세 알 수 있었다.

그 회족 노인이 들썩거리는 모자를 한 손으로 누르며 앞으로 나섰다. 이 상단의 우두머리인 것 같았다.

"보아하니 한족 같은데, 앞길을 가로막고 다짜고짜 질문부터 던지는 게 한족의 예절인가?"

비록 차분하지만 사리에 맞고 예법에도 맞는 질책이라서, 평소의 우대만이라면 얼굴을 붉힐 정도로 부끄러움을 느꼈을 터였다. 하지만 지금의 우대만은 평소의 우대만이 아니었다. 어떤 언어로도 명확히 변별하기 힘든 복잡다단한 감정들에 의해 이성이 제 기능을 못 한 지 오래였고, 그래서 그는 난생처음으로 강호인도 아닌 부류를 상대로 먼저 손을 쓰는 만행을 저지르고 말았다.

적선보를 운용함과 동시에 흐릿해진 우대만의 신형이 세 남자의 전면을 휩쓸고 지나갔다. 황무지를 치달리는 모래바람에 비해 결코 떨어지지 않는 속도였다. 그러면서 양손을 기쾌하게 휘저어 유운팔법의 운생석문雲生石門을 펼치니, 세 남자가 들고 있던 칼들이 어느새 그의 수중에 들어와 있었다.

저항 비슷한 것은 아예 없었다. 세 남자는 한바탕 행동을 마친 우대만이 제자리에 돌아온 뒤에야, 그의 손에 세 자루 칼이 들린 것을 목격한 뒤에야, 자신들이 병기를 탈취당했다는 사실을 알아차린 눈치였다. 우대만과 자신들의 텅 빈 손을 번갈아 바라보는 그들의 눈에 불신과 경악과 공포의 빛이 순차적으로 떠올랐다.

순식간에 벌어진 이 일로 인해 세 남자가 어떤 생각을 떠올렸는지는 모르겠지만, 우대만은 그들로부터 빼앗은 세 자루 칼을 그들의 발치에 도로 던져 주었다. 그럼으로써 자신에게는 그것들을 흉기로 사용할 의도가 없음을 밝혔다.

우대만이 상단의 우두머리로 보이는 회족 노인을 돌아보며 앞서의 질문을 반복했다.

"걸음걸이가 불편한 여자입니다. 본 적 있습니까?"

이래도 대답 않겠느냐는 식의 고압적인 말투였다.

그러나 노인의 깊은 눈은 흔들리지 않았다. 노인은 세 남자의 발치에 비스듬히 꽂힌 세 자루 칼을 내려다보다가 우대만에게로 천천히 시선을 올렸다.

"자네가 강도라면 마땅히 벌벌 떨며 자네의 질문에 대답해야 할 테지. 하지만 자네는 여전히 강도처럼 보이지 않는군. 내가 잘못 보았다면, 저 칼로 나를 죽이고 다른 사람에게 묻도록 하게. 당장 원하는 대답을 들을 수 있을 테니까."

앞과 여일하게 차분한 목소리였다.

우대만은 노인의 두 눈을 물끄러미 바라보다가 긴 숨을 내쉬었다. 납작하게 쭈그러져 있던 이성이 천천히 고개를 들고 있었다. 그 이성에 힘입어, 그는 노인의 말이 처음부터 끝까지 옳다는 것을 인정했다. 저들에게 무슨 잘못이 있겠는가. 잘못이 있다면 격정에 함몰되어 분별력을 잃어버린 우대만 본인에게 있을 터였다.

'대만아, 우대만아, 추괴한 곰보라고 하는 짓까지 추괴해서야 되겠느냐.'

짧게 고개를 흔든 우대만은 노인을 향해, 그리고 병기를 잃은 세 남자를 향해 차례로 포권을 올렸다.

"마음이 급한 나머지 초면인 분들께 큰 결례를 범했습니다. 소생의 무례를 용서해 주시기 바랍니다."

노인의 두 눈이 가늘게 접히더니 그 끄트머리를 아래로 말아 내렸다.

"내 눈이 틀리지 않았어. 자네는 강도도 아닐뿐더러 예절을 모르는 사람 또한 아니로군. 이 상단을 대표하여 그 사과를 받아들이겠네."

그러더니 앞쪽에 서 있는 세 남자에게 엄숙한 목소리로 말했다.

"누군지 확인도 하지 않고 날붙이부터 들이댄 것은 너희들의 잘못이다. 저 용사가 손 속에 사정을 두었으니 망정이지, 만일 양 꼬리만큼이라도 나쁜 마음을 품었다면 너희들은 이미 산목숨이 아니었을 것이다. 그 점을 고맙게 여기고, 어서 사과드려라."

"아, 그럴 필요까지는……."

선후를 따지지 않고 다짜고짜 손을 쓴 것은 우대만이었다. 피해자라 할 수 있는 세 남자가 사과할 일은 전혀 아닌 것이다. 하지만 노인의 말은, 최소한 이 집단 안에서는 절대적인 권위를 가진 것이 분명했다. 세 남자는 불만스러운 기색을 감추지 않으면서도 우대만을 향해 고개를 숙인 다음, 발치에 꽂혀 있는 각자의 칼을 수습했다.

노인이 하관에 감은 천을 풀러 낸 뒤 우대만에게 말했다.

"이제 자네의 질문에 대답해 주겠네. 우리 상단이 이 퀴질다쉬트에 들어선 것은 해 뜰 무렵이었지. 그때부터 지금까지 쉬지 않고 왔는데, 자네가 말한 그런 여자는 보지 못했네."

퀴질다쉬트는 감숙보다도 더 서북방에 거주하는 회족들이 이 황무지를 부르는 이름이었다. '붉은 광야'라는 의미인데, 감숙 동부 지역에 주로 거주하는 한족들에게는 '거탁평巨卓坪'이라는 전혀 다른 이름으로 불리고 있었다. 두 가지 이름 중 어느 쪽이 더 어울리는지는 판단하기 어려웠다. 붉은 땅이 많은 데다, 커다란 식탁도 있으니까.

어쨌거나 노인의 대답은, 사전에 충분히 예상할 수 있었던 것임에도 불구하고, 우대만을 실망시켰다. 아주 크게.

우대만은 방금 눈부신 무위를 선보인 사람이라고는 믿을 수 없을 만큼 맥이 풀려 버렸다. 곧바로 그 자리에 주저앉지 않은 것은, 그래도 보는 눈들이 있었기 때문이리라. 하지만 무릎이 갑자기 풀리는 바람에 몸을 휘청거리는 것만큼은 어쩔 수 없었다.

노인은 우대만의 신체적 상태는 물론 심리적 상태까지 금세 파악한 듯했다. 몸을 돌린 그가 손짓을 하며 뭐라고 말하자— 우대만이 아는 정통 회족어와는 다른 언어였다— 뒷전에 서 있던 한 남자가 자신이 이끄는 낙타의 안장에서 두 가지 물건을 챙겨 들고 앞으로 나왔다. 그 사람에게서 물건들을 건네받은 노인이 우대만에게로 다가왔다.

"힘들어 보이는군. 이걸 먹고 나면 조금 나아질 걸세."

우대만은 노인이 내민 물건들을 쳐다보았다. 어린 양의 위로 만든 작은 물주머니와 회족들이 '난'이라고 부르는 구운 밀떡 두 장이었다. 그는 노인을 한번 올려다본 뒤 아무 소리 않고 난을 먹기 시작했다. 어른 손바닥 세 개를 연결한 것만큼 큼직한 난 두 장을 눈 깜짝할 새 먹어 치운 다음에는 물주머니를 기울여 그 안에 담긴 물을 배 속으로 한껏 쏟아부었다. 난에서는 생밀가루 맛이 났고 물에서는 쇳내 비슷한 비린내가 풍겼지만, 주인이 반미치광이처럼 폭주한 탓에 오늘 내내 흙모래 알갱이만 소화시켜야 했던 위장에는 아무 문제도 되지 않았다.

"고맙습니다."

반쯤 남은 물주머니를 돌려주며 우대만이 말했다. 하지만 노인은 받으려 하지 않았다.

"가져가게. 이 퀴질다쉬트를 벗어나려면 필요할 테니까."

물은 물론 필요했다. 하지만 고맙다며 선뜻 받을 염치가 없었다. 다짜고짜 길을 막고 행패를 부린 이족 곰보 청년에게는 과분한 호의였기 때문이다.

우대만이 물었다.

"소생에게 왜 이런 호의를 베푸시는 겁니까?"

노인의 얼굴에 그늘이 드리웠다. 그러면서 잠시 주저하는 기미를 보이더니 작게 한숨을 내쉬며 말했다.

"못 볼 것들을 봤기 때문이지."

"못 볼 것들이라고요?"

"우리가 여기까지 오는 동안 단 한 번도 쉬지 않고 행보를 재촉한 까닭은 그것들로부터 멀어지기 위해서였다네."

우대만이 미간에 잔주름을 잡으며 다시 물었다.

"그것들이 대체 무엇이기에 그러신 겁니까?"

노인은 길게 한숨을 쉰 뒤 대답했다.

"산 것도 죽은 것도 아닌 자들이라네."

우대만의 눈이 커졌다.

"그 말씀은…… 생시를 보셨다는 뜻입니까?"

노인은 고개를 끄덕였다.

"맞아, 생시. 한족들은 그것을 그렇게 부르더군. 하지만 우리는 신의 저주를 받은 그 더러운 것들을 '구울'이라고 부른다네. 그 구울들이 퀴질다쉬트로 들어서는 것을 보았어. 울루그헌탁타가 있는 방향으로 움직이는 것 같더군. 속도로 미루어 이르면 내일 아침, 늦어도 내일 점심 무렵에는 그곳을 지날 것 같더군."

"울루그헌탁타……."

그 이름을 모른다고 생각했는지 노인은 설명을 덧붙여 주었다.

"이 퀴질다쉬트 한복판에 있는…… 음, 내 기억이 맞는다면 한족들이 '큰 식탁[ㅌㅏ0]'이라고 부르는 바위 말일세."

우대만은 아랫입술을 지그시 깨물었다.

'뭔가 올 줄은 알았지만, 설마하니 생시였다니. 신무전주는 대체 무슨 짓을 하려는 거지?'

노인이 말을 이었다.

"우리의 율법에 따르면 신께 저주받은 것을 본 사람은 선행으로써 그 저주를 씻어 내야 하네. 그래서 알지도 못하는 자네에게 물과 음식을 내준 걸세. 그러니 고마워할 필요 없네. 호의를 받은 쪽은 자네가 아니라 우리인 셈이니까."

우대만은 노인을 물끄러미 바라보다가 내밀고 있던 물주머니를 거두어 뒤춤에 찼다.

"말씀을 들으니 서로가 서로에게 호의를 베푼 셈이군요. 마음이 한결 가벼워졌습니다."

"솔직하군. 그러면서도 예절을 알고. 난 그런 젊은이를 좋아한다네."

노인은 어금니가 빠진 입으로 합죽한 웃음을 지은 뒤 어깨에 걸어 두었던 바람막이용 천을 하관에다 둘러 감기 시작했다.

"혹시나 해서 하는 말인데, 울루그헌탁타가 있는 방향으로는 절대로 가지 말게. 그것들이 지난여름 무슨 짓을 저질렀는지 들었다면 말일세. 알겠는가?"

낙타에 올라타기 직전 노인이 우대만에게 해 준 충고였다.

생시들이 주천에서 벌인 끔찍한 축제에 대해서라면, 물론 잘 알고 있었다. 하지만 모래바람 속으로 점차 멀어지는 대상 행렬의 뒷모습을 바라보면서 우대만은 이렇게 대답할 수밖에 없었다.

"미안합니다만, 마지막에 해 주신 충고만큼은 따를 수가 없군요."

우대만에게 있어서 그녀를 찾는 일은 이미 절대 명제가 되어 버린 뒤였지만, 뜻밖의 만남을 통해 새로운 정보를 입수한 지금은 그 절대 명제를 잠시 미뤄 두어야만 했다. 그에게는 황서계주의 후계자로서, 그리고 동심맹의 조력자로서 반드시 수행해야 할 임무가 있기 때문이었다. 그는 공과 사를 구별할 줄 아는 사람이었다.

그래서 우대만은 발길을 돌렸다.

회족들에게는 울루그헌탁타, 한족들에게는 큰 식탁이라고 불리는 붉은 황무지 한가운데 자리한 거대한 바위, 바로 너럭바위가 있는 곳으로.

(3)

소년 소리를 듣기엔 체구가 너무 크다. 청년 소리를 듣기엔 얼굴이 너무 앳되다. 그래서 소청년 혹은 청소년이라는 용어를 따로 만들어 불러야 하는 석두미石斗微는, 웬만한 장정의 것보다 더 크고 더 활동적이고 그래서 더 탐욕스러운 자신의 위장을 만족시키기 위해 벌써 네 그릇째의 납면拉麵을 비우고 있었다. 앳된 얼굴 가득 건강한 땀을 흘리면서 말이다.

감숙의 토속 음식 중 하나인 납면이 오색면五色麵이라는 이름으로도 불린다는 사실은 며칠 전 헤어진 우 대형에게서 들었다. 국물이 맑아 '청青(清과 동음)', 무가 희어 '백', 고추가 빨개 '홍', 향채가 파래 '녹', 면이 누래 '황'이라는 것이다. 젓가락 한가득 집어 든 면발을 커다란 입 안으로 후루룩 빨아들이면서, 석두미는 이 다색의 국수가 자기 입맛에 정말 잘 맞는다고 다시 한 번 감탄했다. 뭐 그렇다고 입맛에 안 맞는 국수가 있다는 뜻은 아니지만.

국물까지 말끔히 비운 다음 한 그릇 더 시킬까 망설이던 석두미는 좌판 맞은편에 앉아 있는 주인 여자와 눈이 마주쳤다. '뭐 이런 놈이 다 있어?'라고 말하는 듯한 그녀의 표정이 그로 하여금 아쉬운 선택을 하게 만들었다.

"잘 먹었습니다. 정말 맛있군요."

사십 대 후반쯤 되는 나이에 수더분한 얼굴을 가진 주인 여자가 어색한 웃음을 지었다.

"고맙수. 그나저나 참 잘 먹는 손님이네. 덩치를 봐서 특별히 많이 드린 건데도 그걸 네 그릇씩이나 잡숫다니."

저 숫자가 다섯이면 더 좋았을 거라고 살짝 후회하면서, 석두미는 엉덩이를 붙이고 있던 낮은 의자에서 일어섰다. 식대는 주인 여자의 영업 방침에 따라 매 그릇을 주문할 때마다 선불로 치렀고 거기에 잘 먹었다는 인사까지 마쳤으니, 이제 떠나기만 하면 되었다. 하지만 그는 그러지 않았다.

"실례가 안 된다면 저 장대를 손봐 드리고 싶습니다."

좌판 위로 그늘을 드린 세 마 남짓한 범포 차일을 받치고 있는 대나무 장대 말이다.

"장대는 왜……?"

"좌우의 높이가 안 맞는군요. 왼쪽 것이 세 치가량 높습니다. 그 바람에 차일이 오른쪽으로 기울어졌는데, 비가 오면 그리로만 물이 떨어질 겁니다. 그렇게 되면 바닥이 파이고 진창이 생기겠지요."

주인 여자가 고개를 주억거리며 중얼거렸다.

"그렇긴 하네. 비만 왔다 하면 거기 진창이 생기니까."

"그럼……."

장대 쪽으로 성큼성큼 다가간 석두미는 허리띠에 걸린 가죽집에서 붉은 손잡이가 달린 소도—열세 살 생일날 군부에 있는 막내 숙부에게서 받은 선물인데 이럴 때 꽤나 요긴하게 쓰인다—를 꺼내 들었다. 그런 다음 바닥에 쭈그리고 앉아 지면에 박힌 장대 뿌리를 세 치가량 잘라 냈다. 칼자국도 생생한 새로운 뿌리를 바닥에 신중히 고정시킨 뒤 자리에서 일어선 그는 수평을 회복한 차일을 올려다보며 만족스러운 미소를 지었다.

좌판 건너편에 앉아 손님이 작업하는 것을 구경하던 주인 여자가 기다렸다는 듯이 호들갑을 떨었다.

"아유, 남편 시키면 될 일을, 굳이 손님이 안 그러셔도 됐는데. 하여튼 고맙수. 이럴 줄 알았으면 만두라도 몇 개 더 내 드렸을 것을. 지금이라도 좀 싸 드릴까?"

"만두는 됐고요."

석두미가 그녀를 돌아보았다. 정확히는 그녀가 앞두고 있는 좌판을 본 것이다.

"좌판 다리도 약간 건들거리더군요. 못이 헐거워진 것 같습니다. 기왕 시작한 김에 그것도 고쳐 드리지요."

이번에는 허락도 받지 않고 작업에 착수했다. 상판과 다리의 이음매에 박혀 있던 녹슨 못을 엄지와 인지로 쑥 잡아 뽑은 다음—이 시점에서 주인 여자의 눈이 휘둥그레졌다— 건들거리던 다리를 뒤집어 위아래를 바꿔 대고는 엄지로 눌러 못을 박았다. 작업하는 동안 부득불 세 다리로 서 있어야 했던 좌판은 구부린 왼쪽 무르팍으로 받쳐 두었다.

좌판까지 손본 석두미가 고개를 들었다. 주인 여자가 얼빠진 얼굴로 그를 바라보고 있었다. 손가락을 노루발과 망치처럼 사용한 데 대한 경탄 때문만은 아닌 듯했다.

석두미가 말했다.

"그리고 지금 앉아 계신 그 의자 말인데……."

주인 여자의 얼굴이 일그러졌다.

일행이 머무는 객잔으로 돌아온 석두미는 객잔 문 앞에 도열해 있는 관병들을 보고 고개를 갸웃거렸다.

'뭔 일이라도 생겼나?'

대체로 강호인이라고 하면 객잔에서 벌어지는 소란의 거의 주범 격이라고 할 수 있지만, 지금 저 객잔 안에 머무는 그의 일행은 힘 좀 있다고 해서 함부로 소란을 일으키는 무뢰배가 결코 아니었다. 게다가 일행을 이끄는 사람이 작금 강호에서 흑백양도를 통틀어 가장 높은 신망을 얻고 있는 구주대협九州大俠임에야!

'구주대협이라니, 누가 지은 건진 몰라도 정말 멋진 별호라니까.'

이 생각을 떠올릴 때마다 공연히 어깨가 으쓱거려진다. 입꼬리가 자꾸 길쭉해지는 것을 참기 힘들다. 석두미는 그런 자신을 또 한 번 질책했다.

'안 돼, 안 돼. 이건 내가 아직 어리다는 증거야. 이러니 용아에게도 놀림당하는 거지. 나는 더 어른스러워질 필요가 있어.'

이제 열 살이 된 용아는, 여러 살 터울이 나는 데도 불구하고 오라비 알기를 '밥'으로 알았다. 올여름부터는 이름을 가지고 성질을 부리기 시작했는데, 오라비는 멋진 별 이름을 가졌는데

자기는 하찮은 꽃 이름이니 불공평하다는 게 녀석이 새로 장만한 무기였다.

'보용薔蓉이란 이름이 어디가 어때서? 게다가 제남에 사시는 고모도 풀과 꽃을 이름으로 삼았지만, 지금은 강북 제일의 여고수로 이름을 날리시잖아?'

하지만 석두미는, 언제나 놀림당하고 언제나 양보하면서도, 여동생 석보용을 누구보다도 아끼고 사랑했다. 남동생 하나 있으면 좋겠다는 그의 말에, 어머니께서는 여동생을 낳다가 배 속 어딘가를 상해서 더 이상은 아기를 낳지 못한다고 말씀하셨다. 그러니 용아는 그의 유일한 동기인 것이다.

'강동으로 돌아갈 때 뭘 사다 주나? 아, 요즘엔 머리단장에 관심이 많아진 것 같은데 옥비녀 한 개 사다 주면 딱이겠네. 기왕이면 예쁜 꽃무늬가 있는 걸로…… 아니지, 그럼 또 제 이름 갖고 놀리는 거냐고 화내려나?'

그건 그렇고…….

객잔에 들어가기는 해야겠는데 입구를 관병 둘이 막아서 있었다. 마음만 먹으면 그들은 물론 저 앞에 도열한 열댓 명까지 한 묶음으로 돌파할 수 있겠지만, 나라 일을 하는 공복公僕과 관련된 문제를 힘으로 해결하는 것은 석두미의 방식이 아닐뿐더러 부친께서도 좋아하지 않으실 것 같았다. 그래서 마냥 기다렸다. 뒤로 돌아가 일꾼들이 출입하는 후문을 통해 들어갈 수도 있겠지만, 자고로 군자는 대로행大路行이라, 군자가 되려는 그로서는 논외였다.

기다림의 시간은 제법 길었다.

닫혔던 객잔 문이 활짝 열리고 오늘 이 자리에 몰려온 관병들의 우두머리로 보이는 무관복 차림의 장년인이 팔자걸음을 거만스레 내디디며 걸어 나온 것은 한 식경도 넘게 지나서였다. 체격도 좋고 얼굴도 괜찮은데, 왼쪽 눈꼬리에 달린 커다란 사마귀가 그런 가시적인 장점들을 반감시키고 있었다.

"얘들아, 가자!"

사마귀 무관이 위세 좋게 말한 뒤 앞장서서 걷기 시작했다. 관병들이 어미 오리를 따르는 새끼 오리들처럼 그의 뒤를 졸졸 따라붙었다.

'그냥 가는 걸 보니 별일은 아닌 모양이네.'

석두미는 이렇게 생각하며 객잔 문을 열고 안으로 들어갔다. 그러다가 정면으로 보이는 탁자에 둘러앉아 있는 사람들의 면면을 알아보고는 흠칫 놀랐다. 그는 황급히 탁자 앞으로 다가가 포권을 올렸다.

"다들 나와 계셨군요."

탁자에 둘러앉은 모든 이의 고개가 석두미를 향했다. 석두미는 그들로부터 뻗어 오는 각기 다른 성질의 시선들을 한꺼번에 느낄 수 있었다. 어떤 것은 산맥처럼 장중하고, 어떤 것은 무쇠처럼 단단하며, 어떤 것은 산짐승처럼 활기차고, 어떤 것은 학자처럼 심유하다. 그중 산짐승처럼 활기찬 시선의 주인인 잘생긴 청년이 석두미에게 타박하듯 말했다.

"이 급박한 시기에 어디를 싸돌아다니다 온 거냐?"

석두미는 대답할 말을 얼른 찾지 못했다. 남들처럼 세 끼로 하루를 보내기엔 지나치게 크고 활동적이고 탐욕스러운 위장 탓에 국수를 네 그릇씩이나 먹고 오느라 늦었다고는 차마 말할 수 없기 때문이었다. 그래서 대답 대신 결론만 말했다.

"죄송합니다, 대사형."

석두미의 대사형, 강동신룡 이호는 용이니 호랑이니 하는 이름과 달리 원만한 성격의 소유자였다. 소수미검少須彌劍이라는 별호로 불리던 소년 시절부터 그랬다니 천성 자체가 둥글둥글한 게 분명했다. 그래서인지 덩치 큰 사제를 더 이상 탓하는 대신 고갯짓으로 자기 옆쪽 빈자리를 가리켰다.

석두미가 착석함으로써 탁자에 둘러앉은 사람은 모두 다섯이되었다. 만일 강호인 중 누군가에게 그 면면을 언급한다면 놀라지 않고는 못 배길 터였다.

우선, 판검대인을 뛰어넘어…… 강동 제일인을 뛰어넘어…… 구주대협이란 영광스러운 칭호를 듣게 된 석두미의 부친, 석대문이 있었다. 산맥처럼 장중한 시선의 주인이었다.

석대문이 차분한 목소리로 옆자리에 앉은 사람에게 물었다.

"큰조카, 방금 그 참장參將이란 자가 한 말에 대해 어떻게 생각하는가?"

석대문에게 큰조카라고 불린 사람은 남루한 차림에 고릿한 냄새도 약간 풍기는 장년 남자인데, 어찌 된 영문인지 나이를 먹을수록 생김새가 점점 더 소와 닮아 가는 개방의 차기 방주 황우가 바로 이 사람이었다. 학자처럼 심유한 시선의 주인이기도 했다.

황우가 불룩하니 튀어나온 입을 벌려 특유의 느릿한 말투로 석대문의 질문에 대답했다.

"단정하기는 어렵지만, 난데없이 통금령通禁令이라니 수상한 냄새가 나긴 하네요."

이 말에 고개를 끄덕인 사람은 무쇠처럼 단단한 시선의 주인인 중년 승려였다. 부리부리한 눈에 각진 얼굴이 승려보다는 장군에 어울릴 상이었다.

"빈승도 황 시주의 생각에 동의합니다. 더욱이 신무전 백호대의 인마는 하루 전에 아무런 제지도 받지 않고 관문을 넘어 은천으로 들어가지 않았습니까. 관에서 유독 우리 동심맹의 발목에만 족쇄를 채우려는 데에는 모종의 내막이 숨어 있다고 봐야 합니다."

당당한 체격과 늠름한 생김새답게 우렁우렁한 목소리로 자신의 의견을 피력한 중년 승려는, 화염불이라 불린 적오 대사의 뒤를 이어 소림사 나한당의 당주를 맡고 있는 해담 대사였다. 소림이 자랑하는 각종 경강공硬强功에 달통하여 강호에서는 철골나한鐵骨羅漢이란 별호로 불리는데, 대사 본인은 사숙인 적송 대사의 별호가 옥나한인 마당에 같은 나한으로 불릴 수는 없다며 손사래를 친다고 했다.

이호와 석두미는 아니라고 쳐도 그 밖의 세 사람, 즉 구주대협과 우두만박개와 철골나한은 각기 천하제일가—강동 제일가가 이렇게 불린 것은 강동 제일인이 구주대협으로 불린 시점과 대체로 맞물린다—인 석가장과 천하제일 대방인 개방과 강호의 태두인 소림사를 대표하는 인물들이라 할 수 있었다. 그런 그들이 감숙 북동쪽 끝단에 자리 잡은 허름한 객잔에서 한 탁자를 사이에 두고 의견을 나누고 있으니, 이 어찌 놀랄 일이 아니겠는가.

바로 동심맹이 그 일을 가능케 해 주었다.

이 차 곤륜지회 이후, 중양회주인 석대문은 아우이자 이 차 곤륜지회의 주재자이기도 한 이 대 혈랑곡주의 뜻을 존중해 중양회를 해체했다. 하지만 중양회의 모태가 된 동심맹의 명맥만큼은 그대로 유지되었으니, 이후 강호의 중대사가 벌어질 때마다 발현된 그들의 영웅적이고도 눈부신 활약은 천하인들로부터 찬사와 숭모를 받기에 부족함이 없었다.

때문에 강호인들 가운데에는 이렇게 말하는 이들이 점점 늘어났다.

─북악남패의 시대는 갔어. 이제는 동심맹과 남황맹, 즉 '쌍맹雙盟의 시대'가 도래한 거지.

백도의 극점에 있는, 그리고 그 활동 내용이 감춤 없이 공개된 동심맹과, 흑도의 냄새를 더욱 풍기는, 그러면서도 안개에 덮인 숲처럼 실체를 드러내지 않는 남황맹은 여러모로 비교되고 대립될 수밖에 없었던 것이다.

각설하고, 대화의 주제에 대해 알지 못하는 석두미는 사람들의 눈치를 살피다가 옆자리의 이호에게 속삭이듯 물었다.

"무관이 다녀간 건 밖에서 봤습니다만, 그자가 본 맹에 통금령을 선포한 건가요?"

이호가 픽 웃었다.

"선포? 그자는 오직 사정만 하더군. '제발' 소리를 오십 번은 들은 것 같아. 한마디로 덩칫값도 못 하는 자였지."

맞은편에 앉아 있던 황우가 이호의 말에 토를 달았다.

"그렇다고 무시해 버릴 성질의 일은 아니야. 그자에게는 영하부寧夏府에서 발부한 정식 명령장이 있었으니까."

"이유가 뭐랍니까?"

석두미의 질문에 황우가 대답했다.

"생시제 건을 조사하던 중 강호인이 개입한 단서를 발견했다나. 그래서 강호인으로 보이는 자의 통관을 불허하라는 명령이 상부로부터 내려왔다고 하더군."

석두미는 인상을 썼다.

"말도 안 되는 소립니다. 조금 전에 해담 대사님께서도 말씀하셨다시피, 신무전에서 온 백호대는 전원이 무장을 갖춘 데다 말까지 탄 채로 관문을 유유히 통과했습니다. 이 두 눈으로 똑똑히 보았다니까요."

석대문이 아들을 돌아보았다.

"서른 명이라고 했지?"

"정확히는 서른한 명입니다. 하지만 인솔자인 백호대주를 제외한 인원은 서른 명이죠."

"무장을 갖추고 말까지 탄 서른한 명의 강호인들이 사람들의 이목에 걸리지 않았을 리도 없을 테고……."

석대문은 팔짱을 낀 채 주먹으로 자신의 볼을 툭툭 두드렸다. 저것이 뭔가 숙고할 일이 생겼을 때마다 부친이 행하는 무의식적인 버릇임을 석두미는 알고 있었다.

잠시 후 석대문이 팔짱을 풀며 좌중을 향해 말했다.

"아까 다녀간 자가 탐관오리라는 사실은 몇 마디 말만 나눠봐도 금방 알 수 있는 일이었소. 그런 자가 임무에 충실하기 위해 우리의 발목을 잡는다고 보기는 어려울 거요. 아마도 그자를 이리로 보낸 배후가 따로 있을 텐데, 지금으로서는 혐의가 가는 인물이 한 사람밖에는 떠오르지 않는구려."

그 한 사람이 누구란 건 이 자리에 모인 모두가 알고 있었다. 이런 방면으로는 조금 둔한 편인 석두미조차도 그 사람의 이름을 단박에 떠올릴 수 있었으니 말이다.

해담 대사가 침중한 목소리로 말했다.

"맹주께서는 신무전의 도 전주가 뭔가 수작을 부린 거라고 생각하시는군요."

"그렇소이다."

"부처님께서는 의심이 죄업의 시작이라고 가르치셨습니다만, 아마타불, 빈승의 생각도 그렇다는 점을 고백하지 않을 수 없군요."

석대문은 고개를 작게 끄덕이다가 곧바로 한숨을 내쉬었다.

"정황을 따져 보면 그렇게 생각할 수밖에 없잖소. 음, 연전에 제남을 방문했을 때 만나 본 도 전주에게선 확실히 조바심 비슷한 것이 풍겨 나오기도 했고. 하지만…… 나는 한때 철인협이란 이름으로 뭇 청년 무인들의 우상이 되었던 그가 탐관오리에게 뇌물을 써서 저급한 수작을 부릴 정도로까지 타락했다고는 믿고 싶지 않소."

이호가 한창 나이의 청년답게 기백 있는 목소리로 말했다.

"저는 도 전주가 첫 단추부터 잘못 꿰었다고 생각합니다. 그가 과거 환복천자와 우겸 대인 사이에서 위태로운 줄타기를 했다는 사실은 사부님께서도 아시지 않습니까. 게다가 경태제의 병이 깊어진 뒤에는 남궁에 유폐되어 지내던 현 황제와 그 밑의 환관 세력들에 다시 줄을 대어 '탈문의 변'이 일어나는 것을 암중으로 지원하기까지 했습니다. 그런 그에게 더 이상 철인협이란 영광스러운 호칭은 어울리지 않는다고……."

"말이 심하구나. 도 전주는 강호의 거목이요, 일세의 호걸이다. 자중하여라."

석대문이 혈기 방장한 장제자를 엄숙하게 꾸짖었다.

"죄송합니다."

이호는 즉각 사부를 향해 고개를 숙였지만, 신무전주를 혐오하는 본심마저 바꿀 의도는 전혀 없는 것으로 보였다.

그리고 석두미의 의견을 밝히자면…… 부친보다는 대사형 쪽에 가까웠다.

증훈과 백호대가 출동했다!

더 이상 무슨 증거가 필요할까? 그러니 신무전주의 그릇된 욕심이 자신들을 이 황량한 대지로 불러들인 것이 분명했다.

그때 짧은 목을 한껏 뽑아 올려 객잔 안을 몇 차례나 두리번 거리던 황우가 소 닮은 얼굴을 갸웃거리며 말했다.

"그나저나 참 이상하네요. 사람들이 모이면 반드시 얼굴을 들이미는 노인네가 오늘따라 코빼기도 비치지 않네요."

그 노인네가 누구를 가리키는 말인지는 굳이 덧붙일 필요도 없었다. 이번에 감숙으로 온 일행 중에 노인네라고 불릴 만한 사람은 오직 하나밖에 없었으니까.

"그러고 보니 구양 아우도 보이지 않는군요. 함께 시장 구경 이라도 나간 건가?"

이호의 말에 석두미가 즉시 고개를 저었다.

"소제가 바로 그 시장에 있었습니다. 하지만 유 당사님과 구양 형님의 모습은 보이지 않았습니다."

시장이라고 해 봤자 골목 하나 정도로 뻗은 그리 넓지 않은 길 위에 이십여 명의 노점상들이 양쪽으로 나뉘어 좌판을 벌려 놓은 것이 전부였다. 만일 이방인 두 사람이 그 길을 돌아다 녔다면 시장 한복판에 자리 잡고 앉아서 납면을 네 그릇이나 먹은 석두미의 눈에 띄지 않았을 리가 없는 것이다.

'대체 무슨 일일까? 푼수 끼가 다소 있는 유 당사님이라면 몰라도, 소신의少神醫라 불리는 구양 형님은 워낙 진중한 사람이라서 말도 없이 멀리 갈 리 없을 텐데.'

석두미는 궁금함을 느꼈지만, 그럼에도 대수롭지 않은 일로 치부했다. 그들 모두는 이방인이었고 이곳은 이방인들에게 낯선 땅이었다. 이방인 두 명이 낯선 땅을 헤매느라 시간을 허비하는 것은 그리 대수로운 일이 아닐 터였다.

그러나 땅거미가 깔리고 밤이 깊어 가도록 두 사람은 돌아오지 않았다.

초조함 속에서 밤을 거의 뜬눈으로 지새운 뒤 다음 날 아침 해가 밝아 올 무렵이 되자, 석두미는 그 일이 더 이상 대수롭지 않은 일이 아님을 알게 되었다.

수의처럼 치렁치렁한 흑포를 걸친 그 남자는 이미 죽은 사람처럼 보였다. 광대뼈가 그대로 드러난 앙상한 얼굴과 흉측하게 뒤틀린 이목구비를 가진 데다 등 뒤에는 살아 있는 시체들을 열세 구씩이나 병립해 놓았기 때문에 더욱 그렇게 보이는 것인지도 몰랐다. 그러나 생시, 혹은 구울이라 불리는 살아 있는 시체와 달리 그 남자는 엄연히 살아 있었고, 그래서 말도 할 수 있었다.

흑포 남자가 물었다.

"백호대주?"

흑포 남자에게서 오 장쯤 떨어진 곳에 서 있는 남자가 질문으로써 대답을 대신했다.

"오행독문주?"

청년을 벗은 지 그리 오래돼 보이지 않는 그 남자는 체격이 호리호리했고, 흑포 남자와는 달리 새하얀 무복을 입고 있었다. 감숙의 따가운 가을볕이 그 남자 주위로 백색의 휘황한 빛 가루를 뿌리는 듯했다.

붉은 황무지에 흑백의 대비를 이룬 채 마주 보고 선 두 남자는 모든 면에서 완전히 달라 보였다. 검은 쪽에게는 죽음의 기운이, 흰 쪽에게는 삶의 기운이 충만했다. 검은 쪽은 끔찍한 생시들을, 흰 쪽은 늠름한 인간들을 거느리고 있었다. 검은 쪽 무리의 뒤에는 그들의 부정하고 불결한 행진이 남긴 난잡한 발자국이 찍혀 있는 반면, 흰 쪽 무리의 뒤에는 삼십여 마리의 북방산 건마가 고삐끼리 묶인 채 대기하고 있었다.

중천에서 백열하는 눈부신 태양과 완만한 언덕에 자리 잡은 거대한 너럭바위가 그들이 만들어 내는 상반되면서도 기묘한 대비를 서로 다른 각도에서 내려다보고 있었다.

먼저 움직인 것은 흰 쪽이었다.

백의 남자가 경쾌하고 당당한 걸음걸이로 흑포 남자에게 다가갔다. 새하얀 무복의 가슴 부위에 금실로 수놓인 호랑이 머리 문양이 흑포 남자의 눈에 선명히 보일 정도의 거리까지 가까워졌을 때, 백의 남자가 걸음을 멈췄다. 눈가를 덮은 앞머리와 그 아래로 새겨진 몇 줄의 상처가 백의 남자로부터 풍겨 나오는 분위기를 한층 강렬하고 분방하게 만들어 주는 듯했다.

백의 남자, 이제는 불패투광으로 불리는 신무전의 백호대주 증훈이 물었다.

"저것들이 실혼생시失魂生屍요?"

흑포 남자, 독중선 군조가 강동에서 패사한 뒤 몰락한 오행독문을 일으켜 세우기 위해 각고를 거듭해 온 오행독문주 노동옥魯冬玉이 대답했다.

"거의 그렇다고 할 수 있소."

증훈의 입술이 불만스럽게 비틀렸다.

"거의?"

"다섯 관문 중에서 이제 네 관문을 거쳤으니까. 마지막 한 관문만 거치면 이들은 진정한 실혼생시들이 될 것이오."

"마지막 관문? 그게 뭐요?"

"신체를 강화하는 관문이오. 본 문의 비방에 따라 제작한 약수藥水에 삼십삼 일간 담가 두면 피부가 가죽처럼 질겨지고 뼈 또한 쇠처럼 단단해지오. 그것이 실혼생시를 제작하는 마지막 관문, 인동관靭銅關이오."

증훈은 흐음, 하는 콧소리를 낸 뒤 다시 물었다.

"인동관을 아직 시행하지 않은 이유가 궁금하오. 시간이 부족했던 건가?"

과거에는 꽤나 준미했던 노동옥의 이목구비는, 지금은 온통 뒤틀려 전혀 준미해 보이지 않았다. 그가 뒤틀린 입술을 더욱 뒤틀면서 음산한 웃음을 흘렸다.

"시간은 부족하지 않았소. 네 번째 관문을 거친 건 이미 두 달 전이니까."

"두 달 전이라면 바로……."

"그렇소. 생시제. 특히 그 말미가 백미라고 할 수 있을 것이오."

이 대목에서 시연이 필요하다고 여긴 듯 노동옥이 돌아섰다.

그의 입술이 달싹거리며 사이한 기운을 물씬 풍기는 주문이 낮게 흘러나왔다. 그러자 그의 앞에 길게 병립해 있던 열세 구의 생시들 중 가장 좌측에 있던 두 구가 끈 끊어진 인형처럼 그 자리에 풀썩 무너져 내렸다. 한 구는 엎어지고 한 구는 누웠는데, 팔다리가 꺾인 모양새는 인간이 보편적으로 취할 수 있는 것과는 거리가 멀어 보였다. 누운 생시의 입에서 탁한 빛깔의 걸쭉한 액체가 거품을 부글부글 일으키며 흘러나온 것은 잠시 뒤의 일이었다.

동료 중 둘이 저 꼴이 되었는데도 병립해 있는 남은 생시들은 전혀 개의치 않았다. 초점이 불분명한 눈은 전방의 노동옥에게 고정되어 있었고, 살짝 벌어진 입에서는 더러운 침이 흘러내리고 있었다. 비록 의도―과연 그들에게 의도란 게 있긴 할까?―와는 다르게 무리지어 있긴 하지만, 그들 각자는 이 세상 속에서 철저하게 독립되어 있는 것 같았다. 그리고 그들과 이 세상을 연결해 주는 유일한 고리는 그들이 망연히 응시하는 노동옥뿐인 것 같았다.

노동옥이 증훈을 향해 다시 돌아섰다.

"이게 네 번째 관문인 말소관抹消關을 통과한 결과요. 그러니 시간이 부족한 건 절대 아니었소. 부족한 게 있다면…… 흐흐, 그건 아무래도 신뢰겠지."

증훈의 입술이 다시 한 번 불만스럽게 비틀렸다.

"신무전을 못 믿는다는 뜻이오?"

"누구도 믿지 않는다고 해 둡시다. 과거 본 문은 신뢰하던 자들에게서 버림받은 경험이 있소. 본 문의 명맥을 정말로 멸절시킬 뻔했던 장본인들은 강동 제일인과 그 아우가 아니라 바로 그들이었지. 나는 본 문의 역사에 그와 비슷한 뼈아픈 기록을 두 번 다시 남기고 싶지 않소."

노동옥이 흑포의 푸한 소매 속에서 양피지 한 장을 꺼낸 뒤 말을 이었다.

"이 양피지에는 실혼생시의 다섯 번째 관문인 인동관에 사용되는 약수의 조제법이 적혀 있소."

증훈의 두 눈이 흐트러진 앞머리 사이로 번쩍 빛났다. 그 눈빛에 담긴 위험한 의도를 몰라보지 않았을 텐데도 노동옥은 여유를 잃지 않았다.

"아, 각마주覺魔呪에 대해 얘기하지 않은 것 같군."

당장이라도 앞으로 뛰쳐나갈 것 같던 증훈의 몸이 움찔 멈췄다.

"각마주?"

노동옥이 여유 만만한 목소리로 설명했다.

"쉽게 말해 인간의 심마를 깨우는 주문이랄까. 나는 그 각마주를 생시들에 맞도록 변형시키는 데 성공했소. 그 결과 생시들은 내 의도에 따라 활동하고, 방금 보았다시피 내 의도에 따라 말소되기도 하오. 그 구속력은 관문들을 통과할 때마다 점점 심화되어, 다섯 관문을 모두 통과한 실혼생시의 경우엔 단지 사념을 보내는 것만으로도 모든 행동을 완전히 장악할 수 있게 되오. 그러므로 나는 이들의 주인이오. 아니, 신이라고 해야겠지."

증훈의 표정이 침중해졌다. 뭔가를 갈등하는 기색이었다. 그리고 노동옥은 그의 갈등을 즐기는 눈치였다.

"과거 철인협이라 불리던 신무전주가 어떤 인물로 변했는지에 관해서는 나도 들은 바 있소. 조건 없는 신뢰를 보내기에는 지나치게 계산적이고 이기적인 인물로 변했다더군. 그래서 안전장치가 필요하다는 생각이 들었소."

노동옥은 자신의 오른손에 들린 양피지를 슬쩍 돌아보았다.

"후랑오준의 일인이자 강북을 진동하는 고수인 백호대주께서 내게서 약수의 조제법이 적힌 이 양피지를 뺏어 가는 것은 그리 어렵지 않은 일이겠지. 하지만 각마주만큼은 어쩌지 못할 거요. 수고를 덜어 주는 의미에서 한 가지 더 알려 드리자면, 그 어떤 고문을 통해서도 각마주를 가져가지는 못할 거요. 지식은 털어놓을 수 있지만, 심령은 그럴 수 있는 성질의 것이 아니니까.”

 멈췄던 증훈의 동작이 재개된 것은 잠시의 시간이 지난 뒤였다. 하지만 앞으로 뛰쳐나가 노동옥에게 위해를 가하는 것과는 거리가 먼 동작이었다. 그는 품에서 두루마리 한 권을 꺼냈다. 손가락 세 개를 포갠 정도의 얇은 굵기에 길이가 한 뼘 반쯤 되는 비단 두루마리였다.

 증훈이 말했다.

 “과거 본 전의 위계에는 약사藥師라는 직위가 있었소.”

 노동옥이 백양나무 가지처럼 마르고 창백한 손가락으로 턱을 긁으며 뇌까렸다.

 “약사라.”

 “나를 포함한 사방대의 대주들보다 반 품계쯤 높은 직위라고 알면 되오. 그리고 이것은 본 전의 약사 자리에 오행독문주, 당신을 임명한다는 전주님의 친서요.”

 “도 전주의 친서라고 해 봤자 먹물이 묻은 비단 쪼가리에 불과하지 않겠소? 박박 찢어 버리면 세상에 존재했다는 증거조차 사라져 버릴. 하지만…… 그래도 없는 것보다야 낫겠구려.”

 노동옥이 앞으로 걸어 나왔다.

 증훈도 앞으로 걸어 나갔다.

 흑포와 백의를 걸친 두 남자는 중간 지점에서 만났다. 증훈이 두루마리를 내밀었다. 노동옥이 그것을 받았다. 증훈이 빈손을 내밀었다. 공평하게 교환하자는 뜻이었다. 그러나 노동옥은 양피지를 넘기는 대신 두루마리와 함께 소매 속으로 집어넣었다.

 증훈은 얼굴에 살벌한 기운이 떠올랐지만 노동옥이 줄곧 견지해 온 여유를 흔들지는 못했다.

"어차피 함께 신무전으로 돌아갈 텐데, 기왕이면 반 품계쯤 상관인 내가 가져가는 쪽이 낫지 않겠소?"

증훈은 그런 노동옥을 잠시 노려보다가 물었다.

"저 생시들도 가져갈 생각이오? 관문을 통과하는 데 꽤나 애먹을 텐데?"

"이것들을 가져간다고?"

노동옥은 하하 소리 내어 웃더니 손가락으로 자신의 머리를 가리켰다.

"이 안에는 실혼생시를 제작하는 모든 과정이 고스란히 담겨 있소. 게다가 약사 자리를 주겠다니 제작에 필요한 약물도 마음껏 제공받을 수 있지 않겠소? 무공이라곤 익힌 적 없는 양민을 재료로 만든 이것들은 말 그대로 '견본품'인 데다, 이곳까지 오는 동안 내 안전을 보장해 준 방패에 지나지 않소. 음, 고깃덩어리로도 방패를 삼을 수 있다면 말이오. 이제 쓰임새가 다됐으니 이 자리에다 합장合葬해 줍시다. 저 멋진 바위가 이것들을 기리는 묘비가 되어 줄 테니까."

그러면서 노동옥은 손을 들어 언덕 위에서 그들을 굽어보는 너럭바위를 가리켰다.

증훈이 역겨움을 감추지 않은 목소리로 비아냥거렸다.

"그들은 참으로 잔인한 주인을 두었군."

노동옥이 미소를 지었다.

"신이라니까."

증훈은 그 뒤틀린 미소를 향해 다시 뭐라 말하려 했다. 하지만 그 말은 입술 끝에 걸린 채 입 밖으로 나오지 못했다.

증훈은 노동옥에게 주었던 시선을 천천히 돌렸다.

모래바람과는 확연히 구별되는 누런 먼지구름이 자욱하게 일어나는 황무지 먼 구릉을 향해.

너럭바위 밑, 이 황무지의 색깔과 어울리도록 연홍색으로 물들인 토형피土形皮 아래에 몸을 감춘 채 우대만은 전체의 국면을 조망하고 있었다.

어제 지혜롭고 너그러운 회족 노인에게서 선물받은 물주머니는 아쉽게도 텅 빈 지 오래였다. 목이 마르고 배도 고팠지만, 지금 상황에서 그런 생리적 결핍은 큰 문제가 되지 않았다.

백호대가 감숙으로 들어온 목적이 몰락한 오행독문의 잔존자를 포섭하기 위해서일 줄은 몰랐다. 아니, 정황들로 미루어 어느 정도 짐작은 했지만, 그럼에도 자신의 짐작이 잘못된 것으로 판명나기를 바라고 있었던 것이다.

황서계와 오행독문 사이에 얽힌 악연에 관해서는 사부를 통해 귀에 못이 박히도록 들어 왔다. 중원 각지의 모든 황서계원들에게 있어서 오행독문이란 문파는 철천지원수나 다름없었다. 오행독문의 문주였던 독중선과 그 휘하의 독문사천왕에 의해 조직 전체가 풍비박산 났던 과거에도 그랬거니와, 지금도 마찬가지였다. 사부는 요즘도 독중선에게 쫓기는 꿈과 독중선의 목을 잘라 내던 꿈을 번갈아 꾼다고 했다. 어느 쪽도 불쾌하기는 마찬가지였고, 때문에 오행독문에 관한 얘기만 들어도 절로 이가 갈린다고 했다.

이 증오심과 적개심은 제자인 우대만에게 그대로 물려졌다. 감숙을 전담하는 황서계원들이 셋이나 있음에도 황서계주의 제자인 그가 감숙으로 직접 들어온 까닭도 바로 여기에 있었다.

우대만은 생시들과 그들이 벌인 피비린내 나는 축제에 관한 소문 이면에서 오행독문의 매캐한 냄새를 맡았고, 만일 이 추측이 사실이라면 무슨 수를 써서라도 막아야 한다고 생각했기 때문이다. 신무전의 백호대가 제남을 벗어나 감숙을 향해 은밀히 이동 중이라는 정보를 접하게 된 것은 그 와중에 벌어진 일이었다.

'우연에 지나지 않았기를 그토록 바랐건만⋯⋯.'

그러나 우연이 아니었다.

지난해부터 신무전 내에서 영업을 시작한 신참 황서계원— 그자의 존재 자체가 신무전의 현 상태를 단적으로 보여 주는 예였다. 아쉽게도 북악은 외화내빈의 상태에 빠져 버린 것이다—에게서 백호대의 행선지가 이 너럭바위 앞이라는 정보와 도착 예정일이 언제라는 정보를 비싼 값으로 구입한 우대만은, 동심맹의 정기 회합을 위해 개봉의 개방 총타에 와 있던 숙부에게 급보를 보내 자신이 수집한 정보들을 알리는 한편, 백호대보다 며칠 앞서 감숙으로 들어와 이 너럭바위 아래 은닉처를 설치한 뒤, 기다렸다. 백호대를 인솔하는 불패투광이 이 너럭바위 부근에서 누군가와 만날 것이라고 예측했기 때문이다.

하지만 그 누군가가 생시를 통해 과거의 성세를 되찾으려는 오행독문의 잔존자만은 아니기를 바랐다. 중원 백도를 대표하던 북악이 가장 사이하고 가장 불결한 무리와 한패가 되려 한다는 것을 차마 인정하고 싶지 않았기 때문이다. 신화의 타락을 목격하는 첫 번째 증인이 되고 싶지 않았기 때문이다. 하물며 오행독문은 황서계의 원수가 아니던가!

그래서 기다리면서도, 그 여자에게서 비롯된 번뇌로 괴로워하면서도, 마음속으로는 끊임없이 부정했다.

도 전주가 그럴 리 없어. 신무전을 그 정도로까지 타락시키지는 않을 거야.

하지만 이제는 인정하지 않을 도리가 없었다. 사부로부터 전수받은 지청술을 통해 백호대주와 오행독문주 간에 오간 대화를 빠짐없이 엿들은 이상에는.

신화는 타락했다.

그리고 우대만은 고금의 역사를 통해 배운 바 있었다. 타락한 신화는 결국 몰락하고야 만다는 교훈을.

그 교훈에 담긴 준열함에 가볍게 진저리를 치던 우대만은 저 멀리 황무지의 구릉으로 피어오르는 누런 먼지구름을 보았다. 그의 두 눈에 반색이 떠올랐다.

'숙부께서 이제야 오신 건가?'

애늙은이 녀석과 한 약속대로라면 늦어도 오늘 아침나절에는 왔어야 하는데, 예정보다 두어 시진 늦은 모양이었다.

'녀석에게 잔소리할 거리가 생겼군.'

하지만 이것은 심각한 착각이었다. 먼지구름을 일으키며 달려오는 자들은 아쉽게도 우대만이 기다리던 숙부 일행이 아니었던 것이다. 구릉을 넘어선 그들과의 거리가 '매의 눈'으로 얼굴을 확인할 수 있는 범위 안까지 줄어들었을 때, 우대만의 박박 얽은 얼굴은 돌덩이처럼 딱딱하게 굳고 말았다.

황무지를 가로지르며 위풍당당하게 진군해 온 불청객들은 중훈과 노동옥으로부터 삼십 장 남짓 떨어진 거리부터 속도를 줄이기 시작하더니, 두 무리 간의 거리가 십 장쯤 되는 곳에서 완전히 멈춰 섰다. 숫자는 오십 명 정도. 놀라운 점은 그들의 거의 대부분이 마필이 아닌 두 다리만으로 달려왔다는 사실이었다. 이는 달려온 자들 개개인이 마속馬速—걷는 것과 달리는 것의 중간 속도이긴 해도—에 필적하는 경신술을 지녔다는 얘기와 다르지 않았다.

말을 타고 온 사람은 오직 세 사람뿐이었다. 무리의 선두를 차지한 그들은 지혜로워 보이는 장년 유생과 방갓을 쓴 차가운 인상의 미녀와, 그리고…….

……남자다.

그 남자의 머리카락은 암녹색이다. 엄지손가락 굵기의 다발들로 땋아 내린 그 머리카락을 보고 있노라면 천연의 위장포로 자신의 위험 요소들을 감춘 치명적인 밀림이 연상된다.

그 남자의 눈동자는 회흑색이다. 기묘하게 흐릿한 탓에 맹목이 아닌지 의심스럽기까지 한 그 눈동자 주위로는 물결 위에 반사되는 달빛처럼 은은한 금빛이 쉴 새 없이 일렁거린다.

그 남자의 얼굴은 백색이다. 과거 백반증이라도 앓은 듯 불쾌한 느낌을 주는 크고 새하얀 모반이 눈썹 위에서부터 시작해 콧등과 왼뺨의 일부와 오른뺨의 대부분을 잠식하고 있다.

그 남자가 느릿하지만 굼뜨다는 느낌은 전혀 들지 않는 유연한 동작으로 말에서 내렸다. 장년 유생과 방갓 미녀가 뒤따라 하마했다.

무리의 우두머리가 누구인지는 얼른 파악하기 힘들었지만, 선봉이 누구인지는 너무도 명백했다. 말안장에 걸려 있던 칼을 왼손으로 휙 꺼내 들고 무감한 걸음걸이로 앞으로 나오는 저 남자가 아니면 그 누가 선봉을 자처할 수 있겠는가.

이쯤에 이르러서는, 백호대 측과 오행독문 측은 대치하고 있던 진영을 풀고 혼재되어 있었다. 심상치 않은 기세를 드러내는 불청객들의 출현이 좀처럼 섞이기 힘든 두 무리—인간과 생시의 연합군이라니!—를 하나로 뭉치게 해 준 모양이었다.

증훈이 남자를 향해 물었다.

"넌 누구냐?"

남자는 증훈의 질문에 순순히 대답해 주었다. 모래바람처럼 메마른 목소리로.

"순우격."

증훈의 두 눈이 앞머리 안에서 번뜩였다.

"순우격? 네가 남황맹의 적면마도 순우격이라고?"

남자는 이번에는 대답하지 않았다. 서로가 아는 사실을 굳이 되물어 확인하려는 증훈을 비웃기라도 하듯이.

증훈은 활활 타오르는 눈으로 순우격을 노려보았다. 그 살벌한 눈길을 고스란히 받으면서도 순우격의 얼굴에 떠오른 표정은 조금도 변하지 않았다. 그 표정은 모든 감정을 결여하고 있는 탓에 이 상황을 지루해하는 것처럼 보이기도 했다.

증훈이 물었다.

"설마 이 만남이 우연은 아니겠지?"

순우격은 이 또한 무가치한 질문이 아니냐는 듯이 어깨를 슬쩍 으쓱거릴 따름이었다.

증훈의 입술이 분노로 경직되었다. 얼굴 여기저기를 가로지른 흉터들이 간헐적으로 꿈틀거리고, 그는 가슴 앞으로 천천히 팔짱을 끼었다. 그의 포개진 팔뚝에서 백호대의 호랑이 문양이 포효하고 있었다.

그때 증훈의 옆에 서 있던 노동옥이 순우격이 타고 온 검은색 건마를 가리키며 날카롭게 소리쳤다.

"이틀 전 생시 한 구가 사라져서 이상히 여겼더니만, 바로 네 놈 짓이었구나!"

"그 물건의 주인인 모양이군."

혼잣말처럼 중얼거린 순우격은 오른손을 어깨 옆으로 들어 까닥거렸다. 그러자 후방에 있던 오십 명의 남자들 중 하나가 순우격이 타고 온 건마의 안장 뒤턱에 밧줄로 단단히 묶여 있던 물건을 풀어 순우격에게로 가져다주었다.

순우격이 그 물건을 노동옥 앞쪽 모래땅에다 던졌다, 진짜 '물건'을 던지듯 무덤덤하게. 그러더니 말했다.

"조금 가벼워졌지만 그래도 돌려주마."

그 물건이, 갈비뼈가 사라지고 배가 갈라져 흉강과 복강 안에 있어야 할 모든 장기들을 잃어버린 생시가, 동체만큼이나 공허하게 열린 눈으로 자신의 주인을 올려다보고 있었다.

생시를 내려다보던 노동옥이 고개를 들고 떨리는 목소리로 순우격에게 물었다.

"내, 내 생시에게 대체 무슨 짓을 한 거냐?"

"내가 대답할 질문이 아닌 것 같군. 나는 아무 짓도 하지 않았으니까."

순우격의 눈길이 다시 증훈을 향했다. 그의 흐릿한 눈동자는 '내 상대는 바로 너 아니냐?'라고 묻는 듯했다.

증훈이 팔짱을 풀며 말했다.

"적면마도라면 관우처럼 얼굴이 붉어야 하는 거 아닌가? 한데 내 앞에는 서 있는 건 달랑 흰점박이 하나뿐이잖아. 적면은 대체 어디 간 거지? 나는 도무지 모르겠군."

순우격이 말했다.

"너는 영원히 알지 못할 것이다."

두 남자 사이에서 위태롭게 넘실거리던 기세가 이 문답이 끝나는 시점을 분기 삼아 무섭게 비등하기 시작했다. 증훈의 옆에 서 있다가 급박한 분위기를 감지한 노동옥이 헛바람을 들이켜며 황급히 뒷걸음질을 쳤다.

먼저 움직인 쪽은 증훈이었다.

불패투광 증훈은, 싸움에 관해서만큼은 미치광이 소리를 달고 다니는 사람답게 전전戰前의 격식 따위는 개의치 않았다. 이제부터 공격하겠다는 선언도, 그 흔한 기합성조차도 꺼내지 않았다.

선공으로 동원한 수단 또한 지극히 과격하고, 어찌 보면 잔인하기도 한 것이었다. 전방으로 곧장 돌격하는 대신 노동옥이 서 있던 자리로 비스듬히 달려가더니, 오른발을 내질러 순우격이 던져 놓았던 생시의 껍질을 힘차게 차올린 것이다.

한때는 인간이었다가, 그다음은 생시였다가, 지금은 신체의 중간 부위가 제거된 끔찍한 고깃덩어리로 전락한 물체가 비산하는 흙모래 알갱이들을 후광처럼 두른 채 순우격을 향해 포탄처럼 날아갔다.

그리고 그 궤적을 따라 증훈의 호리호리한 몸이 쇄도했다. 지난 십여 년, 백호대주 본인과 그가 충성을 바치는 신무전에 대적하던 자들의 머리통을 무참히 으스러트린 바 있는 음양철괴陰陽鐵拐는 어느새 뒤춤에서 뽑혀 나와 주인의 양손에 나눠 쥐여 있었다.

순우격은 자신을 직격해 오는 육괴肉塊 포탄을 피하지 않았다. 꺼리거나 두려워하지도 않는 것 또한 명백했다. 왼손에 쥔 칼을, 갈고리처럼 휘어진 첨부와 몽둥이처럼 두꺼운 등과 겨울 초승달처럼 시린 날로 이루어진 '마도魔刀'를 뽑아, 아래에서 위로, 왼쪽에서 오른쪽으로, 그런 다음 칼날을 뒤로 돌린 상태에서 두꺼운 칼등을 이용해 뒤에서 앞으로 연달아 휘둘렀다. 세 동작 사이에는 시차란 게 엄연히 존재했지만, 보통 사람의 눈으로 보기에는 없는 것으로 간주해도 무방할 터였다.

마치 포옹이라도 하려는 듯이 사지를 활짝 펼친 채 날아들던 생시가 사타구니부터 목 밑까지 갈라졌다. 첫 번째 칼질의 결과였다. 다음은 목이 잘려 나갔다. 두 번째 칼질의 결과였다. 그리고 마지막 세 번째 칼질—칼등을 이용한—이 동체에서 분리되어 허공에 떠 있는 생시의 머리통을 정통으로 후려쳤다.

생시의 머리통이 날아오던 방향으로 쏜살같이 되돌아갔다. 그 동선 위에는 생시를 뒤쫓아 순우격에게 쇄도하던 증훈이 있었다.

증훈이 오른손을 휘둘렀다. 음양철괴 중에서 양에 해당하는 철괴가 되돌아온 생시의 머리통을 갈겨 날려 보냈다.

순우격은 칼등을 다시 휘둘러 상대의 반격에 재반격으로써 대응했다.

증훈이 이번에는 왼손의 철괴를 통해 동일한 반격을 재개했다.

빡……빡……빡…빡…빡—빡—.

타성의 간격이 두 남자 사이의 거리가 줄어드는 것과 비례해서 줄어들었다. 그러더니 허공의 한 점에서 단 한 번의 '빡!' 소리로 날카롭게 충돌했다.

생시의 머리통은 이미 형체조차 알아볼 수 없는 지경으로 바뀐 뒤였다. 만일 생시에게 인간으로서의 존엄성이 한 톨이라도 남아 있다면, 두 남자 모두에게 그것을 존중해 줄 의사가 전혀 없는 것은 분명해 보였다.

아주 짧은 시간 동안 철괴와 칼등 사이에 낀 채 진저리 치던 생시의 머리통이 전후 양방에서 밀려오는 무지막지한 압력을 견디지 못하고 폭발했다.

그다음은 문자 그대로 '난투'였다. 쉼 없이 이어지는 요란한 금속성이 그 시작을 알리고 있었다.

빠바바박! 깡! 까강!

각기 다른 병기를 수반한 채 이어지는 두 남자의 움직임은 지극히 빨랐다. 이른바 난형난제의 형국이라, 어느 쪽이 더하고 어느 쪽이 덜하다고 판단하기가 힘들었다. 하지만 그들이 추구하는 방향성만큼은 정반대인 것처럼 보였다.

증훈은 불처럼 공격했다. 그럼으로써 홍안 시절부터 따라다니던 투광이라는 별호가 명불허전임을 입증해 보였다. 다양한 각도로 휘몰아치는 두 자루 철괴의 기세가 어찌나 맹렬한지, 그를 중심으로 거무튀튀한 반구가 뒤덮인 것처럼 보이기까지 했다.

순우격은 물처럼 방어했다. 철괴는 두 자루요, 칼은 한 자루지만, 그 한 자루가 두 자루를 능히 감당하고 있었다. 예리한 칼날과 뭉툭한 칼등을 적절히 교차, 동원하는 그의 도법은 상대의 맹폭적인 공세 아래에서도 쉽사리 승기를 내주려 하지 않았다.

불과 물의 싸움.

눈부시게 그리고 살벌하게 전개되는 두 남자의 대결은, 그것을 구경하는 모든 이들의 마음을 완전히 사로잡기에 충분했다.

심지어는 인간성과 영혼을 한꺼번에 잃어버린 생시들마저도 자신들이 어떤 상태란 사실을 잠시 망각한 채 그 구경꾼의 대열에 합류한 것 같았다.

그러는 가운데도 두 남자가 마주한 공간은 귀청을 찢을 듯한 금속성이 끊임없이 울려 내고 있었다.

까강! 까가가강! 빠방!

"두 사람 모두 지독하군. 정말로 한순간도 멈추지 않고 싸우고 있잖아."

순우격과 함께 온 장년 유생이 말했다.

"하지만 대교두大敎頭 쪽이 수세인 것은 사실 아닙니까."

장년 유생의 뒤에 시립해 있던 방갓 미녀가 조심스럽게 자신의 의견을 밝혔다.

"과연 그럴까?"

장년 유생이 애매한 반문과 함께 묘한 미소를 지었다.

싸움의 추이가 바뀐 것이 정확히 어느 시점인지를 간파한 사람은 당사자들을 제외하곤 아무도 없었을 것이다.

최초의 기미는 불패투광 증훈의 얼굴에 맺힌 땀방울이었다. 처음에는 번들거리는 습기 정도로만 배어 나오던 땀이 어느 순간부터는 뚜렷한 방울로 맺혀 얼굴 살갗을 타고 아래로 흘러내리기 시작했다. 그러더니 얼굴의 말단, 턱이 휘어져 꺾이는 지점에 위태롭게 매달린 땀방울들이 자신의 무게를 이기지 못하고 뚝뚝 떨어져 내렸다.

증훈은 이상하다고 생각했다. 비록 난투가 시작된 지는 제법 되었지만, 그에게는 한 시진 내내라도 음양쌍괴를 휘둘러 난투를 수행해 나갈 만한 근력과 공력이 있었다. 물론 그 근력과 공력은 그가 '싸움 미치광이'라는 위험천만한 별호로 불리게끔 해준 일등 공신들이었다.

그런데 그 일등 공신들이 지금 힘들어하고 있었다. 느리지만 지속적으로 쇠잔해지고 있었다. 왜 이러는 걸까? 증훈은 당황하지 않을 수 없었다.

과거에는 비응당주였고 현재는 사방대 중 현무대를 관장하고 있는 구양현 형님의 아내—현재 현무대의 부대주로서 부군을 보필하는—를 노상에서 납치하려던 백호대의 배신자를 통쾌하게 때려죽임으로써 투광으로서의 첫 걸음을 내디딘 이후, 지금처럼 난감한 경험은 처음이었다. 평생의 숙적이라 여긴 양의조화수 고월을 상대로 연전비무를 펼칠 때조차도 이러지는 않았던 것이다.

원인은 정체불명의 한기였다.

순우격과 병기를 맞부딪칠 때마다 조금씩 흘러들어 온 괴이한 한기가 그의 근력과 공력을 마치 의복에 달라붙은 좀벌레처럼 갉아 들어간 것이었다.

그러는 가운데 불과 물이 펼치는 싸움의 양상이 확연히 바뀌었다.

음양철괴의 움직임은 갈수록 둔해졌고, 마도의 움직임은 점차 기세를 올렸다. 영원히 타오를 것만 같던 불패투광의 불은 점차 모닥불 크기로 줄어드는 반면, 평평하고 단단한 중심에 스스로를 좀체 드러내지 않던 적면마도의 물은 거센 용오름으로 솟구치고 있었다.

이래서는 안 된다는 생각이, 자칫하면 패할지도 모른다는 위기감이 증훈의 머릿속에 불길한 빛깔의 덩어리로 자리 잡은 것도 그 무렵이었다. 그러나 자신의 불이 잔불로 스러지기 전에 반전의 계기를 구하지 못한다면, 그 위기감이 현실로 나타날 공산은 아주 높아 보였다.

증훈은 피가 배어 나오도록 아랫입술을 꽉 깨물었다. 다음 순간 그의 입이 커다랗게 벌어지며, 이제껏 한 번도 내뱉지 않았던 격렬한 기합이 터져 나왔다.

"이얍!"

기합과 동시에 좌우의 철괴가 증훈의 머리 위에서 힘차게 부딪쳤다.

까아앙-.

무시무시한 음파가 순우격을 강타하고 지나갔다. 이제껏 약간의 빈틈도 허용하지 않았던 순우격이 몸을 휘청거리며 한 걸음 물러섰다. 그러나 그의 두 눈은, 흐릿한 가운데 기묘한 금빛이 어른거리는 그 회흑색 눈동자는 일말의 흔들림도 보이지 않았다.

"이얍!"

진원까지 토해 내는 듯한 격렬한 기합이 다시 한 번 울렸다. 증훈은 두 걸음 물러난 순우격을 향해 돌진하며 머리 위에서 하나로 모인 두 자루 철괴를 힘차게 내리찍었다. 마치 연주의 절정부에 이른 고수鼓手가 두 자루 북채를 모아 쥐고 큰 북을 내리치듯이.

음양철괴를 부딪침으로써 발생한 음공音攻을 통해 상대방의 기세를 압도한 다음 모아 쥔 철괴들로써 무려 일곱 차례나 수직 격파해 가는 이 초식은, 증훈이 수련한 쌍괴문雙拐門의 괴법을 통틀어 가장 강력하다고 할 만한 칠격고七擊鼓였다. 일찍이 같은 후랑오준의 일인인 양의조화수 고월의 빗장뼈를 부러뜨린 초식도 바로 이 칠격고였던 것이다.

펑!

흙모래가 솟구쳐 올랐다. 칠격고의 제일 격이 두드린 것은 푸석한 맨땅에 지나지 않았다. 그러나 증훈은 실망하지 않았다. 아니, 오히려 회심의 미소를 지었다.

펑!

제이 격도 마찬가지로 순우격을 가격하지는 못했다. 순우격은 무시무시한 기세를 담아 수직으로 떨어지는 쌍괴를 피해 연거푸 뒷걸음질을 치고 있었다. 바로 그 점이 증훈에게 희망을 선사해 주었다. 과거 칠격고를 상대한 극소수의 강자들 가운데 감히 정면으로 맞받아치려는 자는 단 한 명도 없었다. 모두 저런 식으로 피하려고만 했었다. 그러나 횟수가 거듭될수록 기세를 더해 가는 칠격고의 일곱 차례 타격을 전부 피해 낸 자는 단 한 명도 없었던 것이다. 심지어는 그 고월조차도!

이 흐름대로라면 다섯 번째 혹은 여섯 번째 타격이 저 불쾌한 눈빛을 가진 강적에게 치명상을 안겨 주게 될 거라고, 증훈은 믿어 의심치 않았다.

제삼 격이 떨어졌다.

깡!

앞의 두 번과는 달리 날카롭게 울린 의외의 금속성이 땀에 젖은 앞머리에 가려 있던 증훈의 두 눈을 흔들리게 만들었다.

막았다?

순우격은 세 번째로 떨어진 칠격고의 타격을 뒤로 물러섬으로써 피하려 하는 대신, 오히려 앞으로 한 발 내디디며 정면에서 맞받아 올린 것이다. 순우격은 오른손 하나만으로 도법을 펼치던 이제까지와는 달리 두 손으로 마도의 칼자루를 모아 잡고 있었다. 증훈의 음양쌍괴는 그 마도의 중간 부분을 여지없이 내리찍었지만, 두꺼운 칼등을 약간 우그러뜨렸을 뿐 부러뜨리거나 손에서 떨어지게 만들지는 못했다.

"으와압!"

증훈이 발악하듯 고함을 내지르며 제사 격을 시도했다.

깡!

순우격은 다시 한 번 칠격고의 타격을 받아 냈다. 얼굴의 칠할을 뒤덮은 새하얀 모반과 대비되는 보라색 입술로 고통의 경련이 스쳐 갔다. 하지만 모래땅에 발목까지 파묻힌 두 다리는 쇠기둥처럼 굳건했고, 증훈의 두 눈을 직시하는 회흑색 눈동자는 다 식은 재처럼 싸늘하기만 했다.

당황한 증훈은 주춤주춤 뒷걸음질을 쳤다. 홍안투광이라 불리던 시절에조차도 치욕으로 여기던 행동이었지만, 그는 자신이 적을 앞두고 뒷걸음질을 치고 있다는 사실을 자각하지 못했다.

"으, 으, 으와아악!"

궁지에 몰린 쥐가 고양이에 덤비는 식의 절박한 심정에서였을 것이다. 증훈은 뒷걸음질 치던 두 발을 힘주어 버틴 뒤 전방으로 내디디며 칠격고의 제오 격을 내리쳤다.

……아니, 내리치려고 했다.

순우격의 두 발이 모래땅에서 소리 없이 뽑혀 나왔다. 별안간 키가 절반으로 줄어든 듯 신체의 자세가 출렁 낮아지고, 그가 신은 가죽신 밑바닥이 얼음을 지치듯 모래땅으로 주르륵 미끄러져 나왔다. 증훈의 눈이 커졌다.

그리고 마도.

순우격의 마도가 아래에서 위로 치명적인 사선을 쳐 올렸다.

착.

불패투광이 만들어 내던 굉장한 소음들에 비하면 차마 소음이라고 부르기도 뭣한 작은 소리가 울렸다.

증훈이 또다시 뒷걸음질을 쳤다, 이번에는 일곱 걸음이나. 그가 입은 무복의 가슴팍에 수놓인, 백호대주를 상징하는 호랑이 문양이 대각선으로 입을 벌린 채 붉은 얼룩에 물들어 가고 있었다. 마치 호랑이가 피를 흘리는 것 같았다.

순우격이 구부린 무릎과 허리를 천천히 펴 올렸다. 그러고는 비틀거리는 증훈을 향해 걸음을 옮기기 시작했다. 한 발, 두 발. 냉혹할 만큼 단호한 걸음걸이였다.

증훈이 두 팔을 앞으로 들어 올렸다. 양손에 쥔 철괴들을 뻗어 냄으로써 상대의 접근을 어떻게든 막아 보려는 듯이. 그러나 생명의 기운이 빠져나가기 시작한 손가락은 철괴의 무게를 지탱하지 못했다. 두 자루 철괴는, 주인에게 불패의 영광을 안겨 주었던 그 음양철괴는 순우격의 가슴에 가 닿기도 전에 모래땅으로 무력하게 떨어지고 말았다.

"으으."

증훈의 얼굴이 납빛으로 물들었다. 패배를 앞두고 있다는 사실보다, 죽음을 앞두고 있다는 사실보다, 자신의 손이 병기를 놓쳤다는 사실이 그를 더 큰 절망으로 밀어 넣은 것 같았다.

그런 증훈 앞으로 순우격의 얼굴이 다가왔다.

순우격이 속삭이듯 말했다.

"불패?"

악의처럼 잔인한 승리감이 보라색 입술로 얄팍하게 번지고, 마도가 좌에서 우로 짧게 움직였다.

증훈의 목이 핏물을 내뿜었다.

한숨 소리를 닮은 짧은 단말마가 두 남자가 벌인 목숨을 건 난투의 종언을 고했다.

순우격은 목의 절반가량이 잘린 채 붉은 모래땅에 길에 누운 증훈을 내려다보았다. 이윽고 그는 허리를 숙여 시체의 목에서 흘러나온 붉은 피를 왼손 인지와 중지와 약지로 긁어모은 다음 얼굴에 대고 천천히 펴 바르기 시작했다. 이것은 승리의 의식이었고, 타고난 백반증으로 말미암아 남들보다 하얀 얼굴을 가지게 된 남자가 '붉은 얼굴[赤面]'로 불리게 된 이유이기도 했다.

지금으로부터 약 십 년 전, 순풍이 모용풍은 '장강의 뒤 물결이 앞 물결을 밀어낸다[長江後浪推前浪]'는 구절 중 '뒤 물결[後浪]'을 따서 후랑오준이라는 용어를 만들어 냈다. '장강의 뒤 물결처럼 발흥할 다섯 명의 준재들'이라는 뜻이다.

장강의 물결은 앞 물결이든 뒤 물결이든 결국 바다로 흘러들어 간다. 하지만 모용풍이 꼽은 다섯 줄기의 뒤 물결 중 한 줄기는 끝내 바다로 흘러가지 못한 채 서북방의 붉은 황무지에 창창한 물머리를 눕히고 말았다.

그 물결이 흘리는 피를 발라 붉은 얼굴이 된 저 남자로 인해.

※

살육이 시작되었다.

짐작건대 증훈이 데려온 삼십 명의 무사들은 신무전의 무력 집단인 백호대 내에서도 추리고 추린 정예들일 것이다. 그러므로 순우격이 데려온 일급 지살地煞들과 비교할 때 개개의 능력면에서는 떨어질 이유가 별로 없다고 봐야 했다.

그러나 백호대주 증훈이 죽었다. 그것도 일천지살의 대교두인 순우격과 일대일 승부를 통해. 그들의 대결은 지극히 공정한 가운데 펼쳐졌고, 그 점에 토를 달 자는 아무도 없을 터였다. 오직 실력만이 승부를 가른 것이다.

바로 그 사실이 대주를 신봉하던 백호대 무사들을 급격한 공황 상태로 몰고 갔다. 그들 대부분은 당황했으며, 일부 어리석은 자들은 직접 목격한 사실을 부정하기까지 했다. 대주의 유고로 말미암아 무너진 지휘 체계를 복구하려는 어떠한 시도도 없었다. 그런 그들을 향해, 우두머리를 잃어 삽시에 오합지졸로 전락해 버린 북악의 정예들을 향해, 순우격이 치켜 올린 마도를 앞뒤로 까닥거리자, 오십 명의 일급 지살들이 살기 넘치는 우렁찬 함성과 함께 쇄도했다. 지살들이 입은 청흑색 무복이 시퍼런 물결이 되어 공황에 빠진 새끼 호랑이들을 삼켜 버렸다. 머릿수에서도 거의 두 배에 이르고, 투지와 사기 면에서는 몇십 배나 높을 것이 확실한 지살들이니, 전세의 일방성은 예정된 것이나 마찬가지였다.

'승리, 그것도 압승이겠군.'

그래서 암군주 양유현은 기합과 비명과 핏물이 난무하는 살육의 현장에서 관심을 거둬들였다. 다만 뒷전에 시립해 있던 매양홍梅襄虹에게 "가서 거들게."라는 짤막한 지시를 내림으로써 같은 편으로서 최소한의 의무를 지켰다.

"명을 받들겠습니다."

다부지게 대답한 매양홍이 금속 투수에 장치된 여섯 개의 칼날을 뽑아내며 전장으로 뛰어들었다. 암군주 휘하 삼 단 중하나인 야화단夜花團을 전문 전투 집단이라고 보긴 힘들겠지만, 그 단주이자 흑도십패 중 홍일점이기도 한 저 매양홍에겐 고수 소리를 들을 만한 자격이 충분했다. 만일 저 칼날이 순우 격의 표현대로 수바늘이라면, 북악에서 나온 새끼 호랑이들 중 몇 마리는 오늘 그 수바늘에 찔려 죽을 운명을 타고난 셈이 었다.

이제 양유현의 관심은, 전장에서 벗어나 어느 한 방향으로 걸어가는 순우격과 그가 들고 있는 마도의 새로운 표적으로 지목당한 흑포 남자에게로 집중되었다.

흑포 남자는 다가오는 순우격을 향해 두 손을 마구 내저으며 새된 소리로 외치고 있었다.

"나, 나는 오행독문의 문주요! 신무전과는 아무 관련 없는 사람이오!"

양유현은 흑포 남자의 항변을 마음속으로 반박했다.

'백호대주를 만나기 전까지는 그랬겠지. 하지만 지금은 아니야.'

신무전의 내부에다 새로 뿌리를 내린 황서계원은 배신자답게 계산에 밝고 물욕이 많았다. 덕분에 양유현은, 신무전주가 지난여름 서북방에서 발생한 괴이하고도 끔찍한 사건을 어떤 시각으로 바라보는지에 관한 정보를 그리 어렵지 않게—비싸지 않았다는 뜻은 아니다— 입수할 수 있었다. 신무전주 도정은 철인협이라는 옛 별호를 아예 망각해 버리기라도 했는지, 그 사건의 배후에 도사린 흉수를 자신의 휘하로 끌어들일 욕심을 품고 있었다. 정확히는 그 흉수가 부리는 더 강화된 생시들을 말이다.

'하긴 이해 못 할 일은 아니지.'

양유현은 도정의 심리를 짐작할 수 있었다. 북악남패의 옛

구도가 허물어지고 '쌍맹의 시대'가 도래한 지금, 북악의 주인이 초조해지고 절박해진 것은 당연할 터였다. 그래서 생시라는 새로운 패를, 경우에 따라서는 강호 대세에 영향을 끼칠 만큼 강력해질지도 모르는 패를 수중에 넣으려 한 것이겠지. 무공을 익힌 인간들을 재료로 만든 생시 군단? 대충 그런 패를. 뭐, 허황되다 탓할 마음은 전혀 없었다. 양유현 본인도 비슷한 계획을 가지고 있으니까.

맹주께선 그 계획에 그리 동의하시지 않는 눈치였다. 맹주에 대한 충성과 강자를 상대로 한 목숨을 건 승부 외에는 무엇도 관심 밖인 저 칼잡이는 아무 생각도 없을 테고. 하지만 맹주께서 명확한 거부 의사를 표하시지 않은 이상, 양유현은 시도해 볼 만한 일이라고 판단했다. 그래서 지금 이 자리에 와 있는 것이다. 작전의 이름은 '보물찾기'. 강력한 생시 군단을 만들 수 있는 비법이 그가 찾는 보물이었다.

"······그, 그러지 마시오! 나는 신무전 사람이 아니라니까!"

자칭 오행독문주라는 흑포의 남자는 자신의 간절한 항변에도 불구하고 순우격이 걸음을 멈추지 않자 시퍼렇게 질린 얼굴로 뒷걸음질 치기 시작했다. 점점 가까워지는, 게다가 얼굴에 피 칠갑까지 한 순우격이 그자에게 얼마나 큰 공포를 안겨 주고 있는지는 짐작도 가지 않았다. 혹시 오줌을 지리지는 않았을까?

그때 흑포 남자가 갑자기 어떤 생각을 떠올린 듯 소매 속에서 뭔가를 다급히 꺼내 들었다.

양유현은 눈을 가늘게 접었다. 그리고 흑포 남자가 전방에 대고 흔드는 물건을 유심히 살펴보았다. 종이······ 아, 아니다. 양피지다, 특이하게도 검은색이 아닌 붉은색 글자들이 빽빽하게 들어찬.

"이 위에는 실혼생시를 만드는 마지막 관문에 대해 적혀 있소! 맞아, 약수! 바로 약수의 조제법이오! 그, 그리고……."

흑포 남자가 손가락으로 제 얼굴을 찌르듯이 가리키며 말을 이었다.

"나와 생시는 심령으로 연결되어 있소! 내가 죽으면 저것들은 아무짝에도 쓸모없는 송장들이 돼 버린단 뜻이오!"

순우격이 걸음을 멈췄다. 그러고는 양유현을 돌아보았다.

양유현은 순우격의 행동에 조금 놀랐다.

'저자가 맹주가 아닌 다른 사람의 의견을 구할 때도 있나?'

조금 놀라고, 그래서 신기해하면서, 양유현은 순우격과 오행독문주가 있는 곳으로 걸음을 옮겼다. 순우격이 방금 보인 행동에 대해 어떤 식으로든 답례를 해 줘야겠다는 생각이 들어서였다.

하지만 양유현의 내심을 알 턱 없는 흑포 남자로서는 제삼자의 개입이 반가울 수밖에 없었을 테고, 그 덕에 순우격으로부터 비롯된 공포를 약간이나마 덜어 낼 수 있었던 모양이었다. 한 손으로는 양피지를 흔들고 다른 손으로는 제 얼굴을 열심히 찌르던 그자가 두 손을 아래로 내리면서 양유현을 돌아보았다. 뒤틀린 이목구비가 조금은 제자리를 찾아 가는 듯했다. 그래 봤자 보기 흉하긴 매한가지지만.

흑포 남자가 말했다.

"아, 당신이라면 말이 좀 통할 것 같군."

물론 통할 것이다. 원하는 방향으로 통할지는 의문이지만.

양유현이 물었다.

"그래서 문주를 죽여선 안 된다는 뜻인가요?"

흑포 남자가 즉시 대답했다.

"당연하오! 당신들도 신무전이 그랬던 것처럼 생시를, 아니 한층 더 강화된 실혼생시를 원하고 있을 게 분명하니까."

"아, 그걸 실혼생시라고 부르는 모양이군요. 괜찮은 이름입니다, 무난하다는 면에선."

양유현은 자신이 실혼생시를 원한다는 사실을 부정하지 않았다. 다만 저 남자에게 지적해 주고 싶은 부분이 있긴 했다.

"하지만 우리가 필요로 하는 건 실혼생시를 만드는 방법이지 문주가 아니란 점을 알아주시기 바랍니다."

이것이 생시와 저 남자를 대하는 신무전과 남황맹의 가장 큰 차이점이었다.

흑포 남자가 어이없다는 듯이 반박했다.

"그게 그거 아닌가? 내가 아니면 누가 실혼생시를 만들 수 있단 말이오?"

양유현은 대답 대신 손가락을 들어 자신의 얼굴을 가리켰다. 깔끔하게, 저자가 했던 것처럼 난잡하지는 않게.

흑포 남자가 짝짝이로 뒤틀린 두 눈을 동시에 부릅떴다.

"당신이 어떻게 생시를 만든다고!"

번거롭다는 생각이 들었지만, 이 대화를 듣고 있는 순우격을 봐서라도 대답해 줄 필요가 있을 것 같았다.

"나는 인간을 생시로 바꾸는 데 필요한 각마주와 두 가지 독물에 대해 문주만큼이나 잘 알고 있습니다."

"거짓말! 각마주는 전대 문주님께서 남기신 비법이고 두 가지 독물 또한 본 문에 전해 내려오는 비방을 통해서만 만들 수 있는데, 당신이 어떻게……."

하지만 불신으로 똘똘 뭉친 이 말은 제대로 끝을 맺지 못했다. 흑포 남자가 최소한 바보는 아니라는 뜻이었다.

흑포 남자는 앙상한 손가락을 들어 양유현의 얼굴을 가리켰다.

"다, 당신…… 혹시 비, 비각의 이비영과……."

양유현은 떨리는 손가락과 그보다 더욱 떨리는 눈빛을 향해 고개를 끄덕였다.

"맞습니다, 과거에 내가 모시던 분이지요. 비록 그 끝은 그리 좋지 않았지만……."

이제 양유현은 흑포 남자의 몸 전체가 와들와들 떨리는 것을 볼 수 있었다. 실로 복잡다단하여 양유현처럼 머리 좋은 사람도 쉽게 파악하기 힘든 감정들이 그자의 뒤틀린 눈 위로 환영처럼 어른거리고 있었다. 그러기를 얼마나 했을까. 갑자기 뭔가를 생각해 낸 듯 흑포 남자의 눈동자가 뚜렷해졌다.

"하지만 심령은? 내가 생시들에게 펼친 제령술制靈術은 내가 만든 것이고, 그래서 오직 내 머릿속에만 있소. 당신이 본 문의 비전을 강탈해 간 비각 출신이라도, 그리고 이 자리에서 나를 죽이고 약수의 조제법을 얻는다 해도, 제령술을 알지 못하면 아무 소용 없다는 걸 명심하시오."

이 말이 흑포 남자를 꽤나 고양시킨 것 같았다. 그 고양감을 곧바로 깨트려야 한다는 점이 조금은 미안했다.

"제령술이라면 그분께 배워, 음, 정직한 표현이 아니군요. 정정하겠습니다. 그분으로부터 가져와 나도 조금은 할 줄 압니다. 우리 대교두께서 가져다주신 생시를 통해 그제와 어제 양일간 몇 가지 실험을 해 보았는데, 두세 달 연구하면 굳이 당신의 두개골을 열어 들여다볼 필요까지는 없을 것 같군요. 아, 혹시 염려하실까 봐 덧붙이는데, 그분께 가져온 제령술의 이름은 육도제령술이라고 합니다. 문주께서도 제령술을 연구하셨다니 그것이 얼마나 수준 높은 제령술인지는 아시리라 믿습니다."

흑포 남자에게 할 말을 모두 마친 양유현은 순우격에게로 몸을 돌렸다.

"약수의 조제법은 꼭 필요하오. 부디 가져다주겠소?"

자존심 강한 대교두의 귀에 명령이나 지시로 들리지 않도록 최대한 정중하게 표현하는 것을 잊지 않았다. 그 마음이 전해졌던지 순우격이 고개를 짧게 끄덕였다.

"그래 드리지."

이쯤, 흑포 남자가 바보는 아니라는 점이 또다시 입증되었다. 설득과 애원을 포함한 모든 대화 시도를 깨끗이 포기한 채, 몸을 홱 돌려 달아나기 시작한 것이다. 이는 목숨을 부지하기 위해 그자가 취할 수 있는 가장 솔직하고도 효과적인 수단—성공 가능성은 물론 논외다—이었고, 심지어 그것에 도움을 주는 부가적인 수단을 병행하기까지 했다.

그으으…… 흐으으……

이제껏 미동도 않던 열한 구의 생시들이 반쯤 벌어진 입으로 괴이한 숨소리를 흘리더니, 자신들의 심령적 주인의 도주를 돕기 위해 순우격에게 덤벼들었다. 생시제를 통해 알려진 생시들의 움직임과는 사뭇 다른, 더 빠르고 더 매끄러운 움직임을 보이면서.

"귀찮군."

산 것도 죽은 것도 아닌 부정한 존재들이 이빨을 딱딱거리고 팔다리를 기괴하게 뒤틀면서 집단으로 덤벼드는 광경은 악몽에서나 볼 법한 끔찍한 것임에 분명했다. 하지만 금마혼황기金魔昏

黃氣와 참륜도법斬輪刀法, 그리고 그 두 가지 요소보다 더 무서운 잔인한 마음까지 한 몸에 지닌 순우격의 눈에는 파리 떼가 몰려드는 정도로밖에 보이지 않았을 것이다.

마도가 순우격의 몸 주위로 수직과 대각과 수평의 호를 어지럽게 그려 냈다. 도기刀氣로 이루어진 구체가 그의 몸 주위를 삼엄하게 감쌌다.

촤자자자작!

순우격에게로 무작정 덤벼든, 살아 있는 인간과 유사해진 탓에 한층 끔찍해 보이던 생시들이 마도의 궤적에 걸려 조각난 육편들로 변해 갔다.

'한두 구 남겨 주면 차후 연구하는 데 꽤나 도움이 될 텐데…….'

백호대주의 피를 바른 순우격의 얼굴에서 권태로워하는 기색을 엿본 양유현은 작게 혀를 찼다. 흑포 남자가 생시를 방패로 삼을 줄 알았다면, 자존심이 조금 상하더라도 미리 부탁했을 것을.

쭈악!

순우격의 마도가 마지막 열한 번째 생시의 왼쪽 목덜미로 들어갔다가 오른쪽 겨드랑이 밑을 통해 빠져나왔다. 두 쪽으로 갈라진 생시가 불결한 내용물을 뿌리며 모래땅에 쓰러졌다. 많게는 예닐곱 개의 토막으로 나뉘어 버린 동료들에 비하면 그래도 나은 편이라고 할 수 있었다.

산 것도 죽은 것도 아닌 부정한 존재들을 숨 몇 번 쉴 사이에 완전히 죽은 것들로 만들어 놓은 순우격은, 자신의 마도가 남긴 처참한 작품을 감상하는 대신 완만한 언덕을 달려 올라가는 흑포 남자를 곧바로 추격하기 시작했다.

경신술의 대가라고 할 정도는 아니지만 그래도 순우격의 몸놀림은 흑포 남자의 것보다 월등히 빨랐다. 보다 정확히 말하면 흑포 남자의 경신술이 지나치게 범상했다.

흑포 남자, 현 오행독문주인 노동옥이 과거 독중선을 배행하여 강동에 내려갔다가 이 대 혈랑곡주의 검기에 부상당한 독문 사천왕 중 일인이라는 사실을 뒤늦게 떠올린 양유현은 비로소 저 추격전의 양상을 납득하게 되었다. 혈랑검법의 마검기라면 건강한 청년 하나를 평생 환자로 살아가도록 만들기에 충분할 테니까.

노동옥이 순우격에게 따라잡힌 곳은 완만한 언덕의 상단, 이곳 사람들이 신성시하는 거대한 너럭바위 부근이었다.

"안 돼. 오지 마. 제발……."

바위를 등지고 돌아선 노동옥이 애원했다. 오른손에 움켜쥔 얇은 양피지가 최후의 보루라도 된다는 양 얼굴 앞에다 미친 듯이 흔들어 대면서.

순우격은 주저하지 않았다. 그는 목적한 살인을 행함에 있어 주저하는 부류가 아니었다.

마도가 노동옥의 오른쪽 손목과 그 뒤에 자리한 목을 한꺼번에 가르고 지나갔다. 도풍에 휘말린 머리통과 오른손이 허공으로 솟구쳤다가 무거운 머리통은 희생자의 발치에, 가벼운 손목은 더 멀리 날아가 너럭바위 앞에 떨어졌다.

순우격은 부릅뜬 눈과 벌어진 입이 박제된 듯 굳어 있는 노동옥의 머리통에는 눈길조차 주지 않았다. 그는 양피지를 움켜쥔 오른손이 떨어진 곳으로 걸음을 옮기기 시작했다. 그러다가, 오늘 이 장소에 모습을 드러낸 이후 처음으로, 어깨를 흠칫거리며 걸음을 멈추었다.

팍!

너럭바위 아래 땅거죽을 젖히며 벌떡 일어선 누군가가 노동옥의 오른손에 쥐여 있던 양피지를 낚아채더니 언덕 아래로 화살처럼 달려 내려간 것은 그 직후의 일이었다.

<hr>

'젠장! 젠장! 제엔자앙!'

우대만은 붉은색 글자들이 빽빽하게 적힌 양피지를 왼손에 구겨 쥔 채 붉은 황무지를 죽을힘을 다해 달리는 한편, 속으로 젠장 소리를 연발하고 있었다. 지금껏 '청년 고수'를 자처해 온 것은 맞지만, 그거야 청년층 가운데서 고수란 뜻이었다. 백호대주를 일대일로 썰어 버릴 정도의 강자를 상대로는 당연히 어림도 없었다. 길고 짧은 걸 꼭 대봐야 아나? 설령 대보려는 호기심이 생기더라도 그 호기심에 목숨을 걸고 싶진 않았다. 절대로!

그런데도 이러고 있는 것이다. 그러니 젠장 소리가 어찌 나오지 않겠는가.

토형피 밑에서 움직이지 말았어야 했다. 그리고 움직이지 않을 작정이기도 했었다. 행동은 그의 소관이 아니었다. 그의 소관은 정보 수집과 분석 그리고 확인이었다. 하지만…….

노동옥이란 자가 하필이면 그가 은신해 있는 너럭바위 쪽으로 달려오지만 않았다면! 그자를 쫓아온 것이 엽 대형의 은신술을 한차례 간파한 바 있는 순우격만 아니었다면! 이 빌어먹을 양피지를 움켜쥔 손이 그가 은신해 있던 모래 앞에 떨어지지만 않았다면!

너무 많은 데다 일관성까지 갖춘 '……다면!'들로 인해 화가 치밀어 올랐다. 그렇게 머리 꼭대기까지 솟구친 화는 약속을 어기고 지금까지도 코빼기를 비치지 않는 강동 애늙은이 녀석에게로 퍼부어졌다. 이제 녀석이 감당해야 할 건 잔소리 따위가 아니었다.

'이 위기만 넘겨 봐라, 묵사발을 내 줄 테다.'

하지만 녀석을 묵사발 내 주기 위해선 우선 이 위기를 넘겨야 하는데, 아쉽게도 그럴 가능성은 별로 높아 보이지 않았다. 순우격과 매 단주를 비롯한 삼십여 기마대에 맹추격을 당하고 있는 이 상황에서는.

우두두두두-.

순우격과 매 단주를 제외한 추격자들에게 저러한 기동력을 제공해 준 자들이 누구인지 알 것 같았다.

'백호대 놈들은 왜 말을 타고 와서 애먼 사람을 궁지로 모는 거람.'

하지만 황무지를 두 발로 뛰는 쪽보다 말을 타고 달리는 쪽이 훨씬 효율적이라는 점은 지금 우대만 본인이 몸소 입증하고 있지 않은가. 그러니 이미 죽어 버린 백호대원들을 탓할 명분도 없는 것이다.

각설하고, 우대만의 사부는 신법의 대가였고, 우대만도 청년층에서는 발군의 신법을 뽐내며 살아왔다. 덕분에 단거리라면 웬만한 준마쯤 너끈히 따돌릴 자신이 있었다. 하지만 이 붉은 황무지는 징그럽게 넓었고, 정해 놓은 목적지도 딱히 없었다. 이는 어디까지 달아나야 하는지 알지 못하는 상황에서, 그리고 징그럽게 넓기만 한 황무지에서, 순우격과 매 단주가 포함된 기마대에 맹렬히 쫓기는 중이란 뜻이다. 아, 이쪽이 가진 건 두 다리뿐이라는 요소를 빼먹었군. 젠장.

아침나절부터 우대만에게 항의하던 갈증과 허기가 이제는 항의의 수단을 갈비뼈 아래의 둔통과 장딴지 뒤쪽의 경련으로 대체한 것 같았다. 달리는 속도가 조금씩 떨어지고 있다는 당혹스러운 자각이 그가 느끼는 피로를 부채질하고 있었다.

그런 상태로 얼마간—그 얼마가 대체 얼말까?—을 더 뛰었다.

슬슬 눈앞이 가물거리기 시작했다. 불명해진 시야 안으로 멀리, 아주 멀리에서 일어나는 먼지구름이 얼핏 들어온 것 같은데, 누군가 오고 있는 것인지 아니면 모래바람이 지나가는 것인지 구별하기 힘들었다. 어쩌면 그저 환시幻視일지도.

그 먼지구름의 실체가 무엇이건 간에 저곳까지 달려가는 것은, 추격해 오는 기마대의 존재를 감안하지 않더라도, 도저히 불가능했다. 단전이 화적 떼가 쓸고 간 곳간처럼 텅 비고, 모든 근육과 관절이 내는 비명이 귓가에서 북소리처럼 울리고 있었다. 우대만은, 정말로 인정하기 싫었지만, 자신의 육체가 더 이상은 경신술을 펼칠 수 없는 상태임을 인정하지 않을 수 없었다. 땀에 흠뻑 젖은 의복이 흙모래 알갱이들로 촘촘히 도포된 채 살갗을 아리게 쓸어 대고 있었다.

"……젠장."

우대만은 몸을 멈췄다. 아니, 몸이 우대만을 멈췄다.

하루 종일 밭갈이에 동원된 농우처럼 어깨를 들썩거리면서, 여전히 '아주 멀리'라고밖에 표현할 수 없는 곳에서 일고 있는 먼지구름을 멍하니 바라보다가, 천천히 돌아섰다. 추격자들은 그가 짐작한 것보다 훨씬 가까운 거리까지 접근해 있었다.

'녀석을 묵사발 내 주기는 글렀군.'

우대만은 내심 투덜거렸다. 그러면서, 검은색 건마를 타고 무서운 속도로 확대되어 오는 순우격의 붉은 얼굴을 보며 실소를 흘렸다.

'저자도 얼마나 어이없었을까?'

난데없이 땅 밑에서 튀어나온 곰보에게 양피지를 탈취당했으니 말이다. 도법만큼이나 강한 자존심을 가진 작자일 테니 화도 무척 났겠지. 그 화가 단호한 칼질 한 번으로 이어지길 바랄 뿐이다. 아픈 건, 젠장, 죽는 것만큼이나 싫으니까.

그러는 사이 기마대가 들이닥쳤고, 그럴 필요가 전혀 없는데도 우대만을 둥글게 포위했다.

"너였군, 쥐 새끼."

말에서 내린 순우격이 우대만을 향해 말했다.

우대만은 그 흐릿한 눈동자를 마주 보다가 침을 꿀꺽 삼켰다. 백호대주가 새삼 존경스러워졌다. 보는 것만으로도 자살 충동을 불러오는 저 음울한 눈을 정면으로 맞받으며 이백 합 가까이 맹투猛鬪를 벌였으니 말이다. 나라면 열 합도 버티지 못했을 거라는 생각이 들었다.

'버티긴 뭘 버텨. 아프기만 할 텐데.'

게다가 서 있는 것만으로도 박수 받아야 할 만큼 지쳐 버린 지금으로선 버틸 힘도 없었다.

"처음 보았을 때부터 네놈의 추악한 얼굴을 긁어 주고 싶었지."

순우격 다음으로 말에서 내린 매 단주가 여섯 개의 칼날을 철컥철컥 뽑아내며 얼음 가루가 풀풀 날릴 듯한 목소리로 우대만을 을러댔다.

'너까지 왜 그러니?'

우대만은 매 단주의 독기 어린 눈을 바라보며 한숨을 푹 쉬었다. 그를 향한 저 무조건적인 적개심의 근원이 무엇인지 궁금하기까지 했다. 어릴 때 곰보한테 무슨 나쁜 짓이라도 당한 걸까? 하지만 그 곰보는 이 곰보가 아닌 만큼, 이 곰보로서는 억울한 일이 아닐 수 없었다. 편협한 년 같으니라고. 그래서 다시 만나면 반드시 볼기짝을 까 주겠다고 맹세했는데, 아쉽게도 지금으로선 무리일 것 같았다. 그런 바에야…….

'그냥 할 수 있는 일이나 하자.'

우대만은 왼손에 쥔 양피지를 내려다보았다. 그런 다음 순우격의 붉은 얼굴을 바라보았다. 또 양피지를 내려다보다가, 다시 고개를 들고 순우격의 눈을 정시하며…….

……양피지를 먹었다.

아주 잠깐이지만, 그때만큼은 순우격의 눈가가 떨리는 것을 보았다. 저 냉혹한 살인자의 마음을 흔들어 놓았다는 사실에 고무된 나머지, 우대만은 육포 같지 않은 육포로써 예행연습까지 마친 이빨들을 맹렬히 고투시키면서도 미소를 지었다. 남황맹의 암군주가 놀라운 능력의 소유자라는 점은 이미 아는 바였고, 그래서 오행독문의 도움 없이도 생시를 만들어 낼 수 있다는 점까지도 인정하지만, 그래도 이 양피지만 사라진다면 실혼생시에 이르는 마지막 관문은 통과하지 못할 거라는 생각이 그의 기분을 더욱 양양하게 만들어 주었다.

우대만은 조각난 양피지를 목구멍 아래로 넘기면서 만천하의 선량한 자들을 향해 장엄한 유언을 읊조렸다.

'존재해선 안 될 것들을 존재하지 못하게 만들었으니, 장부의 한평생 아쉬움은 남지 않으리.'

아니다. 아쉬움이 하나는 남아 있었다. 그녀를 두 번 다시 못

본다는 것. 최소한 이름이 뭔지는 알고 싶었는데. 그건 정말 아쉬웠다.

하지만 순우격의 보라색 입술이 다시 열렸을 때, 우대만은 뒤통수를 한 대 세게 얻어맞은 사람처럼 멍해질 수밖에 없었다.

"기왕이면 잘게 썹도록. 네 배를 갈라 꺼낸 양피지 조각들을 암군주가 어떻게 이어 붙이는지 구경하고 싶으니까."

그러면서 앞으로 슥 내밀어지는 마도는 저 무시무시한 발언이 농담이 아님을 가르쳐 주고 있었다.

'젠장, 그 생각을 왜 못 했을까?'

장엄한 기분이 순식간에 사라지고, 체액과 핏물로 범벅이 된 양피지 조각들을 내려다보며 인상을 잔뜩 찌푸리고 있는 암군주의 모습이 머릿속에 떠올랐다.

'산 채로 배가 갈리면 당연히 아프겠지? 안 아프려고 했는데 더 아프게 생겼네.'

생각이 여기에 미치자 배가 살살 아파 오기 시작했다. 정작 칼날은 와 닿지도 않았는데? 단순한 환통幻痛일까?

그런데 진짜로 아팠다.

무지무지하게!

"아!"

<hr />

순우격은 자의식이 무척 강한 현실주의자였다. 그래서 자신의 오감과 인지로 파악되지 않는 모든 종류의 신비로운 현상들을 인정하지 않았다. 예외가 있다면 오직 맹주뿐이었다. 맹주가 가진 능력은 신비 그 자체였으니까.

하지만 지금 또 하나의 예외가 순우격의 눈앞에 나타났다.

여아와 여인의 중간쯤으로 보이는 소녀.

조금 푸한 감을 주는 담황색 경장을 입은 그 소녀가, 짤막한 비명을 지른 뒤 배를 붙잡고 그 자리에 주저앉으려는 곰보 옆에 나타났을 때―어느 방향으로부터 온 것이 아니라 '그냥' 나타난 것이다― 순우격은 그에게 절대로 어울리지 않는 기색을 드러내고 말았다. 당황해 버린 것이다.

소녀가 곰보에게 힐문했다.

"내가 말했잖아요, 동물 가죽 먹을 거라고. 그랬으면 알아서 먹지 말았어야지 왜 먹었어요? 당신 바본가요? 그런 거였어요?"

누가 보기에도 곰보는 지금 대답할 수 있는 형편이 아니었다. 눈을 뒤집고 입에 거품까지 문 사람은 웬만해선 대답하기 힘들 테니까. 그래서인지 대답한 사람은 소녀 본인이었다.

"아 참, 상사부가 그랬지. 끈이 보여 주는 것은 대부분 현실이 된다고. 그래서 먹을 수밖에 없는 건가? 하지만 미리 안다면 안 먹을 수도 있는 거잖아. 아유, 복잡해. 뭐가 뭔지 난 잘 모르겠다."

재잘거리던 소녀가 곰보의 입속으로 호두알만 한 뭔가를 밀어 넣었다. 의식을 잃은 곰보가 그것을 온전히 입에 물 수 있도록 손가락을 이용해 꾹꾹 쑤셔 넣기까지 했다. 그 일을 마친 소녀는 곰보와 팔짱을 끼었다. 그런 다음…….

사라졌다.

나타날 때와 마찬가지로 '그냥' 사라진 것이다. 달라진 점이라면 나타날 때는 혼자였는데 사라질 때는 둘이라는 것이 유일했다.

소녀가 나타났다 곰보를 데리고 사라진 사이, 누구도 움직이지 못했다. 심지어는 순우격마저도.

멍한 표정으로 서 있던 순우격을 퍼뜩 정신 들게 만든 것은 옆에서 들려온 매양홍의 중얼거림이었다.

"이건…… 말도 안 돼."

그리고 순우격으로 말하자면, 비록 말하기를 좋아하지는 않지만, 말도 안 되는 현실이란 존재하지 않는다고 믿는 사람이었다. 그러므로 현실로 벌어진 모든 일은 말로써 설명할 수 있어야 했다. 그 설명을 찾기 위해 그는 즉시 행동에 나섰다.

정면에 서 있는, 지살들 중 한 명이 타고 온 말을 향해 대뜸 달려간 순우격은 그 등에 얹힌 안장의 단단한 뒤턱을 박차고 몸을 솟구쳤다. 특별한 경신술을 사용한 것도 아니었다. 오직 근육과 내공이 제공한 탄력과 힘만으로, 받침대를 디디고 밀었을 뿐이다. 히히힝 하는 높은 비명과 함께 말의 허리가 안장 뒤턱을 중심으로 거의 직각으로 접혔지만, 인간의 목숨조차 대수롭게 여기지 않는 그가 미물의 목숨에 신경 쓸 리 없었다.

순우격은 말 한 마리의 목숨과 맞바꾼 강력한 추진력을 이용해 오 장이 넘는 높이까지 솟구쳐 올랐다. 그러면서 몸을 팽이처럼 휘돌려 시야에 담기는 모든 것들을 살펴보았다.

'저기다!'

지살들이 만든 청흑색 포위선으로부터 칠팔십 장쯤 떨어진 곳에 소녀와 곰보가 나타나는 것이 보였다. 그런 다음 사라지고, 다시 삼십여 장 더 나아간 자리에서 나타났다. 그러기를 두 차례 더 반복하다가 그다음부터는 사라지지 않았다. 순우격은 추진력을 모두 잃고 아래로 떨어지기 직전, 소녀와 곰보가 붉은 황무지에 한 덩어리로 넘어졌다가 힘겹게 일어서는 광경을 보았다. 이후는 걸어서 달아날 작정인 걸로 보였다. 그리고…….

　지상으로 하강하던 순우격의 눈이 가늘게 접혔다. 황무지 저 멀리서 먼지구름을 일으키며 이쪽 방향으로 달려오는 한 무리의 사람들을 발견한 것이다.

　소녀가 왜 더 이상 사라지지 않는지, 혹은 사라지지 못하는지는 중요한 문제가 아니었다. 중요한 점은 이제 설명을 찾았다는 것이고, 그 설명은 지극히 현실적면서도 그가 파악한 사항들을 정확히 반영한 것이었다.

　－소녀에게는 공간을 뛰어넘는 능력이 있다.
　－그래서 '그냥' 나타나기도 '그냥' 사라지기도 하는 것이다.
　－하지만 더 이상은 그 능력을 발휘하지 못한다.
　－거기에 더하여, 이번 작전에 고려되지 않은 자들이 이리로 오고 있다.

　이것이 순우격이 찾아낸 설명이었다.
　설명을 찾은 이상 남은 것은 대응뿐.
　쿵, 하는 둔탁한 소리와 함께 청흑색 포위선의 한가운데 내려선 순우격은 몸을 바로 세운 즉시 자신의 건마를 향해 달려갔다.

　여전히 얼이 빠져 있는 매양홍과는 달리, 지살들은 따로 지시가 없었음에도 대교두의 행동을 좇아 각자의 말에 올라탔다. 허리가 꺾여 죽은 말을 타고 왔던 자는 부득불 그럴 수 없었지만, 일천지살의 행사에 열외란 없음을 아는 터라 구보로라도 따라붙을 준비를 마친 상태였다.

　순우격은 안장에 올라탄 자신을 어리둥절해하는 눈으로 올려다보는 매양홍을 그곳에 버려 둔 채, 건마의 배 밑에 양 발꿈치로 찔러 넣었다.

"이랴!"

대교두와 지살들의 추격이 재개되었다.

우두두두두ー.

우대만은 의식을 되찾았다. 하지만 그러지 않는 쪽이 훨씬 나았다. 그랬다면 수백 개의 바늘들이 배 속을 헤집고 다니는 것 같은 이 무시무시한 고통을 느끼지 않았을 테니 말이다. '단장斷腸'이란 바로 이럴 때 쓰라고 나온 말 같았다.

"끄으으."

어금니를 아무리 악물어도 신음이 새어 나오는 것을 막을 수 없었다. 몸이 바라는 대로 비명을 고래고래 지르며 땅바닥을 데굴데굴 구르고 싶었지만, 차마 그럴 수 없었다. 왼쪽에서 팔짱을 끼어 부축해 주고 있는 여자 때문이었다. 그는 멀쩡할 때조차도 충분히 추했다. 거기서 더 추한 꼴을 보이고 싶진 않았다, 최소한 그녀에게만큼은.

"아, 다행이다. 약을 잘 받는 몸인가 보네요."

여자가 휘청거리는 우대만을 억지로 잡아끌면서 말했다. 다시 만난 그녀가 너무너무 반가운데, 그 반가움을 표현할 수가 없었다. 약을 먹인 모양인데, 무슨 약인지 물을 경황도 없었다. 지금의 우대만은 고통에 완전히 굴복당한 상태였기 때문이다.

여자는 묻지도 않은 질문에 대해 알아서 대답해 주었다.

"적통 스님이 심맥을 보호할 수 있는 약이랬어요, 어지간한 독은 견뎌 낼 거라고 하면서. 하지만 이 독은 어지간하지 않아요. 진짜예요. 끈이 가르쳐 주었거든요."

우대만은 고통에 겨워 눈물을 질질 흘리면서도—젠장! 그녀 앞이잖아!— 생각했다. 적통 스님이라면 소림사 전대 약왕당주의 법명이라고 아는데…… 그런데 독이라고? 내가 언제 독을 먹었다고 저러는 거지?

"내가 그랬죠, 그 가죽은 아주 나쁜 가죽이라고. 아, 가죽은 안 나쁜가? 하지만 그 위에 붙은 빨간 것들은 진짜 나빠요."

그 위에 붙은 빨간 것들? 양피지에 적힌 글자들 말인가? 글자가 어째서 나쁘단 거지?

다음 순간 아주 불쾌한 기억 하나가 떠올랐다. 독중선 군조가 문주 자리에 오른 이래 오행독문에서는 중요한 문서를 만들 때 먹물 대신 그의 '청', '홍', '백', 삼 대 절독 중 '홍'에 해당하는 홍갈단장분紅蝎斷腸粉을 주사에 개어 사용한다는 기억이. 양피지에 적힌 붉은 글자들의 주성분이 무엇인지 이제는 알게 되었다.

'단장'은 정확한 표현이었던 것이다!

"젠……자아아악!"

욕을 하려고 벌린 입에서 마침내 비명이 터져 나왔다. 여자는 우대만의 비명이 끝날 때까지 입술을 잘근잘근 씹다가 낭패한 목소리로 말했다.

"큰일 났네. 이젠 둘이서 심동공허를 펼칠 힘도 없는데."

우대만은 끔찍한 고통 속에서도 사부로부터 전수받은 포원수일심법抱元守一心法을 운용하기 위해 애를 썼다. 하지만 양피지를 먹기 이전부터 내공이 바닥난 터라 큰 기대는 하지 않았다.

그런데 놀랍게도 진기가 움직여 주었다. 왜지? 이를 이상히 여기면서도 우대만은 새로 생겨난 진기의 끄트머리를 붙잡고 대맥을 따라 조심스럽게, 아주 조심스럽게 인도하기 시작했다. 배속에서 광란하던 고통이 고개를 약간 숙이는 것이 느껴졌다. 그래, 조금만 더, 조금만 더…….

한데 단단히 얽힌 팔을 통해 그 기색을 눈치챈 모양이었다. 여자가 말했다.

"안 돼요. 지금은 달아나는 게 우선이에요."

그러면서 도인導引에 집중하느라 자꾸 멈추려는 우대만을 더 억세게 잡아끄는 것이었다.

이 바보! 달아나려면 고통부터 가라앉혀야 한다니까!

하지만 우대만은 여자에게 화를 낼 수 없었다. 여자는 지금 굳세 보이려고 애쓰고 있었다. 자신은 그의 보호자이며, 그래서 약한 모습을 보이면 안 된다고 여긴 듯했다. 하지만 그의 '매의 눈'은 그녀의 귀 옆을 타고 구슬처럼 흘러내리는 땀방울들을 이미 포착한 뒤였다. 그녀에게 짐이 되고 있다는 자각이 배 속의 고통만큼이나 아프게 그를 찌르고 있었다.

그때 말발굽들이 지면을 박차는 소리가 등 뒤에서 기세등등하게 울려 왔다. 발바닥을 통해 은은한 진동이 전해진 것은 약간의 시간이 지난 뒤였다. 저들에게 따라잡히는 것은 시간문제였다. 이는 누가 보더라도 명백했다.

"큰일 났네."

뒤를 돌아본 여자가 말했다.

여자의 방해로 도인을 포기한 우대만이, 소림사 약왕당에서 유래했다는—믿어도 될까?—약의 효력 덕인지 새로 생겨난 한 줌만 한 내공 덕인지 고통이 조금 누그러진 틈을 놓치지 않

고 여자에게 물었다. 반드시 확인해야 할 것이 있기 때문이
었다.

"아까 네가 한 말은, 그러니까 둘이서 심동공허를 펼칠 힘이
없다는 말은, 혼자는 갈 수 있는데 나까지 데려갈 수는 없다는
뜻 맞지?"

여자가 고개를 돌려 그의 눈을 빤히 바라보았다. 그는 그녀
의 새까만 눈동자 속에서 주저하는 긍정과 단호한 부정을 동시
에 읽을 수 있었다. 이를테면…… 맞아요, 하지만 나 혼자는 안
갈래요.

우대만은 고개를 돌려 전방을 바라보았다. 아까는 환시가 아
닐까 생각하던 먼지구름이, 이제는 그것을 만들어 내는 주체들
이 작지만 뚜렷한 점으로 보일 정도로까지 가까워져 있었다.
아, 가까워졌다고는 해도 보편적으로 말하는 '근거리'란 뜻은
아니었다. 그가 가진 '매의 눈'은 이곳처럼 광막하고 편편한 황
무지에서라면 상상하기 힘들 정도로 먼 곳까지 볼 수 있다. 저
들과 만나려면 아무리 빨라도 일 각(약 15분)은 걸릴 것 같았다.
그렇긴 해도…….

……저기까지만 가면 되는데. 바로 저기까지만!

그러나 저기까지 가기 전에 등 뒤의 추격자들에게 반드시 따
라잡힐 것이다. 그것은 굳이 가능성을 저울질할 필요도 없을 만
큼 명백했다.

우대만은 힘겹게 들어 올린 손으로 전방의 지평선 부근에서
어른거리는 먼지구름을 가리켰다.

"너 혼자 가. 저리로 가면 돼."

여자가 조금 전 눈빛으로 한 대답을 말로 옮겼다.

"혼자는 안 가요."

우대만은 배 속의 고통조차 깜짝 놀라서 멈칫거릴 만큼 불같이 화를 냈다.

"그럼 사이좋게 같이 죽자고? 저 살인자는 눈썹 하나 까딱하지 않고 네 배마저 가를 텐데도?"

여자는 더는 듣지 않겠다는 듯이 전방으로 고개를 돌리더니, 우대만을 잡아끄는 손에 힘을 더했다. 우대만은 그 손길에 속절없이 끌려가면서도 꽥 소리를 질렀다.

"이런 고집쟁이가!"

그때 여자가 갑자기 걸음을 멈췄다. 그 바람에 여자의 팔에 체중의 거지반을 싣고 있던 우대만은 바닥에 풀썩 주저앉고 말았다. 우대만은 의문 어린 눈으로 여자를 올려다보았다. 무조건 갈 것처럼 굴더니 갑자기 왜 멈춘 걸까?

목표한 전방이 아닌, 좌측의 어느 먼 곳을 바라보던 여자가 반색이 담긴 목소리로 말했다.

"아, 다행이다. 할아버지들이 오고 있어요."

그 '할아버지들'이 감숙의 붉은 황무지를 전함처럼 그리고 표풍처럼 가르며 달려왔다. 사흘 전 우대만이 너럭바위 앞에서 처음 보았을 때와 마찬가지였다. 다만 한 가지 달라진 점이 있다면, 이번에는 표풍 쪽이 먼저 당도했다는 것이다. 하기야 저번이 특별했던 거지, 전함이 아무리 용을 써 봤자 바람보다 빠를 수는 없을 터였다.

"아기씨!"

멀리서 시작된 이 짧은 외침의 마무리가 우대만의 코앞에서 울리고 있었다. 표풍에 해당하는 양각천마 최당의 경신술이 어떤지를 여실히 보여 주는 대목이 아닐 수 없었다.

"말할아버지, 때마침 잘 왔어요. 근데 고약할아버지는 어디 있나요?"

"그 친구는 워낙 걸음이 느려서…… 그래도 금방 올 겁니다."

여자의 질문에 반사적으로 대답하던 최당이 이게 아니라고 생각했는지 고개를 젓더니, 돌연 울상을 지으며 하소연 섞인 책망을 늘어놓기 시작했다.

"그나저나 이 늙은이들 속을 숯 더미로 만드셔야 직성이 풀리시겠습니까? 대체 곡에서는 왜 나오신 겁니까? 그것도 말 한마디 없이 말입니다. 목 부인께서 얼마나 걱정하시고 계신지 알기나 하시는……."

그러다가, 여자 옆에 주저앉아 있는 우대만을 그제야 발견한 듯 성근 눈썹을 이마 쪽으로 밀어 올렸다.

"어? 너는 저번에 본…… 순풍이와 개방 방주의……."

남들이 들으면 사부와 아버지가 결혼한 줄 알겠네.

쓴웃음을 지은 우대만은 흙바닥에 주저앉은 채로—결례인 줄 알지만 일어설 기운이 없으니 어쩔 수 없었다— 최당에게 주먹을 모아 보였다.

"우대만입니다. 또 뵙는군요."

"그래, 우대만. 한데 네가 왜 우리 아기씨 옆에……."

말하는 도중 최당의 넓은 미간이 와락 일그러졌다. 안 그래도 도드라진 눈이 얼굴 좌우로 툭 불거져 나왔다.

"이 자식, 그때 거짓말을 했구나! 네놈은 아기씨를 이미 만났었어!"

그래요, 그래. 거짓말을 한 것도 맞고, 아기씨를 이미 만났던 것도 맞아요.

하지만 지금은 추궁을 당할 때도, 용서를 구할 때도 아니었다. 전함 같은 기세로 뒤늦게 현장에 도착한 외팔이 노인이 그 점을 행동으로써 일깨워 주었다.

외팔이 노인은 그토록 찾아 헤매던 아기씨에게도 인사 한마디 건네지 않고, 엉거주춤 포권을 올리는 우대만도 본체만체 무시하며, 일행의 후방으로 성큼성큼 걸어가더니 이쪽을 향해 무서운 속도로 달려오는 순우격의 기마대와 마주 섰다.

"음!"

침음을 닮은 낮은 기합과 함께 외팔이 노인의 왼발이 땅을 힘차게 내디뎠다.

쿠—웅!

진각 소리가 천둥처럼 황무지를 떨어 울렸다. 십 장 안쪽까지 닥쳐온 기마대의 진열에 균열이 생겼다.

쿠—웅!

다시 한 번 진각이 울리고, 발굽을 통해 전달된 거센 충격에 놀란 일부 말들이 앞다리를 치켜 올리고 난동을 부리기 시작했다. 단지 두 차례의 발 구름만으로 저런 효과를 발휘하다니, 실로 놀라운 공력이 아닐 수 없었다.

양각천마 최당이 눈으로는 혼란에 빠진 기마대를 바라보는 한편 입으로는 그 혼란의 주범인 외팔이 동료에게 물었다.

"저것들은 다 뭐 하는 놈들이지?"

외팔이 노인이 무거운 목소리로 대답했다.

"뭐 하는 놈들인지는 모르지만 아기씨에게 해를 끼치려는 놈들인 것만큼은 분명하군."

"감히!"

최당이 노성을 터뜨린 것과, 기마대의 선두에 있던 붉은 얼굴의 남자가 마도를 꼬나 쥐고 외팔이 노인을 향해 날아온 것은 거의 동시에 벌어진 일이었다.

순우격은 심상찮은 변수가 개입한 지금의 이 상황을 파악하기 위해 시간을 소비하지 않았다. 저자를 주저하게 만들 만한 일은 세상에 아예 존재하지 않는 것 같았다.

마도가 외팔이 노인을 다짜고짜 직격했다.

무시무시한 파공성을 꼬리처럼 매단 채 수직으로 떨어져 내린 그 칼날을, 외팔이 노인은 위로 들어 올린 오른손 손바닥으로 막아 냈다.

깡!

날카로운 금속성이 울리고, 칼날과 손바닥의 접점에서 일어난 세찬 반탄력이 늙고 젊은 두 사람을 물러서게 만들었다. 외팔이 노인은 다섯 자, 순우격은 열한두 자. 하지만 그런 거리 차가 두 사람 사이의 무공 격차를 판단하는 기준이 된다고는 보기 힘들었다. 외팔이 노인은 지면을 굳건히 디디고 있었던 반면, 순우격은 전신을 허공에 띄운 상태였으니까.

순우격이 금빛이 일렁거리는 흐릿한 눈동자로 외팔이 노인을 노려보며 음산하게 말했다.

"설마 금강불괴金剛不壞는 아닐 테고."

외팔이 노인이 마도의 공격을 막아 낸 오른손 손바닥을 보여 주며 말했다.

"물론 아니라네. 조금 단단한 방패를 가졌을 뿐이지."

그런 다음 펼친 다섯 손가락을 장심 쪽으로 천천히 말아 주먹으로 만들었다. 작은 호두알만 한 네 개의 뼈마디들이 불거진 권심은 물론이거니와 손등과 손가락에도 굳은살이 가득 들어찬, 크고 거무튀튀하고 억세 보이는 주먹이었다.

"그리고 망치도 있다네."

외팔이 노인의 말에 순우격의 보라색 입술 끄트머리가 살짝 올라갔다.

"나와 비슷하군. 재미있겠어."

이 말이 끝남과 동시에 순우격이 바닥을 박차며 외팔이 노인에게로 맹진猛進했다. 외팔이 노인이 주먹 쥔 오른손을 다시 펼치며 바위처럼 단단한 방어 자세를 취했다.

순우격의 칼날이 노인의 손바닥을 때렸다.

쩡!

뒤이어 날아든 노인의 주먹을 순우격이 칼등으로 막았다.

꽝!

방패와 칼날을 겸비한 마도와, 방패와 망치를 겸비한 오른손은 치열한 싸움에 돌입했다.

외팔이 노인이 가장 무서운 살인자를 일대일로 전담하는 사이, 말에서 내려 달려드는 삼십 명 남짓한 지살들을 상대한 사람은 양각천마 최당이었다. 최당에게 경신술 말고도 다른 놀라운 재주가 있다는 점을 우대만이 안 것은 이때가 처음이었다.

우대만은, 최당이 배에 두르고 있던 폭 넓은 복대―처음 만났을 땐 말안장이 연상되어 우스웠던―를 풀어 양손에 나눠 쥐는 것을 보았다. 몸에 감고 있을 때는 복대처럼 보였지만, 저렇게 풀어 나눠 쥐니 그 실체가 두 자루 연편임을 알 수 있었다. 길이는 여덟 자 남짓. 가죽을 단단히 말고 그 위에 한 뼘 간격으로 끈을 감아 만든 듯한데, 정확히 무슨 가죽인지는 '매의 눈'으로도 파악하기 힘들었다.

"잡것들이 어딜 감히 다가오려고!"

노갈을 터뜨린 최당이 여자와 우대만의 주위를 회오리처럼 맴돌며 양손에 쥔 연편을 바깥쪽으로 어지럽게 휘둘러 대기 시작했다.

짜자자자자자ㅡ.

공기를 찢는 파공성이 둥근 파장의 형태로 퍼져 나가고, 연편에 맞거나 휘감긴 지살들은 흙먼지 자욱한 붉은 황무지로 속절없이 나뒹굴고 말았다. 잠깐 사이임에도 그 수가 얼추 열에 달하니, 최당의 손 속이 얼마나 빠른지를 짐작케 해 주었다.

다만 아쉬운 점은, 연편의 타력이 경신술의 쾌속함만큼이나 신통하지는 않았다는 것이다. 쓰러진 지살 중 계속 쓰러져 있는 자는 단 한 명도 나오지 않았다. 간혹 연편에 요처를 적중당한 경우에는 절룩대거나 비틀거리기는 했어도, 다시 일어난 지살들은 목표물을 향한 진격을 멈추려 들지 않았다. 그 기세가 흡사 작은 암초를 향해 사방에서 밀려드는 시퍼런 물결 같았다. 만약 저들이 군대였다면, 강군 혹은 정예군 소리를 듣기에 부끄럽지 않을 터였다.

"못된 놈들이 끈질기긴 더럽게 끈질기구나!"

거의 모든 지살들을 한 번 이상 쓰러트렸음에도 상황이 그다지 호전될 기미를 보이지 않자 최당이 짜증을 터트렸다. 하지만 우대만은 그 짜증 밑바닥에 깔린 곤혹감을 읽어 낼 수 있었다. 쓰러트리기만 했지 정작 무력화시킬 만한 능력은 안 되니 최당으로선 답답할 수밖에 없을 터였다. 하기야 달리는 재주만큼이나 싸우는 재주도 뛰어났다면, 최당은 일찌감치 천하제일을 다투는 최강자의 반열에 올랐을 것이다. 건장한 하체에 대비되어 더욱 빈약해 보이는 상체가 늙은 도둑의 한계를 보여 주는 듯했다.

'젠장, 내가 이러고 있을 때가 아닌데…….'

앞으로 뛰쳐나가 노선배의 분투를 돕고 싶은 마음이야 굴뚝 같았지만, 여전히 배 속을 찔러 대는 고통과 고통에 겨운 나머지 자꾸만 아득해지려는 의식이 우대만을 주저앉은 자리에서 꼼짝 못 하도록 강제하고 있었다.

여자가 그런 우대만의 얼굴에 맺힌 땀방울을 소맷자락으로 닦아 주며 종알거렸다.

"큰일 났네. 빨리 그들한테 가야 되는데. 소환단小丸丹으론 해결할 수 있는 일이 아니라고 끈이 가르쳐 줬는데."

아프고 어지러운 와중에도 귀가 번쩍 뜨이는 소리였다.

"뭐? 소환단?"

여자가 고개를 끄덕였다.

"내게 먹인 게 소환단이었어? 소림사의?"

재차 확인하는 우대만에게, 여자가 눈을 동그랗게 뜨고는 반문했다.

"어? 내가 얘기 안 했어요? 척통 스님이 준 약이 바로 그거예요. 벼락을 받은 데 대한 답례라고 여섯 알 보내 주셨는데, 상사부가 그중 두 알을 내게 줬죠. 필요할 때가 있을 테니 가지고 다니라면서. 아, 근데 지금은 없어요. 진짜예요. 한 알은 어제 아침에 내가 먹었고, 남은 한 알은 아까 당신에게 먹였으니까. 그러고 보니 상사부 말이 맞았네. 상사부는 하여튼 다 안다니까."

텅 빈 단전에 내공이 생겨난 까닭이 이제야 밝혀졌다. 대환단보다는 못하다지만—용처가 다르니 꼭 그렇게 말할 수만은 없다는 게 사부의 견해였다— 강호에서는 무가지보無價之寶로 여기는 영약이 바로 소환단 아니겠는가. 그런 영약은 이름을 듣는 것만으로도 효과를 발휘하는 모양이었다. 갑자기 힘이 나는 것 같았다……. 아이고, 아니다. 마찬가지로 아프다.

우대만이 신음을 참으며 다시 물었다.

"근데 누구한테 간다는 거야? '그들'이 누군데?"

"어? 내가 얘기 안 했어요?"

여자의 반복된 반문에 우대만은 벌컥 짜증이 솟구쳤다.

"하지도 않은 얘기를 왜 자꾸 했다는 거야! 얘기할 시간이나 있었어?"

"아, 그 얘기도 안 했나 보네."

여자가 제 이마를 두드리며 혓바닥을 날름 내밀어 보이더니 말을 이었다. 그런데 그 말이란 게 안 한 것과 별 차이 없었다.

"그들이 누구냐면, 음, 근데 설명하기가 좀 어렵다. 그냥 얘기 안 하고 넘어가면 안 돼요?"

우대만은 맥이 풀렸고, 그래서인지 배가 더 아픈 것 같았다. 이 자식이 정말!

그때 최당의 다급한 외침 소리가 들려왔다.

"야, 곰보! 어르신은 피동 싸고 있는데 앉아서 구경만 할 거야? 더 버티기 힘드니 어떻게 좀 해 봐, 인마!"

앉아서 구경만 하는 것처럼 보이겠지만, 사실 우대만은 이미 고투 중이었다. 고통과 그것이 야기한 현기증은 충분히 강적이라고 할 수 있으니까. 하지만 이쪽의 몸 상태를 알 리 없는 최당이니 얼마나 눈꼴시고 얄미워 보였을까.

우대만을 대신해 여자가 소리쳤다.

"말할아버지, 조금만 버텨요! 도와줄 사람들이 거의 다 왔어요!"

우대만은 혹시나 하는 심정으로 여자에게 물었다.

"그 심동공허란 걸로 싸울 순 없는 거야?"

여자가 황당한 소리라도 들은 사람처럼 눈을 깜박이다가 고개를 저었다.

"난 못 해요, 상사부라면 몰라도."

"넌 왜 못 하는데?"

"이제껏 누구랑 한 번도 안 싸워 봤거든요."

그래서 못 한다고? 누군 엄마 배 속에서부터 싸우고 다닌 줄 아나? 기가 막혀 말이 안 나왔다.

우대만이 기가 막혀 하거나 말거나, 여자가 고개를 돌려 이번에는 적면마도 순우격과 그야말로 막상막하의 대결을 펼치고 있는 외팔이 노인에게 소리쳤다, 꼭 말아 쥔 오른 주먹을 위아래로 흔들어 가면서.

"고약할아버지도 힘내요! 얍! 얍! 얍!"

다행히 싸움은 못 해도 응원은 할 줄 아는 모양이었다. 그래도 그렇지, 얍얍얍이라니.

각설하고, 여자의 말대로 도와줄 사람들은 정말로 거의 다 와 있었다.

말을 타고 온 백호대와 달리 순전히 두 다리로만 황무지를 가로질러 달려온 그들이 전장에 당도했을 때, 정확히는 그들의 선두에서 달리던 건장한 체격의 흑의 중년인이 어느 순간 벼락같이 쏘아져 나와 맨 먼저 전장에 돌입하는 모습을 보았을 때, 우대만은 자신도 모르게 눈물이 핑 돌고—젠장! 그녀 앞이라니까!— 말았다.

화상 자국으로 일그러진 추괴한 얼굴과 달리 태양처럼 정명하고 강렬한 광채를 뿜어내는 두 눈이 전장을 단숨에 장악하려는 군신軍神의 그것처럼 주위를 죽 훑어본다. 그 눈길만으로도 만군萬軍의 지원을 받는 듯하다.

우대만은 참지 못하고 소리 높여 외쳤다.

"숙부님!"

———— ❧ ————

친숙부는 아니지만 개방 방주 우근과 의형제를 맺은 이유로 그 아들인 우대만과 숙질간이 된 석대문은 전장에 도착한 즉시 한눈에 전황을 파악했다.

가장 급해 보이는 사람은 두 자루 연편을 휘두르는 말상 노인이었다. 담당하는 구역이 워낙 넓은 데다 상대하는 적당의 수 또한 삼십 명이나 때문이었다. 석대문도 경탄한 만큼 신묘한 경신술로써 사방에서 달려드는 적당들을 어찌어찌 막아 내고는 있지만, 중과부적이란 말이 현실이 되는 데는 긴 시간이 필요치 않을 것 같았다.

석대문의 눈빛이 모종의 결심으로 차가워지고, 그의 허리에 감겨 있던 검은 요대가 약동하는 묵광으로 화하여 튀어나온 것은 다음 순간의 일이었다. 허공에서 뱀처럼 꿈틀거리던 검은 요대가 슉! 소리를 내며 꼿꼿해지더니, 손잡이를 그의 수중에 밀어 넣음으로써 자신이 가진 모든 권능을 주인에게 위임했다.

"하앗!"

웅혼한 기합과 함께 강동 제일인의, 아니 구주대협의 애검 묵정검이 전방을 향해 힘찬 반호를 그렸다.

화아악!

붉은 모래땅을 휩쓸며 노도처럼 일어난 검기가 서른 명 무사들의 일각을 여지없이 허물어뜨렸다. 마치 사람이 분 입바람에 개미들이 날려가는 형국이었다.

이어 석대문은 묵정검을 연달아 내뻗어 허공의 몇 군데를 찔렀다. 검봉이 동선의 첨점尖點을 찍을 때마다 달아오른 꼬챙이를 물속에 담글 때 날 법한 소음들이 울려 나왔다.

칙! 칙! 칙! 칙!

쾌검이라 부를 만큼 빠른 수법은 아니지만, 그 하나하나의 찌름마다에는 반드시 확실한 결과가 뒤따랐다. 검봉이 가리킨 직선에 위치해 있던 자들은 단 한 명의 예외도 없이 전신을 부르르 떨더니 통나무처럼 뻣뻣하게 굳으며 바닥에 쓰러진 것이었다. 그렇게 쓰러진 자가 자그마치 일곱.

석대문이 전장에 들이닥치기 무섭게 펼친 무위는 가히 압도적이었다. '절대적'이라고 표현해도 이 자리에선 감히 반박할 자가 없을 터였다.

천작난비千雀亂飛와 검기진공불혈劍氣振空拂穴.

단 두 종류의 수법만으로 적당들의 절반 가까운 수를 무력화시켰으니, 말상 노인을 상대로는 지칠 줄 모르고 달려들던 자들도 이 시점에 이르러서는 두려움을 느끼지 않을 수 없었을 것이다. 산군山君의 포효에 꼬리를 마는 들개들처럼.

남은 자들이 경악과 공포에 물든 얼굴로 석대문을 흘끔거리며 뒷걸음질을 쳤다. 그 모습에서 조금 전 몰려들던 때의 맹분猛奮함을 찾기란 불가능해 보였다.

"애고, 애고, 죽겠네."

그제야 고된 의무로부터 해방된 말상 노인이 그간 혹사시켰던 몸뚱이를 바닥으로 주저앉혔다.

뒤처진 동심맹의 맹원들이 맹주를 따라잡은 것은 그 무렵이었다. 구주일협 석대문이 데려온 두 명의 후예를 포함한 석가장의 숭검당崇劍堂 소속 검수 열두 명, 소림사 나한당주 해담이 데려온 십팔나한 중 여섯 명, 개방의 우두만박개 황우가 데려온 —황우가 아저씨라 부르는 거지들이 다수 포진되어 있는 관계로 데려왔다는 표현이 적절한지는 의문이지만— 개방의 고수 스물한 명이 바로 그 맹원들이었다. 장시간 황야를 질주해 온 탓에 온몸이 흙먼지로 뽀얗게 뒤덮였지만, 개개의 눈빛만큼은 이제 막 움직이기 시작한 사람의 것인 양 생생하게 빛나고 있었다.

"맹주님 혼자서만 재미를 보셨네요."

황우가 묵정검을 요대로 되돌리는 석대문에게 투덜거렸다.

"늦은 건 자네들인데 왜 나를 탓하는가."

석대문이 빙긋 웃으며 대꾸했다.

지금의 전황을 살펴보자면, 머릿수도 역전되었거니와 면면의 기파만 봐도 상대가 안 되는 두 진영이 스무 걸음 정도의 거리를 두고 대치 국면을 이루고 있었다. 석대문의 경인할 검법에 의해 이미 절반 가까운 수로 줄어 버린 청흑색 무복을 입은 무사들은 자신들의 앞에 기다리는 암울한 미래를 예감한 듯 입을 꾹 다문 채 안색을 굳히고 있었다. 반면에 동심맹 측은 먼 길을 달려왔음에도 기세만만氣勢滿滿한 상태였다. 선봉으로 나선 주장의 눈부신 활약이 그들의 사기를 한껏 올려 준 것이 분명했다.

그런데, 이런 마당인데도, 싸움을 이어 가는 고집 센 자들이 있었다.

깡! 깡! 후아앙— 까앙!

기형적으로 생긴 칼과 굳은살로 뒤덮인 손을 각자의 무기로 삼는 그들 두 사람은 전황의 유불리는 아랑곳하지 않는다는 양,

오직 상대를 죽이겠다는 목표와 그것을 막아 내겠다는 목표에 매몰된 채 힘과 기술과 투지를 끝없이 불사르고 있었다.

언제까지 이어질지 모르는 그들의 싸움을 멈추게 만든 사람 또한 석대문이었다.

격렬한 한 번의 충돌 후 두 대적자 간의 거리가 열 걸음 정도로 벌어진 틈을 타 외팔이 노인을 등지며 전장에 끼어든 석대문은, 기형의 칼을 꼬나 쥐고 재차 달려드는 녹발적면綠髮赤面의 남자를 향해 좌장을 무겁게 뻗어 냈다.

훙!

멀리서 밀려오는 파도 소리를 닮은 울림이 석대문의 좌장을 통해 흘러나왔다. 심후한 내공을 통해 발현되는 이 석씨 비전의 태을장은 이제 화경에 이르렀다고 해도 과언이 아니었다. 이 차 곤륜지회를 통해 천하제일 장법가를 공인받은 바 있는 개방 방주조차도 "아우의 철벽같은 장세는 당최 허물 수가 없구먼."이라며 감탄하지 않았던가.

태을장의 장세에 가로막힌 녹발적면의 남자가 뒤로 주르륵 밀려났다. 하지만 그럼에도 불구하고 흐트러진 모습은 보이지 않았다. 오른손에 쥔 기형의 칼을 얼굴 앞에 수직으로 곧추세우고 왼손 손바닥으로 그 두꺼운 칼등을 받쳐서 버틴 남자가, 돌처럼 굳은 표정으로 자신의 싸움을 멈추게 한 고약한 훼방꾼을 노려보았다.

석대문은 전방으로 뻗어 낸 좌장으로 남자의 움직임을 견제하는 한편, 고개를 슬쩍 돌려 외팔이 노인에게 인사를 건넸다.

"오랜만에 뵙습니다."

외팔이 노인, 석대문이 오른손의 장애를 치료하는 데 지대한 도움을 받은 고약 장수이자 옛 금철하후가의 유일한 후예인 하후봉도夏候奉道가 하나뿐인 손바닥으로 얼굴에 맺힌 땀방울을 훔치며 석대문의 인사에 대답했다.

"오랜만이군."

석대문이 물었다.

"어디 다치신 데는 없습니까?

"괜찮네. 하지만 가주가 조금만 더 늦게 개입했다면 필시 당하고 말았을 걸세. 젊은 놈이 아주 보통이 아니거든."

"그럴 리가 있겠습니까."

하지만 말과는 달리 내심으로는 하후봉도의 말에 동의하고 있었다. 기형의 칼을 쓰는 저 녹발적면 남자는 하후봉도의 두 팔이 멀쩡하다고 해도 승리를 장담하기 힘들 만큼 강해 보였던 것이다.

석대문은 시선을 남자에게 고정한 채, 하후봉도에게 다시 말했다.

"곤륜산에서는 인사도 제대로 드리지 못했습니다."

"그때 인사를 못 나눈 건 전적으로 이 늙은이 탓이었지. 곡주께 꺼리는 마음이 있었기에 가주마저 피했었음을 이제야 고백하게 되는군."

"지금은 제 아우를 꺼리시지 않는 모양이군요?"

이렇게 물으면서 시선을 슬쩍 돌려 살핀 하후봉도의 얼굴에는 어딘지 헛헛해 보이는 미소가 올라오고 있었다.

"꺼린다는 말은 사람한테나 써야겠지."

그 말을 입속으로 한 번 곱씹어 본 석대문이 작게 탄식했다. 예상하지 못한 것은 아니나, 그의 아우는 이제 완전히 탈인간 脫人間한 모양이었다. 같은 세상에 살아도, 그래서 어느 날 우연히 만나더라도, 더 이상은 아우와 공유하거나 공감할 수 있는 그 무엇도 없을 것이라고 생각하니 마음이 무거워졌다.

그때 전방에서 음울한 목소리가 울려왔다.

"싸움은 아직 끝나지 않았다."

석대문의 시선이 다시 전방을 향했다. 기형의 칼로써 인중과 인후와 명치를 동시에 가린 녹발적면의 남자가 여전히 그를 노려보고 있었다.

마치 자신의 칼에 의해 두 쪽으로 나뉜 듯한 그 붉은 얼굴을 잠시 응시하던 석대문이 차분한 목소리로 물었다.

"대륙 서남부에서 붉은 얼굴을 가진 걸출한 도객이 나왔다는 얘기는 들었네. 귀하가 남황맹의 순우격인가?"

남자는 대답하지 않았다. 그 대신 앞서 했던, 싸움이 아직 끝나지 않았다는 자신의 말을 실천해 보이려는 듯 기형의 칼을 얼굴 전면에 굳세게 버틴 채 앞으로 한 발짝 걸어 나왔다.

석대문의 왼쪽 팔목에 끼워진 가죽 투수가 살짝 부풀어 올랐다가 가라앉았다.

훙!

다시 한 번 일어난 태을장의 장세가 남자의 전진을 부드럽지만 완강하게 제지했다. 그런데 놀랍게도 붉은 얼굴의 그 남자는 태을장의 장세를 뚫고 다시 한 발짝을 내디디는 것이었다. 얼굴 앞에 세운 칼을 여전히 꿋꿋하게 버틴 채로. 남자의 흐릿한 눈동자에 어른거리던 금빛이 지금은 두 덩어리의 귀화鬼火처럼 이글거리고 있었다.

추면의 대협이 오래된 화상으로 일그러진 눈가를 꿈틀거렸다.

후웅!

석대문이 공력을 다시 한 번 운용하자 전방을 방호하던 태을장의 역도가 배가되었다. 흡사 보이지 않는 벽이 두 배로 두꺼워지면서 남자를 향해 밀려 나가는 것 같았다.

파파파─.

남자의 다발진 녹발이 광풍에 찢긴 깃발처럼 뒤로 휘날렸다.

"이익!"

남자가 두 눈을 부릅뜨고 얇은 입술을 보기 흉하게 일그러뜨렸다. 그 남자가 전력을 다하고 있다는 데는 의심의 여지가 없지만, 그럼에도 천하제일 대협이 작심하고 밀어낸 장세를 뚫고 더 이상 전진하는 것은 불가능한 일로 판명 났다.

아니, 전진은 논외였다.

쿵! 쿵! 쿵쿵쿵쿵!

악착스럽게 버티던 붉은 얼굴을 한 남자가 어느 순간 더 이상은 버티지 못하고 여섯 걸음이나 뒤로 밀려난 것이다.

석대문이 전방으로 밀어낸 왼손을 거두었다. 장심을 통해 발출되었던 태을장의 공력이 왼팔의 기맥을 타고 그의 단전으로 온전하게 흘러들어 오고, 불가항력의 힘으로 남자를 밀어붙이던 보이지 않는 벽이 순식간에 사라졌다. 벽이 사라진 공간 속으로 감숙의 모래바람이 조심스럽게 고개를 들이밀고 있었다.

석대문이 남자에게 말했다.

"더 이상의 싸움은 허락하지 않겠네."

남자가 날카롭게 반박했다.

"나는 맹주를 제외한 그 누구의 허락도 필요로 하지 않는다!"

석대문이 남자의 것과는 대비되는 장중한 목소리로 말했다.

"최소한 이 자리에선 내 허락도 필요할 걸세."

남자는 예의 귀화 같은 금광이 이글거리는 눈으로 석대문을 무섭게 노려보았지만 더 이상 반박하지는 못했다. 이미 드러나 버린 결과가, 상대방의 허락 없이는 전진할 수 없다는 지금의 무력한 현실이 붉은 얼굴을 가진 저 남자를 설득시킨 모양이었다. 그리고……

또 다른 설득이 모래바람에 실려 그 남자에게로 날아들었다.

"아무리 힘 좋은 나무꾼이라도 산봉우리를 찍어 쓰러트리지는 못한다네. 그쯤 해 두자고, 대교두."

우대만은 고통과 현기증에 맞서 싸우는 와중에도 깜짝 놀라고 말았다. 순우격의 후방에 나타난 인물 때문이었다. 빈 공간에 허깨비처럼 스르르 생겨난 등장 방식도 놀랍거니와, 그럼으로써 이 전장에 본격적으로 개입하기 시작한 그 인물의 정체가 바로 금 노야, 즉 남황맹주라는 사실이 곰보 청년의 어깨를 떨리게 만들었다.

일신엔 정갈한 청색 장포, 목 뒤론 구슬 장식이 달린 방갓, 목소리는 중후하고, 얼굴은 모호하다. 차림새도, 풍기는 분위기도 우대만이 처음 보았을 때와 일치했다. 단지 이번만큼은 수행원을 거느리지 않은 단신이었다. 그럴 수밖에 없었을 것이다. 저런 방식으로 등장할 수 있는 능력이 아무에게나 주어졌을 리는 없을 테니까.

'설마 저것도 심동공허일까?'

확인할 길은 없지만 그젯밤에 여자가 했던 말, 남황맹주가 상사부의 것과 비슷한 성질의 기운을 풍겼다는 말로 미루어 그럴지도 모른다는 생각이 들었다.

남황맹주를 발견한 순우격이 즉시 칼끝을 아래로 돌리며 한쪽 무릎을 모래땅에 꿇었다. 전날 매 단주 등이 선연관에서 취하던 것과 동일한 예법이었다. 순우격이 데려온 남황맹도들 중 몸이 멀쩡한 자들은 이미 그런 예법을 취한 채 자신들의 주군을 영접하고 있었다.

"구주대협은 온 강호가 인정하는 절세 검객이지. 그런 그가 검법도 아닌 장법만으로 자네를 상대한 거야. 그런데도 자네는 칼질 한 번 해 보지 못하고 물러서야만 했어."

남황맹주가 달래는 투로 덧붙였다.

"내 말이 무슨 뜻인지 설마 모르지는 않겠지?"

순우격이 한참 만에야 대답했다.

"……압니다."

저 짧은 대답이 순우격 본인에게 얼마나 큰 모멸감을 안겨 주었을지는 짐작도 가지 않았다.

"그만 일어나게. 그에게 패한 것은 세상 누구에게도 결코 부끄러워할 일이 아닐 테니까."

순우격은 즉시 일어섰다. 그러나 주군의 지시에 따른 행동일 뿐, 백호대주가 흘린 피로 붉게 물든 그의 얼굴에는 우대만이 한 번도 본 적 없는 참괴한 기색이 떠올라 있었다. 이에 우대만은 패배를 대하는 저자의 가치관을 알 수 있었다. 저자에게 있어서 패배란, 상대가 누구든 간에, 죽는 것만큼이나 싫은 것이 분명했다.

남황맹주가 석대문을 향해 고개를 돌렸다. 두 맹주의 눈길이 붉은 황무지 위 허공에서 잠시 얽혔다.

"처음 뵙소. 남황맹을 이끄는 금철산琴哲山이오."

그러면서 두 주먹을 모아 보이니…….

"소주의 석대문이오."

추면의 대협이 따라 주먹을 모음으로써 남황맹주의 인사에 답례했다.

남황맹주가 얼굴 앞에 모은 주먹을 위아래로 가볍게 흔들며 말했다.

"우리 대교두가 결례를 범한 점, 이 사람이 대신 사과드리겠소."

석대문도 모은 주먹을 위아래로 흔들었다.

"별말씀을. 사과는 정당한 대결을 훼방 놓은 이쪽에서 해야 마땅할 것이오."

간단한 수인사가 끝난 뒤, 남황맹주가 포권을 푼 두 손으로 뒷짐을 지며 말했다.

"가주께서 감숙으로 오신다는 것은 알고 있었소. 그래서 그 걸음을 조금이라도 늦춰 볼까 하는 얄팍한 마음에 나름의 수단을 부려 보았는데, 역시 통하지 않았나 보외다."

석대문의 일그러진 반면이 슬쩍 비틀렸다.

"우리 발목을 붙잡으려고 하던 참장 얘기로구려."

"무능한 주제에 욕심만 많은 자이긴 하지만, 그래도 나랏일을 하는 사람 아니오. 큰 봉변은 당하지 않았길 바라겠소."

"봉변까진 당하지 않았으니 맹주께서 그자를 염려하실 필요는 없소."

방금 오간 대화로부터 우대만은 애늙은이 녀석이 시간 약속을 어길 수밖에 없었던 까닭을 알게 되었다. 무능한 주제에 욕심만 많은, 그리고 아마도 왼쪽 눈꼬리 옆에 큼직한 사마귀가 달렸을 참장이 관의 위엄을 내세워 동심맹의 발목을 잡았던 모양이었다.

'그래서 놈을 만찬에 초청했던 건가?'

그 사마귀 무관으로 인해 자신이 지금껏 겪은 고난과 지금 겪고 있는 고통을 떠올리니 어금니가 절로 갈렸다.

'숙부는 너무 점잖으셔서 탈이란 말이야. 그런 놈 따위 한주먹에 묵사발을 내 놔도 뭐랄 사람 없을 텐데. 그건 그렇고……젠장, 계속 어지럽네.'

석대문과 동심맹이 당도한 이후 한층 심해진 현기증은 우대만의 귓가에 대고 이제 안전하니 그만 쉬어도 된다는 유혹을 끊임없이 속삭이고 있었다. 저 유혹에 넘어가 긴장과 의식의 끈을 함께 놓고 싶은 마음이야 굴뚝같았다. 그러면 고통에서도 해방될 수 있을 테니까. 하지만 '쌍맹의 시대'를 맞이하여, 그 주장들이 처음으로 마주한 이 역사적인 현장의 목격자가 되는 기회를 놓친다면 평생 후회할 것 같았다.

그래서 우대만은 현기증이 속삭이는 유혹을 필사적으로 물리쳤다. 저들이 만드는 장면 하나, 저들이 나누는 대화 한 토막도 놓치지 않기 위해 정신을 집중하려고 애를 썼다. 단장의 고통이 그사이 부쩍 누그러졌다는 점—왜일까?—도 그가 정신을 집중하는 데 적지 않은 도움을 주었다.

남황맹주는 '쌍맹의 시대'를 이끌어 가는 두 주역 중 한 사람답게 무척 오만한 성격인 것 같았다. 그는 소림사 나한당주와 개방의 차기 방주에게는 눈길조차 주지 않았다. 마치 너희들 따위가 어찌 나를 상대하겠느냐는 듯이. 그의 상대는 오직 한 사람, 이 시대의 또 다른 주역이었다.

황무지에 꼴사납게 널브러져 있는 지살들을 일별한 남황맹주가 석대문에게 요청했다.

"아까부터 눈에 거슬리는구려. 부디 저들에게 베푼 금제를 풀어 주시겠소?"

석대문은 남황맹주의 요청을 선선히 들어주었다.

"호, 두미, 그들을 풀어 주어라."

그의 부름을 받은 강남신룡 이호와 성심공자 석두미가 총총히 달려가 사지가 마비된 채 쓰러져 있는 지살들의 혈도를 풀어주었다. 손이 제법 많이 가는 일이긴 하지만, 석가장의 검법에 의해 제압된 자들이었으므로 다른 사람들은 그들 사형제를 도울 수 없었다.

"고맙소."

제압된 지살들이 검기의 구속에서 모두 풀려나자 남황맹주가 석대문에게 사례의 포권을 올렸다. 그리고는 포권을 풀면서, 우대만에게로 시선을 돌렸다.

소림사 나한당주와 개방의 차기 방주조차 받아 보지 못한 그 비싼 시선을 받은 우대만은 '저자가 왜 날 보는 거지?'라는 생각에 의아해하다가…… 멍해지고 말았다.

'어?'

이제까지 모호하기만 하던 남황맹주의 얼굴이 서서히 뚜렷해지고 있었다, 마치 짙은 안개에 묻혀 있다가 햇볕을 받아 서서히 본모습을 드러내는 어떤 신비한 계곡처럼.

호남이라고 부를 만한 사십 대 중후반의 얼굴이다. 눈빛이 맑고 시원시원하다. 콧날은 우뚝하고, 콧수염과 턱수염을 짧게 길렀으며, 그 사이에 자리 잡은 혈색 좋은 입술에는 남성적인 패기가 흘러넘치고 있다.

우대만의 '매의 눈'은 어질어질한 현기증 속에서도 그 모두를 관찰하고, 동시에 포착했다. 이 사실이 의미하는 바는 명백했다. 남황맹주를 감싸고 있던 모호함의 장막이 마침내 걷힌 것이다!

"음?"

우대만을 바라보던 남황맹주가 눈가를 살짝 찡그렸다, 남성미 넘치는 입술을 살짝 경직시키면서. 하지만 그 입술은 곧바로 경직을 풀었고, 미소를 지었다.

"여기서 또 만나는군."

방금 받은 충격으로 인해 아무 대답도 못 하는 우대만에게 남황맹주가 말을 이었다.

"자네에게 제안하고 싶은 게 있었는데 그날 그렇게 떠나 버려 아쉬워하던 참이었네."

충격이 몰고 온 거센 바람을 가까스로 이기고 이성을 깃대를 다시 세우는 데 성공한 우대만이 꺼칠해진 입술을 벌려 남황맹주에게 말했다.

"만일 그 제안이 만찬 자리에 초대하는 것이라면, 거절하겠습니다. 그 우스꽝스러운 옷은 두 번 다시 입고 싶진 않으니까요."

남황맹주가 호탕한 웃음을 터뜨렸다.

"하하! 역시 기개 있는 친구야, 재치도 있고. 하지만 이번엔 자네가 잘못 짚었네. 내가 하려는 제안은 어디까지나 공적인 거니까."

"공적인 제안이라고요?"

눈을 가늘게 접는 우대만에게 남황맹주가 말했다.

"자네가 유능한 정보 상인이란 건 처음 볼 때부터 짐작했지만, 과감한 행동력까지 갖춘 줄은 몰랐네."

어떻게 안 건지 모르지만, '과감한 행동력'이란 말이 양피지를 훔쳐 달아난 일을 두고 하는 것이라면, 너무 과감해서 이 고생이라고 받아쳐 주고 싶었다. 그나저나……

'젠장, 진짜 어지럽네. 이젠 별로 아프지도 않고.'

우대만은 자꾸 풀어지려는 눈의 초점을 남황맹주의 얼굴에 맞추기 위해 애를 썼다.

"그래서 하는 말인데, 나는 남황맹의 맹주로서 자네와 거래를 트기를 원하네, 그것도 정기적이고 지속적인 거래를. 자네는 모르겠지만 남부의 금 노야는 꽤나 부유하다네. 나라에서 알지 못하는 금광도 세 개씩이나 가졌지. 자네와 자네가 속한 황서계는 결성 이래 가장 통이 큰 고객을 얻게 될 걸세. 이건 믿어도 좋아."

남황맹주가 한 제안은 그를 둘러싼 모호함의 장막이 갑자기 걷혔을 때 받았던 것만큼이나 큰 충격을 우대만에게 안겨 주었다. 심지어는 어처구니없기까지 했다.

우대만은 석대문을 돌아보고, 다시 남황맹주를 보았다.

'나더러 숙부를 배신하라는 건가? 그것도 숙부의 면전에서? 저자는 그게 가능하다고 여기나 보지?'

그 생각을 하는 것만으로도 머리가 어지러웠다. 아, 그 전부터 어지러웠지.

우대만에게 다행한 점은, 남황맹주에게는 자신의 질문에 대한 대답을 이 자리에서 받을 마음이 없다는 것이었다.

"지금 대답하지 않아도 되네. 나중에, 충분히 숙고한 다음에 대답을 주게나. 일 년 뒤라도 좋고, 오 년 뒤라도 괜찮네. 대답을 들은 시간은 많아. 남황맹은 자네보다 젊으니까."

말을 마친 남황맹주가 석대문에게로 시선을 돌렸다.

"혼연의渾然衣를 파훼당한 것은 이번이 두 번째라오. 비록 주의력이 분산된 틈을 찔린 것이긴 해도, 그래도 이 사람은 진심으로 감탄했소."

석대문은 남황맹주를 향해 한쪽 손바닥을 슬쩍 들어 보였다.

"무엇을 파훼할 의도는 전혀 없었다는 점을 알아주시오. 난 그저 맹주의 얼굴을 '제대로' 보고 싶었을 뿐이었으니까."

남황맹주가 고개를 작게 내젓더니 탄식하듯 말했다.

"혼연의를 처음으로 파훼한 사람이 누군지 아시오? 바로 가주의 아우 되는 분이었소. 주의력이 분산되지도 않은 상태였는데 말이오. 이러니 이 사람이 강동의 석씨들에게 어찌 감탄하지 않을 수 있겠소. 아우는 인외경으로부터 얻은 반신半神의 눈으로써, 형은 부단히 정련해 온 검객의 눈으로써 고리문이 자랑하는 '불가찰不可察의 옷'을 벗겨 버렸으니 말이오."

그러다가 무슨 생각을 떠올렸는지 엷은 미소를 지었다.

"차라리 잘됐다는 생각이 드는구려. 실은 나도 가주께 양해를 구할 일이 하나 있었으니 말이오."

다음 순간, 남황맹주가 사라졌다.

그러더니 우대만 앞에, 정확히는 우대만을 부축하고 있던 여자 앞에 나타났다. 우대만은, 모래바람 부는 이 붉은 황무지에서는 유지하기가 불가능할 만큼 깨끗한 청포 자락이 자신의 눈앞에서 펄럭이는 것을 보았다.

다음 순간, 여자가 사라졌다.

우대만을 부축하고 있다가 바람에 날린 연기처럼 훅 꺼져 버린 그녀가 다시 나타난 장소는 석대문의 바로 옆이었다. 사나운 개를 본 아이가 부모에게 매달리듯, 그녀는 두 손으로 석대문의 옷자락을 꼭 움켜잡고 있었다.

"역시."

짧은 말을 남긴 남황맹주가 신이한 멸명滅明을 통해 제자리로 돌아갔고, 여자 또한 비슷한 방식으로써 우대만의 옆자리로 돌아왔다. 부축해 주던 그녀의 팔이 사라져 휘청거리던 우대만은 재빨리 붙잡아 주는 그녀의 손길에 힘입어 가까스로 중심을 되찾을 수 있었다.

남황맹주가 석대문에게 세 번째로 포권의 예를 올렸다.

"양해를 구한다는 일이 바로 이것이었소. 이 사람을 믿어 주신 점, 감사드리오."

그런 다음, 우대만의 옆으로 돌아온 여자를 향해 부드러운 목소리로 말했다.

"놀라게 했다면 사과하마. 네게 해를 끼칠 마음은 전혀 없었단다. 내가 어찌 감히 그럴 수 있겠느냐."

석대문이 남황맹주에게 물었다.

"맹주를 믿었기에 제지하지는 않았지만, 무슨 의도로 그런 행동을 하셨는지는 여전히 모르겠구려. 부디 이 미욱한 무부를 깨우쳐 주시겠소?"

남황맹주가 얼굴의 미소를 더욱 뚜렷하게 만들며 대답했다.

"이 사람은 저 소녀가 정말로 부쟁선의 후예가 맞는지를 확인하고 싶었소."

석대문이 무거운 목소리로 뇌까렸다.

"부쟁선의 후예……."

"바로 아우분의 제자라는 뜻이오. 그러니 이 사람이 어찌 감히 그녀에게 해를 입힐 수 있겠소."

석대문이 여자를 돌아보았다. 화상으로 파괴된 대협의 얼굴은 무척 추괴했지만, 여자는 정감이 담긴 눈으로 그 파면을 마주 봐 주었다. 그리고 우대만은 그런 그녀의 옆얼굴을 부릅뜬 눈으로 바라보고 있었다.

우대만은 남황맹주가 말한 '아우분'이란 사람이 누구인지 물론 알고 있었다. 이 차 곤륜지회의 주재자이자, 강호 제일이니 천하제일 따위의 속된 말로는 한정 지을 수 없는 절대자이기도 한 이 대 혈랑곡주 석대원이 바로 그 사람이었다.

그런데 그녀가 그 사람의 제자라고?

갑자기 눈앞이 하얘졌다. 바라보고 있던 그녀의 옆얼굴 윤곽이 백색 바탕 속으로 점점이 흩어지고 있었다. 연이어 닥친, 수용 한도를 벗어난 충격들이 오직 정신력 하나로 겨우겨우 붙잡고 있던 현기증의 목줄을 놓치게 만든 모양이었다.

비로소 자유를 얻은 현기증이 우대만의 의식에 고개를 들이박고 허겁지겁 뜯어 먹기 시작했다.

"그리고 가주께도 한 가지 제안드리고 싶은 것이 있소. 아, 이건 지극히 사적인 제안이라서 가급적 이 자리에서 대답해 주셨으면……."

남황맹주의 목소리가 우대만의 아득해지는 의식 위로 점감漸減하며 메아리치고 있었다.

(4)

응안수재 소협…….

냄새가 난다. 측간에서 풍기는 것 같은 안 좋은 냄새다. 그리 짙지는 않고 그 위를 향냄새 비슷한 게 덮고 있긴 해도, 안 좋은 냄새인 건 맞다.

응안수재 소협…….

그리고 누가 자꾸 부르고 있다. 하지만 내 별호는 응안마수재인데 왜 틀리게 부르는 걸까? 아, 맞다, 항상 '마' 자를 빼고 부르는 녀석이 있었지. 별호에 '곰보' 자를 붙이는 게 상대에 대한 큰 실례라고 여기는 지나치게 정중한 녀석이. 근데 그 녀석이 누구더라?

"응안수재 소협."

우대만은 세 번째 부름에서 눈을 떴다. 그리고 초점이 불명한 눈으로 '지나치게 정중한' 그 녀석의 얼굴을 올려다보았다.

깔끔하게 틀어 올려 한 오라기의 흘러내림도 보이지 않는 머리카락. 그 위에다 단정히 눌러쓴 백황색 삼베로 지은 당건唐巾. 얼굴 가운데 오밀조밀 모인 앳된 눈 코 입으로 인해 나이보다 서너 살은 어려 보이지만, 약관을 코앞에 둔 만큼 어엿한 청년이라고 해야 옳을 것이다. 일신에 걸친 깨끗한 백삼과 그에 대비되는 검은 허리띠가 정갈한 느낌을 준다.

녀석이 물었다.

"정신이 좀 드십니까?"

정신이 들었나? 음, 그런 것 같았다. 우대만은 자신의 의식이 되돌아왔다는 증거를 단음절의 요구를 통해 알려 주었다.

"물."

아쉽게도 이 요구는 받아들여지지 않았다. 시원하고 다디달아 말라붙은 입 안과 깔깔한 속을 함께 풀어 줄 물 대신 미지근하고 쓰디쓴 탕약이 대령되었기 때문이다.

녀석의 오른손에 뒤통수가 받쳐져 상체 중에서도 상부만 일으켜진 우대만은 초점이 불명한 눈으로 사발 안에 든 시꺼먼 액체를 노려보다가 작게 투덜거렸다.

"젠장."

하지만 더 이상 투정 부리지 않고 녀석의 왼손이 조심스럽지만 끈질기게 들이미는 탕약을 순순히 마시기 시작했다.

제법 긴 시간에 걸쳐 탕약 사발을 비운 우대만을 다시 자리에

눕힌 녀석이 특유의 진지한 목소리로 말했다.

"물도 당분간은 온수로만 드셔야 합니다."

"온수?"

"음, 이 기회에 냉수를 드시는 습관을 버리시라 권유 드리고 싶습니다. 본디 체온보다 약간 낮은 온도의 물이 인체에 가장 잘 맞으니까요. 냉수는, 비록 드실 때는 시원한 기분을 느끼지만 장기의 열을 앗아 가 위장 활동에 지장을 줄 수도 있다는 점을 사료해 주시기 바랍니다."

권유 드리고 싶은 동시에 사료해 주시기 바란단다. 물 한 잔 마시는 일 갖고 말이다. 우대만은 지금 느끼는 울렁거리는 기분이 방금 마신 탕약 탓인지 아니면 녀석의 지나치게 정중한 화법 탓인지 분간할 수 없었다.

저 녀석이 바로…… 아, 혼동을 피하기 위해 지명을 덧붙이지면, '강동' 애늙은이 녀석과는 구별되는 '악양' 애늙은이 녀석이었다.

강동 애늙은이 녀석은 애늙은이가 될 이유가 전혀 없는데도 애늙은이가 되었으니 선천적 애늙은이로 봐야 했고, 악양 애늙은이 녀석은 조실부모하고 할아버지 밑에서 자란 만큼 후천적 애늙은이로 봐야 했다. 하지만 성격과 하는 짓은 거기서 거기였고, 정중하기로 따지면 악양 애늙은이 녀석 쪽이 훨씬 더했다. 게다가 설상가상이라고, 악양 애늙은이 녀석은 혹처럼 영감 하나를 달고 다녔다. 어른다운 면이라곤 찾아볼 수 없는 주제에 잔소리 하나는 기가 막히게 잘하는 고약한 영감을.

그 영감이 녀석의 뒤쪽 어딘가에서 잔소리를 늘어놓고 있었다.

"살다 살다 별일을 다 겪는구먼. 병자가 있는 집에 왕진을 나간 적은 셀 수도 없이 많지만, 조금 이따가 아플 예정인 '예약 병자'를 진료하러 왕진 나오기는 이번이 처음일세그려. 이게 대체 어떻게 돌아가는 일인지, 원."

하지만 이게 대체 어떻게 돌아가는 일인지 가장 알고 싶어 하는 사람은 우대만이 아닐까?

그리 오래 산 건 아니지만, 그래도 평생을 통틀어 이런 날은 일찍이 없었다.

백호대주와 오행독문주가 만나고, 적면마도가 그 둘을 차례차례 죽이고, 양피지를 탈취해 죽어라 달아나다가, 적면마도와 매 단주를 포함한 남황맹도들에게 따라잡혀 포위당하고, 양피지를 처먹고—젠장—, 독중선의 붉은 독 때문에 배가 무지무지하게 아프고—젠장—, 마도에 배때기가 갈라지기 직전, 짠 나타난 그녀의 심동공허로써 벗어나고, 다시 따라잡히기 직전, 전함과 표풍을 닮은 노인네들이 달려와 도와주고, 석 숙부 등장—아싸!—, 석 숙부가 적면마도를 굴복시키고, 이어 남황맹주가 홀연히 나타나고, 남황맹주에게서 공적인 제안을 받고—금광만 세 개라, 흐음—, 그 와중에 남황맹주가 펼치고 있던 혼연의라는 신비한 수법을 석 숙부가 파훼하고, 그리고 나서…… 기절했다.

저 모든 게 오늘 하루, 정확히는 반나절 사이에 우대만이 겪은 일들이었다. 믿어지는가?

그런데 그 엄청난 일들을 겪고 기절한 우대만이 다시 깨어나 보니, 엉뚱하게도 악양 애늙은이 녀석과 잔소리쟁이 영감이 기다리고 있는 것이었다. 기절한 사이 대체 무슨 일이 있었던 걸까?

우대만은 영감의 잔소리에 대구하는 대신 자신이 현재 처한 상황을 조금이라도 더 파악하기 위해 자리에 누운 채로 주변을 살펴보았다. 그런데 이 공간이, 기절에서 깨어나 악양 애늙은 이 녀석과 잔소리쟁이 영감을 보게 된 이 공간이, 묘하게도 낯익다는 느낌이 들었다. 천장을 가로지른 대들보의 모양과 벽면을 따라 이어진 물고기 비늘 모양의 장식목裝飾木, 그리고 반월형 창틀 상단에 둘린 줄기덩굴 같은 금속 테두리까지. 여기가 어디더라…….

답은 금방 떠올랐다.

'그 객방이잖아!'

금 노야, 아니 남황맹주가 응안마수재에게 하루 묵어가라고 허락해 준 바로 그 객방이었다. 처음 입실하면서, 혹시라도 무슨 수작이 베풀어져 있지는 않나 샅샅이 조사한 덕에 실내의 모양새와 가구의 배치 상태를 똑똑히 기억하고 있었다.

우대만은 의혹에 빠졌다.

'내가 왜 여기 와 있는 거지? 석 숙부가 데려다준 건가?'

말이 안 된다. 석 숙부는 그가 이 방에 묵은 사실 자체를 모르기 때문이다.

'아니면 남황맹주가?'

하지만 이것도 말이 안 되긴 마찬가지다. 석 숙부가 기절한 조카를 남황맹 측에 넘겨주었을 리 만무하기 때문이다. 심지어 남황맹에 비해 월등히 우세한 상황이었지 않은가. 거기에 더해, 이 방에 함께 있는 저 두 사람의 존재는 남황맹주라는 대답을 가지고선 설명이 불가능했다.

그렇다면 남은 건……?

잠시 입을 쉬던 잔소리쟁이 영감이 다시 주절거리기 시작했다.

"그리고, 얘, 곰보 거지야. 저 요상한 처자는 누구냐? 대체 누군데, 여독에 지친 우리 귀하신 도련님과 이 늙은이 앞에 번쩍 나타나 반강제로 은천 시내로 데려오더니 이 방에서 꼼짝 말고 대기하라고 시킨 거냐? 번쩍 나타났다 번쩍 사라지는 것도 몹시 요상하거니와, 생떼는 또 어찌나 심한지……. 우리 귀하신 도련님이 병자 돌보기를 내 몸 돌보듯 하는 분이기에 망정이지, 아니면 어림도 없었을 게다."

호칭부터 정리하자. '곰보 거지'는 비럭질을 때려치운 지 십 년이 더 되는데도 유독 저 영감한테는 거지로 불리는 우대만 본인이었다. '우리 귀하신 도련님'은 연로한 신의 할아버지가 많은 이들의 아쉬움 속에 일선에서 물러난 뒤 젊은 나이에 악양 활인장을 물려받은 구양도경歐陽道敬이라는 이름을 가진 애늙은이 녀석이었다. 그리고 '저 요상한 처자'는…….

우대만은 누워 있던 상체를 벌떡 일으켰다. 핑 하는 현기증이 따라붙으며 뒷골을 어지럽고 서늘하게 만들었지만, 그에 아랑곳하지 않고 고개를 재빨리 두리번거려 그녀를 찾았다.

그녀는 우대만이 있는 창가 침대로부터 열다섯 자쯤 떨어진 객방 중앙의 간이침대—이틀 전에는 분명히 없었으니 애늙은이 녀석이 주문해 가져다 놓은 모양이었다—에 똑바로 누워 있었다. 잠을 자는 것처럼 눈을 감고 있었고, 그를 부축해 주던 두 손은 깍지를 낀 채 명치에 얌전히 놓여 있었다.

우대만이 이불을 들추고 침대에서 내려오려 하자 구양도경이 만류했다.

"아직 움직이시면 안 됩니다. 소협께서는 오행독문의 홍갈단 장분에 중독당하셨습니다. 다행히 시기를 놓치지 않고 해독제를 복용시켜 드릴 수 있었지만, 독기가 완전히 제거될 때까지는 심신을 안정하실 필요가 있습니다."

잔소리쟁이 영감, 활인장의 살림꾼인 유 당사가 뻐기는 아이처럼 좁은 어깨를 으쓱거렸다.

"그 해독제를 만든 사람이 누군 줄 아느냐? 바로 이 몸이시란다. 십 년 전 강동에서 뒈진 늙은 악당에게서 독물의 표본을 얻을 수 있었거든. 금번 동심맹의 감숙행에 동심맹원도 아닌 우리가 굳이 따라온 것도 감숙이 그 늙은 악당의 본거지였기 때문이지. 한데 아니나 다를까, 늙은 악당이 남긴 홍갈단장분하고 딱 마주쳤다 이 말씀이야. 흐흐, 그러니 이 늙은이의 선견지명이 곰보 거지, 널 살린 셈이 아니겠느냐."

한바탕 공치사를 늘어놓던 유 당사가 간이침대에 누운 그녀를 일별한 뒤 말을 이었다.

"하지만 네가 안 죽고 살아난 데에는 저 처자 공도 작다 할 수는 없겠지. 저 처자가 응급처지를 제대로 해 놓지 않았다면 곰보 거지 넌 지금쯤 황천길을 헤매고 있을 게다. 게다가 중독이 꽤나 진행된 상태라 해독제 외에도 몇 가지 약재들이 추가로 필요했는데, 다행히 요 앞 시장에 괜찮은 약재상이 자리한 덕에 곧바로 구입할 수 있었으니, 널 이리로 데려온 공 또한 무시해선 안 되겠지."

여기에 구양도경이 전문가로서의 소견을 덧붙였다.

"저 처자분 말씀이 소림사 약왕당에서 조제한 소환단을 소협께 복용시켰다고 하시더군요. 대환단과 소환단 모두 희대의 영약들임에는 분명하지만, 대환단은 좋은 것을 보해 주고 소환단은 나쁜 것을 감해 주는 것으로 구별됩니다. 중독된 소협께 소환단을 복용시킨 건 매우 적절한 응급처지라고 판단합니다."

하지만 우대만의 귀에는 그들의 말이 하나도 들어오지 않았다.

우대만은 거듭 만류하는 구양도경의 손길을 뿌리치고 기어이 침대에서 내려섰다. 그렇게 내려서고 보니, 어라? 입고 있는 옷이 바뀌어 있었다, 그녀에게 가는 발길을 멈칫거리게 만들 만큼 곤혹스러운 옷으로.

"내가 왜 이 옷을 입고 있는 거지? 누가 옷을 갈아입힌 거야?"

우대만이 구양도경에게 힐문했다.

"소생이 갈아입혀 드렸습니다."

"왜?"

"그게…….."

정중하고 진지하고 차분한 성격에 걸맞지 않게 어물거리는 구양도경을 대신해 유 당사가 나섰다.

"그럼 똥오줌으로 범벅이 된 옷을 그냥 입혀 두라고?"

우대만은 자신의 귀를 의심했다. 뭐로 범벅이 되었다고?

"냄새는 또 어찌나 지독한지, 백화향白花香을 아무리 피워 대도 도무지 가시지가 않더라. 당장 이 집에서 나가라는 점원 놈을 달래느라고 이 늙은이가 얼마나 고생했는지 알기나 해?"

유 당사의 힐난에…….

"방분 방뇨는 독기가 체외로 배출되는 과정에서 발생한 자연스러운 현상에 불과하니 크게 신경 쓰지 않으셔도 됩니다. 그리고 입으셨던 옷은 독기에 오염되어 부득불 소각하지 않을 수 없었습니다. 주인의 허락도 구하지 않고 물건을 임의로 처분한 점, 용서해 주시기 바랍니다."

구양도경이 변론에 이은 사과를 건네고…….

"아니, 도련님, 생명을 살려 준 은인께서 그게 무슨 말씀입니까? 그리고 기절해 나자빠져 있는 놈한테 허락은 무슨 재주로 구하고요? 안 그러냐, 곰보 거지야?"

유 당사가 재차 따진다.

주거니 받거니, 노소가 죽이 척척 맞고 있었다.

우대만은 자신이 입고 있는 옷을 다시 한 번 내려다본 뒤 힘없이 중얼거렸다.

"근데 왜 이 옷이야?"

"예?"

"왜 하필 이 옷이냐고?"

"아, 원래는 새 옷을 한 벌 구입할 생각에 점원을 불렀습니다. 그런데 그 점원이 소협의 얼굴을 단박에 알아보고는 이 옷을 가져다주었습니다. 손님이 놓고 가신 물건은 잘 보관해 두었다가 손님이 다시 오셨을 때 반드시 돌려 드리는 것이 이 집의 영업 방침이라고 하면서 말입니다."

아, 이 집의 영업 방침 덕분이구나, 내가 이 광대 옷 같은 회족의 전통의상을 다시 입고 있는 게. 참 양심적이기도 하지. 젠장.

그때 간이침대에서 신음이 울렸다.

"으응……."

아기 고양이의 목울음처럼 작고 맥없는, 별빛 찬란한 그날 밤 들었던 바로 그 신음이다.

우대만은 휘청거리는 두 다리를 힘겹게 움직여 간이침대를 향해 걸어갔다. 다급히 따라온 구양도경이 그를 부축해 주었다.

그녀가 감은 눈을 찡그리며 작게 중얼거렸다.

"배겨…… 이 베개……."

맞다. 그녀는 딱딱한 베개를 싫어했다.

우대만은 구양도경의 도움을 받아 간이침대 위로 올라갔다. 그런 다음, 그녀의 머리를 손바닥으로 받쳐 올린 뒤 그녀가 베고 있던 목침을 빼내어 바닥에 던져 버렸다. 그녀의 머리를 자신의 허벅지에 내려놓는 그의 손길은 깨지기 쉬운 유리잔을 다루듯 조심스러웠다.

우대만이 구양도경을 돌아보았다.

"왜 이렇게 된 거지? 어디 아픈 거야?"

구양도경의 눈동자 속으로 곤혹스러운 기색이 어른거렸다.

"이 처자분께서는 의식을 잃은 소협과 함께 이 방 안에, 음, 방문이나 창문을 통해서가 아니라 갑자기 척 나타나셨습니다. 그런 다음, 유 당사님과 소생이 소협을 치료하는 내내 저렇게 누워 계셨습니다. 소협을 치료하는 짬짬이 저 처자분도 진맥해 보았는데, 기력이 무척이나 쇠한 상태였습니다. 하지만 그 밖의 특별한 증세는 보이지 않아 정확히 어떤 상태라고는……."

전대 신의였던 할아버지에게서 배울 만큼 배워 저 나이에 이미 소신의 소리를 듣는 구양도경이 아니던가. 그런 녀석이 확진을 못 내리고 말끝을 흐릴 정도면 무척 심각한 거 아닌가 하는 걱정이 덜컥 들었다.

그때 턱 아래로부터 말소리가 들려왔다.

"당신…… 살아났군요. 아, 다행이다."

우대만은 그녀를 내려다보았다. 그녀가 눈을 뜨고 그를 올려다보고 있었다. 보석처럼 반짝이는, 그날 밤 하늘을 가득 메운 별들보다 훨씬 아름다운 눈이었다. 그 눈을 다시 볼 수 있다는 것 하나만으로도 살아날 이유는 충분하다는 생각이 들었다.

"너…… 괜찮은 거야?"

"괜찮아요. 그냥 힘이 없을 뿐이에요."

우대만은 그녀가 왜 힘이 없는지를 생각해 보았다.

"그 심동공허라는 거, 날 데리고 다시 펼치면 안 되는 거였잖아. 네가 분명히 그렇게 말했잖아. 근데 해 버린 거야?"

묻는 도중 최당과 그 외팔이 동료가 떠올랐다. 천신만고 끝에 찾은 보배 같은 아기씨가 곰보를 데리고 또다시 휙 꺼져 버렸으니, 황무지에 버려진 두 노인네 심경이 어떠할지는 굳이 묻지 않아도 짐작할 수 있었다. 그 노인네들, 다시 만나면 죄 없는 곰보만 잡아먹으려고 들겠지.

그때 그녀가 입술을 힘겹게 달싹거려 말했다.

"어쩔 수 없었어요."

"아, 왜? 뭐가 어쩔 수 없는데?"

"그때 당신은 죽어 가고 있었거든요."

우대만은 벌린 입을 다물지 못했다.

그랬구나. 단순히 현기증 때문에 기절한 게 아니라, 죽어 가고 있었던 거구나. 그토록 심하던 고통이 기절하기 직전에는 부쩍 누그러져 있었다는 점이 기억났다. 그런데 누그러진 게 아니었나 보다. 아마도 고통을 느끼는 신경이 제 기능을 잃어버린 탓이었나 보다.

그녀의 눈길이 간이침대 옆에 서 있는 구양도경 쪽을 슬쩍 향했다가 다시 우대만에게로 돌아왔다.

"끈이 가르쳐 줬어요, 저 사람들만이 당신을 살릴 수 있다고."

우대만은 두 눈을 질끈 감았다. 그녀의 눈길을 피하기 위해서가 아니었다. 단지, 단지 눈알이 갑자기 불덩이처럼 뜨겁게 달아올랐기 때문이다.

육류 창고에서 적면마도 순우격에게 들켜 죽을 뻔한 그를 구해 준 것도 그녀였다. 석 숙부와 동행하던 구양도경과 유 당사를 이 객방에 대기시켜 둔 것도 그녀였다. 황무지에서 적면마도에게 따라잡혀 배가 갈릴 뻔한 그를 피신시킨 것도 그녀였다. 그리고 펼치면 안 되는 심동공허를 펼쳐 그를 이 객방으로 데려온 것도 그녀였다.

다 그녀였다. 그녀가 한 모든 행동들은 오직 그를 위한 것이었다.

저렇게 힘들어하면서도! 저렇게 아파하면서도!

우대만은 다시 눈을 뜨고 그녀를 내려다보았다. 그의 눈가는 이미 축축하게 젖어 있었다.

"너……."

그녀가 콧등을 찡그리더니 우대만을 앞질러 말했다.

"냄새나요. 당신…… 또 오줌 쌌어요?"

이번에는 인정할 수밖에 없었다. 실제로 쌌으니까.

"그래."

우대만이 잠시 머뭇거리다가 물었다.

"난 곰보야. 심지어 오늘은 오줌싸개 곰보라고 할 수 있겠지. 그런 나한테 왜 이렇게 잘해 주는 거야?"

그녀가 웃었다.

"이모가 그러는데 나도 예전에는 오줌싸개에다 다리병신이었대요."

오줌싸개 얘기는 저번에도 들었지만 다리병신 얘기는 처음이었다. 그래서 걸음걸이가 이상해 보였던 거구나. 하지만 보기 싫은 정도는 아니었어. 아니, 오히려 그게 더 좋아. 언제든 그녀에게 손을 내밀 명분이 되어 줄 테니까.

그녀가 말했다.

"그리고 내가 본 끈은 당신에게서 나온 것만이 아니었어요."

이 말을 마친 그녀는 파리한 두 볼에 엷은 홍조를 지었다. 그러더니 우대만의 손을 살며시 잡으며 작은 소리로, 지청술로 단련된 남다른 청력을 갖지 않았다면 제대로 알아듣지 못할 아주 작은 소리로 덧붙였다.

"우린 끈으로 이어져 있었어요."

문득 이 객잔의 이름이 떠올랐다. 바로 선연관.

'선연善緣'이란 그 이름에 어떤 영험함이 있다면…….

자신의 손을 꼭 잡은 그녀의 손을 내려다보던 우대만은 그날 밤 대답을 듣지 못한 질문을 다시 꺼냈다.

"이름이 뭐니?"

그녀의 볼에 어린 홍조가 짙어졌다.

"관아, 서문관아예요."

그녀만큼이나 예쁜 이름이었다.

곰보 청년은 자신이 세상에서 가장 소중한 보물을 찾았음을 그제야 깨달았다.

───❦───

붉은 기운이 군데군데 도는 너럭바위로 별빛이 쏟아진다, 이곳 사람들에게는 '큰 식탁', 혹은 '신들의 식탁'이라고 불리는 그 바위로.

너럭바위에 지금 두 사람이 마주 앉았다. 이 '쌍맹의 시대'의 주역인 동심맹주 석대문과 남황맹주 금철산이 바로 그들이었다.

그들은 긴장하지 않았다. 초조해하지도 않았다. 서북의 가을 밤은 겨울 못지않게 춥다지만, 이곳이 극북極北의 동토라 한들 그들을 움츠리게 만들지는 못할 터였다.

그들은 친구가 아니었다. 오히려 적수라고 해야 옳았다. 그래도 오늘만큼은 싸우는 날이 아님을 그들 모두 알고 있었다.

오늘은 함께 술을 마시는 날. 술은 이곳 감숙에서 전설로 자리 잡은 옛 명장의 이름을 딴, 지역 제일을 넘어 천하제일을 논할 만한 명주 거병음이다. 그러니 데친 채소 두 가지가 전부인 안주의 조촐함은 넘어가 주기로 하자.

금철산이 포권을 하며 말했다.

"이 사람의 제안을 받아 주신 점, 다시 한 번 감사드리오."

석대문이 포권으로 답례하며 말했다.

"감사는 귀하신 분께 초청을 받은 내 쪽에서 드려야겠지요."

술잔이 오갔다.

석대문은 훌륭한 술맛에 대해 찬사를 아끼지 않았고, 금철산은 흡족히 웃으며 술 이름에 얽힌 내력을 간략히 들려주었다.

석대문이 말했다.

"솔직히 말하리다. 나는 우리의 첫 만남이 이런 술자리로 이어질 줄은 예상하지 못했소."

금철산이 말했다.

"바야흐로 북악남패의 시대가 가고 '쌍맹의 시대'가 도래했다는 데에는 가주께서도 부정하지 않으시리라 믿소. 그 새로운 시대의 주역이 바로 우리 아니겠소? 가는 길이 다르다 하여 얼굴을 맞대기 무섭게 으르렁거리기엔 우리의 어깨에 얹힌 짐이 너무 무겁다고 할 수 있을 게요."

석대문이 묵묵히 고개를 끄덕였다.

두 사람 사이에 몇 순배가 오갔다. 바람이 잦아진 덕에 명주의 향기가 그들의 식탁 위를 은은히 감쌌다.

금철산이 말했다.

"이번 작전의 이름은 '보물찾기'였소."

석대문이 잠시 생각하다가 말했다.

"적절한 이름처럼 들리지는 않는구려. 생시는 보물이라고 부르기에 너무 끔찍한 존재니까."

금철산이 고개를 끄덕였다.

"동의하오. 그래서 그 이름을 지은 친구에게 한마디 해 주었소, 자네의 취향엔 문제가 좀 있는 것 같다고."

석대문도 고개를 끄덕였다.

"확실히 문제가 있는 것으로 보이오."

금철산이 석대문의 빈 잔에 술을 채운 뒤 말했다.

"그 친구가 계획한 '생시로 만든 군단' 같은 것에는 사실 별 관심이 없었소. 음, 그 친구가 없는 자리인 만큼 솔직히 털어놓으리다. 생시 군단이라니! 생각만 해도 구역질이 날 정도였다오. 하지만 그것이 북악의 수중으로 넘어가는 것을 수수방관할 수는 없는 일 아니겠소? 그래서 부득불 이 사람이 이곳까지 오게 된 거요. 지난 몇 년간 남부에서만 웅크리고 있다 보니 좀이 쑤셨던 탓도 있고."

석대문이 금철산의 빈 잔에 술을 채운 뒤 말했다.

"맹주께서 친림하지 않았어도 신무전이 그 끔찍한 존재들을 수중에 넣는 일은 벌어지지 않았을 거요. 내가 그렇게 되도록 내버려 두지 않았을 테니까."

이 말을 한 뒤, 뭔가 마음에 들지 않는 듯 입술을 한번 움찔거린 석대문이 술잔을 비운 뒤 말을 이었다.

"나는 도 전주를 설득해 본래의 바른 모습으로 돌아오도록 만들 작정이오."

금철산이 재미있다는 표정으로 석대문의 얼굴을 바라보다가 불쑥 물었다.

"서군혈鼠君穴을 아시오?"

석대문이 미간을 찌푸렸다.

"서군혈?"

금철산이 미소를 지었다.

"말 그대로 '쥐의 왕이 사는 굴'이오. 쥐의 왕은 물론 쥐들을 신하로 거느리고 있소. 하지만 쥐의 왕과 그 신하들이 갉아먹으려는 것은 시시한 곡식 따위가 아니라오."

금철산이 술잔을 비운 뒤 말을 이었다.

"그들이 북악의 굳건한 뿌리에 은밀하고도 뾰족한 이빨을 갖다 댄 게 몇 년 되었다는 것을 이 사람은 알고 있소."

석대문이 눈을 번뜩였다.

"하면 북악의 타락에 그 서군혈이란 자들이 개입했다는 말씀이오? 대체 그자들의 정체가 무엇이기에?"

금철산이 왼손을 슬쩍 들어 올려 손바닥을 내밀어 보였다.

"그 얘기는 여기까지만."

그러고는 덧붙였다.

"우리는 친구가 아니잖소."

석대문이 금철산의 얼굴을 바라보다가 씁쓸한 목소리로 중얼거렸다.

"그렇구려. 우리는 친구가 아니오."

그러고는 곧바로 물었다.

"친구가 아닌데도 서군혈이라는 이름을 내게 알려 주신 이유가 뭔지 궁금하오."

금철산이 석대문의 술잔과 자신의 술잔을 번갈아 채워 가면서 대답했다.

"가주께서는 아무 조건도 없이 이 사람의 초대에 응해 주셨잖소. 그러니 선물 하나 정도는 가져가게 해 드리는 것이 초대한 자로서 도리라고 생각했소."

술잔들이 다시 비워졌다.

이번에는 석대문이 먼저 말을 꺼냈다.

"어쨌거나 이번 일로 말미암아 백호대주를 잃은 것은 가슴 아픈 일이오."

금철산이 작게 한숨을 쉬었다.

"젊은 영웅이 가슴속 웅지를 제대로 펴 보지도 못하고 스러진 것은 이 사람도 유감스럽게 여기고 있소. 하지만 세상에는 승패와 생사를 다른 것으로 여기지 않는 극단적인 사람도 있소. 우리 대교두가 바로 그런 사람이오."

여기서 말을 멈췄지만, 조금 더 설명할 필요가 있다고 여긴 듯 이내 덧붙였다.

"그 친구에 대해서는 조금 안다고 할 수 있소. 그 친구가 어릴 적부터 줄곧 지켜봐 왔으니 말이오. 지금은 가주에게 패했다고 여기고 있을 테니, 죽고 싶은 마음을 간신히 참고 있을 게 분명하오. 그 점을 이해해 주시기 바라오."

석대문이 묵묵히 고개를 끄덕였다.

"이 사람은 이번 일을 통해 두 가지 수확을 얻었소. 하나는 그 소녀를 발견한 것, 그리고 다른 하나는……."

말끝을 늘이던 금철산이 석대문의 얼굴을 정시하며 말을 맺었다.

"쟁선의 상대를 마침내 만난 것."

석대문이 고개를 작게 흔들었다.

"나는 맹주와 앞을 다툴 생각이 없소."

금철산도 고개를 작게 흔들었다.

"언감생심 가주의 말씀을 못 믿겠다는 것은 아니오. 그러나 쟁선은 상대적인 개념이오. 모든 자들을 젖히고 앞으로 나아가려는 이 사람을 가주는 좌시하지 않을 것이고, 결국 우리는 저 앞쪽 어딘가에서 부딪칠 수밖에 없을 것이오."

석대문이 화상으로 비틀린 입술을 조금 더 비틀면서 물었다.

"내 아우가 나설지도 모른다는 생각은 안 해 보셨소?"

금철산이 굳은 얼굴로 대답했다.

"어떤 충동도, 어떤 욕망도, 심지어는 그 자신이 끌어낸 의지조차도 그를 움직이게 만들지는 못할 것이오. 이 사람은 확신하오, 그가 이 쟁선계에 다시 나오는 일은 없으리라는 것을."

석대문이 탄식하듯 말했다.

"아쉽게도 맹주의 말씀대로 될 것 같소."

금철산이 자조 비슷한 미소를 지었다.

"하지만 그렇게 확신하면서도 그 소녀를, 부쟁선의 후예를 어찌해 보겠다는 마음은 감히 품지 못하겠더구려. 단지 그와 관련된 모든 것을 완전히 배제한 채, 나만의 쟁선을 추구해야 한다는 점만 다시 한 번 깨달았을 뿐이오."

석대문이 뇌까렸다.

"쟁선."

잠시 후 다시 뇌까렸다.

"쟁선이라……."

이제는 술병이 비었다. 두 개의 술잔도 비어 있었다.

차가운 밤바람과 그보다 더 차가운 현실이 신들의 식탁 위를 채워 나갔다. 두 사람은 친구가 아니었다. 그들은 오늘 밤에 있었던 이 질소하고도 운치 있는 술자리를 잊지 못하겠지만, 그래도 그들은 친구가 아니었다.

동심맹주와 남황맹주는 서로에게서 시선을 떼고 밤하늘을 올려다보았다.

수많은 별들…….

그 별들만큼이나 수많은 사람들이 쟁선하며 살아가는 세상…….

고개를 내려 그 세상을 천천히, 마치 정복해 나가는 듯한 눈길로 둘러본 남황맹주가 동심맹주에게 물었다.

"어떻소, 쟁선이야말로 우리 모두가 찾는 보물이라는 생각이 안 드시오?"

추면의 수호자는 담담히 웃을 따름이었다.

《여쟁선餘爭先》 마칩니다

막을 내리고 극장 문을 닫으며

이것으로써 〈여쟁선〉이 끝났습니다.

'제사여'는 거의 한 호흡으로 쓸 수 있었던 덕분에 후반이 어수선했던 '제삼여' 때와 달리 좋은 기분으로 마칠 수 있었습니다. 그러고 나니 〈여쟁선〉의 네 이야기가 어느새 끝나 버렸습니다.

하지만 정말로 끝난 걸까요? 이야기란 게 과연 끝날 수 있는 걸까요?

다시 생각해 봅니다…….

소년 국수와 말괄량이 노처녀의 애틋한 사랑은 이루어질까? 살아갈 의미를 찾은 책사는 강호를 암중에서 뒤흔들던 과거의 모습으로 돌아갈 수 있을까? 수상살수는 자신에게 신뢰의 덕을 일깨워 준 미녀와 성별을 초월한 우정을 지속해 나갈 수 있을까? 자신을 이기고 태고의 마를 억누른 패도지존의 말년과 암향의 검법으로써 옛 주군에게 마지막 충간을 올린 고결한 검객의 앞날은 어떻게 될까? 벼락의 일부를 선사받아 서장으로 돌아간 법왕은 해묵은 악심으로부터 벗어나 진정한 활불로 거듭날 수 있을까? 마침내 벽을 뚫은 고래 같은 남자는 마음속 라이벌과의 마지막 대결을 펼친 뒤 어디에서 무엇을 하며 살아갈까? 북악의 굳건한 뿌리를 갉아 들어가는 서군혈의 실체는 무엇일까? 신무전주는 아끼는 수하의 죽음을 전기로 자신의 과오를 뉘우치고 타락한 신화를 바로잡을 수 있을까? 쌍맹의 시대를 맞아 동심맹과 남황맹이 펼치는 건곤일척의 쟁선은 어떻게 결말날까? 그리고 쟁선의 대지와 부쟁선의 골짜기를 오가며 키워 나갈 곰보 청년과 절름발이 소녀의 발랄한 연정은?

……모두가 다른 이야기입니다. 그리고 영영 끝나지 않을 이야기이기도 합니다.

그 이야기를 자신만의 원고지에 써 내려갈 작가가 독자 여러분이기를 희망합니다. 제가 뿌려 놓은 이야기의 씨앗을 더 좋은 밭에서 키워 낼 농군이 독자 여러분이기를 희망합니다.

〈여쟁선〉의 막을 내리고 〈쟁선계〉의 극장 문까지 닫으면서, 그렇게 희망해 봅니다.

〈쟁선계〉는 완전히 끝났지만 제가 그 구속에서 완전히 자유로워진 것은 아직 아닙니다. '제사여'를 쓰는 동안 미뤄 두었던 기 출간권의 교열 작업이 아직 남아 있기 때문입니다. 이 글을 쓰는 11월 말 현재 7, 8, 9권이 남았는데, 앞 권들에 비해 손볼 부분이 많지 않아 오래 걸리지는 않으리라 봅니다. 아마 21권 출간과 함께 1~9권의 재간도 이루어질 수 있으리라 기대합니다.

〈쟁선계〉 출간과는 별개로, 늦어도 내년 1월부터는 〈서문반

점〉의 집필을 시작할 계획입니다. 물론 〈쟁선계〉와는 완전히 다른 이야기고, 십여 년 전 모 매체에 연재한 원고와도 다른, 새로 쓰는 원고입니다. 아마 한두 권 분량이 탈고된 뒤에는 인터넷 연재를 통해 독자님들께 선보일 수 있겠지요. 그리고 일전에 예고 드린 〈칠석야〉 개정판 연재는 새로운 이야기를 쓰고 싶다는 욕구가 너무 강해진 탓에 부득불 나중으로 미루겠습니다. 이 점을 양해해 주시기 바랍니다.

지금까지 〈쟁선계〉를 읽어 주신 독자님들께 감사드립니다. '감사'란, 최소한 제게는, 이 경우에 쓰라고 만들어진 말 같다는 생각마저 듭니다.

감사를 받을 분들은 또 계십니다. 드러나지 않는 곳에서 원고를 다듬어 주시고 올려 주시고 출간해 주신 출판계 동료 여러분께 감사드립니다. 여러분들 보시기에 제가 너무 재주 박한 작가가 아니었기를 바랄 뿐입니다.

독자님들과 동료분들께 바치고도 남은 감사가 다만 얼마라도 있다면, 〈쟁선계〉를 연재할 때 언제나 첫 번째 독자가 되어 준 아내에게 모두 돌립니다. "그날그날 원고를 읽은 뒤 나를 돌아보며 웃는 당신의 얼굴이 내가 글을 쓰는 가장 큰 동기였음을 알아줘."

독자님들께 새로운 이야기로 다시 인사 올릴 날이 너무 늦게 오지 않기를 바라며……

2016년 초겨울에
이재일 배상